हिन्दी पत्रकारिता
एक यात्रा

मृणाल पाण्डे

अनुवाद
हर्ष रंजन

राधाकृष्ण पेपरबैक्स

मूल कृति 'The Journey of Hindi Language Journalism in India : From Raj to Swaraj and Beyond' का अनुवाद

राधाकृष्ण पेपरबैक्स में
पहला संस्करण : 2024

राधाकृष्ण पेपरबैक्स : उत्कृष्ट साहित्य के जनसुलभ संस्करण

राधाकृष्ण प्रकाशन प्रा. लि.
जी-17, जगतपुरी, दिल्ली-110 051
द्वारा प्रकाशित

शाखाएँ : अशोक राजपथ, साइंस कॉलेज के सामने, पटना-800 006
पहली मंजिल, दरबारी बिल्डिंग, महात्मा गांधी मार्ग, प्रयागराज-211 001
1, अनमोल सोराबजी सन्तुक लेन, धोबी तलाव, मरीन लाइंस, मुम्बई-400 002
वेबसाइट : www.radhakrishnaprakashan.com
ई-मेल : info@radhakrishnaprakashan.com

विकास कम्प्यूटर एंड प्रिंटर्स
ट्रॉनिका सिटी-201 102
द्वारा मुद्रित

मूल्य : ₹350

HINDI PATRAKARITA : EK YATRA
Journalism by Mrinal Pande
Translated by Harsh Ranjan

ISBN : 978-81-19989-27-0

हिन्दी पत्रकारिता : एक यात्रा

क्रम

परिचय

इस किताब को लिखने की इच्छा एक लम्बे समय से मेरे मन के किसी कोने में दबी हुई थी। इस इच्छा को मूर्त रूप देने में प्रकाशक के अनुग्रह ने बड़ी भूमिका निभाई। जैसे ही मैंने किताब पर काम करना शुरू किया, सवाल उठा : शुरुआत कहाँ से करनी चाहिए? क्या इंटरनेट के कारण कन्टेंट और प्रारूप में होने वाले बदलावों और हिन्दी में नये मीडिया की बढ़ती राजस्व क्षमता पर ध्यान केन्द्रित करना चाहिए? लेकिन, पाठकों को बीसवीं सदी की शुरुआत के बाद से हुए हिन्दी पत्रकारिता के क्रमिक विकास से परिचित कराए बिना इसका कोई मतलब नहीं है : यानी, भारत और भारतीय मीडिया का विकास और परिवर्तन, नियति के साथ मुलाक़ात, वास्तविक घटनाक्रम जिन्हें अंजाम तक पहुँचाने में पुरुषों और महिलाओं, दोनों का योगदान रहा और जिसने भारत की राजनीति को न सिर्फ आकार दिया, बल्कि, हमें एक ऐसा संविधान दिया जिसमें अभिव्यक्ति की स्वतंत्रता सर्वोपरि है। फिर, एक और उप-कथानक है : प्रबन्धक और विपणन कर्मचारियों के बारे में, जिन्होंने परिस्थितियों की परवाह किये बिना दिन-रात मेहनत की, राजनीतिक चर्चाओं और विचारधाराओं को हिन्दी क्षेत्र के सुदूर कोनों में पहुँचाया और अन्ततः, हिन्दी मीडिया के लिए एक विशाल बाज़ार तैयार किया। इन सभी का उल्लेख हिन्दी पत्रकारिता की बात करते समय होना चाहिए। ये वही लोग हैं, जिन्होंने वास्तव में व्यक्तिगत आत्म-सम्मान और मानवीय स्वतंत्रता की व्यापक आवश्यकता को उस देश में बहाल करने और पोषित करने में मदद की, जिसके पास लोकतांत्रिक शासन की कोई जीवन्त स्मृति नहीं थी।

यह सच है कि आज हिन्दी भाषा के प्रति, ख़ासकर ग़ैर-हिन्दी भाषी क्षेत्रों में

कई क्षेत्रीय पूर्वग्रह मौजूद हैं। ये पूर्वग्रह भाषा के प्रति नापसन्दगी से नहीं, बल्कि राजनेताओं और प्रधानमंत्रियों के साथ हिन्दी की कथित निकटता से उत्पन्न होते हैं, जिनमें से अधिकांश हिन्दी पट्टी से सम्बन्धित हैं। कई बार, उत्तरी भारत के मैदानी इलाक़ों में अपना वोट-बैंक बढ़ाने के लिए शक्तिशाली राजनेताओं ने हिन्दी को भारत की एकमात्र आधिकारिक भाषा बनाने के लिए ग़लत तरीक़े से दबाव डाला है। फिर, विकास की राह पर आगे बढ़ रहा शहरी मध्यवर्ग भी है, जो सभी भाषाओं के ऊपर अंग्रेज़ी भाषा की श्रेष्ठता से अभिभूत है। इसी मध्यवर्ग के जो लोग नौकरशाही, शिक्षण संस्थानों और मीडिया से जुड़े हुए हैं, वो अंग्रेज़ी भाषा के मीडिया को 'राष्ट्रीय मीडिया' मानते हैं, जबकि स्थानीय भाषाओं की मीडिया अपने बड़े प्रसार और गहरे प्रभाव के बावजूद उनके लिए क्षेत्रीय मीडिया ही है। हिन्दी सबसे अधिक बोली जाने वाली भाषा है क्योंकि यह लगभग एक दर्जन उत्तरी राज्यों की मातृभाषा है। भले ही उत्तर भारत में साक्षरता दर और आय दक्षिणी राज्यों की तुलना में बहुत कम रही है, लेकिन, हिन्दी क्षेत्र में हुई जनसंख्या की अपार वृद्धि और साक्षरता के विस्तार ने हिन्दी समाचार-पत्रों के लिए एक बड़ा बाज़ार तैयार किया। इन सबने मिलकर एक ऐसी मानसिकता का निर्माण किया जिसने आज़ादी के बाद कई दशकों तक हिन्दी मीडिया की पूर्ण व्यावसायिक और राजनीतिक शक्ति को नज़रअन्दाज़ कर दिया। इससे हिन्दी प्रकाशनों की गुणवत्ता पर असर पड़ा। बहुभाषी प्रकाशनों के मालिकों, विभिन्न सरकारों के प्रचार विभागों और विज्ञापन और विपणन एजेंसियों ने कभी भी हिन्दी मीडिया को तकनीक, साधन, स्टॉफ़ और सुविधा देने के मामले में अंग्रेज़ी मीडिया के समतुल्य नहीं रखा।

तो फिर हिन्दी के लिए दरवाज़े कैसे खुले?

पोलैंड के पत्रकार रिसज़ार्ड कपुस्किन्स्की (1985) का कहना है कि क्रान्तिकारी परिवर्तनों के बारे में सभी किताबें एक मनोवैज्ञानिक अध्याय से शुरू होनी चाहिए, जो बताती है कि, कब और कैसे एक उत्पीड़ित और सहमी हुई भीड़ भयभीत होना बन्द कर देती है और अपने लिए खड़ी हो जाती है। हिन्दी मीडिया के लिए भी ऐसा क्षण तब आया जब सरकार द्वारा लगाया गया आपातकाल (1975-77) हटा।

1980 के दशक की शुरुआत में ऐसे कई युवाओं ने अपनी अच्छी-ख़ासी दूसरी नौकरियाँ छोड़कर, हिन्दी लेखन और पत्रकारिता का दामन थामा, जिन्होंने

1975 से 1977 के आपातकाल के दौरान अपनी हर साँस में सेंसरशिप के दंश को महसूस किया था। मैं भी उनमें से एक थी। मैंने 1981 में एक हिन्दी समाचार एजेंसी ज्वाइन किया। यह वो समय था, जब प्रतिष्ठित राजनेता, नौकरशाह, यहाँ तक कि आपातकाल के ख़िलाफ़ अंग्रेज़ी में लिखने वाले अधिकांश क्रान्तिकारी लेखकों में से किसी की रडार पर किसी अनसुने हिन्दी समाचार एजेंसी का कोई भी पत्रकार नहीं होता था, न ही ये लोग अपना ध्यान हिन्दी पत्रकारों पर लगाकर समय बर्बाद करना चाहते थे। मैंने पाया कि एजेंसी के पत्रकारों में आत्म-सम्मान की कमी थी। पहले दिन जब मैं काम पर आई तो एजेंसी के प्रमुख ने मुझसे पूछा, "आपको अपनी इतनी अच्छी नौकरी छोड़कर एजेंसी की नौकरी करने की क्या ज़रूरत पड़ गई? तो यह थी, प्रोत्साहन भरी मेरी एजेंसी की नौकरी की शुरुआत। फिर, मुझे अपने साथी कर्मचारियों से मिलवाया गया—विभिन्न उम्र के पुरुष कर्मचारियों का एक समूह। वहाँ मैंने किसी महिला को नहीं देखा।

मेरे सभी सहकर्मियों ने, बिना किसी अपवाद के, इस बात पर आश्चर्य जताया कि दिल्ली विश्वविद्यालय के नामचीन कॉलेज में स्नातक छात्रों को अंग्रेज़ी साहित्य पढ़ाने वाली महिला अपनी अच्छी-ख़ासी नौकरी छोड़कर यहाँ समाचार भारती में क्या कर रही है? सवालों की ऐसी बौछारों के बीच, मुझे अपनी असली आवाज़ पहचानने और अपनी रुचि के क्षेत्रों का पता लगाने में कुछ समय लगा। धीरे-धीरे हम सब उस माहौल में ढलने लगे। हम सभी इस रूप में समान थे कि सबको वेतन बहुत कम मिलता था। इसलिए हम सबने मिलकर एक-दूसरे का ख़याल रखते हुए बहादुरी से आगे बढ़ने का फ़ैसला किया।

बाद में मैं कई और तथ्यों से अवगत हुई : हिन्दी समाचार एजेंसियों की सेवाएँ ज़्यादातर हिन्दी अख़बार ही लेते थे, जो ख़बरों का तो भरपूर इस्तेमाल करते, मगर शायद ही कभी समय पर एजेंसी को पैसे चुकाते। मज़ाल नहीं था कि हिन्दी एजेंसी का कोई पत्रकार दिल्ली में किसी वीआईपी से फ़ोन पर भी बात कर ले, मिलना तो दूर की कौड़ी थी। लेकिन, ये वीआईपी अंग्रेज़ी पत्रकारों के लिए आसानी से उपलब्ध थे। मुझे सलाह दी गई थी कि हिन्दी पत्रकारों को महत्त्वपूर्ण नौकरशाहों और कॉरपोरेटों के साथ 'सम्पर्क स्रोत' विकसित करने के बारे में भूल जाना चाहिए, क्योंकि उन्हें स्थानीय भाषा मीडिया में कोई दिलचस्पी नहीं है। हमें बताया गया था कि हिन्दी पत्रकारों को क्लर्कों, चपरासियों और ड्राइवरों के साथ सम्पर्क बढ़ाना

चाहिए, जो अधिकारियों की बहुत-सी गुप्त बातचीत के बारे में जानकारी रखते थे। यदि इसके बावजूद ख़बरें न मिलें तो बस, अपने सहयोगी अंग्रेज़ी दैनिक से ख़बरें उठाओ और उसका हिन्दी अनुवाद छाप दो।

मेरी एक मित्र, *हिन्दुस्तान दैनिक* (*हिन्दुस्तान टाइम्स समूह* का एक प्रमुख हिन्दी दैनिक) के पहले सम्पादक (1941-63) मुकुट बिहारी वर्मा की बेटी ने अपने दिवंगत पिता का एक लेख साझा किया (मरणोपरान्त लोकराज वार्षिकी, 1977 में प्रकाशित)। वो लिखते हैं कि इससे कोई फ़र्क़ नहीं पड़ता कि उनका *हिन्दी दैनिक अंग्रेज़ी दैनिक हिन्दुस्तान टाइम्स* पर कितना निर्भर था, जिसके सम्पादक उस समय महात्मा गांधी के बेटे देवदास गांधी थे। लागत बचाने के लिए, हिन्दी दैनिक से अपेक्षा की गई थी कि वो अंग्रेज़ी दैनिक द्वारा छपने से पहले उन्हें दिये गए आलेखों (तैयार, सम्पादित और शीर्षकों सहित) में से अपनी ज़रूरत के हिसाब से चुनकर अनुवाद कर लें। आज़ादी के बाद कई वर्षों तक उनके पास बेहद कम स्टॉफ़ थे, न तो कोई विदेशी संवाददाता था और न ही दूसरे शहरों के ब्यूरो में कोई था। यहाँ तक कि नवगठित संसद के सत्रों की रिपोर्टिंग के लिए भी कोई नियमित संवाददाता नहीं था। ग्रामीण रिपोर्टिंग के लिए उन्होंने ग्रामीण इलाक़ों में किसानों के बीच काम करने वाले सामाजिक कार्यकर्ताओं का इस्तेमाल किया। उनकी विशेष कवरेज महात्मा गांधी या दूसरे नेताओं द्वारा हिन्दी में दिये गए भाषणों की शब्दश: रिपोर्टिंग करने तक सीमित थी। आज कम ही लोग जानते हैं कि जब ब्रिटिश सरकार ने देवदास गांधी और प्रकाशक देवीदास को जेल में डाल दिया था, तब सम्पादक मुकुट बिहारी वर्मा को भी जेल में डाल दिया गया था। वर्मा जी देवदास गांधी के बड़े प्रशंसकों में से एक थे, जो कई बार उनके साथ महत्त्वपूर्ण खबरें और सूचनाएँ साझा करते थे। देवदास गांधी के सम्पर्कों का इस्तेमाल वर्मा, संसदीय सचिवालय के हठी कर्मचारियों से अपने हिन्दी संवाददाताओं के लिए, सदन का पास बनवाने के लिए भी किया करते थे। लेकिन आपातकाल के बाद 1980 के दशक में जब मीडिया खुली हवा में साँसें लेने लगा था, तो हिन्दी पत्रकारों की मेरी पीढ़ी को सबसे बड़ी ख़ुशी, सभी प्रकार की ख़बरों और सूचनाओं को स्वतंत्र तरीक़े से कवर करने, जुटाने और प्रकाशित करने से मिली।

प्रचलित साहित्यिक और सांस्कृतिक परिदृश्य ने हमें एक समावेशी हिन्दी प्रदान की, जिसे पुनर्जीवित करने में विभिन्न क्षेत्रीय बोलियों : ब्रज, अवधी, पुरबिया, कुमाऊँनी का बड़ा योगदान रहा। यह सबरंगी हिन्दी न केवल हमारी लोकतांत्रिक

राजनीति से उपजे समाचार आलेखों को प्रकाशित करने का सबसे उपयुक्त माध्यम बन गई, बल्कि, इसने हिन्दी क्षेत्र के लोगों के अन्तरमन की भावनाओं को जागृत कर पूरी आबोहवा बदल दी, जिसमें, मिथकों, किंवदंतियों, संसद, सचिवालयों, सड़कों और गलियों तक की वास्तविकता के हजारों तत्त्व वाले गपशप शामिल थे, और जो भारतीय लोकतंत्र का निर्माण कर रहे थे। अंग्रेज़ी अख़बार अक्सर ऐसे आलेख 600 शब्दों में साइड कॉलम में छापते थे। लेकिन हम, हिन्दी पत्रकार, जिनके पर ग्रामीण और शहरी दोनों पाठकों, ब्लू-कॉलर श्रमिकों और किसानों का ध्यान था, सुधार करने के लिए स्वतंत्र थे। हमने कुम्भ मेले से आने वाली रिपोर्ताज, दूर-दराज़ के शहरों में ट्रेन दुर्घटनाओं, दहेज के लिए दुल्हनों की हत्या, महिला डकैतों द्वारा उच्च जाति के बलात्कारियों को, 'बत्तख़ों जैसे' लाइन में खड़ा कर गोली मारने जैसी घटनाओं का वर्णन और चित्रण करने के स्वरूप में स्वतंत्र तरीक़े से प्रयोग करना शुरू कर दिया। हमने दैनिक, साप्ताहिक, पाक्षिक, त्रैमासिक और वार्षिक सभी तरह की हिन्दी पत्र-पत्रिकाओं के पाठकों को आकर्षित कर एक नया पाठक-वर्ग तैयार करने में कामयाबी पाई। हमारे युवा पाठक भी हमारी ही तरह ख़बरों के दीवाने, राजनीतिक रूप से जागरूक और निडर थे। और इससे भी अधिक, हमने देखा कि हर साल उनकी संख्या हमारे अनुमान से भी अधिक बढ़ रही है।

वित्तीय रूप से सक्षम और सामाजिक-राजनीतिक लाभ मिलने के बावजूद, उन वर्षों की अंग्रेज़ी भाषा की पत्रकारिता हमें कहीं अधिक पारम्परिक और कमज़ोर लगती थी, जहाँ लोग नये प्रयोग करने से हिचकते थे। दूसरी ओर हम अन्य भाषाओं के साथ नेटवर्किंग कर रहे थे और सभी स्थानीय भाषाओं के सर्वोत्तम कार्यों को हिन्दी में प्रकाशित कर उन्हें पाठकों के एक बड़े वर्ग तक पहुँचा रहे थे। एस.एल. भैरप्पा, शरत चन्द्र चट्टोपाध्याय, के.एम. मुंशी, विभूतिभूषण बंद्योपाध्याय, अमृता प्रीतम, पद्मा सचदेव, यू.आर. अनन्तमूर्ति, बादल सरकार, गिरीश कर्नाड और प्रसन्ना, इन सभी की उनकी मातृभाषा में प्रकाशित रचनाओं का हिन्दी अनुवाद हमने क्रमवार तरीक़े से अपनी पत्रिकाओं में प्रकाशित किया और ग़ैर हिन्दी लेखकों का परिचय हिन्दी क्षेत्र के पाठकों और सिनेमा प्रेमियों से कराया।

इसके विपरीत, अंग्रेज़ी में लिखने वाले भारतीय लेखक अधिकांशत: अपनी लेखनी को पश्चिमी देशों के लेखकों के नज़रिये से देखने की कोशिश करते कि वो उन्हें पसन्द आएगी या नहीं। हालाँकि, मीडिया संगठनों के भीतर हमेशा से ही अंग्रेज़ी ही

राज रहा, और तुलनात्मक रूप से कम पाठक संख्या के बावजूद, अंग्रेज़ी अख़बारों को राष्ट्र की आवाज़ के रूप में सम्मान और प्रशंसा मिली, जबकि हिन्दी दैनिक समाचार-पत्र, जिनकी पाठक संख्या उत्तर भारत के 11 सबसे अधिक आबादी वाले राज्यों में फैली हुई थी, को 'क्षेत्रीय' के रूप में देखा गया।

इस तथ्य को भी स्वीकार करना होगा कि सामाजिक धारणाओं ने समाचारों तक हमारी पेशेवर पहुँच को प्रभावित किया, जो काफ़ी कष्टप्रद था। उदाहरण के लिए, राजधानी नई दिल्ली में आयोजित महत्त्वपूर्ण संवाददाता सम्मेलनों में, स्थानीय भाषा के पत्रकार यदि कोई सवाल पूछते तो उन्हें ध्यान आकर्षित करने के लिए मुसीबत पैदा करने वाला पत्रकार करार दे दिया जाता। प्रमुख अन्तरराष्ट्रीय बैठक या वार्षिक केन्द्रीय बजट के बाद किसी भी महत्त्वपूर्ण सरकारी-मीडिया कॉन्फ्रेंस में प्रश्न और उत्तर लगभग हमेशा पुरुषों के बीच और अंग्रेज़ी में ही होते थे। इन सबके ऊपर, अपवाद स्वरूप एक महिला अपनी मेहनत के बल पर बाधाओं को पार करते हुए जब सम्पादक बनी तो उसे अपने ही वरिष्ठ पुरुष कर्मियों के हाथों स्त्री-द्वेष और अवज्ञा के आरोपों से लगातार टकराव का सामना करना पड़ा।

तब, प्रिंटिंग प्रेसों का संसार था। जैसे-जैसे रात होती जाती, मशीनें अगले दिन की ख़बरें छापने लगतीं और पसीने से तर-बतर, कपड़ों में ग्रीस लगे अख़बार के पुरुषकर्मी अल्कोहल और स्याही के धुएँ के बीच अपने काम के लय में खोये रहते। लेकिन मुझे यह देखकर आश्चर्य हुआ कि मिस्त्री के कपड़ों में ये साधारण से लगने वाले आदमी वास्तव में हर रात अगले दिन छपने वाले हिन्दी दैनिक समाचार-पत्रों और पत्रिकाओं के प्रत्येक पृष्ठ को पढ़ते थे। इन लोगों में कुछ मेरी माँ के उपन्यासों के प्रशंसक थे, जो साप्ताहिक पत्रिकाओं में क्रमबद्ध रूप में छपते थे और वे उत्सुकता से अगले अंक का इन्तज़ार करते वे अपने पसन्दीदा लेखक के बच्चे के प्रति अतिरिक्त दयालु और मिलनसार थे, और एक बार जब उन्होंने ईमानदार, कड़ी मेहनत और निष्ठा को पहचान लिया, तो बॉस और अधीनस्थ के बीच की सीमाएँ पूरी तरह से समाप्त हो गईं। वे कभी-कभी किसी महत्त्वपूर्ण ख़बर होने की स्थिति में मेरे केबिन में आ जाते थे और सुझाव देते थे कि 'नीचे' वे कह रहे थे कि मुझे एक हस्ताक्षरित सम्पादकीय लिखना चाहिए : "मैडम जी, आज तो हमारे लिए एक धमाकेदार सम्पादकीय पहले पृष्ठ पर हस्ताक्षरित करना ही होगा।" हिन्दी प्रकाशनों के लिए न्यायोचित नज़र और देखभाल की उनकी सहज, मूल भावना ने मुझे कुछ अत्यन्त कष्टकारी वर्षों से गुज़रने पर मजबूर किया। हिन्दी

मीडिया में नौकरी कई अन्य मायनों में भी परेशानी भरी थी। हिन्दी द्वारा निर्मित सार्वजनिक क्षेत्रों में सभी प्रकार के लोगों, संगठनों और राजनीतिक कार्यकर्ताओं के साथ शोध और बातचीत के दौरान क्षेत्रीय प्रकाशनों की एक पूरी सम्पन्न दुनिया को देखने का भी मौक़ा मिला।

दिल्ली या मुम्बई से प्रकाशित अंग्रेज़ी और हिन्दी बहु-संस्करणीय दैनिक समाचार-पत्रों और पत्रिकाओं के मालिकों/प्रकाशकों के विपरीत, क्षेत्रीय राजधानियों के मालिक/प्रकाशक आम तौर पर अपने हिन्दी प्रकाशनों और उनके कर्मचारियों के साथ अधिक सम्मान के साथ व्यवहार करते थे। मुख्यत:, क्योंकि ये मालिक और वहाँ के क्षेत्रीय राजनीतिक क्षत्रप स्वयं हिन्दी भाषी थे। 1980 के दशक के उत्तरार्ध तक, क्षेत्रीय मालिकों ने नवीनतम और सर्वोत्तम तकनीक में अच्छी तरह से और समझदारी से निवेश करना शुरू कर दिया था। उन्होंने अख़बारों के पृष्ठों के लिए सही ग्रिड बनाने वाले पेशेवर डिज़ाइनरों को नियुक्त किया। उनके द्वारा दिया जाने वाला वेतन भले ही कम रहा हो, लेकिन हिन्दी पट्टी में, हिन्दी दैनिक अख़बार और पत्रिकाएँ राय निर्माता तो बन ही गई थीं, जिनका आम जनता के साथ-साथ शीर्ष राजनेता और नौकरशाह भी उत्साहपूर्वक अनुसरण किया करते थे।

हिन्दी पट्टी की सामाजिक-राजनीतिक संस्कृति के कारण, इन सभी प्रकाशनों में उच्च जातियों का बोलबाला और महिला कर्मचारियों की नगण्यता रही। महिलाओं की स्थिति पर पहली राष्ट्रीय रिपोर्ट (भारत में महिलाओं की स्थिति पर समिति 1974) और असंगठित क्षेत्र में महिला श्रमिकों पर दूसरी रिपोर्ट (श्रमशक्ति 1988) के प्रभावों के बावजूद, लम्बे समय तक हिन्दी में कोई महिला सम्पादक नहीं थीं, जिसने नीति निर्माताओं के बीच बड़ी हलचल पैदा की हो। प्रान्तीय समाचार कक्षों में, महिलाओं के काम और समाज में स्थिति के बारे में पारम्परिक विचारों को बदलने में लम्बा समय लगा है। हालाँकि, सम्पादकीय कार्य के लिए चुनी गई सभी पुरुष टीमों में अनुभवी लोगों और तेज़ी से सक्रिय हो रहे युवा स्नातकों का अच्छा मिश्रण था, जो कहीं अधिक उत्साही और अपने हिन्दी पत्रों की पहुँच और प्रभाव के प्रति आश्वस्त थे। उन्हें न्यूज़रूम और उनके प्रकाशनों को अधिक समावेशी बनाने की आवश्यकता के बारे में बताए जाने की थोड़ी-बहुत ज़रूरत थी, लेकिन बहुत ज़्यादा नहीं। और यह भी कि उन्हें स्थानीय बोलियों से युक्त अधिक बोलचाल वाली हिन्दी का प्रयोग क्यों करना चाहिए?

1980 और 1990 के दशक में गठबन्धन सरकारें देश की नियति हो गई थीं।

राज्यों की राजधानियों में राजनीतिक धुरंधर हिन्दी में धाराप्रवाह थे और न केवल चुनावी रैलियों में, बल्कि संसद के भीतर भी पहचान के प्रतीक के रूप में वे हिन्दी का ही इस्तेमाल करते थे। तत्कालीन विशाल और अविभाजित मध्य प्रदेश की राजधानी भोपाल में अपने तीन साल के प्रवास के दौरान, मैं तेज़ी से बढ़ते, करिश्माई क्षेत्रीय हिन्दी दैनिक समाचार-पत्रों से परिचित हुई : इन्दौर का *नईदुनिया*, वाराणसी का आज, लखनऊ का स्वतंत्र भारत और पटना का *दैनिक प्रदीप*। यह भोपाल ही था कि मैं, बहुत कमतर आँके गए इन्दौर से प्रकाशित *नईदुनिया* (1954 में स्थापित) की नियमित पाठक बन गई। नईदुनिया और बाद में *टाइम्स ग्रुप* के बहु-संस्करणीय *दैनिक नवभारत टाइम्स*, दिल्ली के तत्कालीन सम्पादक राजेंद्र माथुर भी अंग्रेज़ी साहित्य में एमए की डिग्री के साथ हिन्दी परिदृश्य में आए थे। उन्होंने कॉलेज में रहते हुए ही नईदुनिया के लिए एक शुरुआती रिपोर्टर के रूप में काम करना शुरू कर दिया था। नईदुनिया के विद्वान और अद्‌भुत सम्पादक, राहुल बारपुते ने माथुर में छुपी प्रतिभा को पहले ही पहचान लिया था और उन्हें काफ़ी प्रोत्साहित किया। अपने गुरु और सम्पादक बारपुते के सेवानिवृत्त होने के बाद माथुर ने अख़बार की कमान सँभाली। यह राजेन्द्र माथुर के साथ मेरा लम्बा जुड़ाव ही था, जिसने हिन्दी पत्रकारिता को लेकर कई मिथकों से मुझे हमेशा के लिए बरी किया। एक मिथक तो यह कि सभी हिन्दी पत्रकार दिल से एक भाषा-भाषी और प्रान्तीय मूर्ख होते हैं, जो अन्य भाषाओं में कुछ भी नहीं पढ़ते हैं, प्रमुख अन्तर्राष्ट्रीय घटनाक्रमों की जानकारी रखना तो दूर की बात है।

मुझे एहसास हुआ कि माथुर जैसे प्रान्तीय पत्रकार समृद्ध शैक्षिक पृष्ठभूमि के साथ आए थे और विभिन्न पारम्परिक कला रूपों के तीव्र पारखी थे। उदाहरण के लिए, नईदुनिया के बारपुते, प्रशिक्षित कृषि वैज्ञानिक थे और महान हिन्दुस्तानी संगीतकार कुमार गंधर्व के सबसे क़रीबी दोस्तों में से एक थे। वरिष्ठ सम्पादक प्रभाष जोशी ने राजनीति और क्रिकेट पर समान रूप से शानदार लिखा। उसके बाद व्यंग्यकार-नाटककार शरद जोशी थे, जिन्होंने नईदुनिया और बाद में *नवभारत टाइम्स* (1950 में स्थापित) के लिए एक दैनिक कॉलम लिखा। राजेन्द्र माथुर अक्सर ख़ुद से कहा करते थे, "अगर अमरीकी व्यंग्यकार आर्ट बकवाल्ड ये काम कर सकते हैं तो फिर शरद जोशी क्यों नहीं कर सकते?" शरद जोशी बाद में दूरदर्शन पर प्रसारित होने वाले लोकप्रिय धारावाहिकों, जैसे, 'ये जो है ज़िन्दगी' के लिए एक प्रसिद्ध पटकथा लेखक बन गए।

ये हिन्दी पत्रकार बेचैन, लापरवाह, जोखिम लेने वाले और अपनी भाषा पर गहरी पकड़ रखने वालों का एक दुर्लभ समूह थे। ऐसे ही एक व्यक्ति थे, लखनऊ में स्वतंत्र भारत के अशोक अग्रवाल—एक पत्रकार के रूप में तेज़ दिमाग़ और विभिन्न शिक्षाविदों, संगीतकारों और हिन्दी लेखकों के मित्र और गुरु। राजस्थान में, राजस्थान पत्रिका (1956 में स्थापित) के संस्थापक-सम्पादक कर्पूर चन्द 'कुलिश' थे। संस्कृत के विद्वान और वेदों के ज्ञाता, कुलिश स्वयं में एक संस्था थे। पश्चिम में, लाला जगत नारायण का लोकप्रिय *पंजाब केसरी*, जिसका मुख्यालय जालंधर में था, फल-फूल रहा था। साथ ही इसका उर्दू प्रकाशन 'अजीत' भी आगे बढ़ रहा था। *पंजाब केसरी* का नाम पंजाब के प्रसिद्ध स्वतंत्रता सेनानी लाला लाजपत राय के नाम पर रखा गया था, जिन्होंने इसे पहली बार 1929 में लॉन्च किया था। लाला जगत नारायण ने इसे 1966 में फिर से लॉन्च किया। 1970 के दशक के अन्त तक *पंजाब केसरी*, दिल्ली स्थित *टाइम्स* और *हिन्दुस्तान टाइम्स* समूहों के अख़बारों से आगे निकल चुका था। इन सभी स्थानीय प्रकाशनों के मालिकों और सम्पादकों ने क्षेत्रीय पाठकों की नब्ज पकड़ ली थी और वे औपचारिक हिन्दी की बजाय इसके साथ स्थानीय बोली के शब्दों को मिलाकर परोसने में संकोच नहीं करते थे। वे अपने प्रभाव और पेशेवराना सामर्थ्य के प्रति पूरी तरह से आश्वस्त थे।

1980 और 1990 के दशक में मेरी मुलाक़ात हिन्दी अख़बारों के जिन प्रान्तीय मालिकों से हुई, वे केवल चतुर व्यवसायी ही नहीं थे, जो हिन्दी में समाचारों के लिए तैयार पाठक वर्ग को भुनाने के लिए तैयार थे। वे अधिकतर जोखिम लेने वाले थे, जो अधिक कमाने की इच्छा रखते और स्पष्ट, बोलचाल की हिन्दी में अपने राज्य की जनता को ख़बरें परोसते। एक प्रमुख उदाहरण नईदुनिया के सेठ लाभचन्द छजलानी का है, जो तत्कालीन होल्कर साम्राज्य में स्वतंत्रता-पूर्व प्रजा मंडल आन्दोलन के प्रेरक शक्ति थे। उन्होंने बारपुते जैसे प्रतिभाशाली युवा मूर्तिभंजकों को लोहे के बुरादे भरे चुम्बक की तरह अपने अख़बार की ओर आकर्षित किया। दूसरे थे, चेन्नई स्थित, व्यापारी से मीडिया दिग्गज बने साहसी मारवाड़ी, रामनाथ गोयनका (बिहार में जन्मे) जिनके दिल्ली में लॉन्च किये गए हिन्दी दैनिक का एक दशक से अधिक समय तक प्रभाष जोशी ने सम्पादन किया। प्रभाष जोशी एक अद्भुत मूर्तिभंजक थे, जिनके साथ एडिटर्स गिल्ड में पेशेवर मसलों पर अक्सर मेरी ख़ुशी-ख़ुशी सहमति या असहमति होती थी। जोशी ने बहादुरी से साम्प्रदायिकता

और हिन्दुत्व विचारधाराओं को ख़ारिज किया और अपने जीवन के अन्तिम वर्षों में 'पेड न्यूज़' के ख़िलाफ़ एक तरह से धर्मयुद्ध का नेतृत्व किया।

जैसे, बाढ़ तबाही लाती है लेकिन साथ ही उपजाऊ जलोढ़ मिट्टी की परतें जमा करके भूमि को समृद्ध भी करती है, उसी तरह आपातकाल की घटती पीड़ा, हिन्दी भाषा के मीडिया के लिए एक हरित क्षेत्र तैयार कर रही थी। खोजी रिपोर्टिंग को सक्रिय रूप से बढ़ावा देने और मीडिया तथा राजनेताओं के बीच सीधे तौर पर गहन संवाद की शुरुआत ने पूरे हिन्दी क्षेत्र में पाठकों की संख्या में ज़बरदस्त वृद्धि दर्ज करवाई। नई मशीनरी और अख़बारी काग़ज़ के आयात के नियमों में ढील से भी मालिकों को मुद्रण और विपणन के लिए बेहतर बुनियादी ढाँचा तैयार करने में मदद मिली। लेकिन धीरे-धीरे, उन्हीं अवसरों का उपयोग कई महत्त्वाकांक्षी मीडिया दिग्गजों द्वारा व्यक्तिगत राजनेताओं के एजेंडे में मदद करने और विशिष्ट पार्टी विचारधाराओं को बढ़ावा देने के लिए एक उपकरण के रूप में किया जाने लगा। साथ ही, आलोचनात्मक रवैया रखने, शिकायतों को प्रचारित करने अथवा सत्ता की अवहेलना करने वाले पत्रकारों के कई शक्तिशाली दुश्मन पैदा हो गए, जिनके दबाव में मालिकों ने या तो उन्हें हटा दिया या धमकी दी या फिर उन्हें पिटवाने से भी नहीं चूके। ऐसे कई उदाहरण हैं जब अख़बार मालिकों ने राजनेताओं या कॉरपोरेट्स के आदेश पर ऐसे हिन्दी सम्पादकों को चुपचाप बदल दिया जिन्होंने इन राजनेताओं और कॉरपोरेट घरानों के किसी न किसी ग़लत काम को उजागर किया था।

अपने छोटे बजट के बावजूद, कई प्रमुख हिन्दी दैनिक समाचार-पत्रों में ऐसे सम्पादक थे जो हिन्दी गद्य और कविता के प्रतिष्ठित रचयिता भी थे। जैसे-जैसे पत्रकारिता ने हिन्दी के लिए सार्वजनिक क्षेत्र का विस्तार किया, सभी प्रमुख प्रकाशन गृहों और सरकारी नियंत्रण वाले ऑल इंडिया रेडियो (आकाशवाणी) और दूरदर्शन ने भी प्रसिद्ध हिन्दी साहित्यकारों और लेखकों का बुलाना शुरू किया। हिन्दी के कई दिग्गज जिन्हें पढ़ते हुए मैं बड़ी हुई थी, वे 1980 के दशक के अन्त तक प्रिंट, रेडियो और बाद में टीवी से जुड़कर मल्टीटास्किंग कर रहे थे। इन प्रतिभाशाली मल्टीटास्कर लेखक और छोटे शहरों और क़स्बाई इलाक़ों से प्रसिद्धि पाने को बेताब लोगों ने ग्रामीण अंचल की विभिन्न बोलियों और यहाँ तक कि उर्दू के साथ भी अपने सम्बन्धों को जीवित रखा। उन्होंने अपने ज्ञान का उपयोग हिन्दी पत्रकारिता को और अधिक निखारने और समृद्ध करने के लिए किया। उन्होंने अपनी सामग्री आसान भाषा में

उन लोगों को परोसी जो आकाशवाणी समाचार बुलेटिनों की जटिल, संस्कृत-युक्त हिन्दी और साहित्यिक आलोचकों से परहेज करते थे। दिल्ली में प्रमुख प्रकाशन गृहों ने हिन्दी के अपने सम्पादकीय कर्मचारियों को अपने क्षेत्रीय प्रतिद्वंद्वियों की तुलना में कुछ हद तक बेहतर भुगतान किया, लेकिन फिर भी ये भुगतान अंग्रेज़ी अख़बारों के सम्पादकों की तुलना में काफ़ी कम था। दिल्ली से दूर, हिन्दी राज्यों में मुख्यालय वाले क्षेत्रीय दैनिक समाचार-पत्रों में भी कार्यस्थल का माहौल साहसिक प्रयोग के लिए कहीं बेहतर था।

1990 के दशक तक, अधिकांश प्रमुख समाचार-पत्रों के मालिक राज्यों की सरकारी मशीनरी के साथ कुछ हद तक अच्छी तरह से एकीकृत थे। राजनीतिक दलों और नौकरशाही ने भी भारत के हिन्दी क्षेत्र की विशाल राजनीतिक सम्भावनाओं को अनिच्छा से ही सही, पर स्वीकार कर लिया था और सभी हिन्दी मीडिया द्वारा जनता से संवाद करने और चुनाव जीतने के लिए बनाए गए जीवंत सार्वजनिक क्षेत्र का उपयोग करना चाहते थे। 1990 का दशक हिन्दी के लिए व्यापक विकास का काल था, न केवल हिन्दी क्षेत्र के लिए बल्कि अन्य राज्यों में भी, जहाँ अर्थव्यवस्था में उछाल के कारण उत्तर प्रदेश और बिहार के प्रवासी भइया लोग जाकर बस गए थे। कलकत्ता के कट्टर बांग्ला और अंग्रेज़ी समर्थक प्रकाशक *आनन्द बाज़ार समूह* ने पूर्वी क्षेत्र के पाठक वर्ग को अपने साथ लाने के लिए हिन्दी समाचार *साप्ताहिक रविवार* का प्रकाशन शुरू किया। दरअसल, रविवार की कोशिश *टाइम्स ग्रुप* के बेहद लोकप्रिय हिन्दी *साप्ताहिक धर्मयुग* और *हिन्दुस्तान टाइम्स ग्रुप* के लगभग उतने ही लोकप्रिय *साप्ताहिक हिन्दुस्तान* के पाठकों को छीनने की थी। इस पुस्तक के अध्याय 1-4 में क्रमिक रूप से और कुछ विस्तार से परिवर्तनों और इसे लाने वाली सामाजिक-आर्थिक नीतियों का वर्णन किया गया है।

पिछले कुछ वर्षों में, समाचारों के स्थानीयकरण और हिन्दी क्षेत्र में पढ़ने की आदत के बढ़ने से, पहले दबे तरीक़े से और फिर खुले तौर पर, हिन्दी पत्रकारिता को अपनी क़ीमत चुकानी पड़ी। सबसे पहले राज्यों से धमकियाँ मिलीं।

तब तक, हिन्दी मीडिया के कई दिग्गजों को राज्यसभा के लिए नामांकित किया जा चुका था। इसके दोहरे लाभ थे : पहला, उनके अन्य व्यवसायों के लिए सुरक्षा कवर सुनिश्चित होना और दूसरा, उस राजनीतिक दल के लिए सकारात्मक कवरेज की गारंटी, जिसके टिकट पर वो उच्च सदन पहुँचे थे। युवा हिन्दी पत्रकार दबी ज़ुबान में हिन्दी के कुछ वरिष्ठ पत्रकारों के दबदबे की बात करते थे, ख़ासकर

उन लोगों के लिए जो प्रधानमंत्री या वित्त मंत्री के मीडिया सलाहकारों के क़रीब हो गए थे और बदले में उन्हें कम्पनी ने अच्छा-ख़ासा प्रमोशन दिया। कुछ पूँजीपति अख़बारों के मालिक बन गए और हिन्दी पत्र-पत्रिकाएँ निकालने लगे। कई जिनके पास पहले से ही हिन्दी दैनिक समाचार-पत्र थे, उन्होंने क्षेत्रीय संस्करण और अंग्रेज़ी दैनिक भी निकालना शुरू कर दिया। अंग्रेज़ी अख़बार निकालने का उद्देश्य मुख्य रूप से अख़बार मालिकों के लिए लुटियंस दिल्ली के साथ नज़दीकियाँ बढ़ाना था, साथ ही अपने प्रकाशनों के लिए अधिक से अधिक विज्ञापन जुटाने का लक्ष्य भी इससे पूरा हो रहा था, क्योंकि महँगे विज्ञापन अंग्रेज़ी अख़बारों को ही मिलते थे।

1995 के आसपास निजी टीवी समाचार चैनलों के बाज़ार में आगमन से मीडिया परिदृश्य में एक उथल-पुथल शुरू हो गई, जिसे स्थापित हिन्दी दैनिक समाचार-पत्र सन्देह की दृष्टि से देखने लगे। भारत, जहाँ लोग पढ़ने के बजाय सुनना ज़्यादा पसन्द करते हैं, वहाँ टीवी ने प्रिंट के लिए एक ख़तरा उत्पन्न कर दिया। लेकिन टीवी समाचार में पैसा ख़र्च होता है, इसलिए समाचार चैनल को क्रॉस-सब्सिडी देकर उन्हें बन्द होने से बचाने के लिए मालिकों ने मनोरंजन चैनल भी खोले। दैनिक समाचार-पत्रों ने राहत की साँस तब ली, जब उन्हें एहसास हुआ कि टीवी को अपना मुनाफ़ा बढ़ाने में कुछ समय लगेगा।

1997 और 2001 के बीच, मैंने एक हिन्दी एंकर-सह-सम्पादक के रूप में टीवी समाचार के नये विस्तारित क्षेत्र में कुछ समय के लिए कदम रखा। पहले एक निजी चैनल में, और बाद में भारत के सार्वजनिक प्रसारक, दूरदर्शन से जुड़ी। टीवी समाचार तब अपनी प्रारम्भिक अवस्था में था, लेकिन यह तेज़ी से स्पष्ट होता जा रहा था कि टेलीविज़न की दुनिया में भी, हिन्दी और स्थानीय भाषाएँ हमेशा अंग्रेज़ी की तुलना में अधिक लोगों का ध्यान आकर्षित करेंगी। लेकिन टीवी का विपणन और प्रबन्धन अगले एक दशक तक अंग्रेज़ी केन्द्रित रहा। सार्वजनिक और निजी दोनों टीवी समाचार चैनलों में मुझे पता चला कि सामान्य भाषा-आधारित पदानुक्रमों के अलावा, नीति निर्धारण समूह और इनपुट और आउटपुट डेस्क का नेतृत्व हमेशा अंग्रेज़ी बोलने वाले मालिकों/प्रबन्धकों, पत्रकारों और एंकरों के पास होता था। दूरदर्शन ने स्पष्ट, लिंग-आधारित भेदभाव का खुलासा किया जिसका उद्देश्य केवल वरिष्ठ महिला पत्रकारों को निशाना बनाना था, उनके पुरुष समकक्षों को

नहीं। इसका समर्थन करने के लिए कोई डेटा नहीं होने के कारण, पुरुषों का तर्क यह था कि 'आधुनिक' भारतीय दर्शक टीवी पर समाचार वाचक या एंकर के तौर पर पश्चिमी लिबास में हसीन और आकर्षक नवयुवतियों को ही देखना चाहता है।

पुरुषों में सफ़ेद बाल एक ख़ास गम्भीरता पैदा करते हैं, लेकिन सफ़ेद बालों वाली महिला एंकरों को एंकरिंग के काम से रिटायरमेंट ले लेना चाहिए : इस समय तक मुझे एहसास हो गया था कि हिन्दी की नि:स्वार्थ 'सेवा' का संकल्प दुहराने वाले हिन्दी के लोग, जिन्होंने अपने अंग्रेज़ी समकक्षों की तुलना में कम भुगतान स्वीकार किया था और जिन्होंने दर्शकों के बारे में मिथक फैलाया था कि वो उम्रदराज महिला एंकरों को नहीं देखना चाहते, दरअसल, एक बड़ा धोखा था। उन्होंने स्थानीय मीडिया और अनुभवी महिला पत्रकारों को मीडिया की असली उर्वरा ज़मीन से दूर रखा। यदि ये खेल के नियम हैं, तो मुझे लगा, हमें गांधीवादी राष्ट्रवादी बने रहकर सामान्य ग़रीबी को स्वीकार नहीं करना चाहिए, बल्कि सम्मान, बेहतर वेतन और काम करने की स्थिति की माँग के लिए अपने अनुभव का उपयोग करना चाहिए। 1995 में भाषायी और क्षेत्रीय सीमाओं से परे हममें से 17 वरिष्ठ महिला पत्रकारों ने भारतीय महिला प्रेस कोर (आईडब्लूपीसी) की स्थापना की। इसका मतलब यह था कि भारत की महिला पत्रकार अब मायने रखने लगी थीं और आपसी भाईचारा निभाते हुए भी उन सीमाओं को तोड़ने के लिए तैयार थीं, जो पुरुष वरिष्ठों और सहकर्मियों ने उनके लिए बनाए थे।

और इसका श्रेय तो उन्हें दिया ही जाना चाहिए, क्योंकि एक बार जब वरिष्ठ पुरुष पत्रकारों ने हमारी साख स्वीकार कर ली, तो उन्होंने हर समय हमारा साथ दिया। काम पर और घर पर लगातार मल्टीटास्किंग करते हुए, हममें से अधिकांश महिलाएँ, पुरुषों के विपरीत, यह समझाए जाते हुए बड़ी हुई हैं कि उन्हें सुनने के लिए तैयार रहना चाहिए और बोलते समय एक निश्चित सभ्यता का अनुपालन करना चाहिए। मीडिया में हमारे लम्बे वर्षों ने मीडिया क्षेत्र में इस लोकाचार का बीजारोपण किया। अंग्रेज़ी और हिन्दी, पुरुषों और महिलाओं, दलितों और ग़ैर-दलितों दोनों के लिए समान अवसर बनाने में अभी भी अधिक समय लग सकता है। लेकिन यहाँ विशेष रूप से इस बात का उल्लेख किया जाना चाहिए कि नये सहस्राब्दी की युवा पीढ़ी जो प्रेस क्लब, एडिटर्स गिल्ड और *मीडिया फ़ाउंडेशन ऑफ़ इंडिया* जैसे मीडिया निकायों का सम्मान करती है, उन्होंने न केवल हमारे कठिन शुरुआती वर्षों में महिला प्रेस क्लब की मदद की, बल्कि वरिष्ठ पदों पर

महिला पत्रकारों की उपस्थिति को भी ख़ुशी-ख़ुशी स्वीकार किया है। यह सब, और नई-नई तकनीक के आने से अख़बारों के भीतर पिरामिडीय पदानुक्रम को ध्वस्त करने में मदद मिली, जिससे कई स्वस्थ बदलावों की शुरुआत हुई है।

आज, हिन्दी भारत में मीडिया परिदृश्य का एक बड़ा हिस्सा है, और नये तकनीकी बदलावों से न्यूज़ रूम और बाज़ार में उभर रहे नये शक्ति सन्तुलन को देखना मेरी पीढ़ी के लोगों के लिए लगभग एक अवास्तविक अनुभव है। अचानक ही सभी प्रकार के संवाद संचार में बोलचाल की हिन्दी की आवश्यकता महसूस होने लगी है। क़ानून निर्माताओं को इसकी ज़रूरत है, क़ानून लागू करने वालों को इसकी ज़रूरत है, बाज़ारों को इसकी आवश्यकता है। और सभी नये मीडिया सितारे, न केवल बॉलीवुड वाले बल्कि स्ट्रीमिंग प्लेटफ़ॉर्म वाले भी हिन्दी में सब-टाइटिल देना चाहते हैं, इस बात से फ़र्क़ नहीं पड़ता कि उनके निजी जीवन में हिन्दी के साथ उनका जुड़ाव कैसा है?

मीडिया का ये खेल दरअसल रातोंरात बदल गया। साल 2009 आते-आते जब मैंने *हिन्दुस्तान टाइम्स ग्रुप* छोड़ा, जहाँ मैं हिन्दी की समूह सम्पादक थी, तब के मीडिया परिदृश्य में धीरे-धीरे सभी प्रमुख प्रकाशन गृहों में मालिकों की एक नई पीढ़ी उभर रही थी। नई सदी के पहले दशक तक, बाज़ार की बेहतर समझ रखने वाले प्रबन्धकों ने हिन्दी दैनिक समाचार-पत्रों को पुन: स्वरूपित करने और उनकी स्थिति बदलने की प्रक्रिया शुरू कर दी थी, क्योंकि उन्हें एहसास हुआ कि ये भविष्य के प्रमुख प्रकाशन होंगे। हिन्दी में आए युवा पत्रकार नई तकनीक को सीखने में आश्चर्यजनक रूप से तेज़ थे। धीरे-धीरे वेतन में सुधार होने लगा, साथ ही बाज़ार में सभी प्रमुख हिन्दी दैनिक समाचार-पत्रों के स्वरूप में भी सुधार होने लगा। इसके साथ ही बिक्री में वृद्धि, कॉफ़ी मशीनों और पारदर्शी काँच के विभाजन वाले खुले न्यूज़ रूम ने अब हिन्दी और अंग्रेज़ी सम्पादकीय के बीच पुरानी दीवारों को तोड़ दिया था। पहले से चले आ रहे पदानुक्रमों को भी समाप्त किया गया और नई महिला कर्मचारियों की बढ़ती संख्या के लिए अधिक महिला-अनुकूल कार्य-स्थान बनाया गया। रहस्यमय, बन्द-दरवाज़े वाले सम्पादकीय स्थान और पुरानी शैली की सम्पादकीय कार्य-प्रवाह प्रणालियाँ, जिन्होंने यौन उत्पीड़न के लिए कई गुप्त अवसर पैदा किये थे, ग़ायब हो गए। ये अलग बात है कि पुरानी शैली की महिला-आलोचना या हिन्दी बनाम अंग्रेज़ी प्रतिद्वंद्विता कभी-कभी अपना बदसूरत सिर आज भी उठा लेती है।

इक्कीसवीं सदी के दूसरे दशक में, *जागरण, भास्कर* और *हिन्दुस्तान* जैसे प्रमुख हिन्दी दैनिक समाचार-पत्रों ने, प्रबन्धकीय टीमों के आक्रामक समर्थन से एक के बाद एक तेज़ी से दर्जनों क्षेत्रीय संस्करण लॉन्च करने शुरू किये जिससे स्थानीय समाचार-पत्रों को बड़ा झटका लगा। उत्तर प्रदेश और दिल्ली में सफलता के झंडे गाड़े हुए दैनिक जागरण ने पटना में एक संस्करण शुरू किया, उसके बाद दैनिक भास्कर ने भी वहाँ से अपना अख़बार शुरू कर दिया।

आज, दो शीर्ष दैनिक समाचार-पत्रों, दैनिक जागरण और दैनिक भास्कर में से प्रत्येक के 50 से अधिक क्षेत्रीय संस्करण हैं, जो तीन दर्जन से अधिक स्थानों पर छपते हैं। क्षेत्रीय संस्करणों ने प्रत्येक जिले के लिए एक पेज भी पेश किया है, जिसे ज़्यादातर फ्रीलांसरों द्वारा संकलित किया जाता है (जो जिले के पेजों के लिए जगह बेचने वाले मार्केटिंग एजेंट के रूप में भी काम करते हैं) और डिजिटल रूप से निकटतम प्रिंट सेंटर को भेज दिया जाता है।

इस बीच, इंटरनेट और डिजिटल समाचार प्लेटफ़ॉर्मों के आगमन के साथ, पुराने, अनुभवी मीडिया कर्मियों के लिए असुरक्षाएँ बढ़ रही हैं। 1998 तक इंटरनेट पर सरकारी एकाधिकार था जिसका मुख्य प्रदाता विदेश संचार सेवा निगम लिमिटेड था। इसके निजीकरण के बाद, ग्राहक आधार में विस्फोट हुआ। डॉट-कॉम का दौर 1993 के आसपास शुरू हो चुका था, जब हिन्दी वेबसाइटें *गो-फ़ॉर इंडिया, गप्पू* और न्यूज़पेपर ऑनलाइन सामने आए।

लेकिन इनमें से अधिकांश, उन्नीसवीं सदी के शुरुआती हिन्दी समाचार-पत्रों की तरह, समाचार सामग्री के पेशेवर प्रबन्धन की कमी के कारण जल्द ही बन्द हो गए। 2003 के आसपास सभी प्रमुख हिन्दी दैनिक समाचार-पत्रों और स्वतंत्र समाचार चैनलों ने अपने स्वयं के ई-पेपर और वेबसाइटें लॉन्च कीं। ब्रिटिश ब्रॉडकास्टिंग कॉरपोरेशन (बीबीसी) ने भी हिन्दी में अपनी लोकप्रिय वेबसाइट भी लॉन्च की। वर्तमान में *आज तक न्यूज़, दैनिक भास्कर, राजस्थान पत्रिका, नवभारत टाइम्स, वेब दुनिया, आईबीएन ख़बर* सबसे अधिक पढ़े जाने वाले डिजिटल न्यूज़ पोर्टलों में से हैं, जिन्हें टीवी चैनलों और समाचार-पत्रों द्वारा चलाया जा रहा है। इनके साथ-साथ, 'वेबलॉग' या ब्लॉगिंग का चलन भी बढ़ रहा है, और धीरे-धीरे, डिजिटल कैमरा, ई-मेल, कैमरा फ़ोन और ब्रॉडबैंड कनेक्टिविटी ने हिन्दी के लिए अब तक सपने में भी न सोचे गए परिदृश्य और समाचार पूल खोल दिये हैं।

दरअसल, इक्कीसवीं सदी का हिन्दी समाचार मीडिया एक विरोधाभास में फँस गया है। भारत में अतीत के किसी भी समय से तुलना करें तो आज भाषायी पत्रकारिता की विविधताएँ मीडिया के व्यापक दायरे में दिखाई देती हैं। हिन्दी प्रिंट अभी भी संख्या और अपने विज्ञापन राजस्व में लगातार वृद्धि दर्ज कर रहा है। लेकिन पत्रकारों के लिए चीज़ें अभी इतनी स्पष्ट नहीं हैं। इंटरनेट-संचालित मीडिया में एक शक्तिशाली तूफ़ान चल रहा है, जहाँ डिजिटल तकनीक हर साल नये वैश्विक प्लेटफ़ॉर्म बना रही है, जिनमें से प्रत्येक समाचार और विज्ञापन दोनों को ऑनलाइन वितरित करने में पिछले प्लेटफ़ॉर्म की तुलना में अधिक सक्षम है। इस पुस्तक के अध्याय 5 में हमने हिन्दी डिजिटल मीडिया के शुरुआती प्रवेशकों में से कई लोगों से इंटरनेट की दुनिया के उनके सफर के बारे में बात की है, जहाँ उन्होंने बताया है कि अब चीज़ें किस दिशा में जा रही हैं।

एक बात तो स्पष्ट है : भविष्य के समाचार कक्षों में लोगों की संख्या कम होगी, और काम करने वाले लोग हर क्षेत्र के प्रशिक्षित मल्टीटास्कर होंगे। अधिकांश बड़े हिन्दी अख़बार अभी भी साहसी लेकिन ज़्यादातर अप्रशिक्षित और बड़े पैमाने पर अनुभवहीन फ्रीलांसरों पर बहुत अधिक भरोसा करते हैं। वे एक्सक्लूसिव रिपोर्टिंग के लिए अपनी जान तक जोखिम में डाल सकते हैं, लेकिन वे उन राजनीतिक दलों के प्रतिशोध और हिंसा के प्रति लचीले हो जाते हैं जिन्हें वे भ्रष्ट बताते हैं। उनमें से अधिकतर पत्रकार अख़बारों के लिए काम करते हैं और उन्हें अपना अधिकांश समय क्षेत्रीय संस्करणों के लिए स्थानीय बाज़ारों में विज्ञापनों की तलाश में बिताना पड़ता है। ऐसे देश में जहाँ बड़ी संख्या में बेरोज़गारी या अल्प-रोज़गार हैं, नैतिक सवाल उठाए बिना जोखिम भरा काम करने के लिए प्रतिभाशाली और उत्सुक युवाओं को ढूँढ़ना बहुत मुश्किल नहीं है। लेकिन, अक्सर इसका परिणाम यह होता है कि स्थानीय राजनेता और बाज़ार प्रचारात्मक कहानियाँ समाचार के रूप में लगवा देते हैं। अपने गृह नगरों से पलायन कर चुके होनहार युवा स्ट्रिंगर जो दिल्ली, मुम्बई या कोलकाता में रहते हैं, उन्हें रिपोर्टिंग के लिए सारे संसाधन ख़ुद ही जुटाने पड़ते हैं, जैसे गाड़ी या बाइक का प्रबन्ध करना और उसके लिए पेट्रोल ख़रीदना।

अन्य बातों के अलावा, ये पुस्तक पाठकों को इस अदृश्य लेकिन बेहद महत्त्वपूर्ण दुनिया की एक झलक प्रदान करने का भी प्रयास करती है।

एक रिपोर्ट (केपीएमजी और फिक्की 2017) के अनुसार, नई वैश्विक सूचना पारिस्थितिकी में कम्पनियों द्वारा टीवी विज्ञापन ख़र्च आज उनके कुल परिव्यय का 39.3 प्रतिशत है। इसमें से प्रिंट का हिस्सा 33 प्रतिशत से कुछ अधिक है। वास्तविक विकास अब वहाँ है जहाँ हिन्दी उत्पाद हैं। अख़बारों को अभी तक किसी गम्भीर चुनौती का सामना नहीं करना पड़ा है, केवल इसलिए क्योंकि भारत में डिजिटल समाचार प्लेटफ़ॉर्मों के लिए विज्ञापन प्रवाह का मॉडल अभी भी पूरी तरह से विकसित नहीं हुआ है। और पुराने 'विरासती' समाचार उद्योग को अब यह महसूस हो रहा है कि इसका पाठक वर्ग इंटरनेट पर 24/7 उपलब्ध निःशुल्क समाचारों का लाभ उठाने के क्रम में उनसे दूर हो रहा है। कई पाठक तो स्वयं समाचार पेश करने लगे हैं। लेकिन औपचारिक या अनौपचारिक, हिन्दी मीडिया में समाचार लिखने वाले लोग सर्च इंजन, ब्लॉग, फ़ेसबुक (2004 में स्थापित) और ट्विटर (2006 में स्थापित) फ़ीड पर बहुत अधिक निर्भर करते हैं। पश्चिम की तरह भारत का प्रिंट उद्योग भी इस दर्दनाक एहसास से जाग रहा है कि समाचारों के लिए भुगतान करना एक तेज़ी से लुप्त होती आदत है। जिस तरह विकिपीडिया और गूगल जैसे दिग्गजों ने सम्मानित एनसाइक्लोपीडिया ब्रिटानिका को नष्ट कर दिया है, यदि पुरानी शैली के प्रिंट ने समय की माँग के अनुसार ख़ुद को ढालने में देर कर दी तो डिजिटल समाचार प्लेटफ़ॉर्म इसे भी ख़त्म कर सकते हैं।

इन दिनों मीडिया में संरक्षण भी बदल रहा है। राजनीतिक सत्ता पर आसीन कोई भी मालिक अपने विशाल ख़ज़ाने और आधिकारिक मशीनरी के बल पर विज्ञापन रूपी हथियार का इस्तेमाल कर कभी मीडिया का पेट भर देता है, तो कभी उसे भूखा छोड़ देता है, और अन्ततः सम्पादकीय और प्रबन्धकों को अपनी राजनीतिक विचारधाराओं और सरकारी नीतियों के अनुरूप ढाल ही लेता है। इक्कीसवीं सदी के पहले दो दशकों में, हिन्दी सम्पादकों में विरोधाभासी विचारधारा रखने वाले लोगों की संख्या बहुत कम हो गई है। जो लोग बचे हैं, उनमें से अधिकांश ने अर्थव्यवस्था और अपने स्वयं के कम्पनी बोर्डों का तेज़ी से कॉरपोरेटीकरण स्वीकार कर लिया है। इनके लिए हेडलाइन से अधिक महत्त्वपूर्ण बॉटम लाइन है। यह अपने आप में एक ऑर्गेनिक विकास है। लेकिन, व्यावहारिकता और जनता का विश्वास बनाए रखने के लिए हिन्दी समाचार मीडिया को अब सचेत रूप से सनसनीख़ेज़ दावों और नेताओं के प्रेरित प्रचार की ओर न जाकर, सत्यापित और तथ्यात्मक जानकारी की ओर अधिक झुकाव रखना चाहिए।

इसका दूसरा सकारात्मक पक्ष ये है कि इस नई डिजिटल दुनिया में, मालिक हाई-टेक मशीनरी, ई-पेपर, पोर्टल और समाचार-आधारित प्रोग्रामिंग को हिन्दी में लाइव स्ट्रीम करने और उनका प्रभावी ढंग से उपयोग करने की कोशिश कर रहे हैं। इसलिए, पहली बार ऐसा हो रहा है कि वो सिर्फ़ युवा और कौशल से लैस हरफ़नमौला पत्रकारों को ही नौकरी देना चाह रहे हैं।

इन युवाओं को बेहतर वेतन और कार्य परिस्थितियाँ प्रदान की जा रही हैं और ये इसके हक़दार भी हैं। अगला बड़ा सवाल यह है कि हिन्दी मीडिया प्रतिष्ठान अपनी महिलाकर्मियों और हाशिए पर बैठे अन्य समूहों के लिए लोकतांत्रिक, समावेशी और स्वागत योग्य माहौल बनाकर कैसे अपनी ख़बरों को और समृद्ध कर सकते हैं? बड़े पैमाने पर उच्च जाति, पुरुष कार्यबल और असत्यापित जानकारी के आधार पर चुने गए स्ट्रिंगरों पर लम्बे समय से अधिक निर्भरता के परिणामस्वरूप ऐसी टीमें बनी हैं जिनके पास तथ्यों की कमी है, जो हाशिए पर रहने वाले समूहों के कुशल हाथों के प्रति पक्षपाती हैं और उनमें उचित क़ानूनी ज्ञान की भी कमी है। वे 24/7 समाचार के युग में अनजाने में ऐसी कहानियाँ दर्ज करके पेशेवर समाचार संरचनाओं को गम्भीर नुक़सान पहुँचा सकते हैं जो क़ानूनी जाँच पर खरी नहीं उतरती हैं और गम्भीर स्थिति पैदा कर सकती हैं।

चिन्ता का दूसरा बिन्दु एक अन्तरराष्ट्रीय संस्था, रिपोर्टर्स विदाउट बॉर्डर्स (2018) की रिपोर्ट में रेखांकित किया गया है। इस रिपोर्ट में साल 2018 को पत्रकारों के लिए सबसे घातक वर्ष बताया गया है। यही वो साल था जिसमें 384 पत्रकारों को जेल में डाल दिया गया और 60 को बन्धक बना लिया गया। संयुक्त राष्ट्र शैक्षिक, वैज्ञानिक और सांस्कृतिक संगठन (यूनेस्को) भी पुष्टि करता है कि उस वर्ष कम से कम 99 पत्रकार मारे गए (यूनेस्को 2020)। भारतीय पत्रकारों (उनमें से अधिकांश स्थानीय भाषा में काम करते हैं और छोटे शहरों और गाँवों से रिपोर्टिंग करते हैं) पर हमलों और अक्सर बिना क़ानूनी प्रक्रियाओं का पालन किये उन्हें जेल में डालने का मुख्य कारण संस्था का साथ खड़े न होना और समय पर हस्तक्षेप की कमी है। 2019 के चुनावों ने भारत के सार्वजनिक क्षेत्रों के भीतर विभिन्न दोष रेखाओं को उजागर किया है। पुस्तक के अध्याय सात और आठ में ख़ास तौर पर इस बात की चर्चा की गई है कि आने वाला समय कैसा हो सकता है, और कैसे हमें अधिक तीव्र झटकों के आने से पहले अपने आधार को सुरक्षित कर लेना है।

वर्तमान में हिन्दी मीडिया जिन अस्तित्वगत सवालों से जूझ रहा है, वे वास्तव में सभी भारतीय भाषाओं के मीडिया के लिए आम हैं। क्या हम सभी को बहती धारा के साथ चलना चाहिए और विज्ञापन राजस्व का दोहन जारी रखना चाहिए? क्या हम नहीं जानते कि पिछली सदी में इसने जो सार्वजनिक स्थान बनाया था, उस पर राजनीतिक और कॉरपोरेट हितों ने तेज़ी से क़ब्ज़ा कर लिया, जिनके पास गहरी पूँजी और विभाजनकारी एजेंडे थे?

क्या सम्पादकीय किसी भी हद तक जाकर अपनी ईमानदारी बरकरार रखेगा और अपने मालिकों की राजनीतिक और कॉरपोरेट लॉबिस्टों से निकटता के बावजूद लोगों के व्यक्तिगत अधिकारों और स्थानीय संस्कृतियों की रक्षा करता रहेगा? अब हम यह दिखावा नहीं कर सकते कि हम नहीं जानते हैं कि हिन्दी और स्थानीय भाषाओं में मालिकों की रुचि उनके भाषा प्रेम की वजह से नहीं, बल्कि बाज़ारों तक अपनी पहुँच बनाने के लिए है।

तो क्या हम आपसी आदान-प्रदान की भावना की क़द्र करते हुए इस बात पर ज़ोर दे सकते हैं कि मीडिया मालिक हमें समाचार एकत्र और प्रसारित करने के लिए वैसी ही बेहतर और सस्ती तकनीक और अन्य सुविधाएँ प्रदान करेंगे जैसा वो अंग्रेज़ी के लिए करते हैं?

एक और बड़ी चिन्ता यह है : यदि 2018 में प्रस्तावित मीडिया क़ानूनों में संशोधन पारित हो गए तो हमारे संविधान द्वारा दी गई सूचना और अभिव्यक्ति की स्वतंत्रता का हम कितना इस्तेमाल कर पाएँगे? 'विचारों की स्वतंत्रता,' जैसा कि दार्शनिक हन्ना अरेंड्ट (1954) ने लिखा, 'जब तक तथ्यात्मक जानकारी की गारंटी नहीं दी जाती, तब तक यह एक दिखावा है।' लेकिन अगर ज़रूरत पड़ी तो क्या अभिव्यक्ति और सूचना की स्वतंत्रता के समर्थक नागरिक एक बार फिर मीडिया की लड़ाई एक सीमा से आगे लड़ेंगे, जैसा कि उन्होंने आपातकाल के वर्षों के दौरान किया था?

सच्चे सुधार के लिए सभी मीडिया हितधारकों को ख़ुद को आईना दिखाने की आवश्यकता है। इस पुस्तक को लिखने और अपने नोट्स पढ़ते समय, वर्तमान और अतीत के सहकर्मियों से बात करने के दौरान, मुझे कई नई अन्तर्दृष्टि प्राप्त हुई हैं। हिन्दी में लिखने वाले बहुभाषी पत्रकारों के रूप में हमारे अनगिनत पाठकों, श्रोताओं और दर्शकों ने हम पर जो भरोसा जताया है, उसने मेरे आत्म-सम्मान और भारत की आत्मा की शक्तिशाली समावेशिता में मेरे विश्वास, दोनों को मज़बूत किया

है। हिन्दी पत्रकारिता ने मुझे ग्रामीण क्षेत्रों की कहानियों को विनम्रता और समझ के साथ जाँचने और लोकतांत्रिक पैमाने पर उनके महत्त्व का आकलन करने की एक दुर्लभ क्षमता प्रदान की है। भाषा कौशल हासिल करने से हममें से कई लोगों को उस तरह की राजनीतिक विचारधारा से दृढ़ता से दूर रहने में मदद मिली है जो हिन्दी मीडिया और साहित्य के लिए संस्कृत, उच्च-जाति की शुद्धता पर ज़ोर देती है। नाटककार के रूप में, वेक्लाव हावेल ने चेकोस्लोवाकिया के लोगों को उनके राष्ट्रपति के रूप में सम्बोधित करते हुए (नये साल के दिन, 1990 को) कहा, 'केवल ऐसा व्यक्ति या एक राष्ट्र जो शब्द के सर्वोत्तम अर्थों में आत्मविश्वासी है, दूसरों को सुनने की क्षमता रखता है, उन्हें समान रूप से स्वीकार करने में सक्षम है...आइए हम इस प्रकार के आत्मविश्वास को अपने समुदाय के जीवन में और राष्ट्र के रूप में अपने व्यवहार में लाने का प्रयास करें।'

हिन्दी में मल्टी-मीडिया के विकास और हमारे समाचार-पत्रों के डिजिटलीकरण पर उदारतापूर्वक और स्वेच्छा से सामग्री साझा करने के लिए मैं अपने सहयोगियों प्रमोद जोशी, हरजिन्दर सिंह, प्रकाश हिन्दुस्तानी, नचिकेता देसाई, निधीश त्यागी और नवनीत गुर्जर की विशेष रूप से आभारी और ऋणी हूँ। इन सुधी लोगों ने, न केवल डिजिटल मीडिया की अब तक की यात्रा के प्रमुख पहलुओं पर प्रकाश डाला, बल्कि, आज की हिन्दी की समृद्ध मल्टी-मीडिया दुनिया की आन्तरिक संरचना और कार्यप्रणाली के बारे में भी विस्तार से बताया। इतने सब कुछ के बावजूद इस पुस्तक को प्रकाशित करना सम्भव बनाने के लिए, मैं अपने सम्पादकों, मेघना सीएन और प्रोतीती बनर्जी और प्रकाशक ओरिएंट ब्लैकस्वान की रूपा शर्मा और नलिनी राजन (एशियन कॉलेज ऑफ़ जर्नलिज़्म में डीन ऑफ़ स्टडीज़, और जनरल एडीटर, स्टडीज़ इन जर्नलिज़्म) की तहे दिल से आभारी हूँ। इन्होंने पुस्तक लेखन के तीन बेहद तनावपूर्ण वर्षों के दौरान हर वक़्त हाथ थामकर मेरा साथ दिया जिसे हम सभी ने व्यक्तिगत और सामूहिक रूप से अनुभव किया।

मैं इस पुस्तक के सभी पाठकों से आशा करती हूँ कि आप हिन्दी भाषा और हिन्दी पत्रकारिता की लम्बी और घुमावदार यात्रा का अनुसरण करते हुए इसमें स्वयं की तलाश करेंगे। मुझे विश्वास है कि आप भी अपनी मातृभाषा को फिर से खोज लेने में सफल होंगे, फिर आप अपनी अनूठी शैली बनाएँगे और अपने पाठकों को जोड़े रखेंगे, जैसे मेरी पीढ़ी ने किया। आप युवा हैं, तकनीकी रूप से बहुत बेहतर हैं और पूरी दुनिया के साथ नेटवर्क से जुड़े हुए हैं, उस समय की तुलना में जब

हमने अँधेरे पानी में छलाँग लगाई थी। हमारे पास कोई परम्परा नहीं थी, अच्छी मशीनों तक बहुत कम पहुँच थी और प्रकाशन गृहों और राजनीतिक क्षेत्र में हमें सलाह देने वाले बेहद कम लोग उपलब्ध थे। जैसे ही, हम एक के बाद एक, अँधेरे गहरे पानी में सिर के बल कूदे, हम पहले डर गए, फिर आश्चर्यचकित हुए, और अन्त में सिर हिलाते हुए ऊपर आए, हम उस ख़ुशी से लबरेज़ थे, जो हमें अपनी आवाज़ को पहचान मिल जाने से मिली थी। और ये ख़ुशी मिलती भी क्यों नहीं? एक बड़ा पाठक वर्ग हमारी रिपोर्टिंग और कहानियों को सुनने के लिए उत्सुकता के साथ खड़ा जो था!

1

हिन्दी की यात्रा

भारत को विभिन्न प्राचीन सभ्यताओं, धर्मों और भाषाओं के उद्गम स्थल के तौर पर वर्णित किया जाता रहा है जहाँ की उर्वरा में पनपकर पूरी दुनिया में इनका विस्तार हुआ। ऐसे में प्रिंट मीडिया के इतिहास को केवल स्वामित्व, सम्पादकीय टीमों अथवा बिक्री और विपणन के सन्दर्भ में वर्णित नहीं किया जा सकता। लेखक-अनुवादक ए. के. रामानुजन (1993) ने बड़े ही सही ढंग से इस तथ्य को रेखांकित किया है कि सभी भारतीय बहुभाषी प्रतिभा के धनी होते हैं; अंग्रेज़ों के सत्ता में क़ाबिज़ होने तक उत्तरी भारत पर बारी-बारी से राज करने वाली उस समय की रियासतें तथा रईस और कुलीन लोग अनेक भाषाओं के जानकार थे। उत्तर भारत में वे न केवल प्राचीन भाषा—फ़ारसी, अरबी और संस्कृत से परिचित थे, बल्कि वे समकालीन लेखकों, कलाकारों, कारीगरों और अपने बहुभाषी हरम के साथ उन्हीं की बोली; खड़ी बोली, ब्रज, अवधी, भोजपुरी, मैथिली, पंजाबी और राजस्थानी में आसानी से बात कर लेते थे। वर्ष 1961 की जनगणना के अनुसार उस समय भारत में 1,652 भाषाएँ प्रचलन में थीं (RGCCI 1961)। अब, 2001 की जनगणना के अनुसार इनमें से कम से कम 29 बोलियाँ 10 लाख से अधिक भारतीय बोलते हैं (RGCCI 2001); इनमें भी हिन्दी का चलन सबसे व्यापक है, जिसका विस्तार उत्तरी भारत के 11 राज्यों में है। वर्तमान में मन्दारिन (चीन में बोली जाने वाली भाषा) के बाद, हिन्दी सबसे बड़े समूह, लगभग 57 करोड़ भारतीयों द्वारा बोली जाने वाली भाषा है।

हिन्दी के औपचारिक भाषा होने का सफ़र

पूर्व औपनिवेशिक भारत में ज्ञान की बहुआयामी परम्पराएँ मौजूद थीं। जिसे आज हम हिन्दी कहते हैं, उसे 200 साल पहले तक हिन्दवी के नाम से जाना जाता था। हिन्दवी थोड़ी-बहुत क्षेत्रीय विविधताओं के साथ उत्तरी भारत के मैदानी इलाक़ों में बोली जाने वाली आम भाषा थी। 19वीं सदी की शुरुआत में ईस्ट इंडिया कम्पनी के ब्रिटिश अधिकारियों को एक स्थानीय भाषा की ज़रूरत महसूस हुई ताकि उत्तरी भारत के लोगों के साथ आसानी से संवाद किया जा सके; तब उनका ध्यान हिन्दी या हिन्दवी की ओर गया।

हिन्दी और हिन्दवी शब्द स्वदेशी नहीं थे; इन्हें मध्य एशिया के अरबी भाषी लोगों ने गढ़ा था। अरब के लोग सदियों से सिन्धु नदी को पार कर इधर आते थे। उष्ण इलाक़ा होने के कारण अरबी लोग 'स' शब्द का उच्चारण ठीक से नहीं कर पाते; इसीलिए, उन्होंने सिन्धु नदी को हमेशा हिन्दू कहा। इसी कारण नदी के किनारे मैदानी हिस्से में रहने वाली आबादी भी हिन्दू कही जाने लगी और उनकी भाषा हिन्दवी। इसलिए, कवि विद्वान आमीर ख़ुसरो (1253-1325) ने अपने शब्दकोश, खलीक-बारी (1320) के संकलन में पंजाब से लेकर बिहार तक बोली जाने वाली हिन्दवी की सभी विविध और मिश्रित बोलियों को जगह दी है।

सत्रहवीं सदी में पुर्तगालियों ने हिन्दवी को 'इंदोस्तानी' कहना शुरू किया। बाद में इसका ही अपभ्रंश 'हिन्दुस्तानी' कहा जाने लगा। हिन्दवी के स्वदेशी कवियों ने इसे 'भाखा' (बोले जाने वाला शब्द) के रूप में सन्दर्भित किया। 'भाखा' शब्द का इस्तेमाल अंग्रेज़ अफ़सरों के सहायक के रूप में काम करने वाले क्लर्कों के लिए भी किया जाता था। दरअसल, इस भाषा का स्वरूप थोड़ी-थोड़ी दूरी पर बदल जाता था; अंग्रेज़ इसे मानकीकृत करने के लिए तत्पर थे जिसे 'भाखा मुंशी' कहा गया।

हालाँकि, इसमें कोई सन्देह नहीं है कि तब जो हिन्दी बोली जाती थी वो उर्दू से अलग नहीं थी। यह हिन्दी, फ़ारसी-अरबी भाषी सेना के शिविरों और दिल्ली में लाल किला के आसपास के सामान्य मूल निवासियों की बोली से उपजी एक मिश्रित भाषा हो गई थी। दरअसल, हिन्दी-हिन्दू और उर्दू-मुस्लिम की साहित्यिक परम्पराएँ और इनकी राजनीतिक परिभाषा की उत्पत्ति बहुत बाद में हुई; उनका साहित्य से कोई लेना-देना नहीं है। उन्नीसवीं शताब्दी की शुरुआत तक मुस्लिम शासकों और उनके दरबारी मुंशी, अपने हिन्दी और उर्दू के अधिकांश काम फ़ारसी-अरबी लिपि

में ही लिखा किया करते थे। केवल कुछ ही हिन्दी लेखकों ने इंडिक देवनागरी लिपि में अपना काम किया जिसका उपयोग आम तौर पर संस्कृत के विद्वान ही करते थे। कुछ हिन्दू लेखकों ने कैथी का भी इस्तेमाल किया, जो लेखाकारों और व्यापारी वर्ग द्वारा प्रयोग में लाई जाने वाली लिपि थी। मुग़ल काल के पतन के वर्षों में प्रचलित हुई अनेक शास्त्रीय हिन्दुस्तानी संगीत रचनाएँ हिन्दू और मुसलमान संगीतकारों ने फ़ारसी-अरबी-उर्दू लिपि में ही लिखी थी। इस संगीत को समझने में भी लोगों को कोई परेशानी नहीं होती थी, क्योंकि आम तौर पर इसे राजदरबारों, मन्दिरों अथवा गाँव की चौपालों में ही गाया, सुनाया जाता था।

हिन्दवी की अलग-अलग क़िस्म की बोलियों और इसके स्वरूप के कारण औपचारिक हिन्दी की शब्दावली और वर्तनी का मानकीकरण किया जाना अंग्रेज़ों के लिए एक चुनौती साबित हो रही थी। तब, फ़ोर्ट विलियम कॉलेज (कलकत्ता में 1800 में स्थापित) के भाखा मुंशियों ने हिन्दवी की खड़ी बोली के स्वरूप को चुना जिसके आधार पर समूचे उत्तर भारत के लिए एक औपचारिक भाषा गढ़ी जा सके।

हिन्दी लेखकों और मीडिया ने आने वाले दशकों के इसी खड़ी बोली का इस्तेमाल किया। यहाँ यह सवाल भी उभरता है कि हिन्दी के इतने स्वरूपों में से भाखा मुंशियों ने खड़ी बोली को ही आधार के रूप में क्यों चुना? क्या ऐसा इसलिए था, क्योंकि दिल्ली-आगरा का क्षेत्र लम्बे समय तक ऐतिहासिक और सांस्कृतिक परम्पराओं का सीट रहा था? या इसकी वजह कहीं ये तो नहीं थी, कि चार भाखा मुंशी, जिन्हें ईस्ट इंडिया कम्पनी के अधिकारियों के साथ लोगों के संवाद के लिए एक औपचारिक हिन्दी बनाने का काम सौंपा गया था, वे सभी इसी क्षेत्र से थे? बहरहाल, सच्चाई चाहे जो भी हो; हम निश्चित रूप से इसे कभी नहीं जान पाएँगे। लेकिन, हम इतना ज़रूर जानते हैं कि साल 1920 आते-आते पढ़े-लिखे दूर दृष्टि रखने वाले भारतीयों ने खुले तौर पर अपने साहित्यिक, राजनीतिक और सामाजिक एजेंडे को फ़ोर्ट विलियम कॉलेज वाली हिन्दी के माध्यम से आगे बढ़ाना शुरू कर दिया था। इसका नतीजा ये रहा कि इसके तुरन्त बाद, हिन्दुओं और मुसलमानों की सामुदायिक पहचान की परतें अलग-अलग जमनी शुरू हो गईं। फ़ोर्ट विलियम कॉलेज की देवनागरी लिपि वाली हिन्दी जहाँ हिन्दुओं की पहचान साबित होने लगी वहीं मुसलमानों की पहचान फ़ारसी-अरबी रेख़्ता लिपि वाली उर्दू के तौर पर होने लगी। उत्तरी भारत में हिन्दुओं के बड़े वर्ग की राष्ट्रवादी पहचान बन चुकी

हिन्दी को तब और बढ़ावा मिला जब उस समय के प्रमुख राजनेताओं और समाज सुधारकों ने भारत के विकास के अपने राष्ट्रीय एजेंडे को एक सूत्र में पिरोने और इसके प्रचार-प्रसार के लिए हिन्दी का उपयोग करना शुरू किया। इनमें बैरिस्टर से जन नेता बने गुजराती भाषी मोहनदास के. गांधी, जाने-माने बांग्ला भाषी विद्वान और समाज सुधारक राजा राममोहन राय और आर्य समाज (1875) के संस्थापक पंजाबी भाषी दयानन्द सरस्वती प्रमुख थे।

भारत में हिन्दी प्रिंट तकनीक का उदय

एक स्थान से दूसरे स्थान तक ले जाई जा सकने वाली देवनागरी लिपि के सबसे पुराने ज्ञात नमूने रोम में वर्ष 1740 में ढाले गए थे (स्टार्क 2008 : 35)। फिर भी भारत में इनका आना अठारहवीं सदी के उत्तरार्ध के दशकों में ही सम्भव हो पाया। वैसे, जेसुइट मिशनरियों द्वारा छपाई का काम दक्षिणी भारत में सोलहवीं शताब्दी में ही शुरू किया जा चुका था। जेसुइट मिशनरियों ने पुर्तगाली व्यापारियों का अनुसरण करते हुए दक्षिण-पश्चिम तट से भारत में प्रवेश किया था। उन्होंने गोवा में पहला प्रिंटिंग प्रेस लगाया; इसके चार वर्षों बाद पुर्तगाल से एक प्रिंटिंग प्रेस भेजी गई जो पुर्तगाली में ही पाँच धार्मिक सामग्रियाँ प्रिंट करती थीं जिनका इस्तेमाल उसी क्षेत्र में डेरा डाले हुए पुर्तगाली मूल के ईसाई अपनी ज़रूरतों के लिए करते थे।

सत्रहवीं शताब्दी के उत्तरार्ध आते-आते भारत में ब्रिटिश ईस्ट इंडिया कम्पनी का मज़बूत आधार तैयार हो चुका था। ब्रिटिश अधिकारियों को भी अब लोगों से स्थानीय भाषा में ही संवाद करने की आवश्यकता महसूस होने लगी थी, ताकि वे अपने व्यापार और राजस्व संग्रह गतिविधियों की जानकारी बेहतर तरीक़े से लोगों तक पहुँचा सकें। उनके सक्रिय प्रयासों से कलकत्ता में एक प्रेस स्थापित किया गया। इसमें अंग्रेज़ी और भारतीय भाषाओं, सबसे पहले बांग्ला में किताबें और ईसाई ट्रैक्ट प्रकाशित की जाने लगीं। बाद में हिन्दी और उर्दू में भी इनका प्रकाशन होने लगा। हिन्दी और उर्दू उत्तरी भारत में पंजाब से लेकर बिहार तक व्यापक रूप से बोली जाती थी और यहाँ देश की आबादी का 40 फ़ीसदी हिस्सा रहता था। देवनागरी लिपि के साँचे से पहली छपाई कलकत्ता में ही हुई।

उन्नीसवीं सदी की शुरुआत तक कलकत्ता एक महत्त्वपूर्ण व्यापारिक केन्द्र बन चुका था। उस वक़्त वहाँ के गवर्नर जनरल वॉरेन हेस्टिंग्र्स के कार्यकाल में

रॉयल एशियाटिक सोसाइटी (1784) और फ़ोर्ट विलियम कॉलेज (1800) जैसे संस्थानों के माध्यम से कलकत्ता ओरिएंटल शिक्षा का भी एक प्रमुख केन्द्र बन रहा था। ओरिएंटल शिक्षार्थियों से प्रोत्साहित होकर साल 1789 में कलकत्ता के पहले व्यावसायिक, क्रॉनिकल प्रेस ने एशियाटिक पद्य (न्यू एशियाटिक मिसेलनी) छापी जिसमें कुछ छंद संस्कृत के थे, साथ ही दक्कन कवि, वली दक्कनी के नागरी लिपि में कुछ रेख़्ता दोहे भी थे।

साल 1812 के आसपास कलकत्ता, बड़े पैमाने पर छपाई और बाद में छपाई के काग़ज़ निर्माता के रूप में प्रिंटिंग गतिविधि और इससे जुड़ी तकनीकी प्रयोग का केन्द्र बनता जा रहा था।

सेरामपुर प्रेस ने ईसाई धर्म अपनाने वाले वहाँ के मूल निवासियों के लिए अंग्रेज़ी और बांग्ला में प्रार्थना पुस्तकें और ट्रैक्ट छापना शुरू किया था।

सेरामपुर प्रेस ने ईसाई धर्म में हाल ही में धर्मान्तरित मूल निवासियों के लिए अंग्रेज़ी और बांग्ला में प्रार्थना पुस्तकों और ट्रैक्टों को प्रिंट करके शुरू किया था। लेकिन, 1780 से 1818 के बीच उत्तर भारत में सभी ग़ैर-धार्मिक पत्र अंग्रेज़ी में ही छापे जा रहे थे। ये वहाँ के मूल निवासियों के लिए नहीं थे। दरअसल, इनका इस्तेमाल ईस्ट इंडिया कम्पनी के असन्तुष्ट कर्मचारी, अपनी बातें और गिले-शिकवे लंदन और कलकत्ता में बैठे फ़ैसले लेने वाले आकाओं तक पहुँचाने के लिए किया करते थे।

छपाई से किनारा करने वाले भारतीय आभिजात्य वर्ग में परिवर्तन की हलचल

काग़ज़, किताबें और छपाई की तेज़ गतिविधियों के बीच ये सोचना नामुमकिन सा लगता है कि उत्तर भारत के पाठकों और साहित्य के संरक्षकों को किताबें, पत्र-पत्रिकाएँ और समाचार-पत्रों को छपे हुए रूप में स्वीकार करने में कई दशक लग गए। उत्तर भारत के लोगों के लिए छपे हुए ग्रंथ और किताबें इत्यादि बेहद बेशक़ीमती संग्रह की वस्तु होती थीं; उन तक पहुँच केवल अमीर, उच्च जाति या फिर विद्वान क़िस्म के लोगों तक ही सीमित थी। उच्च स्तर का ज्ञान एक पवित्र रहस्य की तरह होता था जिसे गिरजाघरों में काम करने वाले कुछ चुनिंदा अनुचरों को ही सिर्फ़ मौखिक रूप से दिया जाता था। उस समय के ग्रंथ हाथों से ही लिखे गए, सबसे पहले इन्हें ताड़ के पत्तों पर लिखा गया, फिर भोज वृक्ष की छालों पर

और बाद में काग़ज़ पर। हस्तलिखित पांडुलिपियों का संरक्षण केवल उच्च जाति वर्ग के लोग तथा शाही पुस्तकालय ही करते थे। मुग़ल बादशाहों के पास परम्परागत रूप से शाही चित्रकारों और सुन्दर लिखाई वाले लोगों द्वारा तैयार सचित्र हस्तलिखित पांडुलिपियों की सीमित प्रतियाँ ही उपलब्ध होती थीं। उन्नीसवीं सदी की शुरुआत में मुसलमान और हिन्दू, दोनों शासकों को इस बात का एहसास होने लगा था कि अपने पक्ष में स्थानीय भाषा के लोगों का बड़ा समूह बनाने के लिए प्रिंट तकनीक की क्षमता कितनी महत्त्वपूर्ण है? दरअसल, इन शासकों ने देख लिया था कि किस तरह मिशनरियाँ स्थानीय लोगों से मूल भाषा में ही संवाद कर उनकी ही बातों को बेहतर तरीक़े से उन तक पहुँचा पा रही थीं। नतीजा, ये कि विदेशियों और जनता के बीच संवाद का बेहतर तालमेल स्थापित हो रहा था और स्थानीय शासकों की राजनीतिक और आर्थिक शक्ति ख़ुद की ही पहुँच से बाहर होकर ईस्ट इंडिया कम्पनी के अधिकारियों के पास जाने लगी थी। कम्पनी की मदद और प्रोत्साहन से ईसाई मिशनरियाँ इतनी पनपने लगीं कि वो स्थानीय शासकों के लिए आक्रामक चुनौती बन गईं और उन्हें अपनी इस्लामिक और हिन्दू पहचान खोने की चिन्ता सताने लगी। हालाँकि, वे खुले तौर पर मिशनरियों का विरोध करने से बच रहे थे। स्थानीय शासकों का खुला विरोध उन्हें निर्वासित करा सकता था, उनकी पेंशन और विशेषाधिकारों को नुक़सान पहुँच सकता था।

ऐसे में, स्थानीय जनता को अपने पक्ष में बनाए रखने और उनका ध्यान आकर्षित करने के लिए देशी भाषा और प्रिंट माध्यम का इस्तेमाल सहज और आसान तरीक़ा था। इसके बाद कई राजघरानों ने खड़ी बोली हिन्दी को संवाद के माध्यम के रूप में चुना, साथ ही हिन्दी में ही ग्रंथों, पर्चों, समाचार-पत्र-पत्रिकाओं की छपाई को भी बढ़ावा दिया। क्षेत्रवार रूप से बोली जाने वाली हिन्दी की विशिष्ट संस्कृति को ध्यान में रखते हुए उसमें कई उर्दू, फ़ारसी और स्थानीय बोली के कई शब्दों को शामिल किया गया, साथ ही कई शब्दों को हटाया भी गया।

कलकत्ता के फ़ोर्ट विलियम कॉलेज में औपचारिक हिन्दी का जन्म

देशी शासक वर्ग नये चल प्रकार की प्रिंट टेक्नोलॉजी के प्रति उदासीन थे, जबकि ब्रिटिश लोग अपने व्यापार और प्रशासनिक गतिविधियों को आगे बढ़ाने के लिए एक ऐसी भाषा तैयार करना चाहते थे जो आम लोगों की भाषा हो, जो सबके लिए

मानक हो; ऐसे में ये लोग जॉन गिलक्रिस्ट (1759-1841) के पास पहुँचे जो स्कॉटिश थे और ईस्ट इंडिया कम्पनी में सहायक सर्जन के तौर पर सेवाएँ दे रहे थे। बाद में, डॉ. गिलक्रिस्ट जब फ़ोर्ट विलियम कॉलेज में हिन्दुस्तानी विभाग के पर्यवेक्षक नियुक्त हुए, तो उन्होंने भाषा को लेकर अभिजात वर्ग के देशी शासकों से परामर्श किया। मुस्लिम शासकों और अभिजात वर्ग ने फ़ारसीकृत उर्दू को राजदरबारों के महत्त्वपूर्ण कामकाज की भाषा बताया, वहीं उन्होंने संस्कृत से उपजी नागरी लिपि में लिखी गई हिन्दी को उत्तरी भारत में निचले पायदान के आम देहाती लोगों की भाषा बताया।

गिलक्रिस्ट और उनके चार भाखा मुंशी—मुंशी सदासुखलाल, एक कायस्थ (ग़ैर-ब्राह्मणवादी हिन्दुओं के बीच बेहतर शिक्षित और बहुभाषी जातियों में से एक), दो ब्राह्मण—पंडित लल्लू लाल और पंडित सदल मिश्र और एक मुस्लिम सैयद इंशा अल्लाह ख़ान भारतीय वर्गों के पदानुक्रम को तरजीह न देकर अपना ध्यान ऐसी भाषा तैयार करने पर दे रहे थे जिसमें लोग आसानी से संवाद और विचार-विमर्श भी कर सकें। अन्तत: चारों भाखा मुंशियों को हिन्दुओं की औपचारिक भाषा के तौर पर हिन्दी (नागरी लिपि में) और मुसलमानों की औपचारिक भाषा के तौर पर नास्तालिक में (फ़ारसी-उर्दू लिपि का मिश्रण) उर्दू को मानकीकृत करने के लिए अधिकृत किया गया।

गिलक्रिस्ट ने हिन्दी और उर्दू में ट्रैक्ट और महत्त्वपूर्ण काग़ज़ातों की छपाई की प्रक्रिया तेज़ करने के लिए, 1802 में हिन्दुस्तानी प्रेस की भी स्थापना की। इसकी शुरुआत उर्दू में छपाई के काम से हुई। एक प्रशासक के तौर पर, गिलक्रिस्ट ने नागरी लिपि वाली हिन्दी में छिपी राजनीतिक क्षमता को पहचाना। दरअसल, संख्यात्मक रूप से हिन्दू बड़ी और मुस्लिम छोटी आबादी थी। गिलक्रिस्ट की रणनीति थी कि हिन्दी बड़ी संख्या वाली हिन्दू आबादी की पहचान बन जाएगी जो बाद में उन्हें मुस्लिम आबादी से पृथक एक अलग पहचान देगी। साथ ही, फ़ारसी-अरबी लिपि वाली उर्दू मुसलमानों की धार्मिक पहचान का एक बिल्ला बन जाएगा, जो राजदरबारी लालित्य की धारणाओं के अनुरूप भी होगा। गिलक्रिस्ट के नेतृत्व में फ़ोर्ट विलियम कॉलेज एक ऐसा व्यस्त केन्द्र बन चुका था, जिसने हिन्दी और उर्दू की दो अलग-अलग ऐसी जातिगत दुनिया तैयार की, जिसके दूरगामी परिणाम होने तय थे।

बीसवीं शताब्दी की शुरुआत तक नये स्कूली पाठ्यक्रम के ज़रिये, नागरी लिपि में लिखी जा रही हिन्दी शिक्षित भारतीयों की एक पूरी पीढ़ी के लिए हिन्दुओं की सांस्कृतिक, धार्मिक सोच और आकांक्षाओं की द्योतक बन गई थी। इसी तरह फ़ारसी-अरबी रेख़्ता लिपि वाली उर्दू मुसलमानों की सांस्कृतिक और राष्ट्रीय आकांक्षाओं का प्रतीक बन गई थी। ये दोनों भाषाएँ, जो कभी एक-दूसरे से जुदा न होने वाली मानी जाती थीं, अब इतनी दूर होती जा रही थीं कि इनकी पहचान उत्तर भारत के दो समुदायों—हिन्दू और मुसलमानों के ध्रुवीकरण कराने वाली भाषा के तौर पर होने लगी, जिसका महत्त्वाकांक्षी राजनीतिक दलों ने जमकर अपने फ़ायदे के लिए शोषण किया।

गिलक्रिस्ट की असामयिक मृत्यु के बाद भी उनके उत्तराधिकारी विलियम हंटर के नेतृत्व में हिन्दी और उर्दू के विभाजन और शोषण का दौर जारी रहा। कलकत्ता में प्रेसों द्वारा छापी जा रही सामग्रियों का प्रारम्भिक प्रभाव भले ही कॉलेज के बाहर प्राच्यविदों तक ही सीमित रहा हो, लेकिन हिन्दी और उर्दू, इन दो विधाओं की धार्मिक कहानियाँ (जैसे—लल्लू लाल की प्रेमसागर 1810, और मीर अम्मान की उर्दू बाग़-ओ-बहार 1804) बाद के दशकों में नई स्थानीय स्कूली प्रणाली के तहत साक्षरता के बढ़ते स्तर के साथ बेहद लोकप्रिय हो गई थीं।

सरकारी स्कूलों में हिन्दी में पढ़ाए जा रहे पाठों का प्रभाव

साल 1860 तक उत्तर भारत में युवा छात्रों की संख्या में तेज़ी से वृद्धि हो रही थी और ऐतिहासिक वुड्स डिस्पैच (1854; ओरसिनी 2022 देखें) की सलाह पर स्कूल उन्हें स्थानीय भाषा में ही पढ़ा रहे थे। अवध प्रशासन की 1866-76 के दशक की वार्षिक रिपोर्ट (स्टार्क 2008 देखें) से पता चलता है कि उत्तर-पश्चिमी प्रान्त और अवध के सरकारी स्कूलों में हिन्दी सीखने वाले छात्रों की संख्या 7,702 से पाँच गुनी बढ़कर 34,232 हो गई। साल 1868 तक प्रान्त में हिन्दी भाषा के प्रकाशनों ने उर्दू को संख्या के आधार पर पीछे छोड़ दिया। हालाँकि, अवध में उर्दू का प्रभुत्व अगली शताब्दी के तीसरे दशक में तब तक बना रहा जब हिन्दी ने प्रिंट प्रकाशन की सबसे लोकप्रिय भाषा के रूप में उर्दू को पछाड़ दिया। चूँकि स्थानीय भाषाओं के लिए व्यवसाय बढ़ रहा था, एक मिशनरी, विलियम केरी और उनके भारतीय सहायक पंचानन कर्माकर ने कम्पनी के अधिकारियों के उपयोग के लिए विभिन्न

भारतीय भाषाओं में टाइपफेस बनाने के लिए एक टाइप फ़ाउंड्री स्थापित की। इसी तरह की एक इकाई बंबई में शुरू हुई, जहाँ पारसी उद्यमी, जावाजी दादाजी ने निर्णय सागर टाइप फ़ाउंड्री के साथ प्रसिद्ध निर्णय सागर प्रेस की स्थापना की। इस प्रेस ने 'बॉम्बे टाइप' पेश किया, जो सेरामपुर टाइप का अधिक सुरुचिपूर्ण और परिष्कृत संस्करण था।

1868 तक, प्रिंटिंग कम्पनियों का आधिकारिक पंजीकरण शुरू हुआ और 1880 के दशक के अन्त तक, 110 से अधिक प्रिंटिंग प्रेस स्थापित हो चुके थे। ये प्रेस आज के उत्तर प्रदेश के छह शहरी केन्द्रों : इलाहाबाद, लखनऊ, बनारस, अलीगढ़, आगरा और कानपुर में से ही कहीं न कहीं स्थापित थे। देश के पश्चिमी क्षेत्रों में उर्दू का दबदबा था, लेकिन हिन्दी और उर्दू के मानकीकरण ने लिपियों का एक घातक सम्प्रदायीकरण शुरू कर दिया, जो उत्तर के मैदानी इलाक़ों में अगली शताब्दी में बढ़ी और गहरी हुई।

हिन्दी का लगातार हो रहा विकास और सरकार द्वारा इसे स्कूलों में प्रचारित-प्रसारित किये जाने का असर ये हुआ कि कलकत्ता के बंगाली भाषी प्रकाशकों और हिन्दी क्षेत्रों से कलकत्ता आए प्रवासियों के बीच छिपी हुई क्षेत्रीय शत्रुता खुलकर सामने आ गई।

प्रिंट का निजी भारतीय स्वामित्व और अवध का नवल किशोर प्रेस

उन्नीसवीं की आधी शताब्दी से अधिक समय तक (1805 में उत्तर-पश्चिम प्रान्तों से शुरुआत कर 1857 के बाद तक उत्तराखंड) अंग्रेज़ों ने विशाल हिन्दी भाषी हार्टलैंड को छोटे-छोटे टुकड़ों में बाँट दिया। अंग्रेज़ों ने पाया कि बंगाल के नौसिखिये अंग्रेज़ी-दां द्विभाषीय छोटी संख्या वाले मध्यवर्ग के विपरीत इसके पश्चिमी हिस्से में हिन्दुओं और मुसलमानों के पास शिक्षण और सीखने की अपनी स्थानीय परम्पराएँ, अपने स्वयं के जाति-वर्ग समूह, और अलग धार्मिक दृष्टिकोण थे।

कुछ समय तक सरकार स्थानीय भाषाओं के प्रकाशकों को वित्तीय सहायता देती रही। साथ ही सरकार ने उस समय शुरू किये गए कई निजी वित्तपोषित प्रकाशनों का समर्थन भी किया। लेकिन, जल्द ही इन प्रकाशनों को धन की भारी कमी का सामना करना पड़ा। साक्षरता दर कम थी और हिन्दी-उर्दू पढ़ने वालों की संख्या उन्नीसवीं और शुरुआती बीसवीं सदी के दौरान कम ही रही।

उत्तर में निजी प्रकाशकों की निर्भरता काफ़ी हद तक रियासतों, अमीर वर्ग और ग्रामीण ज़मींदारों की उदारता पर टिकी रही जो अपने हिन्दी-उर्दू प्रकाशनों के ज़रिये स्वयं को सुसंस्कृत और धर्मनिष्ठ हिन्दू अथवा मुस्लिम प्रदर्शित करना चाहते थे। लेकिन, जैसे-जैसे पाठ्यपुस्तकों ने हिन्दी पाठकों की एक नई पीढ़ी को जन्म दिया, साहित्यिक ग्रंथों और उत्कृष्ट संस्कृत रचनाओं के अनुवाद की माँग बढ़ने लगी। जैसा कि जर्मन दार्शनिक जुरगेन हेबरमास (1989) ने अपने संचार सम्बन्धी तर्कसंगतता और सार्वजनिक क्षेत्र के सिद्धान्त को आगे बढ़ाते हुए कहा था कि प्रिंट एक 'बुर्जुआ सार्वजनिक क्षेत्र' बन चुका है, जिसका उपयोग लोग वाणिज्यिक उद्यमों और उद्देश्यों के लिए करने लगेंगे। इस प्रकार, हिन्दी-उर्दू प्रकाशन के क्षेत्र में शुरुआत से काम कर रहे मुंशी नवल किशोर का प्रेस, जो 1857 के विद्रोह के एक साल बाद लखनऊ (अवध की राजधानी) में स्थापित हुआ था, जल्द ही ब्रिटिश सरकार के अधीन हिन्दी-उर्दू प्रकाशनों के सबसे सफल व्यावसायिक प्रकाशकों में से एक बन गया। स्थानीय भाषाओं के प्रिंटिंग प्रेस के मालिक नवल किशोर (1836-95), न केवल उत्तर भारत में प्रकाशन उद्योग का एक प्रमुख व्यक्तित्व बन गए, बल्कि उन्हें राजनीतिक प्रतिष्ठानों और स्थानीय नागरिकों के बीच एक प्रभावी कड़ी के रूप में भी देखा जाने लगा। उन्होंने अपने विचारों को (*द पायनियर*, नवम्बर 1880 में) व्यक्त करते हुए विश्वास प्रकट किया कि ईस्ट इंडिया कम्पनी के प्रस्थान के बाद, (साक्षर और निरक्षर दोनों) विशाल जनमानस को ब्रिटिश क्राउन के शासन को भारत में नये विचारों, प्रगति, शान्ति और स्थिरता के एकमात्र गारंटी के रूप में स्वीकार कर लेना चाहिए।

मुंशी नवल किशोर के पास ब्रिटिश प्रतिष्ठान के अधिकारियों से मित्रता करने के अच्छे कारण थे। फ़ोर्ट विलियम कॉलेज के ब्रिटिश भाखा मुंशी द्वारा औपचारिक रूप से मानकीकृत हिन्दी भाषा में चल रही तमाम गतिविधियों को पहले ईस्ट इंडिया कम्पनी और बाद में ब्रिटिश क्राउन ने पर्याप्त रूप से वित्तीय सहायता प्रदान की।

ब्रिटिश शासक अपने ख़िलाफ़ किसी अन्य विद्रोह की आशंका को रोकने के लिए स्थानीय भाषा-माध्यम के स्कूलों की शृंखला चलाना चाहते थे ताकि मूल निवासियों के साथ सीधा संवाद स्थापित किया जा सके। ब्रिटिश शासकों के इस प्रयास से लोकप्रिय स्थानीय भाषाएँ, हिन्दी और उर्दू, सरकारी कामकाज और स्कूल के पाठ्यक्रमों की एकमात्र भाषा बन गई जिन्हें नवल किशोर प्रेस प्रिंट करने के लिए तैयार था। बनारस के एक रईस राजा शिव प्रसाद 'सितारा-ए-हिन्द', जिन्हें स्कूल

इंस्पेक्टर नियुक्त किया गया था और जो हिन्दी के शुरुआती प्रवर्तकों में से एक थे, वह भी अंग्रेज़ों की इस रणनीति में अच्छे सहयोगी साबित हुए।

वर्नाक्यूलर में छपाई की कुछ शुरुआती समस्याएँ

उन्नीसवीं शताब्दी के प्रारम्भिक वर्षों में, लिथोग्राफ़ी की जर्मन तकनीक (एक तकनीक जिसमें मुद्रित शब्दों को छपाई से पहले पत्थर की सतह पर स्थानान्तरित करके पुनरुत्पादित किया जाता है) का इस्तेमाल कलकत्ता में शुरू हुआ। इस तकनीक ने भारत में विशेष रूप से उर्दू में छपाई को बढ़ावा दिया, क्योंकि उर्दू के सुलेखित (कैलिग्राफ़ी) शब्दों को इसमें बेहतर तरीक़े से पुन: प्रस्तुत किया जा सकता था। वर्ष 1826 तक, पटना में भी एक लिथोग्राफ़ी प्रेस भी आ गया था, और अगले तीन दशकों में, यूरोप की तुलना में भारत में लिथोग्राफ़ के अधिक काम हुए (स्टार्क 2008 : 45)। लिथोग्राफ़ी के बाद लकड़ी के प्रेस को लोहे की प्रिंटिंग प्रेस से बदल दिया गया। इसे भारत में भी जल्दी ही अपना लिया गया। उन्नीसवीं शताब्दी की शुरुआत में जर्मनी में भाप से चलने वाले बेलनाकार प्रेस का आविष्कार हुआ जिसके बाद प्रिंटिंग में और तेज़ी और सुगमता आई। इस तकनीक से कम समय में अधिक प्रिंटिंग की जा सकती थी, लेकिन काफ़ी महँगा होने के कारण भारत में इसे धीरे-धीरे अपनाया गया।

सरकारी स्वामित्व वाले सेरामपुर पेपर मिल से शुरुआत करते स्वदेशी काग़ज़ उद्योग का भी अब विकास शुरू हो चुका था। साल 1880 तक लखनऊ के बड़े मुद्रक, नवल किशोर ने लखनऊ पेपर मिल्स की स्थापना कर ली जो अवध, पंजाब होते हुए उत्तर-पश्चिमी क्षेत्रों के प्रिंटरों के लिए भी अख़बारी काग़ज़ के मुख्य आपूर्तिकर्ता बन गए थे। उन्नीसवीं शताब्दी में हिन्दी भाषी ऐसा विशाल क्षेत्र हो गया, जो अब के राजस्थान से लेकर पूर्व में बिहार तक, उत्तर में पंजाब से उत्तराखंड तक और मध्य प्रान्त से बरार तक फैला हुआ था। जैसा कि प्रचलित कहावत है, यह एक ऐसा क्षेत्र था जहाँ प्रत्येक 5 कोस (लगभग 10 किलोमीटर) के बाद पानी का स्वाद और बोली बदल जाती थी। बाद में जब बहु-भाषा प्रिंटिंग गतिविधियाँ शुरू हुईं, तो कई क्षेत्रों में लोगों के साक्षरता के स्तरों में कई जाति-आधारित भिन्नताएँ पाई गईं, जिसने उनके सामाजिक-सांस्कृतिक दृष्टिकोण को भी प्रभावित किया और प्रिंट की बाज़ार खपत में व्यापक विविधताओं का कारण बनीं।

हिन्दी का पहला अख़बार, *उदंत मार्तंड* जो काफ़ी कम समय चला

9 फरवरी, 1826 के एक वक्तव्य के अनुसार (बंगाल और बॉम्बे प्रेसिडेंसी की ब्रिटिश सरकारों के लिए संसदीय पत्रों, 1931 में शामिल शीर्षक 'नेटिव पब्लिक', स्टार्क 2008 देखें) जुगल किशोर शुक्ला ने मुख्य सचिव सी. लुशिंगटन को एक आवेदन दिया कि वो देवनागरी लिपि में हिन्दी में एक साप्ताहिक अख़बार *उदांत मार्तंड* निकालना चाहते हैं। इसके लिए प्रेस अध्यादेश, 1823 के तहत सरकारी स्वीकृति प्राप्त करने के लिए उन्होंने मजिस्ट्रेट को अपेक्षित हलफ़नामा भी भेजा, जिसे स्वयं जुगल किशोर और मुन्नू ठाकुर ने सत्यापित किया था। फिर 16 फरवरी, 1826 को अख़बार के लिए विधिवत लाइसेंस जारी किया गया। इस प्रकार 10 मई, 1826 हिन्दी प्रिंट प्रकाशनों के लिए एक ऐतिहासिक दिन बन गया। यह वह दिन था जब हिन्दी और उर्दू में पहला समाचार-पत्र, *उदंत मार्तंड* (द राइजिंग सन) प्रकाशित हुआ था। अख़बार की प्रिंट लाइन में दी गई जानकारी के अनुसार, कलकत्ता में कोल्हू टोला, अमदतल्ला लेन, हाउस नम्बर 37 में स्थित एक प्रिंटिंग प्रेस से इसे लॉन्च किया गया था। इसके संस्थापक-सम्पादक जुगल किशोर शुक्ला थे, जो मूल रूप से उत्तर प्रदेश में कानपुर के निवासी थे। ये वो दौर था जब उत्तर भारतीय लोग अपने रोज़गार और करियर के लिए कलकत्ता जाते थे। शुक्ला ने भी कलकत्ता में बसने का फ़ैसला किया था और शुरुआत वहीं की एक अदालत में क्लर्क के तौर पर की और बाद में वकील बन गए।

उदंत मार्तंड के पहले अंक (30 मई, 1826) में अपने सम्पादकीय में शुक्ला ने लिखा कि अख़बार निकाले जाने का मकसद स्थानीय भाषा पाठकों को सच्ची रिपोर्टिंग प्रदान कराना और गवर्नर जनरल द्वारा चलाई जा रही सार्वजनिक कल्याण परियोजनाओं के बारे में जागरूक करना है।

उस समय आठ पन्नों के इस अख़बार की क़ीमत 2 रुपये थी। दुर्भाग्य से *उदंत मार्तंड* का जीवन छोटा रहा, महज़ एक साल और सात महीने। कुल 79 अंकों के प्रकाशन के बाद दिसम्बर 1827 में इसे बन्द कर दिया गया। इसके बन्द होने का मुख्य कारण धन की कमी थी। हालाँकि, तात्कालिक कारण, एक अन्य प्रकाशक, भवानी चरण बनर्जी द्वारा शुक्ला के ख़िलाफ़ सर्वोच्च न्यायालय में दायर मानहानि का मुक़दमा था। अदालती नोटिस का सामना कर रहे शुक्ला को न तो लोगों का अपेक्षित समर्थन मिला न ही आपने व्यापारी पाठक वर्ग के छोटे समूह से कोई

आर्थिक मदद। इस प्रकार उनका अख़बार चलाने का उद्यम अस्त-व्यस्तता के बीच बड़े ही अप्रिय ढंग से बन्द हो गया। उन्हें दिवालिया घोषित कर दिया गया और अदालत ने उनकी सम्पत्तियाँ ज़ब्त कर लीं।

स्कूलों में हिन्दी पाठ और प्रकाशन हब के रूप में वाराणसी और लखनऊ का उदय

जैसा कि पहले उल्लेखित किया जा चुका है, राजा शिव प्रसाद 'सितारा-ए-हिन्द', वाराणसी के एक सम्मानित रईस और प्रतिष्ठित नागरिक, संयुक्त प्रान्त (अब उत्तर प्रदेश) में सरकारी स्कूलों के निरीक्षक थे। वे हिन्दी पाठ्यपुस्तकों के अव्वल लेखक के रूप में उभरे। राजा शिव प्रसाद ने जनवरी 1845 में एक मराठी ब्राह्मण यदुनाथ थत्ते को *बनारस अख़बार* के प्रकाशन में मदद की, जिसे नेपाल के तत्कालीन राजा ने आर्थिक मदद दी। एक रुपये क़ीमत वाला यह मासिक अख़बार जर्मन लिथोग्राफ़िक तकनीक के उपयोग से वाराणसी से प्रकाशित हुआ। वाराणसी, एक ऐसा शहर जिसे पारम्परिक शिक्षा के केन्द्र के रूप में जाना जाता रहा है, वहाँ साक्षरता दर हमेशा उच्च रही। भारत के विभिन्न हिस्सों के विद्वानों की मिली-जुली आबादी इस शहर का बड़ा हिस्सा थी। वाराणसी ने ही पारम्परिक रूप से हिन्दी बेल्ट में हिन्दी प्रकाशनों की शुरुआत भी की।

इस शहर से प्रकाशित बनारस अख़बार ने कलकत्ता से निकले अल्पकालिक *उदंत मार्तंड* की कलकतिया हिन्दी से तौबा किया वाराणसी से लाहौर तक हिन्दी बेल्ट में बोली और समझी जाने वाली उर्दू मिश्रित बोलचाल वाली हिन्दी को बढ़ावा दिया। *बनारस* अख़बार में स्थानीय समाचारों को तरजीह दी गई, साथ ही संस्कृत के कुछ क़ानूनों को भी क्रमबद्ध कर उसका अनुवाद आसानी से समझी जाने वाली हिन्दी में किया। इसकी माँग उन लोगों के बीच काफ़ी थी, जो क़ानून के काफ़ी आकर्षक हो चुके पेशे को अपनाना चाहते थे, लेकिन संस्कृत के अच्छे जानकार नहीं थे। अपने हिन्दी अख़बार की सफलता से उत्साहित होकर थत्ते ने एक उर्दू मासिक *बनारस गजट* भी निकाला। लेकिन, दोनों अख़बारों से हो रही आमदनी काफ़ी कम रही और 1854 तक ये दोनों अख़बार भी बन्द हो गए। अख़बार के बन्द होने से यह साफ़ होता है कि उन्नीसवीं शताब्दी में वैसे तो हिन्दी और उर्दू के प्रकाशनों को लेकर पाठकों में काफ़ी उत्साह था, लेकिन

इन प्रकाशनों को बाज़ार का समर्थन नहीं मिल पा रहा था, क्योंकि अधिकांश हिन्दी-उर्दू पाठक समृद्ध नहीं थे।

वाराणसी में एक और प्रतिद्वंद्वी प्रेस, सुधाकर प्रेस (1847 में स्थापित) को भी इसी तरह के आर्थिक संकटों का सामना करना पड़ा। सुधाकर प्रेस को पहले बनारस के महाराजा और बाद में ब्रिटिश सरकार द्वारा भी भारी सब्सिडी दी गई थी, क्योंकि ये लोग अब तक समझ चुके थे कि स्थानीय भाषा के पत्र-पत्रिका की जनमानस के बीच कितनी गहरी पैठ है।

इसकी असफलता का कारण यह था कि इसमें संस्कृतनिष्ठ हिन्दी का प्रयोग किया जा रहा था जो आम बोलचाल की भाषा नहीं थी और आम पाठक इसे पसन्द नहीं करता था। इसी वजह से अख़बार ने हिन्दी और उर्दू दोनों भाषाओं में कॉलम छापने शुरू कर दिये लेकिन न तो पाठकों का नया वर्ग तैयार हो पाया और न ही पुराने पाठकों ने अख़बार ख़रीदने में दिलचस्पी दिखाई। 1850 के दशक के मध्य तक अब इस प्रेस में केवल किताबें ही छप रही थीं।

उन्नीसवीं सदी में राष्ट्रीय पहचान के रूप में हिन्दी को शाही संरक्षण

साल 1893 में वाराणसी में तीन युवा छात्रों, श्याम सुन्दर दास, रामनाथ मिश्रा और ठाकुर शिव कुमार सिंह ने *नागरी प्रचारिणी सभा* की स्थापना की, जिसका उद्‌देश्य हिन्दी साहित्य और देवनागरी लिपि को बढ़ावा देना था। इन तीनों युवाओं पर जल्द ही रियासतों की नज़र गई जो उस समय प्रिंट पत्रिकाओं के मुख्य संरक्षक थे। कुछ साल बाद 1900 में अवागढ़ के राजा बलवंत सिंह, मांडा के राजा राम प्रसाद सिंह, अयोध्या के राजा प्रताप नारायण सिंह और कांग्रेस के दिग्गज सदस्य और सम्पादक, वकील मदन मोहन मालवीय सहित भारतीय राजकुमारों के एक प्रतिनिधिमंडल ने वॉयसराय से मुलाक़ात कर अनुरोध किया कि उत्तर भारत की अदालतों में मूल भाषा के रूप में हिन्दी का इस्तेमाल किया जाए। इसके चलते 1900 में प्रस्ताव लाया गया कि उत्तर भारत की अदालतों में उर्दू के साथ-साथ हिन्दी का भी इस्तेमाल किया जाए, क्योंकि जनता केवल यही भाषाएँ समझती थी। देशी रियासतों और राजकुमारों के मन में अब हिन्दी बोलने वाले लोगों को मिलाकर एक बड़ा समुदाय खड़ा किये जाने का विचार कौंधने लगा, और फिर उनकी पहल पर नागरी लिपि में कई हिन्दी पत्र-पत्रिकाओं का जन्म हुआ, हालाँकि यह देरी

से उभरी हुई सोच थी। उनके लिए, हिन्दी का उपयोग उनकी हिन्दू पहचान का एक प्रतीकात्मक आत्म-पुष्टि मात्र था। इससे उनमें से कई लोगों के मन में एक विदेशी शक्ति के सामने आत्मसमर्पण करने का उत्पन्न अपराध-बोध भी शान्त हो गया। जिन पत्रों को लॉन्च करने में उन्होंने मदद की, उनमें साक्षरता के मूल्यों के बारे में तीव्र जागरूकता और प्रतिष्ठित प्रकाशनों तक पहुँच प्राप्त करने की इच्छा थी जो अब तक केवल उच्च जाति वर्गों की पहुँच तक ही सीमित था। स्थानीय भाषाओं के लिए एक लोकप्रिय जनमानस बनाने के अपने बढ़ते उत्साह की वजह से उद्योगपति, कला और साहित्य के शाही संरक्षक, शिक्षक और समाज सुधारक धीरे-धीरे एक साथ आए और हिन्दी के नये उभरते जनमानस के साथ काम करना शुरू कर दिया। ज़मींदार लोग भी हिन्दी के इस प्रतिष्ठित क्लब में शामिल हो गए।

उदाहरण के लिए साल 1829 में विख्यात टैगोर परिवार के भाई द्वारकानाथ और प्रसन्नो कुमार ठाकुर और प्रख्यात समाज सुधारक, राजा राममोहन राय जैसी हस्तियाँ *बंगाल हेराल्ड* के मालिकों में शामिल थीं। अपने बांग्ला प्रकाशनों के अलावा इन लोगों ने एक हिन्दी साप्ताहिक *बंगदूत* भी निकालना शुरू किया ताकि हिन्दी भाषियों से बेहतर संवाद स्थापित किया जा सके।

बंगदूत ने सामाजिक सुधारों और धार्मिक विश्वासों पर राजा राममोहन राय की राय पर कई लेख प्रकाशित किये जिनकी हिन्दू समाज को तत्काल आवश्यकता थी। बंगाल से बाहर आगरा के राजा लक्ष्मण प्रसाद ने भी साल 1861 में हिन्दी और उर्दू में एक अख़बार *प्रजा हितैषी* निकाला। साथ ही कालाकाँकर के राजा रामपाल सिंह ने 1883 में *हिन्दुस्तान* निकालना शुरू किया जिसका सम्पादन स्वयं मदन मोहन मालवीय ने किया। बुंदेलखंड में भी रीवा के महाराजा बलदेव सिंह जूदेव ने *भारत भ्राता* के प्रकाशन में मदद की।

भारतेन्दु हरिश्चन्द्र, प्रतिभावान घुमक्कड़ हिन्दी प्रेमी

वाराणसी में व्यापार कर रहे अग्रवाल समुदाय में से एक परिवार के प्रतिष्ठित वंशज, भारतेन्दु हरिश्चन्द्र अचानक इस परिदृश्य में प्रकट हुए। वह स्वयं एक प्रतिष्ठित लेखक थे, जिनकी अत्यधिक रुचि हिन्दी में प्रकाशन को बढ़ावा देने और वैष्णव सन्त-कवियों की रचनाओं को समुदाय के क़रीब लाने में थी। इस उद्देश्य की प्राप्ति के लिए उन्होंने एक धर्मनिरपेक्ष हिन्दी, हिन्दुस्तानी का समर्थन किया जो उर्दू

से केवल नागरी लिपि में भिन्न थी। यह बोलचाल की एक वाक्-पटु भाषा थी, जिसमें कई और उत्तर भारत की बोलियों—उर्दू, फ़ारसी और यहाँ तक कि कुछ अंग्रेज़ी शब्दों का भी प्रयोग होता था।

विलक्षण प्रतिभा के धनी भारतेन्दु, एक रंगीन मिज़ाज व्यक्ति थे : एक अमीर, बाँका, वेश्याओं के संरक्षक, युवा लेखक और सम्पादक, जिनकी धन और प्रकाशकों दोनों तक आसान पहुँच थी। भारतेन्दु ने 15 अगस्त, 1867 को स्वयं द्वारा सम्पादित पत्रिका, *कवि वचन सुधा* का शुभारम्भ किया। उन्होंने अपने सम्पादकीय में लिखा कि यह पत्रिका मिश्रित हिन्दी का परिष्कृत संस्करण है, जिसने हिन्दी को नई चाल में ढाला है और ये अकेले ही पाठकों तक नये-नये विचार पहुँचाएगी।

हालाँकि, कला और संगीत के इस जौहरी और प्रसिद्ध संरक्षक की रचनात्मक प्रतिभा का लाभ लोग बेहद कम समय तक ही ले सके। मात्र 32 वर्ष की अल्पायु में भारतेन्दु हरिश्चन्द्र की मृत्यु हो गई। अपने अल्प, लेकिन शानदार चमकते करियर के दौरान, उन्होंने लम्बे समय से चली आ रही कई भाषायी और सामाजिक-सांस्कृतिक अवधारणाओं को ध्वस्त कर दिया और अपने पीछे हिन्दी पत्रिकाओं का एक यादगार संग्रह छोड़ गए। इनमें निबन्धों, नाटकों, व्यंग्य-संग्रहों, भक्ति और कामुकता भरी प्रेम कविताओं के अलावा 'हरिश्चन्द्र' पत्रिका भी थी, जो 1873 में प्रकाशित हुई और फिर 1874 में उन्होंने महिलाओं की मासिक पत्रिका *बालाबोधिनी* का प्रकाशन शुरू किया।

उन्नीसवीं सदी की हिन्दी को भारतेन्दु में एक ज़ोरदार, बुद्धिमान, रूढ़ि परम्पराओं को तोड़ने वाला एक प्रतिमूर्ति दिखी जिसने औपचारिक, जातीय जामा पहनी उस हिन्दी भाषा को एक तरफ़ धकेल दिया, जिसे फ़ोर्ट विलियम कॉलेज के विद्वानों ने हिन्दुओं की भाषा के रूप तैयार किया था। उन्होंने हिन्दी को उस कसौटी पर ला खड़ा किया जो नागरी लिपि का उपयोग करता था, लेकिन दूसरी भाषाओं को लेकर उदार, समावेशी और समायोजनकारी बना रहा। उन्होंने चौदहवीं शताब्दी में ख़ुसरो (1320) के अवलोकन को रेखांकित किया कि भारत हिन्दवी बोलता है, जो कई भाषाओं और स्थानीय बोलियों का मिश्रण है, जिसकी पूर्ण अभिव्यक्ति आधिकारिक फ़ारसी या संस्कृत में करना असम्भव है। भारतेन्दु ने अपने सम्पादकीय में कई जगह लिखा है कि पंजाब से लेकर बंगाल तक उत्तरी मैदानी इलाक़ों में कम से कम 12 प्रकार की हिन्दी का इस्तेमाल किया जाता था,

जिसमें एक क़िस्म की हिन्दी को उन्होंने 'रेलवे हिन्दी' कहा, जो अंग्रेज़ी और एंग्लो-इंडियन शब्दों से युक्त थी। बीसवीं सदी के शुरुआती दशकों में मिश्रित हिन्दी और राष्ट्रवादी धर्मनिरपेक्ष प्रेस का जो महान विकास हुआ वो भारतेन्दु जैसे पथप्रदर्शक के बिना अकल्पनीय था।

धातु के साँचे और देशी तकनीकी नवाचार

1880 के दशक के आसपास, यूरोप में छपाई के लिए धातु के साँचों का आविष्कार किया गया। यह मूल रूप से सीमित संख्या में रोमन फ़ॉन्ट्स के लिए विकसित की गई एक तकनीक थी। जब इसे भारत में पेश किया गया, जहाँ प्रिंटिंग अभी अपने शैशवकाल में ही था, तो भारतीय प्रिंटरों को स्थानीय भाषाओं को लेकर कई चुनौतियों का सामना करना पड़ा। उर्दू और हिन्दी दोनों ग़ैर-रोमन लिपियाँ थीं और ऐसे कई टाइपों और टाइपोग्राफ़िकल डिज़ाइनों के निर्माण की आवश्यकता थी, जो इनकी ध्वनियों से मेल खाएँ। उर्दू और हिन्दी के अक्षरों में अलंकृत आकार होते हैं और प्रत्येक अक्षर की मौखिक ध्वनि मात्रा के हिसाब से होती है; ऐसे में इन्हें व्यक्त करने के लिए प्रत्येक अक्षर के लिए प्रतीकों के रूप में कई और टाइपफेस की आवश्यकता थी।

इन समस्याओं ने न केवल शब्द कम्पोज़ करने की प्रक्रिया को जटिल बना दिया, बल्कि छपाई के लिए 'फ़रमा' तैयार करना भी मुश्किल हो रहा था : इस सब के लिए समय और धन दोनों की आवश्यकता थी। और चूँकि शुरुआत में इन्हें हासिल करना आसान नहीं था, इसलिए हिन्दी अख़बारों और पत्रिकाओं की छपाई के लिए उपलब्ध फ़ॉन्ट 1970 के दशक तक अनाकर्षक बने रहे, भले ही बड़े बजट वाले अंग्रेज़ी अख़बार नियमित रूप से आयातित लिनोटाइप और मोनोटाइप मशीनरी का उपयोग करके अपनी छपाई को आकर्षक बना रहे थे।

उन्नीसवीं सदी के अन्त तक, प्रकाशित पत्रिकाओं और आलेखों के पाठकों की संख्या और स्थानीय सूचनाओं का प्रसार वाराणसी के बाहर दूसरे हिन्दी भाषी राज्यों तक बढ़ गया था। इस दौरान, कई अल्पकालिक पत्र-पत्रिकाएँ प्रकाशित हुईं, जैसे इन्दौर से निकला *हिन्दी उर्दू-मालवा अख़बार* (महाराजा होल्कर के प्रिंटिंग प्रेस में इन्दौर से प्रकाशित), बंगाली हिन्दी *सुधा वर्षण* (एक बंगाली श्याम सुन्दर सेन द्वारा कलकत्ता से प्रकाशित दैनिक), एक अन्य हिन्दी-उर्दू प्रकाशन, *राजपूताना*

अख़बार (जयपुर, 1856), साप्ताहिक *जगत हितकारक* (लखनऊ, 1861), एक स्थानीय डिबेटिंग क्लब द्वारा प्रकाशित *अल्मोड़ा* अख़बार (अब के उत्तराखंड के अल्मोड़ा से 1871 में) जिसे 1918 में अंग्रेज़ों ने बन्द कर दिया क्योंकि अख़बार ने उनकी 'कुली बेगार' (मुफ़्त में कुलियों की भर्ती प्रथा) का विरोध किया था और साप्ताहिक 'भारत मित्र' जिसे दयानन्द सरस्वती और भारतेन्दु हरिश्चन्द्र के एक समर्थक, समाज सुधारक ने 1878 में शुरू किया जो बाद में दैनिक बना और 1907 तक चला। विडम्बना रही कि *भारत मित्र* को काशी के दक्षिणपंथी वर्णाश्रम संघ ने बाद में अपने क़ब्ज़े में ले लिया और इसके करिश्माई गांधीवादी सम्पादक लक्ष्मी नारायण गर्दे को बर्ख़ास्त कर दिया, जिन्होंने गांधी की काशी यात्रा के दौरान उनका साक्षात्कार छाप कर मशहूर हस्तियों के साथ साक्षात्कार का चलन शुरू किया था। *भारत मित्र* 1934 में बन्द हो गया।

स्थानीय प्रेस अधिनियम और सरकारी सेंसरशिप की शुरुआत

उन्नीसवीं सदी के उत्तरार्ध तक, ब्रिटिश सरकार स्थानीय भाषायी पत्र-पत्रिकाओं के आक्रामक हो रहे 'राष्ट्रवादी' तेवरों से काफ़ी चिन्तित हो रही थी और यही 1878 में लाए गए कुत्सित और अलोकप्रिय 'वर्नाक्यूलर प्रेस अधिनियम' का कारण बना। इस क़ानून ने सरकार को प्रिंटिंग प्रेस सहित स्थानीय भाषायी पत्र-पत्रिकाओं की परिसम्पत्तियों को ज़ब्त करने का अधिकार दे दिया। कुछ दशकों बाद, ब्रिटिश सरकार ने अपने ख़िलाफ़ लिखने वाले अख़बारों और पत्रिकाओं को बन्द करने के लिए इस क़ानून का खुलकर उपयोग किया। साल 1881 में बिहार की अदालतों में उर्दू की जगह हिन्दी ने ले ली। इस कारण अब तक उर्दू का इस्तेमाल कर रहे क़ानूनी हलक़ों में काफ़ी असन्तोष फैल गया। इसके साथ ही लोगों में साम्प्रदायिक सोच वाली एक नई कड़ी की शुरुआत हुई जिसमें हिन्दी को बहुसंख्यक हिन्दुओं की भाषा के रूप में देखा गया, जिसे ब्रिटिश सरकार अनुचित रूप से समर्थन दे रही थी और उर्दू को मुसलमानों की भाषा के रूप में देखा जाने लगा।

साल 1890 के दशक में हिन्दी और उर्दू को लेकर हिन्दुओं और मुसलमानों के बीच जिस वैचारिक टकराव और आपसी असन्तोष की नींव पड़ी थी, उसका बीसवीं सदी के पहले चार दशकों में, विशेष रूप से 1920 और 1940 के बीच की अवधि में न सिर्फ़ विस्तार हुआ बल्कि ये गहरी भी हुई।

साल 1920 साहसिक प्रयोगों और नये विषय वस्तुओं वाला वर्ष रहा जब बहुत से ऐसे स्वतंत्र लेखक उभरे जिन्होंने उस समय की राजनीतिक गरमाहट के बीच पहली बार सार्वजनिक जीवन में प्रवेश किया और अपने लिए महत्त्वपूर्ण भूमिका चुनी; (दक्षिण एशियाई भाषाओं पर काम करने वाली लंदन में हिन्दी की प्रोफ़ेसर और स्कॉलर फ्रांसेस्का ओरसिनी ने साल 2002 में छपी अपनी एक किताब में इसे 'एक गुणात्मक छलाँग' के रूप में वर्णित किया है।)

बीसवीं सदी के शुरुआती दौर की हिन्दी पत्र-पत्रिकाएँ

बीसवीं सदी की शुरुआत में हिन्दी का एक आम सम्पादक भी बहुभाषी था जिसने शहरी और ग्रामीण आबादी के बीच की खाई को पाटने का काम किया। ये सम्पादक हिन्दी के अलावा अंग्रेज़ी, उर्दू, विभिन्न स्थानीय बोलियों और अक्सर बांग्ला के भी जानकार होते थे जो उत्तर भारत में प्रिंट उद्योग के लिए बेहद महत्त्वपूर्ण थी। जैसा कि जवाहरलाल नेहरू (1936) ने अपनी आत्मकथा में बताया है, ब्रिटिश स्वामित्व वाले अंग्रेज़ी के अधिकांश अख़बार बड़े शहरों और हिल स्टेशनों में पदस्थ आला अधिकारियों के काम, उनके सामाजिक जीवन और पसन्दीदा खेल और रंगमंच गतिविधियों के लम्बे आलेखों से भरे होते थे। ठीक इसके उलट, हिन्दी अख़बारों के केन्द्र में लोकप्रिय और राजनीतिक रूप से संवेदनशील पाठक थे, जिनमें कारख़ाने के कर्मचारी, व्यापारी, शिक्षक, क्लर्क और पटवारी और क़ानूनगो जैसे निचले सरकारी अधिकारी शामिल थे।

हिन्दी अख़बारों को पहले से ही स्थापित उर्दू से कड़ी प्रतिस्पर्धा का सामना करना पड़ा, ताकि वो प्रकाशन की ऐसी सुलभ, सामान्य और स्वीकार्य सामग्री बन सकें जो आम जनता और सरकार के बीच औपचारिक संवाद का भी माध्यम हो। कुछ राजसी परिवारों, छोटे ज़मींदारों और समृद्ध किसान कुलों के वंशज जो अपने बच्चों को क़ानून की पढ़ाई के लिए लखनऊ, वाराणसी या इलाहाबाद भेजते थे, वो भी, हिन्दी के बड़े समर्थक के रूप में उभरे।

हालाँकि, हिन्दी जगत के इन शुरुआती अग्रदूतों ने दो शब्दों, 'राष्ट्र' और 'जाति' (विशेष रूप से सांस्कृतिक पहचान के तौर पर) का इस्तेमाल प्रगतिशील विचारधारा को दर्शाने के लिए किया और विविध सांस्कृतिक और धार्मिक परम्पराओं का एक बड़ा सांस्कृतिक समुदाय बनाने की दिशा में आगे बढ़े।

हिन्दी पत्रिकाएँ और उनके संरक्षक

हिन्दी प्रेस, हिन्दी-माध्यम के स्कूल, उपन्यास और नाटक जैसी साहित्यिक विधाएँ और वाराणसी की *नागरी प्रचारिणी सभा* जैसी साहित्यिक संस्थाएँ एक ऐसे सार्वजनिक मंच के रूप में उभरीं जहाँ संस्कृति और राजनीति पर विचारों को नया आकार दिया गया। जिस मिश्रित हिन्दी को पहले भारतेन्दु और बालमुकुंद गुप्त ने प्रचारित-प्रसारित किया, उसे अब महावीर प्रसाद द्विवेदी जैसे साहित्यिक आलोचकों ने और अधिक परिष्कृत और शैलीबद्ध किया जिसे *आज* (1920), *आर्यावर्त* (1940) और *हिन्दुस्तान* (1936) जैसे प्रकाशनों के सम्पादकों ने लोकप्रिय बनाने में अपनी भूमिका निभाई।

जर्मन दार्शनिक हैबरमास ने भविष्यवाणी की थी कि यूरोप में समाचार-पत्र क्रान्ति और आम नागरिकों का 'सार्वजनिक' मंचों पर आना एक साथ होगा, जो मुक्त सार्वजनिक चर्चाओं और विचारों के आदान-प्रदान के लिए एक आम सुलभ भाषा साझा करेंगे (हैबरमास 1989)। लेकिन, प्रारम्भिक प्रकाशनों पर उनके विचार अठारहवीं शताब्दी में यूरोप को आकार देने वाले सामाजिक-राजनीतिक कारकों पर आधारित थे। उसी अवधि में भारत की वास्तविकताएँ काफ़ी अलग थीं।

इस पेशे में शामिल होने वाले लेखकों, अख़बार मालिकों, सम्पादकों, पाठकों और योगदानकर्ताओं ने उस समय की घटनाओं और विचारों को अपने जातिगत और सामुदायिक चश्मे के नज़रिये से देखा, जिसने सदियों से भारत की हिन्दी पट्टी में सामाजिक-राजनीतिक सम्बन्धों को आयाम और समर्थन दिया था। हर किसी की जाति और उसकी सामाजिक स्थिति ने मिलकर ही ये निर्धारित किया था कि वो संस्कृतीकृत अथवा मिश्रित हिन्दी का उपयोग करेंगे। उन्होंने अख़बार के कार्यालयों में भी विभिन्न सम्पादकीय पदानुक्रम बनाए जो जारी रहा। बीसवीं सदी की शुरुआत की यह बहुस्तरीय, साक्षर हिन्दी जनता, हेबरमास के आत्मविश्वासी पूँजीपति वर्ग से मेल नहीं खाती है, क्योंकि इन्हें एकजुट रखने वाली कड़ी, एक ही भाषा, हिन्दी थी, जो अपने अलावा दूसरे के विचारों के प्रति भी सहिष्णु और धैर्यपूर्वक ग्रहणशील है।

औपनिवेशवादिक असमानता का विरोध कर रहे राष्ट्रवादियों के समूह और समाज सुधारकों ने जब अपने संवाद का माध्यम हिन्दी को बनाया तब ये भाषा ब्रिटिश और महारानी की अंग्रेज़ी के ख़िलाफ़ राजनीतिक प्रतिरोध का प्रतीक बन गई। लेकिन, साथ ही देश में सामाजिक असमानताएँ भी बनी रहीं। अंग्रेज़ी का मतलब

था, अच्छा वेतन, साथ ही समृद्ध और सशक्त लोगों के बीच बेहतर स्वीकार्यता और तालमेल। हिन्दी-शिक्षित युवाओं के लिए रोज़गार के दो ही प्रमुख साधन थे—शिक्षण और पत्रकारिता। लेकिन, हिन्दी के शिक्षक और पत्रकारों का वेतन अंग्रेज़ी के शिक्षकों और पत्रकारों की तुलना में काफ़ी कम ही रहा। इस भाषायी खाई ने हिन्दी वालों के मन में अंग्रेज़ी के प्रति एक ऐसी कठोरता को जन्म दिया जो विभिन्न रूपों में आज तक जारी है।

साल 1920 और 1940 के बीच राष्ट्रवादी आन्दोलन की सोच रखने और लिखने वाले अथवा राजनीतिक कार्यकर्ताओं के रूप में काम करने वाले हिन्दी मीडियाकर्मी एक प्रतिबद्ध और गतिशील युवा समूह थे। मालवीय, हेमवती नन्दन बहुगुणा और कमलापति त्रिपाठी जैसे कुछ पत्रकारों ने कांग्रेस पार्टी के भीतर पद हासिल किया और शक्तिशाली राजनीतिक नेता बन गए। लेकिन, उनमें से अधिकांश अंशकालिक राजनीतिक कार्यकर्ता बनकर ही सन्तुष्ट थे। उनके सम्पादकीय मार्गदर्शन में प्रकाशित हो रहे हिन्दी के अख़बारों और पत्रिकाओं को स्वतंत्रता आन्दोलन की प्रामाणिक आवाज़ के रूप में देखा जाने लगा जिसने जन-आन्दोलन का रूप लेना शुरू कर दिया।

मोहनदास करमचन्द गांधी का प्रादुर्भाव

साल 1920 के आसपास दक्षिण अफ्रीका से मोहनदास करमचन्द गांधी के आगमन के साथ ही समाचार-पत्रों के प्रकाशन को भारी बढ़ावा मिला जो एक सार्वजनिक मंच बनाने के लिए तत्पर थे। गांधी, मालवीय और बाल गंगाधर तिलक जैसे भारत के स्वतंत्रता आन्दोलन के अधिकांश दिग्गजों ने भी उत्तरी और मध्य भारत के हिन्दी भाषी लोगों तक पहुँचने और 'स्वराज' और भारतीय राष्ट्रवाद की नई अवधारणा को आगे बढ़ाने के लिए हिन्दी पत्र-पत्रिकाओं की शुरुआत की।

गांधी जी का दक्षिण अफ्रीका में अंग्रेज़ी भाषा के समाचार-पत्रों के साथ एक लम्बा और घनिष्ठ सम्बन्ध था। भारत लौटने पर उन्होंने स्थानीय भाषाओं में प्रकाशन के महत्त्व को समझा और उसे बढ़ावा दिया ताकि उन लोगों तक सुलभ पहुँच बन सके जो अंग्रेज़ी से दूर थे। गांधी की आत्मकथा, *द स्टोरी ऑफ़ माई एक्सपेरिमेंट्स विद ट्रुथ* (1977 [1927]), पाठकों को उन परिस्थितियों के बारे में बताती है जिसके कारण उन्हें अंग्रेज़ी में *यंग इंडिया* और *नवजीवन* को पहले गुजराती और फिर हिन्दी

में सँभालना पड़ा। यह साल था 1919, जगह अहमदाबाद, जब गांधी 'सविनय अवज्ञा आन्दोलन' शुरू करने के लिए तैयार होकर ही दक्षिण अफ्रीका से लौटे थे।

पंजाब में जलियाँवाला बाग नरसंहार के बाद देश में निर्दोष लोगों के ख़िलाफ़ अन्याय बढ़ा हुआ था और गांधी तुरन्त पंजाब का दौरा करना चाहते थे लेकिन उन्हें रोक दिया गया। ऐसे में गांधी ने उन प्रकाशनों की तलाश की जिन्हें वे अपने अधिकार में लेकर सम्पादित कर सकें ताकि जनता को सत्य के साथ खड़े होकर सत्याग्रह के सिद्धान्तों का पालन करना उनकी भाषा में ही समझाया जा सके। जैसा कि गांधी के पोते राजमोहन गांधी (2006 : 226-27) ने वर्णन किया है, साबरमती के तीन मित्र, उमर सुबहानि, शंकरलाल बैंकर और इंदुलाल याग्निक, ने अपनी अंग्रेज़ी पत्रिका, *यंग इंडिया* और गुजराती मासिक *नवजीवन अने सत्य* का सम्पादकीय दायित्व गांधी जी को पेश किया ताकि वो इन्हें स्थानीय भाषाओं में संचार के बेहतर माध्यम के रूप में इस्तेमाल कर सकें; जिसे बाद में साप्ताहिक में बदल दिया गया। बाद में अख़बार के मूल शीर्षक, *नवजीवन अने सत्य* को बदल कर सिर्फ़ *नवजीवन*।

गांधी जी लिखते हैं :

> मैं सत्याग्रह के आन्तरिक अर्थ को लोगों तक पहुँचाने के लिए उत्सुक था, इसीलिए, मैंने इन मित्रों के सुझावों को तुरन्त स्वीकार कर लिया। लेकिन, आम जनता को अंग्रेज़ी माध्यम से सत्याग्रह का प्रशिक्षण कैसे दिया जा सकता था? मेरा मुख्य कार्यक्षेत्र गुजरात था।
>
> इंदुलाल याग्निक गुजराती मासिक *नवजीवन* का संचालन कर रहे थे जो इन मित्रों की वित्तीय सहायता से निकल रहा था। उन्होंने मासिक मेरे हवाले कर दिया...फिर इस मासिक को साप्ताहिक में बदल दिया गया...दो साप्ताहिक पत्रों को दो अलग-अलग स्थानों से प्रकाशित करना मेरे लिए बहुत असुविधाजनक होता...क्योंकि *नवजीवन* पहले से ही अहमदाबाद से प्रकाशित हो रहा था। मेरे सुझाव पर *यंग इंडिया* को भी वहीं लाया गया..
>
> ऐसी पत्रिकाओं के प्रकाशन के लिए अपने स्वयं के प्रेस की आवश्यकता थी...मौजूदा प्रिंटिंग प्रेस उन्हें प्रकाशित करने में झिझकते थे...यह काम केवल अहमदाबाद में ही आसानी से किया जा सकता था...

> इन पत्रिकाओं ने कुछ हद तक मुझे शान्ति प्रदान की...[मुझे] लगता है कि दोनों पत्रिकाओं ने परीक्षा की इस घड़ी में लोगों को अच्छी सेवा दी और मार्शल क़ानून के ज़रिये हो रहे अत्याचार को कम करने की दिशा में अपना विनम्र योगदान दिया... (गांधी 1977 [1927])।

जाने-माने सम्पादक, विजयदत्त श्रीधर (2008, 2 : 625) लिखते हैं कि साप्ताहिक बनने के एक साल के भीतर, गुजराती *नवजीवन* की प्रसार संख्या 20 हज़ार हो गई थी। इससे गांधी जी को यह विश्वास हो गया कि भारतीय भाषाओं में अधिक प्रकाशनों की आवश्यकता है। दो साल बाद, 19 अगस्त, 1921, जब स्वदेशी आन्दोलन अच्छी तरह से मज़बूत हो गया था और विदेशी कपड़ों को सरेआम जलाया जा रहा था तब नवजीवन मुद्रणालय ने हिन्दी में भी *नवजीवन* निकालाना शुरू किया।

गांधी के *नवजीवन* को अंग्रेज़ों ने कई बार बन्द कराया क्योंकि उसके कई आलेखों को वो लोग देशद्रोही भावनाएँ भड़काने वाला मानते थे। यह एक भड़काऊ अख़बार था और जब सरकार ने पंडित रामदास गौड़ की पुस्तक 'हिन्दी रीडर' को राजद्रोह के आरोप में ज़ब्त कर लिया, तो *नवजीवन* ने इस कार्रवाई की आलोचना की और इसे अवैध और अस्वीकार्यपूर्ण बताया। 10 अप्रैल, 1930 को गांधी जी ने *नवजीवन* में लिखा कि पूर्ण स्वराज हमारा जन्मसिद्ध अधिकार है। इसके बाद अंग्रेज़ों ने गांधी को यरवडा जेल में डाल दिया। इसके बाद 4 फरवरी, 1931 को सरकार ने प्रेस को जब्त कर ताला लगा दिया और *यंग इंडिया* और हिन्दी *नवजीवन* दोनों बन्द हो गए। जेल से रिहा होने के बाद उन्होंने जी. डी. बिड़ला द्वारा वित्त पोषित *हरिजन सेवक संघ* के तत्त्वावधान में पुणे से प्रकाशन शुरू किया (श्रीधर 2019 देखें)।

गांधी की दो सबसे व्यापक रूप से पढ़ी गईं, दक्षिण अफ्रीका में 'सत्याग्रह' (1968 (1928]) और सत्य के साथ मेरे प्रयोगों की कहानी (1977 [1927]), पहले गुजराती *नवजीवन* में और फिर 1925 और 1929 के बीच *यंग इंडिया* में क्रमबद्ध तरीक़े से प्रकाशित की गईं। 1926-27 में गांधी के गीता पर दिये गए प्रवचनों को भी *नवजीवन* में क्रमबद्ध प्रकाशित किया गया था। जब 1930 के दशक के मध्य में गांधी को जेल हुई, तो उन्होंने नेहरू से यह सुनिश्चित करने के लिए कहा कि ये प्रकाशन जारी रहें। 1948 में गुजराती *नवजीवन* फिर से बन्द हो गया।

दिलचस्प बात यह है कि मद्रास के रहने वाले गांधीवादी बी.एस. मूर्ति ने 1930 में गांधी के दृष्टिकोण को दक्षिण तक आगे बढ़ाया और *नवजीवन* नाम से एक तेलुगु पत्रिका निकाली, इसकी क़ीमत प्रति कॉपी एक आना और वार्षिक सदस्यता 4 रुपये थी।

जाति आधारित हिन्दी अख़बार

जिस समय गांधी स्थानीय भाषाओं को बढ़ावा दे रहे थे, उस समय हिन्दी भाषी क्षेत्रों में 150 से अधिक हिन्दी के प्रकाशन सामने आए, हालाँकि इनमें से अधिकांश जल्दी ही बन्द हो गए। वाराणसी से प्रकाशित *ब्राह्मण* (1906), मुम्बई का *जैन हितैषी*, पटना का *क्षत्रिय* समाचार (1911), *कायस्थ पत्रिका* और *कायस्थ समाचार* जैसे कई पत्रों ने विशेष जाति समूहों और उनके सामुदायिक हितों की पूर्ति की। ब्राह्मणों और कायस्थों में साक्षरता दर दूसरों की तुलना में अधिक थी और हिन्दी प्रकाशनों के अधिकांश सम्पादक ब्राह्मण या कायस्थ थे। हालाँकि, तिलक जैसे राजनीतिक नेता जाति और साम्प्रदायिक समूहों से ऊपर उठे और सभी जातियों और क्षेत्रों के लोगों के हित में औपनिवेशिक ब्रिटिश सरकार की नीतियों की निडरता से आलोचना की।

मतभेद मतलब सेंसरशिप को निमंत्रण

तिलक के लोकप्रिय दैनिक पत्र *केसरी* का हिन्दी संस्करण नागपुर और काशी से भी लॉन्च किया गया। लेकिन, ब्रिटिश सरकार ने 1920 के दशक तक, वर्नाक्यूलर प्रेस एक्ट, 1878 के तहत हिन्दी दैनिक पत्र के दोनों संस्करणों को बन्द करा दिया। दिलचस्प बात यह रही कुछ देसी राजघरानों ने भी सेंसरशिप शक्तियों का इस्तेमाल करके अपनी आलोचना करने वाले स्थानीय भाषा के पत्रों पर प्रतिबन्ध लगा दिया था। साल 1920 में उदयपुर रियासत ने महाराजाओं के विलासितापूर्ण जीवन के बारे में अपमानजनक आलेख प्रकाशित करने के आरोप में हिन्दी पत्र *राजस्थान केसरी* पर प्रतिबन्ध लगा दिया। लेकिन, ऐसे प्रतिबन्धों ने असन्तोष को बढ़ाया ही, और पहले से अधिक राष्ट्रवादी आवाज़ें उठनी शुरू हो गईं। ऐसी ही एक आवाज़ बना वाराणसी से प्रकाशित हिन्दी दैनिक *आज*, जिसने अपने मुखपृष्ठ पर छापा

कि ग़ुलामों के लिए, सोते हुए भी कोई ख़ुशी नहीं हो सकती (पराधीन सपनेहु सुख नाहीं)। दैनिक *आज* के तेज़तर्रार सम्पादक, बाबूराव विष्णु पराडकर को 1942 में गिरफ़्तार कर जेल भेज दिया गया। साल 1947 में वो जेल से रिहा हुए और अपनी मृत्यु से पहले कुछ वक़्त के लिए अख़बार का सम्पादन भी किया।

एक अन्य राष्ट्रवादी साप्ताहिक समाचार-पत्र, *प्रताप*, नये बने औद्योगिक शहर कानपुर से 9 नवम्बर, 1913 को शुरू किया गया। इसके सम्पादक करिश्माई व्यक्तित्व के धनी, गणेश शंकर विद्यार्थी थे, जिन्होंने औपनिवेशिक सरकार की विभाजनकारी नीतियों और उत्तर भारत में धीरे-धीरे पनप रहे हिन्दुओं और मुसलमानों के सम्प्रदायीकरण के ख़िलाफ़ नेतृत्व सँभाला और निरन्तर आवाज़ बुलन्द की। *प्रताप* को *प्रताप* प्रेस से मुद्रित किया जा रहा था और इसके चार पार्टनर : गणेश शंकर विद्यार्थी, शिव नारायण मिश्रा, कोरोनेशन प्रेस के यशोदानन्दन, और नारायण प्रसाद अरोड़ा (श्रीधर 2008, खंड 2 : 572)। प्रकाशन के दो वर्षों के भीतर ही अख़बार पर सरकार की टेढ़ी नज़र पड़ चुकी थी और कभी प्रेस पर तो कभी सम्पादकों के घरों पर पुलिस के नियमित छापे पड़ने लगे। साल 1920 में *प्रताप* दैनिक बन गया।

प्रताप ने रायबरेली में किसान आन्दोलन का समर्थन किया और क़ानूनी नोटिस मिलने पर भी माफ़ी माँगने से इनकार कर दिया। फिर साल 1921 में इसके सम्पादक गणेश शंकर विद्यार्थी को जेल भेज दिया गया और *प्रताप* एक बार फिर साप्ताहिक बन गया, जिसका सम्पादन अगले दो वर्षों तक राजनीतिक कार्यकर्ता श्री कृष्णदत्त पालीवाल ने किया। उनके बाद हिन्दी कवि माखनलाल चतुर्वेदी ने पत्र का कुछ समय के लिए सम्पादन किया। मार्च 1924 में गणेश शंकर विद्यार्थी ने एक बार फिर सम्पादक के रूप में कमान सँभाली और अंग्रेज़ों और उनके पिट्ठुओं द्वारा धर्म के ज़बरदस्त इस्तेमाल के ख़िलाफ़ लिखना शुरू किया जो उत्तर भारत में अल्प-जानकार और अल्प-शिक्षित हिन्दू और मुस्लिम जनता के बीच आपसी मतभेद पैदा कर रहे थे। साल 1926 में *प्रताप* ने एक क्रूर पुलिस निरीक्षक के ख़िलाफ़ सम्पादकीय छापा जिसके कारण अख़बार को एक बार फिर अदालती नोटिस भेजा गया, और जिला अदालत ने 400 रुपये जुर्माना या छह महीने क़ैद की सज़ा सुनाई, जिसे देने का आदेश दिया, जिसे बाद में उच्च न्यायालय ने माफ़ कर दिया। साल 1930 में *प्रताप* ने अंग्रेज़ों के लाए हुए प्रेस ऑर्डिनेंस के ख़िलाफ़ लिखा जिसके बाद प्रेस को बन्द करा दिया गया। 23 मार्च, 1931 को तीन युवकों

सुखदेव थापर, शिवराम राजगुरु और भगत सिंह को फाँसी हुई, जिसके दो दिन बाद 25 मार्च को कानपुर शहर साम्प्रदायिक दंगों की आग में हिंसक हो उठा था। गणेश शंकर विद्यार्थी ने दंगों की आग कम करने के लिए शहर का दौरा किया, लेकिन किसी गुमनाम दंगाई ने उनकी हत्या कर दी। इसके बाद कई बार *प्रताप* के सम्पादक बदले।

इस बीच, गांधी जी के सन्देश के ज़ोर पकड़ने और हिन्दी साक्षरता में वृद्धि के साथ ही छोटे शहरों में भी पत्र-पत्रिकाओं का प्रकाशन शुरू हो गया। उनमें से एक था अल्मोड़ा से प्रकाशित *शक्ति*। अल्मोड़ा उत्तराखंड का एक छोटा सा पहाड़ी शहर जहाँ गांधी जी ने अपने दौरे के क्रम में अनासक्ति (सम्पूर्ण वैराग्य) पर अपना प्रसिद्ध लेख लिखा था (गांधी 2014 [1929])। 1918 में, शहर के वकील, बद्रीदत्त पांडे, *शक्ति* के संस्थापक-सम्पादक बने। बद्रीदत्त पांडे दो बार 1921 और फिर 1931 में एक साल के लिए जेल भी गए।

1930 के दशक तक बार-बार जेल भेजे जाने वाले गांधी जी चाहते थे कि उनके द्वारा शुरू किये गए तीनों प्रकाशनों का हरिजन में विलय कर इसी नाम से प्रकाशित किया जाए। इसलिए हिन्दी *नवजीवन* को *हरिजन सेवक* नाम दिया गया और जल्द ही यह गांधी और भारतीय राष्ट्रीय कांग्रेस पार्टी का मुखपत्र बन गया। इस वक़्त, गांधीजी ने अपने मित्र और समर्थक, उद्योगपति बिड़ला से इस प्रकाशन को आर्थिक मदद करने के लिए कहा। गांधी, विशेष रूप से भारतीय समाज में व्याप्त हरिजन प्रताड़ना के मुद्दे और जाति व्यवस्था के ख़तरे पर ध्यान केन्द्रित करना चाहते थे। इस प्रकार, 1933 में, अंग्रेज़ी में *हरिजन*, गुजराती में *हरिजन बन्धु* और हिन्दी में *हरिजन सेवक*, तीन पत्रिकाएँ निकाली गईं। इन तीनों पत्रों और उनके सम्पादकों को नियमित रूप से दंडित किया गया, क्योंकि वो अपने पत्रों में उदारवादी बहस को जगह दे रहे थे जिसे अधिकांश भारतीय भाषायी दैनिक छाप रहे थे।

गांधी ने नेहरू को सौंपी प्रकाशनों की विरासत

इन तीन पत्रों को सत्याग्रह आन्दोलन के लिए गांधीवादी विचारों और निर्देशों को सम्प्रेषित करने के प्रामाणिक माध्यम के रूप में देखा गया। यह उथल-पुथल से भरा समय था, जिसमें औपनिवेशिक सरकार, गांधी सहित सभी प्रमुख नेताओं को बार-बार जेल भेज रही थी। 1930 के दशक के अन्त में नेहरू ने स्वतंत्र भारत में

आम जनता पर केन्द्रित पत्रकारिता की गांधीवादी विरासत को मज़बूत करते हुए एसोसिएटेड जर्नल्स लिमिटेड की स्थापना की।

कांग्रेस कमेटी ने भारतीय भाषाओं पर आधारित कई इकाइयाँ बनाईं, जिनमें नागरी लिपि में लिखी गई हिन्दुस्तानी भी शामिल थी, जिसे गांधी जी ने विभिन्न भारतीय भाषाओं और बोलियों के मिलाने वाली भाषा के तौर पर देखा और इसे एक देशव्यापी भाषा घोषित किया। बांग्ला भाषी सुभाष बोस और तमिल भाषी सी. राजगोपालाचारी दोनों ने इसका कड़ा विरोध किया। साप्ताहिक और दैनिक अख़बार राजनीतिक चर्चा के लिए मंच बन रहे थे, वहीं कुछ हिन्दी पत्रिकाएँ हिन्दी खड़ी बोली को परिष्कृत करने का काम कर रही थीं जिसकी वजह से यह बोलचाल की भाषा तो बनी ही, साथ ही साहित्यकारों और लेखकों को भी स्वीकार्य हो गई जो अब तक स्थानीय बोलियों में लिख रहे थे।

इनमें से कुछ थे मासिक *इंदु* (कवि जयशंकर प्रसाद द्वारा 1909 में प्रकाशित), लखनऊ के नवल किशोर प्रेस से निकलने वाली पत्रिका *माधुरी* (1922 में शुरू हुई और 1950 तक प्रकाशित होती रही) और *चाँद* (1922 में रामरख सिंह सहगल द्वारा प्रकाशित), एक मासिक जो काफ़ी चर्चा में रही। *चांद* ने अंग्रेज़ों द्वारा फाँसी पर लटकाए गए शहीदों पर केन्द्रित 'फांसी अंक', दीवाली विशेषांक के रूप में नवम्बर 1928 में निकाला और सरकार की तीखी नाराज़गी झेली। इसे जल्द ही ज़ब्त कर लिया गया क्योंकि इसमें उन लोगों की सराहना की गई थी जिन्हें राजद्रोह के आरोप में फाँसी दी गई थी। यह 1939 में बन्द हो गया। हालाँकि, जाति और साम्प्रदायिक समूह अभी भी मायने रखते थे और हिन्दू और मुसलमानों के बीच बढ़ते अलगाव के कारण इनका तेज़ ध्रुवीकरण हो रहा था। 1925 में, आगरा की भारतीय हिन्दू शुद्धि सभा ने *शुद्धि समाचार* निकाला और अगले वर्ष, पोद्दार के ऐतिहासिक कल्याण प्रेस की स्थापना की गई और *कल्याण* पत्रिका का प्रकाशन शुरू किया, जो सनातन पर संस्कृत ग्रंथों और टिप्पणियों के हिन्दी में अनुवादित संस्करणों की वजह से हिन्दुओं के बीच बेहद लोकप्रिय हो गई। साल 1936 में एक जैन प्रकाशन, *जैन ध्वज,* राजस्थान के अजमेर से लॉन्च किया गया था, और उसी वर्ष, कलकत्ता में रहने वाले मारवाड़ी छात्रों के एक समूह ने *मारवाड़ी* नामक एक पत्रिका लॉन्च की, जो अंग्रेज़ी और हिन्दी में प्रकाशित होती थी। *प्रताप* और *केसरी* के विपरीत, ये प्रकाशन जाति, वर्ग और क्षेत्रीय समूहों को बढ़ावा देने और उनकी धारणाओं को रेखांकित करने के लिए तैयार किये गए थे।

यह भारत के लिए राष्ट्रीय लोकाचार और राष्ट्रीय भाषा के सवाल पर राजनीतिक दिग्गजों के टकराव की शुरुआत थी। गांधी जी हिन्दुस्तानी के प्रयोग के पक्षधर थे, जो कि सबसे बड़ी संख्या में भारतीयों द्वारा बोली जाने वाली एक मिश्रित भाषा थी। लेकिन, इस मुद्दे पर संविधान सभा (1946-49) में हुई बहसें कटुतापूर्ण और असहमतियों से भरी रहीं। साल 1950 में एक लम्बे, तर्कपूर्ण सत्र के बाद, भारत के संविधान के निर्माताओं ने गांधी के विचार का समर्थन किया कि हिन्दी स्वतंत्र भारत की आधिकारिक भाषा होनी चाहिए और अंग्रेज़ी अगले 15 वर्षों तक सहयोगी आधिकारिक भाषा के रूप में जारी रहेगी (मिश्रा 2019 देखें)। ग़ैर-हिन्दी प्रदेशों के कई सदस्यों ने महसूस किया कि इससे उनकी क्षेत्रीय पहचान को खतरा है और उन्होंने तुरन्त असहमति जताई। 25 जनवरी, 1965 को, अंग्रेज़ी के लिए सहयोगी भाषा के रूप में अनिवार्य 15 साल की अवधि समाप्त होने से एक दिन पहले, मद्रास राज्य में बड़े पैमाने पर हिन्दी विरोधी दंगे भड़क उठे। छात्रों और द्रविड़ मुनेत्र कड़गम (डीएमके) नेताओं ने हिन्दी भाषा के ख़िलाफ़ ग़ैर-हिन्दी भाषी प्रदेशों में हो रहे विरोध का नेतृत्व किया। उनका मानना था कि हिन्दी भाषी उत्तर भारत के लोग एक साम्राज्यवादी सोच के तहत सभी दूसरी भाषाओं और जातीय पहचानों पर अपना वर्चस्व स्थापित करना चाहते हैं। सत्तारूढ़ कांग्रेस सरकार ने जल्दबाजी में आदेशों में संशोधन किया और अंग्रेज़ी भाषा को अनिश्चित काल तक जारी रखने की अनुमति दे दी, जब तक हिन्दी सभी राज्यों में स्वीकार्य भाषा न हो जाए। इससे एक तरह से अनिश्चितकाल के लिए द्विभाषावाद की गारंटी मिल गई, लेकिन जो नुक़सान होना था, वो हो चुका था। कांग्रेस पार्टी तमिलनाडु में कभी भी राजनीतिक सत्ता हासिल नहीं कर पाई।

जब तक भारत को आज़ादी नहीं मिली, तब तक देश के प्रमुख व्यावसायिक घरानों ने शायद ही भारतीय भाषाओं में अख़बार निकालने के प्रति कोई रुचि दिखाई हो। उन्होंने इसे कभी लाभदायक उद्यम नहीं माना। जूट व्यापारी बिड़ला इस मायने में एक अपवाद थे। लेकिन, उन्हें भी गांधी जी ने अपना क़रीबी दोस्त होने के नाते *हरिजन* का कार्यभार सँभालने के लिए प्रेरित किया था, क्योंकि, अंग्रेज़ी शासन अक्सर गांधी को जेल में डाल देता था। बाद में, 1926 में बिड़ला ने अंग्रेज़ी अख़बार *हिन्दुस्तान टाइम्स* की शुरुआत की और दो दशक बाद गांधी जी के ही कहने पर उसका हिन्दी सहयोगी संस्करण *दैनिक हिन्दुस्तान* निकालना शुरू किया।

स्वतंत्रता-प्राप्ति और असहजता का बढ़ना

भारत के पहले पाँच प्रधानमंत्री अधिक आबादी वाली हिन्दी पट्टी से थे। संसदीय बहसों के दौरान हिन्दी के कई जुझारू समर्थकों जैसे, पी.डी. टंडन और डॉ. रघुवीर ने हिन्दी से सारे 'विदेशी' शब्दों को हटाकर एक संस्कृतनिष्ठ भाषा पूरे देश के लिए बनाने की वकालत की और लोगों को निराश किया (मिश्रा 2019 देखें)। तब की हिन्दू महासभा, जो अब के संघ परिवार का मूल संगठन था, वो 'हिन्दी-हिन्दू-हिन्दुस्तान' की ज़बरदस्त समर्थक थी। लेकिन, कई लोग इसे भाषायी आधार पर राष्ट्र को जाति और सम्प्रदायीकता में विभाजित करने की एक और साज़िश के तौर पर देख रहे थे। बड़ी राजनीतिक महत्त्वाकांक्षा पालने वाले कई छोटे राजनेताओं ने जनता की संस्कृति के रक्षक के रूप में ख़ुद को स्थापित करने के लिए हिन्दी विरोधी रथ पर सवार होने का फ़ैसला किया। उन्हें, उन नौकरशाहों का समर्थन मिला, जो अंग्रेज़ी के इस्तेमाल में सहज थे। साथ ही, यूरोप में प्रसिद्धि पा चुके कुछ इंडो-एंग्लियन लेखकों और शिक्षाविदों ने भी इन छोटे नेताओं के हिन्दी विरोध का समर्थन किया। उन सभी ने अपने एकभाषी अंग्रेज़ी करियर को सही ठहराने के लिए, साम्प्रदायिक तनाव से लेकर सार्वजनिक शिक्षा की ख़राब गुणवत्ता तक, विभिन्न बुराइयों के लिए हिन्दी को ही दोषी ठहराया।

भारत को आज़ादी मिलने तक पत्रकारिता लेखन और आपसी संवाद के लिए इस्तेमाल की जाने वाली भाषा राजनीतिक लाभ साधे जाने का एक औज़ार बन गई थी। साल 1947 में स्वतंत्रता प्राप्ति के बाद हुई हिन्दी साहित्य सम्मेलन की पहली बैठक में टंडन ने लोगों से कहा कि यदि वे राष्ट्रवादी बनना चाहते हैं, तो उन्हें एकजुट होकर एक राष्ट्र-एक भाषा-एक लिपि-एक संस्कृति के बैनर तले खड़ा होना होगा (ओर्सिनी 2002 देखें)। भारत के मूल लोकाचार के आवश्यक बहुलवाद की अस्वीकृति, असहमतियों, आलोचकों और एकरूपता के विरोधियों को स्थान देने की अत्यधिक अनिच्छा सात दशक बाद भारतीय जनता पार्टी द्वारा पुन: पेश की जा रही है। अधिकांश इंडो-एंग्लियन पत्रकारों और लेखकों ने यह स्वीकार करने से इनकार कर दिया कि हिन्दी वास्तव में गहरी सामाजिक और सांस्कृतिक असमानताओं और मतभेदों को प्रतिबिम्बित कर रही है, जो उत्तर भारत की सम्पूर्ण राजनीतिक पृष्ठभूमि का अहम हिस्सा रही है। हिन्दी को शिक्षा का माध्यम बनाना और सरकारी स्कूलों के पाठ्यक्रम से अंग्रेज़ी को हटाना जनता की माँग पर नहीं,

बल्कि राजनीति से प्रेरित था, जिसमें जाति, वर्ग और धर्म के बारे में धारणाएँ विकसित करने और एकरूपता पर ज़ोर दिया गया था। भाषा और राष्ट्रवाद दोनों की बार-बार सामने आने वाली इस संकीर्ण परिभाषा के कारण ही हमारे ग़ैर-हिन्दी राज्य और राष्ट्रीय मीडिया हिन्दी को एक क्षेत्रीय और संस्कृति से प्रेरित भाषा मानने लगे हैं, जो राष्ट्रीय और अन्तर्राष्ट्रीय राजनीतिक परिचर्चाओं, यहाँ तक कि विज्ञान और प्रौद्योगिकी का माध्यम बनने में असमर्थ है।

आगे के अध्यायों में हम यह देखने का प्रयास करेंगे कि बीसवीं सदी के उत्तरार्ध में हिन्दी जनमानस आधार और उसके पाठक वर्ग का किस प्रकार लगातार विस्तार हुआ है? कैसे, दक्षिण और पूर्व में हिन्दी को लेकर गहरी असहजता और बेचैन भावनाओं को सँभाला गया? और, हिन्दी लेखकों और पत्रकारों ने किन मुद्दों का समर्थन किया, कैसे इसे लेकर राजनीतिक दलों और नेताओं के साथ उनकी भिड़ंत हुई? संक्षेप में, सदी के अन्त तक समाचारों और समाचार-पत्रों के बनने और बिगड़ने का सफ़र।

निष्कर्ष

देवनागरी लिपि में लिखी जाने वाली हिन्दी, जिसका आज हम इस्तेमाल करते हैं, पहली बार औपचारिक भाषा के रूप में उन्नीसवीं सदी की शुरुआत में, कलकत्ता के फ़ोर्ट विलियम कॉलेज में ईस्ट इंडिया कम्पनी के अधिकारियों के आदेश पर तैयार की गई थी। उस समय विभिन्न नामों, हिन्दुस्तानी, हिन्दवी या इंडोस्तानी से जानी जाने वाली यह मिश्रित जनभाषा उर्दू से मेल खाती थी। इसमें रचे गए काव्य और गीत ज़्यादातर फ़ारसी लिपि का उपयोग करके लिखे गए थे। अंग्रेज़ों के आदेश पर चार भाखा मुंशियों को हिन्दुओं और मुसलमानों के लिए दो अलग-अलग बोलियाँ बनाने का काम सौंपा गया। उन्होंने हिन्दी के लिए देवनागरी लिपि चुनी जबकि उर्दू के लिए नास्तालिक लिपि विकसित की, जो एक फ़ारसी-अरबी लिपि थी। उत्तरी मैदानी इलाक़ों की भाषा हिन्दवी की कुछ ख़ास ध्वनियों को शामिल करने के लिए नास्तालिक में कुछ बदलाव भी किये गए। हिन्दी पट्टी उस नई प्रिंट तकनीक के प्रति उदासीन रही जो पहले पुर्तगालियों द्वारा शुरू की गई थी और बाद में अंग्रेज़ों द्वारा अपनाई गई, जो मुख्य रूप से इसका इस्तेमाल ईसाई धर्म में परिवर्तित मूल निवासियों के लिए धार्मिक ग्रंथों की छपाई और वितरण के लिए करते थे। साल

1826 के आसपास, कलकत्ता में बसे उत्तर प्रदेश के एक हिन्दू जुगल किशोर शुक्ला ने लिथोग्राफ़िक तकनीक का उपयोग करके नागरी लिपि में भारत का पहला हिन्दी अख़बार लॉन्च किया। इस समाचार-पत्र के साथ ही, पारम्परिक शिक्षा के केन्द्र, वाराणसी में उसी समय प्रकाशित एक अन्य पत्र, जिन्हें हिन्दी युग की शुरुआत के तौर पर जाना जाता है, दोनों, वित्तीय सहायता की कमी के कारण जल्द ही बन्द हो गए।

सैनिक विद्रोह के बाद के वर्षों में ईस्ट इंडिया कम्पनी पर क्राउन द्वारा क़ब्ज़ा करने के बाद हिन्दी के लिए हालात कुछ बेहतर हुए। ब्रिटिश शासन मूल निवासियों के साथ सीधे संवाद करने, युवाओं को यूरोपीय विज्ञान और गणित के बारे में पढ़ाने और सार्वजनिक संचार के लिए एक जन-आधारित स्थानीय भाषा रखना चाहता था। इसी क्रम में उन्होंने मुसलमानों के लिए उर्दू और हिन्दुओं के लिए हिन्दी को विकसित और फिर इसका विस्तार किया। इस प्रकार, इन दोनों भाषाओं की सार्वजनिक पहचान शुरू से ही अलग-अलग साम्प्रदायिक और सांस्कृतिक रंगों में ढली थी। जैसे-जैसे हिन्दी के प्रति लोगों की रुचि बढ़ी और पाठ्यपुस्तकें तेज़ी से और बड़ी संख्या में छपने लगीं, साक्षरता में वृद्धि के साथ-साथ भाषाओं का राजनीतिकरण भी बढ़ने लगा। लेकिन यूरोप के विपरीत, भारत में, इस प्रकार तैयार हो रहे जनमानस के पीछे, तेज़ी से बढ़ता आत्मविश्वासी पूँजीपति वर्ग नहीं था, बल्कि, इसे एक उपनिवेशित जनता द्वारा बनाया गया था जिनके बीच कई विश्वास और सांस्कृतिक प्रथाएँ मौजूद थीं। ये जनमानस महसूस कर रहा था कि आधुनिक विचारों से उनकी अपनी ही सांस्कृतिक पहचान ख़तरे में पड़ रही है।

हिन्दी और उर्दू ने विशाल हिन्दी पट्टी के जनमानस में जिन भावनाओं का संचार किया, वह राजनेताओं, रचनात्मक लेखकों और समाज सुधारकों में भारत की समन्वयवादी संस्कृति की विभिन्न व्याख्याओं को प्रदर्शित करने और राजनीतिक और सामाजिक-सांस्कृतिक विचारों की पुन: पुष्टि या नया आकार देने के लिए आदर्श स्थिति बना रहा था। जैसे-जैसे स्थानीय भाषा में संचार बढ़ता गया, शिक्षित और बौद्धिक लोगों का असन्तोष भी सामने आने लगा। फिर, ब्रिटिश सरकार कुख्यात वर्नाक्यूलर प्रेस अधिनियम, 1878 लेकर आई, जिसने उसे क़ानून के तहत देशद्रोही लेखन के आरोप में लेखकों और सम्पादकों को जेल भेजने और उनकी प्रेस और अन्य सम्पत्तियों को ज़ब्त करने का अधिकार दिया। इस क़ानून का भरपूर इस्तेमाल अगली शताब्दी में हिन्दी में कई राष्ट्रवादी प्रकाशनों के ख़िलाफ़ किया गया। उनमें से एक अहमदाबाद से प्रकाशित गांधीजी की हिन्दी साप्ताहिक ब्रॉडशीट *नवजीवन*

थी। जब गांधी जी को जेल हुई तो उन्होंने हिन्दी, गुजराती और अंग्रेज़ी में तीन दैनिक समाचार-पत्र निकालने शुरू किये। फिर *नवजीवन* का नाम बदलकर *हरिजन* कर दिया गया। जब गांधी जेल में थे तब भी इस अख़बार ने उनके सम्पादकीय प्रकाशित किये और उनकी प्रसिद्ध द *स्टोरी ऑफ़ माई एक्सपेरिमेंट्स विद ट्रुथ* (1977 [1927]) के हिन्दी अनुवाद को भी क्रमवार प्रकाशित किया। 1930 के दशक के उत्तरार्ध में, गांधी ने नेहरू से कहा कि वे एक ट्रस्ट शुरू करें और उनके हिन्दी और अंग्रेज़ी में प्रकाशित हो रहे दैनिक समाचार-पत्रों का प्रकाशन अपने हाथ में लें। 1938 में, *एसोसिएटेड जर्नल्स लिमिटेड* की स्थापना की गई और हिन्दी *नवजीवन*, इंग्लिश *नेशनल हेराल्ड* और उर्दू *कौमी आवाज़* का प्रकाशन किया गया। जैसा कि लोकप्रिय उर्दू कवि, अकबर इलाहाबादी (2009) ने लिखा था, जब तोपे मुक़ाबिल हो, अख़बार निकालो!

1947 में जब भारत को आज़ादी मिली, तब तक हिन्दी मीडिया ने जनता के बीच अपने लिए एक लोकप्रिय और बड़ा पाठक वर्ग तैयार कर लिया था, जिस पर गांधीवादी छाप थी और उत्तरी राज्यों में राष्ट्रवादियों के बीच इसकी स्वीकार्यता बहुत अधिक थी। लेकिन इसके पदचिह्न के आकार ने ही कई लोगों की नज़रों में हिन्दी को सन्दिग्ध बना दिया। बीसवीं सदी के पहले चार दशकों में कई विचारधाराएँ सामने आईं, जिसमें हिन्दी प्रेस के एक वर्ग पर सवाल उठाए गए कि वो साम्प्रदायिक रूप से विभाजनकारी विचारों को बढ़ावा दे रहे हैं। इसके बाद की अवधि विचारधाराओं के टकराव वाली रही जिसमें लोकतांत्रिक आदर्शों को गहरा करने के प्रयास भी शामिल हैं। बस, यहीं से शुरू होती है हिन्दी प्रिंट मीडिया की असली कहानी।

2

स्वतंत्रता के बाद हिन्दी प्रेस का विकास

जनमानस के दायरे से हमारा तात्पर्य सबसे पहले हमारे सामाजिक जीवन के उस क्षेत्र से है जिसमें जनता की राय के अनुरूप कुछ भी निर्मित किया जा सकता है।

जहाँ, सभी नागरिकों के लिए पहुँच की गारंटी है।

जर्गेन हेबरमास (1998; जेफ़री से उद्धृत 2000 : 11)

यूरोप के विपरीत, भारत में जनमानस की सोच और उनके दायरे के विस्तार में न तो एकरूपता रही और न ही यह एक समान रहा। इसका एक सामाजिक-राजनीतिक इतिहास रहा है, जहाँ व्यक्ति स्वयं अपनी भाषा का चुनाव नहीं करता, बल्कि ये बोलने वाले की जाति, समुदाय और लिंग से प्रेरित होती थी। इससे कुछ ऐसी न मिट सकनेवाली ख़ामियाँ पैदा हुईं जो आज़ादी की लड़ाई के दौरान भीतर ही भीतर लोगों के मन में गहराती गईं। मीडिया में एक प्रमुख ख़ामी यह रही कि वो जिस औपनिवेशिक अंग्रेज़ी भाषा को परोसती है वह स्थानीय जनता की सोच से टकराकर एक ऊर्जा उत्पन्न करती है जो अत्यधिक तीव्र होने पर जनभावनाओं को अन्दर तक हिला देती हैं। अधिकांश जाति और वर्ग अभी भी अंग्रेज़ी माध्यम की शिक्षा से वंचित हैं, जो औपनिवेशिक क़ब्ज़े का प्रतीक और सामाजिक असमानता का उदाहरण है। हाल के दिनों में भी भारत के दक्षिणपंथियों द्वारा हिन्दू पहचान के प्रतीक के रूप में हिन्दी के राजनीतिकरण ने भारत की स्थानीय मीडिया और निष्क्रिय पड़ी हिन्दी मीडिया के बीच चिन्ताजनक परिस्थितियों को उजागर किया है। आज, हिन्दी मीडिया के भीतर, हिन्दू और ग़ैर-हिन्दू संस्कृतियों, विशेष रूप

से इंडो-फ़ारसी संस्कृति और हिन्दी की विभिन्न बोलियों और सरकार के 'शुद्ध', संस्कृतनिष्ठ हिन्दी संस्करण जो विदेशी शब्दों को हटाकर संस्कृत के समानार्थक शब्दों के साथ चलना चाहती है; इन सबके बीच दोषपूर्ण असमानताएँ देखी जा सकती हैं। 1940 के दशक तक भारत में हिन्दी प्रेस का राजनीतिकरण करने वाले धड़े (जैसे, विद्यार्थी का *प्रताप* और पराड़कर का *आज*) ने अपने प्रकाशनों की क़ीमत अंग्रेज़ी प्रकाशनों की तुलना में काफ़ी कम रखी और तेज़ी से विस्तार किया। उन्होंने विशाल हिन्दी भाषी जनता के राजनीतिक आग्रहों को आवाज़ देने का फ़ैसला किया, जिसे अंग्रेज़ी दैनिक समाचार-पत्र उठाने में विफल रहे थे। पराड़कर (1920) ने लिखा, हम अपने पाठकों की सामाजिक-आर्थिक दशा और उनके दैनिक जीवन में आने वाली कठिनाइयों जैसे तथ्यों को नज़रअन्दाज़ नहीं कर सकते। यदि हम आगे बढ़ना चाहते हैं, तो हमें उन्हें मिली-जुली हिन्दी में वो जानकारियाँ परोसनी होंगी जो वे चाहते हैं।

हिन्दी और उर्दू दोनों ने साम्प्रदायिक आधार पर अपने रास्ते अलग करने की कड़वी क़ीमत चुकाई है। 15 अगस्त, 1947 को जब भारत ने नियति के साथ अपना समझौता किया, भारत और पाकिस्तान दोनों देशों के प्रतिष्ठित राजनेता राजनीतिक विचारधारा से तो विभाजित थे, लेकिन, दोनों ने अन्दर ही अन्दर इस बात को समझा कि जिस अंग्रेज़ी भाषा में अधिकांश नेताओं ने शिक्षा प्राप्त की थी, वह तब तक आधिकारिक भाषा बनी रहनी चाहिए जब तक हिन्दी (भारत में) और उर्दू (पाकिस्तान में) के ख़िलाफ़ चल रहे अन्य क्षेत्रीय भाषाओं का संघर्ष सौहार्दपूर्ण तरीक़े से सुलझा न लिया जाए। पचहत्तर साल बाद भी न तो भारत और न ही पाकिस्तान इस जटिल मुद्दे को हल कर पाए हैं। अंग्रेज़ी दोनों देशों में एकमात्र आधिकारिक सम्पर्क की भाषा बनी हुई है। भारत में इसका हिन्दी सहित सभी भाषायी पत्रकारिता पर महत्त्वपूर्ण सामाजिक और वित्तीय प्रभाव पड़ा है।

1970 के दशक तक उत्तर भारत के कई पत्रकार और लेखक हिन्दी में लिखना एक राजनीतिक कृत्य मानते थे, लेकिन जैसे-जैसे अंग्रेज़ी सत्ता की भाषा बनती गई, प्राइवेट स्कूलों में भी हिन्दी द्विभाषावाद को ख़ारिज किया जाने लगा। हालाँकि, उत्तर भारत के अधिकांश क्षेत्रों में शिक्षा के माध्यम के रूप में स्थानीय भाषा को नेताओं ने राजनीतिक कारणों से ख़ूब बढ़ावा दिया। लेकिन उन्होंने अपनी सन्तानों को अंग्रेज़ी माध्यम के पब्लिक स्कूलों में भेजना शुरू कर दिया। उत्तर में अधिकांश भारतीय परिवार निजी स्कूलों की शिक्षा का ख़र्च उठाने में असमर्थ थे। यही वजह रही कि

उत्तर भारत के अधिकांश नव-साक्षर स्कूल में अंग्रेज़ी नहीं पढ़ पाए। समस्या यह थी कि जहाँ शैक्षिक प्रणाली में हिन्दी के लिए जगह बढ़ी, वहीं व्यवहार में अंग्रेज़ी एक सफल करियर और सामाजिक पहचान के लिए बुनियादी आधार बनी रही। इससे, जहाँ, पहले से चले आ रहे जाति-वर्ग विभाजन को बनाए रखने में मदद मिली वहीं स्थानीय मीडिया के लिए एक बड़ा दर्शक वर्ग भी तैयार हुआ।

टेबल 2.1 : 1950 के दशक की शुरुआत में स्थानीय भाषा के दैनिक समाचार-पत्र और वक्ता

भाषा	*दैनिक समाचार-पत्रों की संख्या*	*प्रसार (हज़ारों की संख्या में)*	*जनसंख्या (हज़ारों की संख्या में)*
असमिया	1	3	5,000
बंगाली	7	240	25,100
गुजराती	23	187	16,300
हिन्दी	76	379	150,000
कन्नड़	25	72	14,500
मलयालम	21	196	13,400
मराठी	26	191	27,100
ओडिया	3	43	12,200
पंजाबी	9	23	,,
तमिल	12	168	26,600
तेलुगु	6	98	33,000
उर्दू	70	213	,,
अंग्रेज़ी	41	697	1,100

स्रोत : प्रेस आयोग (1954 : 26)

1970 के दशक की शुरुआत और भारत में हिन्दी प्रिंट का उदय

1970 के दशक की शुरुआत में सम्पादकीय लेखों और उत्साही नये पाठक वर्ग,

दोनों ने समाचार व्यवसाय के विस्तार और परिवर्तन में एक अलग तरीक़े की बाधा का अनुभव किया। बांग्लादेश युद्ध और पाकिस्तान के टुकड़े-टुकड़े होने की महिमा से सराबोर सरकार ने आयातित अख़बारी काग़ज़ पर 15 प्रतिशत का अतिरिक्त कर डालने का फ़ैसला किया। इन्दौर के *नईदुनिया* के तत्कालीन सम्पादक (माथुर 1992 ए [1971]) द्वारा लिखे गए एक सम्पादकीय के अनुसार, विभिन्न समाचार-पत्रों के दिग्गजों और सम्पादकों ने काग़ज़ की लागत कम करने की अपील की ताकि वे साक्षर लोगों को कम क़ीमत पर अपने अख़बार बेच सकें लेकिन ग़रीब पाठकों के हितों की अनदेखी कर दी गई। ऐसा महसूस किया गया कि ग़रीबों के नाम पर, अमीर मालिक और सम्पादक ऐसी रियायतें प्राप्त करना चाहते थे जिससे उनका अपना लाभ बढ़े। तत्कालीन वित्त मंत्री आर. वेंकटरमन ने कहा कि वह चेन्नई से निकलने वाले लोकप्रिय अंग्रेज़ी दैनिक *द हिन्दू*, मुम्बई के *द टाइम्स ऑफ़ इंडिया* और दिल्ली के *हिन्दुस्तान टाइम्स* के पाठक थे। उन्होंने पाया कि इन अख़बारों में बहुत सारे विज्ञापन होते थे, जिससे समाचारों के लिए जगह काफ़ी कम हो जाती थी, फिर भी 16 से 28 पन्नों वाले अख़बार की क़ीमत 60 से 65 पैसे होती थी। वे निश्चित रूप से अख़बारी काग़ज़ की अतिरिक्त लागत का भुगतान कर सकते थे।

अब प्रश्न यह उठता है कि छोटे पैमाने पर छप रहे 6 से 10 पन्नों के उन स्थानीय समाचार-पत्रों का क्या होगा जिनमें नाममात्र का या फिर कोई निजी विज्ञापन नहीं होता है? यह बेहद समझदारी भरा सवाल किसी ने नहीं पूछा। फिर भी, अन्य प्रश्न ज़रूर उठाए गए : क्या अख़बारी काग़ज़ पर सरकार राशन लगा सकती है? किसी स्वतंत्र समाचार-पत्र में पृष्ठों की संख्या अथवा समाचारों में विज्ञापनों का सही अनुपात सरकार तय करती है? यदि समाचार-पत्र अपने समाचार-पत्रों के लिए बाज़ार से पर्याप्त विज्ञापन जुटाने में सक्षम हैं ताकि वो इसे मुफ़्त में बेच सकें और फिर भी लाभ कमाएँ, तो क्या सरकार उन्हें ऐसा करने की अनुमति देगी?

जल्द ही, 1972 में, सरकार एक समाचार-पत्र नीति लेकर आई, जिसके अनुसार कोई भी समाचार-पत्र 10 पृष्ठ से अधिक का नहीं हो सकता था। साथ ही, अपने मुख्य संस्करण की आर्थिक भरपाई के लिए बाहरी संस्करणों में भी पृष्ठों की संख्या के साथ खिलवाड़ करने की अनुमति अख़बारों को नहीं दी गई। बेनेट, कोलमैन एंड कम्पनी (*टाइम्स ग्रुप*) इस मामले को लेकर सुप्रीम कोर्ट पहुँची। न्यायपालिका पहले से ही ख़ुद पर केन्द्र सरकार के बढ़ते दबदबे से असहज थी, और सुप्रीम कोर्ट ने इस नीति को अस्वीकार कर दिया।

1977 के बाद हिन्दी प्रिंट की दुनिया

1977 के बाद दो कारकों ने समाचार-पत्रों और बाज़ारों को बदल दिया। सबसे पहला कारक था उस समय के प्रतिष्ठित हिन्दी कवियों और लेखकों का हिन्दी की पत्रिकाओं से जुड़कर उनका सम्पादक बनना। मुम्बई में धर्मवीर भारती ने बेनेट, कोलमैन एंड कम्पनी की तरफ़ से एक नई तरह की साप्ताहिक पत्रिका *धर्मयुग* की शुरुआत की, जो न केवल दिल्ली, मुम्बई जैसे महानगरों के लोगों, बल्कि, हिन्दी भाषी छोटे, मध्यम शहरों के सामान्य मध्यवर्गीय पाठक वर्ग की आवश्यकताओं पर खरी उतरे। *धर्मयुग* में वो सब कुछ था जो एक हिन्दी भाषी मध्यवर्गीय परिवार के सभी सदस्यों को आकर्षित करता। इसके आलेखों का विषय-वस्तु, सामाजिक परिवर्तन, कला, प्रमुख राजनीतिक घटनाओं का मिश्रण था, तो प्रसिद्ध हिन्दी लेखकों की क्रमवार कहानियाँ, कविताएँ और साहित्यिक आलोचनाएँ भी *धर्मयुग* के पन्नों की शोभा थीं। इसके साथ-साथ लोकप्रिय कार्टून कोना और बच्चों के लिए अलग से एक पेज भी शामिल था। इसी की तर्ज पर प्रकाशित अन्य प्रमुख लोकप्रिय हिन्दी पत्रिकाओं में *साप्ताहिक हिन्दुस्तान* (*हिन्दुस्तान टाइम्स* द्वारा प्रकाशित) और *दिनमान* प्रमुख थे। *दिनमान* एक साप्ताहिक पत्रिका थी जिसका सम्पादन जाने-माने हिन्दी साहित्यकार सच्चिदानन्द हीरानन्द वात्स्यायन कर रहे थे। उन्होंने अपने लेखकों और रिपोर्टरों को गम्भीर और जानकारीपूर्ण राजनीतिक विश्लेषण करने और हिन्दी में मूल रिपोर्टिंग करने के लिए तैयार किया। (आम तौर पर मूल रिपोर्टिंग और विश्लेषण अंग्रेज़ी में ही किये जाने की परम्परा रही है जिसकी आवश्यकता अनुसार हिन्दी की पत्रिकाएँ अनुवाद करती हैं) इन पत्रिकाओं ने प्रकाशन समूहों के भीतर हिन्दी के लिए एक पेशेवर बुनियादी ढाँचे का निर्माण किया और विशाल हिन्दी पट्टी से मूल रिपोर्टिंग, सम्पादन और प्रकाशन को बढ़ावा दिया। इनसे एक ऐसे भारत का भी पता चला जो बड़े शहरों और पार्टी मुख्यालयों से परे था। इन हिन्दी पत्रिकाओं का प्रकाशन, *इलस्ट्रेटेड वीकली ऑफ़ इंडिया* जैसे अंग्रेज़ी साप्ताहिक पत्रिकाओं की तुलना में कम था लेकिन, अब हिन्दी भाषी भारत ने आख़िरकार अपने लिए बोलना सीख लिया था। एक दशक बाद, प्रमुख अंग्रेज़ी साप्ताहिक पत्रिकाओं को भी अपने हिन्दी संस्करण लाने पड़े। इस प्रकार, *हिन्दी इंडिया टुडे, रविवार* (कोलकाता के *आनन्द बाज़ार पत्रिका समूह* से), *हिन्दी आउटलुक* और *तहलका* ने भी हिन्दी बाज़ार में दस्तक दी।

दूसरा कारक 1977 के बाद का था, जब भारत की जनता ने ग़ैर-कांग्रेसी सरकारों का प्रयोग किया। भारतीय राजनीति में यह नया चरण ग्रामीण पृष्ठभूमि के मज़बूत क्षेत्रीय नेताओं की नई पीढ़ी के लिए ध्यान देने योग्य था, जो अंग्रेज़ी की तुलना में स्थानीय भाषाओं में अधिक सहज थे। इसी वजह से स्थानीय समाचार-पत्रों के लिए तुरन्त अधिक माँग पैदा हो गई क्योंकि ये अख़बार नेताओं की बातों को शब्दशः छापते थे और साथ ही गहन राजनीतिक रिपोर्टिंग करने का दायरा भी बढ़ गया। अब, हिन्दी अख़बारों और समाचार-पत्रिकाओं ने भी बिलकुल तमिल, तेलुगु, कन्नड़ और बांग्ला पत्रों की तरह भारतीय भाषाओं में सार्वजनिक चर्चा के लिए एक बेहतर और सम्मानजनक मंच तैयार कर लिया था। हिन्दी के इस मंच पर अब दूर-दराज़ के छोटे शहरों और गाँवों के आम पाठकों की भी उपस्थिति दर्ज हो रही थी, क्योंकि स्कूलों के विस्तार से साक्षरता दर लगातार बढ़ रही थी।

जैसे ही अभिव्यक्ति की स्वतंत्रता का विचार एक बार फिर चर्चा के केन्द्र में आया और मध्यवर्ग का कुछ और विस्तार हुआ, आडम्बरपूर्ण शैली से भरी ब्राह्मणवादी हिन्दी जो काफ़ी संस्कृतनिष्ठ थी, वो लोगों से दूर होने लगी क्योंकि स्थानीय हिन्दी लोगों को अधिक भाने लगी, जिसमें उर्दू, अंग्रेज़ी और उत्तर भारतीय खड़ी बोली की विभिन्न शैली और शब्द सहर्ष स्वीकार कर लिये गए थे। सम्पादकों और लेखकों को अब भारतेन्दु की दूर परख दृष्टि का एहसास हो रहा था जिन्होंने एक सदी पहले ही संकेत दे दिया था कि सभी के लिए एक जैसी मानक हिन्दी नहीं हो सकती; उत्तर भारत में पंजाब से बिहार तक हिन्दी के एक दर्जन से अधिक स्वरूप मौजूद हैं जिनमें अवधी, ब्रज, भाखा, मैथिली और भोजपुरी जैसी स्थानीय बोलियों ने बड़ी ही उदारता से अंग्रेज़ी, फ़ारसी और पुर्तगाली शब्दों को भी शामिल किया हुआ है। (शुक्ला 1972 देखें)।

भारत में स्थानीय भाषा लेखन के लिए हिन्दी का समाशोधन मापदंड के तौर पर उभरना

इस अवधि की एक दिलचस्प विशेषता यह रही कि हिन्दी विभिन्न भारतीय भाषाओं : बांग्ला, तमिल, मराठी, पंजाबी, मलयालम, इत्यादि में अच्छे लेखन के लिए एक प्रकार का समाशोधन गृह बन गई। सबसे लोकप्रिय हिन्दी पत्रिकाओं में से तीन—*दिनमान, धर्मयुग* और *साप्ताहिक हिन्दुस्तान* ने छोटे शहरों के अनगिनत पाठकों को इस्मत

चुग़ताई, एस. एल. भैरप्पा, यू. आर. अनंतमूर्ति, बादल सरकार, विजय तेंदुलकर और कई अन्य लोगों के लेखन से परिचित कराया। प्रख्यात हिन्दी लेखकों—अज्ञेय, श्रीकांत वर्मा, धर्मवीर भारती और मनोहर श्याम जोशी द्वारा सम्पादित इन सभी पत्रिकाओं को घरेलू अंग्रेज़ी और हिन्दी दैनिक समाचार-पत्रों से होने वाले राजस्व से दशकों तक क्रॉस सब्सिडी दी गई। इन पत्रिकाओं के बन्द होने से पाठकों के बीच एक शून्यता उत्पन्न हुई और ये मंच तेज़ी से कमज़ोर पड़ता गया।

1978 में राजेन्द्र माथुर (1992 बी [1978]) ने एक सम्पादकीय में निराशा से लिखा था कि कैसे किसी भी हिन्दी अख़बार का दैनिक प्रसार अभी भी दस लाख के जादुई आँकड़े को नहीं छू सका था। यह इस तथ्य के बावजूद है कि 4,196 हिन्दी अख़बारों द्वारा बेची जा रहीं कुल प्रतियाँ 97 लाख तक पहुँच गई थीं, जबकि कुल 15,800 अंग्रेज़ी अख़बार 90 लाख प्रति ही बेच पा रहे थे। फिर भी, दशक के अन्त तक, हिन्दी प्रिंट मीडिया की संख्या और बिक्री के आँकड़ों, दोनों में अचूक वृद्धि हुई। 1979 में संसद के समक्ष रखी गई समाचार-पत्रों के रजिस्ट्रार की एक रिपोर्ट में कहा गया था कि अकेले 1978 में, हिन्दी पत्रों ने 11.8 प्रतिशत की वृद्धि दर्ज की थी। तब तक हिन्दी दैनिक समाचार-पत्रों की संख्या 318 हो गई थी। इसने हिन्दी सहित प्रमुख दैनिक समाचार-पत्रों के स्वामित्व में एक दिलचस्प प्रवृत्ति को भी उजागर किया। भारतीय दैनिक समाचार-पत्रों के कुल प्रसार का लगभग 17 प्रतिशत स्वामित्व रखने वाली पचीस प्रमुख इकाइयाँ, उस वक़्त तक प्रकाशन के अलावा अन्य बड़े व्यवसाय भी चला रही थीं और सामान्य आर्थिक और राजनीतिक हितों और विचारों को प्रतिबिम्बित करती थीं।

1980 का दशक : बदलाव, जो अधिक स्पष्ट हुआ

राजनीतिक रूप से अस्थिर 1980 के दशक में भले ही राजस्व में उल्लेखनीय सुधार नहीं हुआ हो, लेकिन इन वर्षों में हिन्दी मीडिया के लोग व्यक्तिगत और सामूहिक रूप से हिन्दी क्षेत्र की विभिन्न प्रमुख राजनीतिक विचारधाराओं और क्षेत्रीय नेताओं के क़रीब आए। ग़ैर-कांग्रेसी दलों का नेतृत्व करने वाले विभिन्न प्रमुख राजनेता : राममनोहर लोहिया, जयप्रकाश नारायण, जनेश्वर मिश्र, मधु लिमये, जॉर्ज फ़र्नांडिस आदि भी भारतीय भाषाओं के समर्थक थे। ये नेता, अब हिन्दी के पत्रकारों, सम्पादकों और मीडिया दिग्गजों को सत्तारूढ़ कांग्रेसी नेताओं के विरोधी या सन्देशवाहक के

रूप में नहीं, बल्कि जनता तक सूचनाओं और सही जानकारियों से पहुँच बनाने वाले आवश्यक संचारक के रूप में देखने लगे थे। इनमें से कई पत्रकार और सम्पादक राजनीतिक नेताओं के क़रीबी विश्वासपात्र बन गए और समय-समय पर उनके लिए सामाजिक-राजनीतिक गहन अध्ययन करते रहे। कई को संसद के उच्च सदन के लिए भी नामांकित किया गया था। इसका एक उदाहरण *टाइम्स ग्रुप* के हिन्दी समाचार साप्ताहिक *दिनमान* के पूर्व वरिष्ठ सम्पादक श्रीकान्त वर्मा थे, जो इंदिरा गांधी के मीडिया सलाहकार बने और उन्हें राज्यसभा के लिए नामांकित किया गया। उनके सहयोगी, जैसे सर्वेश्वर दयाल सक्सेना और रघुवीर सहाय, अन्य प्रतिष्ठित राजनेताओं जैसे, समाजवादी नेता लोहिया, इंदिरा गांधी के खुले आलोचक, मिश्रा और कांग्रेसियों में वी.पी. सिंह, जनार्दन द्विवेदी, सुधाकर द्विवेदी, अर्जुन सिंह और श्यामाचरण शुक्ल के प्रबल समर्थक बन गए।

इसी समय राजीव गांधी का अचानक आगमन हुआ, जब छोटे शहरों और ग्रामीण हिन्दी पट्टी में बड़ी संख्या में नव-साक्षर पाठक/मतदाता विकास की ओर अग्रसर थे। राजीव गांधी द्वारा कम्प्यूटर लाने और निवेशकों के लिए बाज़ार खोलने की उत्साही बातें लोगों की आकांक्षाएँ बढ़ा रही थीं। अमीर किसान अब अपने बेटों को उच्च शिक्षा और प्रौद्योगिकी के नये खुले संस्थानों में प्रवेश के लिए या सिविल सेवा प्रवेश परीक्षा में बैठने के लिए बड़े शहरों में भेजने के इच्छुक थे। गाँवों और छोटे शहरों के युवा पाठक स्थानीय भाषा के अख़बारों और पत्रिकाओं की तलाश में थे जो उनके मानसिक क्षितिज का विस्तार करने और प्रवेश परीक्षाओं में सफल होने में मदद करते। वे पत्र-पत्रिकाएँ ख़रीदने के लिए अच्छा पैसा ख़र्च करने को तैयार थे। चाय की दुकानें, कॉफ़ी हाउस और कॉलेज राजनीति और सामाजिक युवा बहसों की सक्रिय केन्द्र बन रही थी, जहाँ लोग समाचार-पत्र-पत्रिकाएँ साझा करते और देर रात तक गरमागरम बहस का सिलसिला चलता रहता।

1980 के दशक की शुरुआत में, 28 सबसे अधिक बिकने वाले भारतीय दैनिक समाचार-पत्रों में से चार हिन्दी में थे : *नवभारत टाइम्स* (दिल्ली), *हिन्दुस्तान* (दिल्ली), *पंजाब केसरी* (जालंधर) और *नईदुनिया* (इन्दौर)। 1980 के दशक के मध्य तक विशाल हिन्दी पट्टी में एक महत्त्वाकांक्षी, युवा, हिन्दी भाषी मध्यवर्ग के लगातार उदय ने इस मिथक को दृढ़ता से खारिज कर दिया था कि हिन्दी पाठक स्थानीय भाषा के दैनिक समाचार-पत्र-पत्रिकाओं को ख़रीदने के लिए बहुत ग़रीब थे। भारत के हिन्दी पट्टी के दो सबसे ग़रीब राज्य, बिहार और उत्तर प्रदेश के पाठक हिन्दी

प्रिंट के सबसे बड़े ख़रीदार बनकर उभरे। हिन्दी दैनिक समाचार-पत्रों के प्रसार में अचानक 40 प्रतिशत का उछाल दर्ज किया गया। 1978 में ही पहले राष्ट्रीय पाठक सर्वेक्षण (एनआरएस) ने रिपोर्ट दी थी कि स्थानीय भाषाओं, विशेषकर हिन्दी के अख़बार, एक विशाल पाठक वर्ग पर क़ाबिज़ हो गए हैं, जो उनके अंग्रेज़ी पाठकों (आईएमआरबी और ओआरजी 1978) से कई गुना अधिक है। अंग्रेज़ी और हिन्दी दैनिक समाचार-पत्रों के बीच का ये अन्तर बढ़ता गया। अधिक से अधिक हिन्दी पाठकों ने कई अन्य लोगों के साथ एक प्रति साझा करने के बजाय अपनी स्वयं की प्रतियाँ ख़रीदनी शुरू कर दी थीं।

टेबल 2.2 : साक्षरता में वृद्धि, 1951-2011

वर्ष	पुरुष (प्रतिशत)	स्त्री (प्रतिशत)	संयुक्त (प्रतिशत)
1951	27.16	8.86	18.33
1961	40.4	15.35	28.3
1971	45.96	21.97	34.45
1981	56.38	29.76	43.57
1991	64.13	39.29	52.21
2001	75.26	53.67	64.83
2011	82.14	65.46	74.04

स्रोत : आरजीसीसीआई (2016)

विज्ञापन के प्रति अजीब दुविधा

सम्पादक के रूप में गांधी जी अपने प्रकाशनों के लिए विज्ञापन स्वीकार करने के सख़्त विरोधी रहे। इसके बजाय उन्होंने क्राउडफंडिंग और परोपकारी समर्थन को प्राथमिकता दी। तिलक के *हिन्द केसरी* जैसे कई निजी अख़बार घरानों ने प्रति पंक्ति चार आने (0.25 रुपये) की दर से विज्ञापन स्वीकार किये। एक वर्ष की अवधि के लम्बे विज्ञापनों के लिए तो प्रति इंच कॉलम दर मात्र 12 रुपये प्रति वर्ष थी। *चाँद, माधुरी* और *दीदी* जैसी पत्रिकाओं ने भी विज्ञापन स्वीकार किये। गांधी के उत्तराधिकारी, नेहरू, अपने समाजवादी झुकाव के कारण, विज्ञापन को

लेकर भी सशंकित थे, उनका मानना था कि विज्ञापन के माध्यम से राजस्व देनेवाले लोग समाचार-पत्रों और उनके मालिकों पर दबाव बनाकर अपनी मर्ज़ी चला सकते हैं।

हालाँकि, इस वक़्त विडम्बना यह रही कि अख़बारों को अधिकांश विज्ञापन सरकार की ओर से ही मिले। अगले कुछ दशकों में बेहद लोकप्रिय हो चुके वाराणसी के आज (1920), कानपुर से निकलने वाले *दैनिक जागरण* (1947) और आगरा से प्रकाशित *अमर उजाला* (1948) जैसे हिन्दी पत्रों के मालिकों ने जब तक कि सक्रिय रूप से राज्य सरकारों से विज्ञापनों की माँग नहीं की, तब तक, राज्यों के सरकारी विज्ञापनों का बड़ा हिस्सा अंग्रेज़ी भाषा के अख़बारों को ही दिया जाता रहा, जिन्हें उनके कम प्रसार आँकड़ों के बावजूद, 'राष्ट्रीय' के रूप में वर्गीकृत किया गया था। यद्यपि, विज्ञापन और दृश्य प्रचार निदेशालय (डीएवीपी) लगातार ज़ोरदार खंडन करता रहा है, लेकिन इसके बावजूद सच यही है कि सरकारें समाचार-पत्रों को पुरस्कृत या दंडित करने के लिए विज्ञापन जारी करने या रोकने को एक टूल के रूप में इस्तेमाल करती रहीं, जो आज भी पूरे भारत में एक आम बात है। 1970 के दशक के मध्य में जैसे ही विकास में तेज़ी आई, अख़बार सिर्फ़ अपनी बिक्री की क़ीमत से प्रकाशन की तेज़ी से बढ़ती लागत को पूरा करने और हिन्दी बेल्ट में विभिन्न स्थानों पर नई प्रिंट मशीनरी ख़रीदने और स्थापित करने में असमर्थता का अनुभव कर रहे थे। प्रारम्भ में, हिन्दी पत्रों के लिए राजस्व निजी विज्ञापनों से आए जिन्हें 'वर्गीकृत विज्ञापन' कहा जाता था। इन छोटे विज्ञापनों में अधिकतर उपभोक्ता वस्तु और सेवाएँ शामिल थीं जिन्हें छोटे फ़ॉन्ट में छापा जाता था। अख़बार के जिस पन्ने पर ये विज्ञापन होते थे उन्हें 'वर्गीकृत पृष्ठ' कहा गया। इस पन्ने पर सबसे अधिक वैवाहिक विज्ञापन थे, जो बड़े अख़बारों में इतने होते थे कि इनके लिए अलग से विशेष सप्ताहांत पेज बनाए गए और बाद में सम्पूर्ण पुल-आउट पेज बनाने की परम्परा भी चल निकली। 1980 के दशक के मध्य तक, नौकरियों के लिए वर्गीकृत विज्ञापनों में भी पर्याप्त वृद्धि हुई, जिसके लिए भी अलग से साप्ताहिक 'रोज़गार पुल आउट' पेज बनाए जाने लगे। ये इतने लोकप्रिय थे कि गुरुवार को, जब हिन्दी अख़बार आम तौर पर नौकरियों और छात्र ट्यूटोरियल पर विज्ञापन निकालते थे, तो बिक्री में स्पष्ट वृद्धि दर्ज होती थी। रोजगार से सम्बन्धित ये पुल-आउट पेज इतने लोकप्रिय हो गए थे कि बाज़ारों में अख़बारों के स्टॉलों पर इन साप्ताहिक पन्नों को मुख्य अख़बारों के ऊपर रखकर बेचा जाने लगा ताकि

पाठक विज्ञापन देखकर वह अख़बार चुन सकें जो उनकी आवश्यकताओं के लिए सबसे उपयुक्त हो।

बहुराष्ट्रीय कम्पनियों द्वारा किया गया पहला पाठक सर्वेक्षण

मध्यवर्ग के विकास के साथ जब सरकारी कर्मचारियों के वेतन बढ़े और घर ख़रीदने के लिए बैंक आसानी से लोन देने लगे तो अख़बारों के क्लासिफाइड पुल आउट पन्नों पर रियल एस्टेट के विज्ञापनों में अच्छा-ख़ासा उछाल देखा गया। उपभोक्ता ग़ैर-टिकाऊ वस्तुएँ, जैसे साबुन, बाम, बालों के तेल और खाद्य तेल वाली कम्पनियों ने अब हिन्दी दैनिक समाचार-पत्रों में नियमित विज्ञापन देना शुरू कर दिया था। *हिन्दुस्तान यूनिलीवर* ने पहली बार गहन पाठक सर्वेक्षण किया। इसके बाद डाबर ने भी अपने स्तर पर पाठकों का सर्वेक्षण करवाया। दोनों सर्वेक्षणों ने निर्णायक रूप से इस बात को साबित किया कि हिन्दी पट्टी विज्ञापनों के माध्यम से उपभोक्ता आधार बनाने के लिए सबसे बड़े बाज़ार के तौर पर उभर रहा है। नये उपभोक्ताओं की बढ़ती संख्या ने जल्द ही भारतीय विज्ञापन एजेंसियों को जता दिया कि हिन्दी पत्रों को डाउन मार्केट समझकर उन्हें विज्ञापन नहीं देने की रणनीति अब नहीं चलने वाली है। शुरुआती अड़चनों के बाद, जब 1990 के दशक में भारतीय अर्थव्यवस्था का उदारीकरण हुआ तो प्रमुख राष्ट्रीय और अन्तर्राष्ट्रीय कम्पनियों ने सभी भाषाओं की मीडिया के लिए अपने विज्ञापन ख़र्चों में वृद्धि की। बाज़ार सर्वेक्षण के आधार पर ये निष्कर्ष निकला कि अख़बारों का स्थानीयकरण करने से ग्रामीण और छोटे शहरों के लोगों का एक विशाल नया पाठक वर्ग तैयार किया जा सकता है। इसके बाद, बड़े दैनिक समाचार-पत्रों ने डिजिटल तकनीक और स्ट्रिंगर्स (अस्थायी रिपोर्टरों) की मदद से कई शहरों से स्थानीय संस्करण निकालना शुरू कर दिया जिनकी छपाई भी स्थानीय स्तर पर ही की जाती थी।

1990 के दशक में कैसे हुआ प्रिंट उद्योग में राजस्व संरचनाओं का बदलाव

1990 के दशक के अन्त में कुछ प्रमुख अंग्रेज़ी दैनिकों ने तेज़ी से बढ़ते बाज़ार से अपने प्रतिद्वंद्वियों को बाहर करने की रणनीति के तहत अपने अख़बारों की प्रति कॉपी क़ीमत काफ़ी कम कर दी और इससे हो रहे नुक़सान की भरपाई क्रॉस-

सब्सिडी से करने और बड़ा मुनाफ़ा कमाने के लिए अधिक से अधिक विज्ञापन हासिल करने में जुट गए। उन्होंने अच्छी क़ीमत पर विज्ञापन देने या विज्ञापनों को समाचार का चोला पहनाकर पेश करने की चालाकी भरी शातिर योजना पेश की। एक नई शैली भी सामने आई, जिसे चतुराई से 'इक्विटी के लिए विज्ञापन' का नाम दिया गया। इसके पीछे का तर्क यह था कि अख़बार लम्बे समय से चले आ रहे मूल्यों और परम्पराओं के प्रतीक नहीं हैं, बल्कि एक व्यावसायिक उत्पाद हैं, और आज का युवा पाठक मशहूर हस्तियों, स्मार्ट, सुन्दर कपड़ों, डिज़ाइनर उत्पादों और नये पकवानों, रेस्त्राँ वग़ैरह के बारे में जानना और पढ़ना चाहता है। लेकिन, यदि कुछ ब्रांडों और रेस्त्राँ के बारे में ही विशिष्ट लेख दिये जाएँ तो वे अधिक कमाएँगे। इसलिए सहायक कम्पनियाँ स्थापित की गईं और जो कोई भी छपना चाहता था उसे अख़बारों में जगह के हिसाब से क़ीमत अदा करनी पड़ती थी। इस व्यवस्था को अपनाते हुए मुख्यधारा की हिन्दी मीडिया ने भी पैसे लेकर खुलेआम व्यक्तियों, उत्पादों और कॉरपोरेट घरानों के बारे में समाचारों का जामा पहनाकर प्रचारात्मक लेख छापने शुरू कर दिये। इसका कम्पनियों के मालिकानों और बॉस लोगों ने ज़ोरदार स्वागत किया।

हिन्दी दैनिकों ने फिर से अपने अंग्रेज़ी अख़बारों के संस्करणों का अनुसरण किया और ऐसे स्थानों, उत्पादों और व्यक्तियों के बारे में पन्ने छापे जो तुलनात्मक रूप से अधिक किफ़ायती और पहुँच के भीतर थे। हिन्दी दैनिक समाचार-पत्रों और पत्रिकाओं ने चतुर, निपुण प्रबन्धकों को नियुक्त किया जो प्रिंट मीडिया को एक आकर्षक बहु-भाषीय, बहु-संस्करण वाले व्यवसाय के रूप में पुनर्स्थापित करने में व्यस्त रहे। छोटे शहर का बाज़ार, कुल मिलाकर स्वयं ही संचालित होता रहता है, लेकिन कुछ हद तक राजनीतिक विवशताओं से प्रभावित होकर उसने अपने स्वयं के स्थानीय संस्करणों की रूपरेखा तैयार कर ली।

हॉकर से मार्केटिंग मैनेजर तक : विजय सिंह के जीवन की कहानी

एक अख़बार बाँटने वाले के लिए उसी अख़बार का मार्केटिंग प्रमुख बन जाना एक बेहद रोचक प्रकरण है। मेरे लिए विजय सिंह के जीवन की कहानी, जिसमें वो अख़बार के हॉकर से *हिन्दुस्तान टाइम्स समूह* के राष्ट्रीय मार्केटिंग प्रमुख बनते हैं, मीडिया की उस दुनिया का एक सूक्ष्म रूप है जिसका निर्माण हिन्दी अख़बारों ने

1980 के दशक में किया था। उनकी हिन्दी आत्मकथा, हॉकर से हाकिम (हॉकर से ऑफ़िसर तक; 2018) भारत की हिन्दी प्रिंट मीडिया के विकास और पिछले कुछ वर्षों में इसमें हुए बदलावों की कहानी को उजागर करती है।

ये वो वक़्त था जब हिन्दी पट्टी में समाचार व्यवसाय बढ़ रहा था। ऐसे में विजय सिंह ने कलकत्ता स्थित *स्टेट्समैन समूह* के लिए एक हॉकर के रूप में बिहार (तब झारखंड बिहार का हिस्सा था) के पटना से शुरुआत की। वह उन कई युवा और ग़रीब छात्रों में से एक थे जो कुछ आमदनी करने और अपनी फीस का भुगतान करने के लिए अख़बार बेचने का काम करने लगे। मालिकों ने उनका उपयोग अपने अख़बारों को सड़कों के किनारे, बाज़ारों और रेलवे स्टेशनों पर बेचने के लिए किया। उन्हें बहुत कम वेतन मिलता था और काम के घंटे भी लम्बे थे। लेकिन, लगनशील और अपने काम में निपुण सिंह को 1980 में एक प्रभावशाली स्थानीय घराने सर्चलाइट-प्रदीप समूह ने चुन लिया, जो इसी नाम से अंग्रेज़ी और हिन्दी के अख़बार प्रकाशित करता था।

अखबार के वितरण एजेंट बनने का विजय सिंह का सपना अब पूरा हो चुका था। एक एजेंट को अख़बार की बेची गई प्रत्येक प्रति की राशि का 60 प्रतिशत प्राप्त होता था। साथ ही विजय सिंह अख़बार की उन प्रतियों की पूरी भरपाई की जाती थी जो नहीं बिक पाती थीं। उनके पास अब न्यूज़ पेपर हॉकरों की अपनी टीम बनाने का मौक़ा था। बिहार जैसे विशाल राज्य में बड़े समाचार एजेंटों का ही बोलबाला था। दूर-दराज़ के ग्रामीण क्षेत्रों में हिन्दी पत्र-पत्रिकाओं की नई विकसित हो रही पीढ़ी तक पहुँचने के लिए अख़बारों और पत्रिकाओं को राज्य परिवहन की बसों, ट्रेनों, यहाँ तक कि स्टीमर और टैक्सियों द्वारा वितरित किया जाने लगा था। जब बाढ़ आती तो हॉकरों की टीम के सदस्य बरसाती पहनकर, रात के अँधेरे में टॉर्च की रोशनियों के सहारे, स्टीमर में नदिया पार के गाँवों में अख़बार पहुँचाते थे।

जो एजेंट थोड़े ठीक-ठाक और प्रभावशाली थे, वो 1981 तक बड़े मेगा एजेंट बन गए। ये एजेंट अपने अख़बार वितरण साम्राज्य को बचाने के लिए कुछ भी करने को तैयार थे। इस प्रक्रिया में कई बार इनके बीच घातक संघर्ष भी हुए जिसमें भाड़े के गुंडों सहित परिवार के सदस्यों को भी शामिल किया गया। साथ ही स्थानीय विधायकों का भी साथ लिया गया ताकि वो राजनीतिक छत्रच्छाया प्रदान कर सकें। एजेंट बाबू (नौकरशाह) अख़बार हॉकरों की यूनियनों को नियंत्रित करते थे। जब

सर्चलाइट-प्रदीप अपने वितरण का एक हिस्सा दूसरे प्रतिद्वंद्वी एजेंट को देना चाहता था, तो इन्हीं बाबुओं के बहकावे पर इन यूनियनों ने समूह के ख़िलाफ़ एक बड़े ऐतिहासिक हड़ताल का आयोजन किया। 1981 में हुए साम्प्रदायिक दंगों की भी यहाँ बड़ी भूमिका रही। जब कर्फ़्यू के कारण बिहार की सड़कें ठप हो गईं, तो विजय सिंह ने पटना जंक्शन रेलवे स्टेशन पर जूते पॉलिश करने वाले 22 लड़कों को संगठित किया। इन लड़कों को सिंह ने बूट पॉलिश से हो रही उनकी कमाई से कई गुना अधिक पैसे दिये और उनसे 'विजय सिंह के आदमी' के रूप में अख़बार बेचने को कहा। रातोंरात अख़बार का कारोबार बढ़ गया। विजय सिंह का अख़बार एजेंट के तौर पर प्रादुर्भाव हो चुका था! साल 1984 में जब इलाहाबाद के शक्तिशाली लीडर प्रेस ने एक धूर्त और दुष्ट प्रकृति के विपणन प्रबन्धक से निजात पाना चाहा, तो तब तक मशहूर हो चुके विजय सिंह और उनकी टीम को वहाँ भेजा गया। सिंह (2018 : 47) लिखते हैं, मामला जल्द ही सुलझा लिया गया और अवांछित धमकाने वाले तत्त्वों को कम्पनी और प्रेस परिसर से बाहर कर दिया गया।

1986 में, दिल्ली स्थित जी.डी. बिड़ला के बेटे के.के. बिड़ला ने पटना में *हिन्दी हिन्दुस्तान* और अंग्रेज़ी *हिन्दुस्तान टाइम्स* शुरू करने का फ़ैसला किया। उस समय मुद्रण, बंडलिंग और वितरण सभी काम हाथों से ही किये जाते थे और विजय सिंह जैसी अनुभवी टीमों की आवश्यकता होती थी, जो काम पूरा करने के लिए हर तरह के जुगाड़ प्रबन्धन में माहिर थी। बंडलिंग और नियमित वितरण को सँभालने के अलावा, एजेंट ज़रूरत पड़ने पर विक्रेताओं, गुंडों और विधायकों के महत्त्वपूर्ण स्थानीय नेटवर्क का भी उपयोग करते थे। जब *हिन्दुस्तान टाइम्स* ने समर्पित और अनुभवी कार्यकर्ताओं की पूरी टीम के साथ सर्चलाइट-प्रदीप समूह को ख़रीद लिया, तो विजय सिंह *हिन्दुस्तान टाइम्स समूह* में शामिल हो गए जहाँ उन्हें अब अगले तीन दशक बिताने थे। अंग्रेज़ी *हिन्दुस्तान टाइम्स* और हिन्दी *हिन्दुस्तान* पत्र सफलतापूर्वक लॉन्च किये गए और अगले तीन दशकों तक दैनिक *हिन्दुस्तान* ने हिन्दी पाठकों पर राज किया।

1990 के दशक के तेज़तर्रार खिलाड़ी

विजय सिंह (2018 : 68-69) लिखते हैं कि साल 1993 में शहर में एक नया खिलाड़ी आया—नाम था सुब्रत रॉय, एक करिश्माई व्यक्तित्व, जिन्हें सहारा श्री के

नाम से भी जाना जाता है। एक महान गैट्सबी जैसी तेज़तर्रार शख़्सियत, जिन्होंने रेलवे क्लर्क के रूप में अपना जीवन शुरू किया और फिर एक बहुत ही सफल चिट फ़ंड योजना शुरू की और *सहारा समूह* की अपनी एयरलाइंस लॉन्च करने तक का सफ़र पूरा किया जिसकी टैगलाइन थी (इमोशनली योर्स) 'भावनात्मक रूप से आपकी'।

वह अपने हिन्दी अख़बार *सहारा* को साफ़-सुथरी सीधी बात करने वाले सज्जन विपणन प्रबन्धकों के एक समूह के साथ पटना ले आए। यह जानते हुए कि विक्रेता हिन्दी बाज़ार में वितरण प्रणाली की रीढ़ हैं, सहारा समूह ने विक्रेताओं और पाठकों दोनों के लिए बेहद आकर्षक 'योजनाएँ' पेश कीं। इनमें 20 प्रतियाँ बेचने वाले प्रत्येक विक्रेता के लिए एक साइकिल और 200 प्रतियाँ बेचने पर एक मोटरसाइकिल शामिल थी। उन्होंने पाठकों को विभिन्न प्रकार के उपहारों के साथ नगण्य दरों पर वार्षिक बुकिंग की पेशकश की। जो विक्रेता और विपणन एजेंट बेहतर प्रदर्शन करते उन्हें सहारा श्री से मिलवाने के लिए कम्पनी के विमानों से दिल्ली लाया जाता और वो उन्हें पुरस्कृत कर एक राजसी ठाठ के अनुभव से ख़ुद को लबरेज़ करते।

कुछ वर्षों तक अख़बार निकालने के अपने साकार सपने की सफलता के बाद सहारा समूह अपनी पोंजी स्कीम के जाल में लम्बे समय तक मुक़दमेबाज़ी में फँस गया, और एक बहुत ही जानदार अख़बार, जो 1990 के दशक के मध्य तक हिन्दी मीडिया के सामने एक बड़ी चुनौती थी, वो बेजान होकर बन्दी की कगार के रास्ते चल पड़ा। बीसवीं सदी के अन्तिम दशक में हिन्दी दैनिक समाचार-पत्रों का अकल्पनीय विस्तार, असंख्य संस्करणों के माध्यम से सामग्री का स्थानीयकरण और नई तकनीक का व्यापक उपयोग देखा गया। सस्ते किराए के घरों में ग्रामीण मॉडेम केन्द्रों के माध्यम से अख़बारों के जिला संस्करण निकाले जाने लगे। स्थानीय समाचारों और विज्ञापनों को यहीं डिज़ाइन किया जाने लगा और फिर स्थानीय पृष्ठों को सिर्फ़ सम्पादकीय अवलोकन, प्रिंट करने और वितरण के लिए निकटतम प्रेस को भेज दिया जाता।

बिहार, मध्य प्रदेश और उत्तर प्रदेश, तीन हिन्दी राज्यों के एक साथ विभाजन ने एक बार फिर तीव्र क्षेत्रीय भावनाओं को भड़काने का काम किया जिससे संघर्ष बढ़ा। राँची स्थित *प्रभात ख़बर* अख़बार ने स्थानीय हॉकरों के संघ को मज़बूती से

नियंत्रित किया और अधिकांश प्रतिद्वंद्वियों को परास्त किया। *प्रभात ख़बर* ने खनिज समृद्ध राज्य झारखंड को बिहार से अलग करने के लिए राजनीतिक सौदेबाज़ी में सक्रिय रूप से भाग लिया था, जिसके चलते स्थानीय लोगों और आदिवासियों की इस अख़बार के प्रति गहरी आस्था विकसित हुई। साल 2000 में *दैनिक जागरण* ने अपने धन और गहरी राजनीतिक पैठ के बल पर *प्रभात ख़बर* के सामने बड़ी चुनौती पेश कर दी। लेकिन, *प्रभात ख़बर* अभी भी झारखंड क्षेत्र के लोकप्रिय और सम्मानित दैनिक समाचार-पत्रों में से एक बना हुआ है।

अब तक, सभी प्रमुख प्रकाशन घरानों—*टाइम्स ग्रुप, हिन्दुस्तान टाइम्स, मित्र प्रकाशन* (इलाहाबाद), *आनन्द बाज़ार पत्रिका* और दिल्ली प्रेस को अपने समाचार-पत्र-पत्रिकाओं के लिए क्षेत्रीय संस्करण शुरू करने का बुख़ार चढ़ गया था। लेकिन, एजेंटों की सशक्त और सक्रिय लॉबी रास्ते के रोड़े का काम कर रही थी। इसके बावजूद, हिन्दी दैनिक समाचार-पत्र स्थानीयकरण की होड़ में लगे रहे। ये अख़बार लोकल एडिशन निकालने के लिए अक्सर फ्रेंचाइजी का उपयोग करते जो एक निश्चित राशि के लिए भूमि, प्रिंटिंग प्रेस और मशीनें प्रदान करते थे। एक रणनीति के तहत इन अख़बारों ने टैक्सियों के बेड़े का इस्तेमाल कर अपनी प्रतियाँ अहले सुबह सबसे पहले ग्राहकों तक पहुँचानी शुरू की।

सुब्रत रॉय के नेतृत्व वाले सहारा समूह ने लोगों को आकर्षित करने के लिए कई सफल विशेष योजनाएँ बनाईं जिसमें पुरस्कार देना भी शामिल था। इस रणनीति को जल्द ही प्रतिद्वंद्वी समाचार-पत्रों ने भी अपना लिया। *दैनिक हिन्दुस्तान* ने एक लॉटरी जैसी योजना शुरू की, जिसके तहत एक भाग्यशाली पाठक को मारुति कार मिल सकती थी, जिसका चुनाव कम्प्यूटर आधारित लॉटरी नम्बर से किया जाता था। यह योजना बहुत समय नहीं चल सकी क्योंकि एक विजेता का डकैतों ने अपहरण कर लिया और अख़बार प्रबन्धन से कार उन्हें सौंपने की माँग कर दी। अपहरणकर्ताओं का कहना था कि उन्होंने विजेता को एक मोटरसाइकिल देकर 'आश्वस्त' कर दिया है कि इससे ही ख़ुश है, इसीलिए प्रबन्धन को कार हमें दे देना चाहिए। एक दूसरे मामले में एक कम्प्यूटर ऑपरेटर ने दूसरे विजेता से 'कट' की माँग कर दी। इस विजेता के पिता सरकार में उच्च अधिकारी थे और ऐसी योजनाओं के प्रति उन्होंने नाराज़गी ज़ाहिर की। बाद में इस योजना को हटा दिया गया और इसकी जगह एक नई 'स्क्रैच एंड विन' योजना लागू की गई।

स्वामित्व की नई संरचनाएँ और मीडिया एकाधिकार की शुरुआत

राजसी घरानों के साथ हिन्दी प्रकाशन में जो स्वामित्व प्रणाली उभरी थी, उसका अनुसरण अन्य स्वतंत्रता सेनानियों ने भी मालिक-सह-मुद्रक बनकर किया, जिनके आदर्श गांधी, तिलक और मालवीय भी अपने-अपने अख़बारों के मालिक और सम्पादक थे। उनके बाद छोटे शहरों के नये उद्यमी आए, जिन्होंने ऐसे अख़बार लॉन्च किये जो समय के साथ काफ़ी प्रतिष्ठित और स्थानीय स्तर पर लोकप्रिय हुए। इनमें से कुछ थे— *जागरण* (कानपुर 1947), *दैनिक भास्कर* (भोपाल 1958), *अमर उजाला* (आगरा 1948), *नवभारत टाइम्स* (मुम्बई 1950), *नईदुनिया* (इन्दौर 1947), *राजस्थान पत्रिका* (जयपुर 1956), *पंजाब केसरी* (जालंधर 1966), *जनसत्ता* (दिल्ली 1983) और *राष्ट्रीय सहारा* (दिल्ली 1998)।

भारत में हिन्दी मीडिया का स्वामित्व यूरोप से इस मायने में भिन्न है कि वहाँ की मीडिया में कुलीन वर्ग, आम तौर पर मीडिया में अच्छी तरह से प्रशिक्षित और अनुभवी लोग होते हैं। भारत में 1980 के दशक तक सफल स्थानीय मीडिया उन व्यवसायियों द्वारा चलाया जाने लगा था, जिनकी प्राथमिक रुचि अन्य उद्योगों में थी, मीडिया व्यवसाय तो बस सत्ता की राजनीति में घुसने का एक रास्ता मात्र था। 1970 के दशक के अन्त तक बीमा और बैंकिंग क्षेत्रों का राष्ट्रीयकरण होने के बाद, मीडिया दिग्गजों ने इन क्षेत्रों में भी दिलचस्पी लेनी शुरू कर दी। हासिल कर ली। उत्तर भारत में कई प्रमुख मीडिया घरानों ने विभिन्न चीनी, कॉटन, सीमेंट, कपड़ा और रसायन उत्पादक कम्पनियों में प्रमुखता से निवेश कर उनके बोर्ड में स्थान प्राप्त किया। जिस तरह बीसवीं सदी की शुरुआत में लिथोग्राफ़ से लिनोटाइप और मोनोटाइप मशीनों में हुए तकनीकी बदलाव ने छपाई उद्योग के लिए एक बड़ा बाज़ार तैयार किया, उसी तरह अख़बारी काग़ज़ और नवीनतम तकनीक (ऑफ़सेट प्रेस और कम्प्यूटर-आधारित टाइपसेटिंग और कम्पोज़िंग) के आयात के नियमों में ढील ने प्रकाशन को भारतीय पूँजीपतियों के लिए एक बहुत ही आकर्षक व्यवसाय बना दिया। उदारीकरण के बाद की अवधि में भारतीय कम्पनियों ने ऑफ़सेट प्रेस का निर्माण शुरू किया, और जैसा कि रॉबिन जेफ़री (2000 : 39-40) कहते हैं, ये भारतीय समाचार-पत्रों का वर्कहॉर्स बन गया।

अन्ततः कुछ प्रमुख घरानों ने सम्पादकत्व यानी सामग्री निर्माण के सन्दर्भ में और साथ ही वितरण के क्षेत्र में भी मीडिया मालिक बनने में सफलता पाई। *जागरण,*

पंजाब केसरी, नईदुनिया और *दैनिक भास्कर* जैसे कई हिन्दी पत्रों के मालिकों की भूमिका सुपर सम्पादकों के तौर पर भी है; इन सभी ने अपने ई-पेपर लॉन्च किये हैं और कई तो सफलतापूर्वक समाचार पोर्टल भी चला रहे हैं। अधिकांश को अपने पिता या दादा द्वारा स्थापित मीडिया घरानों में पद विरासत में मिले हैं। समय के साथ, वे कुछ इक्विटी शेयर दूसरों को दे सकते हैं, लेकिन घोषित या अघोषित रूप से मुख्य सम्पादक बनकर अपने प्रकाशनों को प्रभावित करते रहेंगे। चूँकि धन जुटाने और कॉरपोरेट और एच.आर. मुद्दों से निपटने का दबाव कुछ प्रकार की ख़बरों को प्रकाशित करने या रोकने, या इसे फ़ंडिंग एजेंसियों के अनुकूल तरीक़े से प्रारूपित करने के लिए भारी दबाव डालता है, इसीलिए हाल में समाचारों को पुनर्परिभाषित करने के लिए कई ऐसे क़दम उठाए गए हैं, जिन्हें देखकर लगता है कि ऐसे फ़ैसलों में सम्पादकीय को दरकिनार किया गया है।

प्रबन्धकों का उदय और सम्पादकीय रक्षण की दुर्गति

बीसवीं सदी के अन्त तक विशुद्ध सम्पादकीय कार्य, जिसमें तथ्यों की निरन्तर जाँच और सत्यापन के अलावा सत्ता के उच्च स्तर पर क़ाबिज़ लोगों के ग़लत कामों की जाँच करना और दूसरों का भी पक्ष जानना ताकि सन्तुलित न्यूज़ रिपोर्ट पेश की जा सके शामिल है लेकिन, बोर्डरूम के दबाव में ये प्रक्रिया कुछ हद तक कमज़ोर हो चली थी। सम्पादक जो पहले से ही मालिकों के दबाव में थे, अब दिन-प्रतिदिन के आधार पर प्रबन्धकों के प्रति जवाबदेह हो गए जिनका काम सिस्टम को चालू रखना और मालिकों के कई व्यावसायिक हितों की रक्षा करना था। संसद के उच्च सदन के लिए कई मालिकों/सम्पादकों के नामांकन का मतलब था कि उनके अख़बार उन राजनीतिक दलों के समर्थक बन जाएँगे जिन्होंने उन्हें नामांकित किया है। प्रारम्भ में कुछ वरिष्ठ सम्पादकों और मीडिया निकायों ने अपने पेशेवर काम के इस तरह कमज़ोर पड़ने पर गहरी चिन्ता व्यक्त की लेकिन नई संरचना को पूरी तरह से ध्वस्त करना मुश्किल साबित हुआ।

जाने-माने पत्रकार चन्दन मित्रा (2006) के अनुसार, यह सम्पादकों का राजनीतिकरण नहीं है, बल्कि लगातार कम हो रही समाचार-पत्रों की क़ीमतें हैं, जिसकी वजह से पाठकों की पसन्द में गिरावट आई है। दरअसल, अधिकांश पाठकों को यह पता ही नहीं है कि जिस क़ीमत पर वो अख़बार ख़रीदते हैं उसे छापने

की वास्तविक क़ीमत उससे बहुत ज़्यादा होती है; अख़बार विज्ञापनों से आ रहे राजस्व की क्रास-सब्सिडी के कारण इसे लागत से कम क़ीमत पर बेच पाते हैं। इस तरह के कम क़ीमत वाले समाचार-पत्र केवल भारत में मौजूद हैं, जहाँ कुछ प्रमुख दैनिक समाचार-पत्रों की लुटेरी प्रसार रणनीति के कारण समाचार-पत्रों का पूरा अर्थशास्त्र विकृत हो गया है और समाचार रूपी विज्ञापनों की बाढ़ सी आ गई है। भारत में विज्ञापनदाता अभी भी गुणवत्ता के बजाय पाठकों की संख्या पर ध्यान दे रहे हैं। बड़े सर्कुलेशन वाले समाचार-पत्रों को सबसे अधिक विज्ञापन मिलते हैं। लेकिन, यहाँ हमें एक और विसंगति नज़र आती है। स्थानीय अंग्रेज़ी भाषा के दैनिक समाचार-पत्रों की तुलना में कई गुणा अधिक सर्कुलेशन के बावजूद, ख़ासकर स्थानीय हिन्दी अख़बारों को जब तक कि वे नम्बर एक न हों, उतने विज्ञापन नहीं मिलते। विज्ञापन जगत अभी भी इस बात से सहमत नहीं है कि एक हिन्दी अख़बार पढ़ने वाला एक अंग्रेज़ी अख़बार पढ़ने वाले जितना ख़र्च कर सकता है। वैश्विक बाज़ार की अचानक और अप्रत्याशित मन्दी के बाद, एक ऐसा दौर आया जब रियलिटी, विमानन और ऑटोमोबाइल क्षेत्र एक के बाद एक मन्दी की चपेट में आ गए, और जिन कम्पनियों ने पाठकों, विक्रेताओं और समाचार एजेंटों को मुफ़्त उपहार वितरित करने की योजना अपनाई, उन्हें शर्मिंदगी का सामना करना पड़ा क्योंकि उनका बिजनेस चौपट हो गया और अब उनके पास बिना बिके हवाई टिकट, ख़ाली फ़्लैट और कार पड़े थे। हालाँकि, चुनाव नज़दीक थे, इसलिए भरपूर राजनीतिक विज्ञापनों और पैसे देकर कराए गए एग्ज़िट पोल ने काफ़ी हद तक नुक़सान की भरपाई कर दी।

हिन्दी में राजनीतिक विज्ञापनों का बढ़ता प्रचलन

दैनिक समाचार-पत्रों ने चुनाव-विज्ञान की आड़ में अपने दोहरे आचरण से करोड़ों रुपये कमाये हों या नहीं, लेकिन देश भर में एक नया विचार, जिसे अब 'राजनीतिक विज्ञापन' कहा जाने लगा है, प्रचारित किया गया, जिसने एक और लुभावनी प्रवृत्ति को जन्म दिया। जल्द ही, कई मीडिया हाउसों के मीडिया मार्केटिंग प्रबन्धक ऐसे प्रस्तावों के लिए आकर्षक 'क्रिएटिव' तैयार कर रहे थे। इस अवधि के दौरान राजनीतिक दलों के 'वॉर रूम' का संचालन करने वाले कई पार्टी पदाधिकारियों से जब पूछताछ की गई, तो उन्होंने स्वीकार किया कि उन्हें

प्रमुख समाचार-पत्रों द्वारा कई 'प्रभावशाली' पावरपॉइंट प्रेजेंटेशन दिखाए गए थे जिसमें पार्टी ने दिलचस्पी दिखाई।

एक समृद्ध पश्चिमी राज्य से प्रकाशित हिन्दी दैनिक की ओर से की गई ऐसी ही एक पेशकश की एक हार्ड कॉपी, घटना को स्पष्ट रूप से चित्रित करती है। इस पेशकश में दावा किया गया है कि राज्य की राजधानी और आसपास के इलाक़ों सहित राज्य के दो प्रमुख शहरों में लगभग 36 लोकसभा सीटों पर उक्त दैनिक पार्टी को फ़ायदा पहुँचा सकता है। इसके बाद प्रस्ताव उन रणनीतियों का भी एक स्पष्ट, अनुक्रमिक मानचित्र प्रस्तुत करता है कि कैसे पार्टी या व्यक्तिगत उम्मीदवारों को बढ़ती दिलाई जाएगी और इसके एवज़ में मोटी क़ीमतों का भी ज़िक्र है। इस रणनीति के तहत स्थानीय स्तर पर उम्मीदवारों, समर्थकों/शुभचिन्तकों, जिला-स्तरीय पार्टी कार्यालय, स्थानीय विधायक/एमएलसी/पार्षदों, स्थानीय राजनीतिक नेताओं, स्थानीय विज्ञापन एजेंसियों और सत्तारूढ़ दल के संरक्षक मंत्री को लाभ पहुँचाया जाना था। राज्य स्तर पर यह पार्टी कार्यालयों, कैबिनेट मंत्रियों, अन्य नेताओं, व्यापारियों/उद्योगपतियों और राज्य-स्तरीय विज्ञापन एजेंसियों को समर्पित था। शीर्ष यानी राष्ट्रीय स्तर पर राजनीतिक दलों (मीडिया सेल), राष्ट्रीय स्तर के राजनीतिक नेताओं और राज्य से सम्बद्ध केन्द्रीय कैबिनेट मंत्रियों के केन्द्रीय कार्यालयों को मैनेज करने और उनके पक्ष में माहौल बनाने की बात कही गई थी।

आज स्थानीय मीडिया से अधिकतर युवा वर्ग जुड़ रहा है जो प्रवृत्ति में अस्थिर और अधिक माँग वाला है। ये ज़्यादातर छोटे शहरों के युवा हैं, जहाँ आप चलते-फिरते रास्ते की एक गुमटी या छोटे से मकान में एटीएम किऑस्क के साथ एक ख़ूबसूरत बैंक अपनी छत पर टीवी एंटीना लगाए खड़ा है। ये वो शहर हैं जहाँ रेलवे स्टेशन या हवाई अड्डे से निकलने के बाद व्यक्ति गड्ढों से भरी गंदी सड़कों के अँधेरे में डूब जाता है, जहाँ के बाज़ारों में डॉयर घड़ियों और मोंट ब्लांक की कलमों के साथ चमचमाती दुकानों के बग़ल में बिना रोशनी वाली स्थानीय दुकानें ग्राहकों की बाट जोहती रहती हैं। हिन्दी दैनिक समाचार-पत्रों के सहारे जो निजी पूँजी छोटे शहरों में पहुँची है, उसने केवल अमीरों के लिए विलासितापूर्ण और चमकदार रहन-सहन सुनिश्चित किया है। आज कई विपणन-संचालित हिन्दी दैनिकों को पढ़ना एक उथल-पुथल वाले मानसिक सोच में प्रवेश करने जैसा है, जहाँ बीजिंग की पशुता से लेकर बीटी बैगन और राज बब्बर तक, हर चीज़ पर अन्तहीन, उग्र और

उन्मत्त चर्चाएँ जारी रहती हैं। साथ ही राहुल बाबा ने अकेले ही हाल के उप-चुनावों में अपनी पार्टी को कैसे जीत दिलाई, इसके बारे में बड़ी ही चालाकी से क्षेत्रवार विवरण भी दिये जाते हैं। दरअसल, आज मीडिया उद्योग में बहुत सारे ऐसे लोग हैं जिनके पास इस सवाल का एक ही जवाब है—सवाल है, "मीडिया किसके लिए है?" और जवाब है, "पैसा कमाने के लिए।"

निश्चित रूप से मीडिया उद्योग का पुनर्गठन करने, इसे अधिक उत्पादक, अधिक जीवंत बनाने में कुछ भी ग़लत नहीं है। जनता पार्टी की सरकार ने इस प्रक्रिया की शुरुआत की और भाजपा और कांग्रेस ने इसका समर्थन जारी रखा है। सरकार-नियंत्रित ऑडियो-विजुअल मीडिया निश्चित रूप से बहुत बड़ा कामचोर और अहंकारी था, यही वजह रही कि कमतर लेकिन अधिक कुशल निजी खिलाड़ियों ने इसे आसानी से हाशिये पर धकेल दिया। यहाँ सवाल यह है कि बेहद सफल हिन्दी प्रिंट मीडिया, जो हमेशा निजी हाथों में रहा है और पेशेवर रूप से काफ़ी स्वतंत्र है, इसने अपने स्वयं के आधार को इतना महत्त्वहीन क्यों बना दिया जो अल्पकालिक लाभ के लिए अपने पाठकों को धोखा भी दे रहा है? यदि यह प्रवृत्ति जारी रहती है, तो पाठक प्रतिक्रिया देंगे और अख़बारों के बन्द होने का अगला दौर शुरू हो जाएगा जिसके परिणाम और अधिक गम्भीर होंगे। लोग, न केवल अपनी नौकरियाँ खो देंगे, बल्कि ये पाठकों के साथ भी अन्याय होगा क्योंकि उन्हें कौन बताएगा कि उनके आसपास क्या चल रहा है, वो इसी देश के हिस्सा हैं और उनकी वास्तविकता कैसे अनुल्लंघनीय है?

पेशेवर होने के नाते, हम इसे एक चिन्ताजनक प्रवृत्ति मानते हैं। लेकिन सौभाग्य से यह लम्बे समय तक टिकाऊ नहीं है। अगर कोई टीवी चैनल दर्शकों और हिन्दी अख़बारों के पाठकों की संख्या पर नज़र डाले और ये देखे कि उत्तर भारत में युवाओं का झुकाव किस तरफ़ है तो पता चलता है कि अख़बारों में उनकी दिलचस्पी कम होती जा रही है, सिवाय इसके कि जब वे सिविल सेवा परीक्षा या क्विज प्रतियोगिता की तैयारी कर रहे हों। यदि आप केवल हेडलाइन और 300 शब्दों में उसकी व्याख्या चाहते हैं, तो आप अपने मोबाइल स्क्रीन पर कहीं भी, किसी भी समय इसे पढ़ सकते हैं। हिन्दी के मुख्य अख़बार पाठक अब कैंडी स्टोर में बैठे बच्चे नहीं हैं। यदि वे उपभोक्ता वस्तुओं से सम्बन्धित जानकारी चाहते हैं, तो वे इसे कहीं भी, कभी भी अपने मोबाइल फ़ोन पर डाउनलोड कर सकते हैं। 1990

के दशक का फ़ॉर्मूला ख़त्म हो रहा है और धीरे-धीरे ही सही लेकिन निश्चित रूप से अख़बार बाज़ार अब डिजिटल प्लेटफ़ॉर्म की ओर बढ़ रहा है।

संकेत बिलकुल साफ़ दीख रहे हैं। समाचार-पत्र पढ़ने वाले वही सीमित लोग होंगे जो पढ़ना चाहते हैं, इसलिए अख़बार भी कम संख्या में ही छापे जाएँगे, जिनमें बहुत-सी छोटी-मोटी काम की बातें शामिल होंगी, साथ ही विचार-विमर्श योग्य आलेख होंगे और राजनीतिक और नागरिक मुद्दों के बारे में अधिक सत्यापित जानकारियाँ होंगी। ऐसे व्यावसायिक रूप से निकाले जाने वाले समाचार-पत्रों के लिए अधिक भुगतान करने में पाठकों को कोई आपत्ति नहीं होगी और विज्ञापनदाताओं पर टिकी घातक निर्भरता भी कम हो जाएगी।

निष्कर्ष

जब भारत स्वतंत्र हुआ, तो सीमा के दोनों ओर बड़ा प्रश्न यह था : अनेक क्षेत्रीय बोलियों में से कौन-सी भारत और पाकिस्तान की राष्ट्रीय भाषा होनी चाहिए? गांधी ने भारत के लिए हिन्दी का समर्थन किया, जबकि जिन्ना ने पाकिस्तानियों के लिए उर्दू को मूल भाषा के तौर पर देखा। लेकिन, दोनों ही देशों में स्थानीय बोली बोलने वाले लोगों ने हिन्दी और उर्दू को अपनी राष्ट्रीय भाषा बनाए जाने को दृढ़ता से ख़ारिज कर दिया। इस तरह आज 75 साल बाद भी अंग्रेज़ी हमारी आधिकारिक भाषा बनी हुई है। अंग्रेज़ी दैनिकों की पाठक संख्या स्थानीय दैनिक समाचार-पत्रों और डिजिटल मीडिया की तुलना में बहुत कम है, फिर भी सम्पर्क भाषा के रूप में अंग्रेज़ी का उपयोग किया जाता है। अधिकांश अंग्रेज़ी अख़बारों ने ख़ुद को लोकप्रिय ब्रिटिश दैनिक समाचार-पत्रों की तर्ज पर तैयार किया था, जबकि हिन्दी पट्टी के विशाल पाठक वर्ग के साथ हिन्दी दैनिक समाचार-पत्र विज्ञापन से राजस्व जुटाने के लिए संघर्ष करते रहे। यह परम्परा अभी भी डिजिटल समाचार प्लेटफ़ॉर्मों के साथ जारी है जो पश्चिमी देशों के ग्राहकों के लिए बनाई गई प्रौद्योगिकी, कीबोर्ड और फ़ॉन्ट का उपयोग करते हैं और इनमें से अधिकांश अंग्रेज़ी भाषा से परिचित हैं।

हालाँकि, 1970 के दशक के बाद राजस्व मॉडल में भारी बदलाव आया है। पहले बड़े प्रकाशन समूहों द्वारा निकाले जाने वाले हिन्दी दैनिक पत्रों के सहयोगी अंग्रेज़ी दैनिक होते थे जिनके पास पैसों की कमी नहीं थी। अधिकतर स्थानीय दैनिक

समाचार-पत्र-पत्रिकाएँ इन्हीं की क्रॉस-सब्सिडी से चल पाती थीं। अधिकांश छोटे क्षेत्रीय हिन्दी पत्रों को बहुत कम बजट में काम करना पड़ता था और वे केवल स्वदेशी अख़बारी काग़ज़ और पुरानी शैली की प्रिंट तकनीक का ही उपयोग कर सकते थे। 1970 के दशक के उत्तरार्ध में चीज़ें बदलनी शुरू हुईं और इसके कारण राजनीतिक और सामाजिक दोनों ही थे। मीडिया पर लगा निरंकुश आपातकाल जब 1975 में हटा लिया गया और केन्द्र में इंदिरा गांधी की पार्टी की जगह हिन्दी पट्टी के कई शक्तिशाली नेताओं के साथ एक नया गठबन्धन बना, तो स्थानीय भाषाएँ, विशेष रूप से हिन्दी, नये सत्ता समीकरण के लिए सार्वजनिक संचार का एक महत्त्वपूर्ण टूल बन गईं। साल 1978 में हुए पहले राष्ट्रीय पाठक सर्वेक्षण में हिन्दी पाठकों की संख्या में भारी वृद्धि देखी गई, जो अंग्रेज़ी मीडिया को कहीं पीछे छोड़ रही थी। यही वह समय था जब द *इंडियन एक्सप्रेस* के दिवंगत रामनाथ गोयनका जैसे मीडिया दिग्गज जो उभरते सत्ता समीकरणों के बहुत क़रीब थे, उन्होंने अरुण शौरी जैसे सम्पादकों को साथ लिया जो अपने मालिक के समर्थन से सत्ता के सामने सच बोलने को तैयार थे, चाहे उसकी कितनी ही क़ीमत क्यों न चुकानी पड़े।

कई हिन्दी सम्पादकों (उनमें से अधिकांश *टाइम्स ग्रुप* के लिए पत्रिकाओं का सम्पादन करते थे) ने भी कांग्रेस और समाजवादियों के साथ उनके चेतावनीकर्ता और अनौपचारिक सलाहकार के रूप में निकटता स्थापित की। कांग्रेस के सत्ता में वापस आने के बाद भी हिन्दी सम्पादकों और राजनीतिक दलों के बीच घनिष्ठ सम्बन्ध जारी रहे, जिसके आने वाले दशकों में दूरगामी परिणाम होने वाले थे।

हालाँकि, भारतीय प्रणाली में विज्ञापन के प्रति दुविधा को ख़त्म होने में अगले दो दशक लग गए। 1990 के दशक ने हिन्दी दैनिक मालिकों को विलय की शक्ति से परिचित कराया। बड़े हिन्दी दैनिक समाचार-पत्रों ने अपने दबदबे वाले क्षेत्रीय बाज़ारों से आगे बढ़कर अन्य नये क्षेत्रीय बाज़ारों में भी प्रवेश कर लिया है। उन्होंने यहाँ के छोटे स्थानीय अख़बारों को ख़रीद लिया ताकि अपने नये क्षेत्रीय संस्करणों के लिए समाचारों को स्थानीयकरण करने में मदद मिले और साथ ही संख्या भी बढ़े। इसके साथ ही हिन्दी प्रिंट में विज्ञापनों के लिए एक अलग राजस्व मॉडल तैयार किया गया। अख़बारों की बढ़ती संख्या और विज्ञापन राजस्व ने हिन्दी बाज़ार में प्रतिस्पर्धा का एक नया दौर शुरू किया और सहारा समूह के सहारा श्री जैसी तेज़तर्रार शख़्सियत सामने आई, जिनके अख़बारों ने आक्रामक रूप से

विभिन्न क्षेत्रीय बाज़ारों में अपनी जगह बनाई और विशाल पाठक वर्ग तैयार करने के लिए आकर्षक 'योजनाएँ' और पुरस्कार शुरू किये। पटना वाले विजय सिंह की आत्मकथा, हॉकर से हाकिम (2018) स्पष्ट रूप से इस बेहद दिलचस्प और तेज़ गति वाले युग का चित्रण करती है, जहाँ योजनाओं से लेकर बाहुबलियों और बन्दूक़धारी गुंडों तक, हर चीज़ का इस्तेमाल प्रतिद्वंद्वी हॉकर यूनियनों को ख़त्म करने और कम प्रतिस्पर्धियों को भगाने के लिए किया जाता था। इन सबकी वजह से सदी के अन्त तक हिन्दी के लिए एक ऐसा बाज़ार और पाठक वर्ग तैयार हुआ जो अद्वितीय, विशाल और आशावादी था।

3

हिन्दी अख़बार का कारोबार कैसे बदला?

यह सर्वमान्य सत्य है कि मीडिया में पाठकों की संख्या के आधार पर ही विज्ञापन ख़रीदे-बेचे जाते हैं और उनका स्थान भी तय होता है। मीडिया का सत्तर प्रतिशत राजस्व इसी प्रकार अर्जित होता है, लेकिन 1990 के दशक की शुरुआत तक पाठकों के आँकड़े नहीं, बल्कि वास्तविक ज्ञान ने राजस्व के खेल को आगे बढ़ाया क्योंकि हिन्दी मीडिया के लिए भारत एक बिलकुल अलग स्थान था। मैंने, एक सम्पादक के तौर पर अपने लम्बे करियर के दौरान, भारत के दो सबसे बड़े मीडिया घरानों के लिए विभिन्न मासिक और साप्ताहिक हिन्दी पत्रिकाओं और बहु-संस्करण वाले हिन्दी *दैनिक हिन्दुस्तान* को सँभाला। मैंने, हर समय अपने मार्केटिंग प्रमुखों को ये कहते सुना कि वो अपने ही अख़बारों और पत्रिकाओं को नहीं पढ़ते हैं, क्योंकि उन्हें हिन्दी पढ़ने में दिक़्क़त पेश आती थी, इसके लिए वो क्षमाप्रार्थी भी हो लिया करते थे। लेकिन, फटाफट यह बताने से भी नहीं चूकते, कि वे नियमित रूप से अपने नाई, ड्राइवर, आया, ख़ानसामा या दरबान से पत्र-पत्रिकाओं के बारे में पूछते रहते, जिन्हें इनकी पठन सामग्री बेहद पसन्द आती थी। विपणन प्रबन्धक इस बात से भी सहमत थे कि उनका आदर्श पाठक 'उनके जैसा व्यक्ति' नहीं है। दरअसल, ये पाठक वर्ग वो था जो अंग्रेज़ी नहीं पढ़ पाता था, इसीलिए हिन्दी पढ़ता था। दो जाने-माने मालिकों ने स्वीकार किया कि उन्होंने जानबूझकर अपनी हिन्दी पत्रिकाओं के नाम अंग्रेज़ी प्रकाशनों वाले ही रखे हैं, क्योंकि इससे अंग्रेज़ी-प्रेमी हिन्दी पट्टी में उनकी छवि उन्नत होती थी। उनमें से एक ने मुझसे कहा कि आज छोटे शहर के आकांक्षी हिन्दी पाठकों को उन्नत वर्ग में अपनी पैठ जमाने के लिए लोगों को मित्र बनाना और उन्हें प्रभावित करना पसन्द है। इसलिए अपने पढ़ने की आदतों के बारे

में बात करते समय ऐसी हिन्दी पत्रिका का ज़िक्र करना जिसका नाम अंग्रेज़ी में हो, लोगों को विश्वास दिला सकता है कि 'ये व्यक्ति तो अंग्रेज़ी मैगज़ीन पढ़ता है'।

1980 के दशक के अन्त तक टीवी सेट से लेकर डेनिम के जींस तक, भारत के गतिशील शहरी मध्यवर्ग के लिए व्यक्तिगत उपभोग की सबसे प्रतिष्ठित वस्तुएँ इंपोर्टेड (आयातित) होती थीं। नये ज़माने के प्रबन्धकों में 'माइंड प्रोडक्ट्स' के रूप में, हिन्दी समाचार-पत्र-पत्रिकाएँ तेज़ी से लोकप्रिय हो रही थीं, उनकी बिक्री में भी बढ़त दर्ज हो रही थी, फिर भी उन्हें कुछ हद तक निचले पायदान वाला ही माना जाता था। हिन्दी प्रिंट मीडिया के हितधारक भारत का उच्च-मध्यवर्ग था, जिसमें अधिकांश युवा मालिक, विज्ञापन एजेंसियों के लोग और प्रमुख प्रकाशन गृहों के प्रबन्धक शामिल थे। ये उच्च वित्तीय जोखिम से भरा था जिसके उपभोक्ता क्लर्क, गृहिणियाँ, ड्राइवर, छोटी दुकानों के मालिक, घरेलू सहायक और ढाबेवाले जैसे कम सामाजिक उपस्थिति वाले लोग थे। जब मीडिया घरानों ने विज्ञापनों के लिए एजेंसियों से बात की, तो भी उन्होंने मूल रूप से अपने अंग्रेज़ी दैनिकों को ही बढ़ावा दिया; अंग्रेज़ी अख़बारों में पूरी क़ीमत पर विज्ञापन देने के एवज़ में वही विज्ञापन एक साथ हिन्दी दैनिक में लगभग आधी क़ीमत पर छापने की पेशकश की गई। दरअसल, उनमें से कुछ अपने हिन्दी उत्पाद सँभालने की सम्भावना से ही अपमानित महसूस कर रहे थे। साल 2000 के आसपास एक समूह प्रचार समारोह में, मुझे बताया गया कि वहाँ की तत्कालीन मार्केटिंग मैनेजर हिन्दी अख़बार के जूनियर मार्केटिंग स्टाफ़ के साथ फ़ोटो खिंचवाना नहीं चाहती थीं, क्योंकि उन्हें डर था कि इससे अपने सहकर्मियों के बीच उनकी स्मार्ट और युवा छवि ख़राब हो जाएगी और साथ ही उनका बाज़ार मूल्य भी कम हो सकता है।

धूर्तता का मार्ग और हिन्दी गलियारे की कानाफूसी

हिन्दी क्षेत्र के बाज़ारों ने आपसी कानाफूसी और धूर्ततापूर्ण प्रायोजनों से आगे बढ़ने की रणनीति को लम्बे समय से तवज्जो दिया। अधिकतर प्रतिभाशाली युवा सम्पादक पुरुष थे (मैं एकमात्र अपवाद थी) : *आनन्द बाज़ार पत्रिका समूह* के एस.पी. सिंह जो साप्ताहिक पत्रिका *रविवार* निकालते थे, हिन्दी *इंडिया टुडे* के प्रभु चावला, *हिन्दुस्तान टाइम्स समूह* के *साप्ताहिक हिन्दुस्तान* के मनोहर श्याम जोशी, *टाइम्स समूह* के हिन्दी *नवभारत टाइम्स* के सम्पादक राजेन्द्र माथुर, *एक्सप्रेस समूह* के लिए

हिन्दी *जनसत्ता* लॉन्च करने वाले प्रभाष जोशी और दर्जनों दूसरे सम्पादकों से हिन्दी मीडिया की दुनिया पटी पड़ी थी। इन सम्पादकों को तब तक वाजिब स्वीकार्यता और पहचान नहीं मिली जब तक कि उनमें से कुछ ने टीवी आना शुरू किया और समाचार विश्लेषण और टीवी परिचर्चा के जाने-माने नाम बन गए। लेकिन फिर भी कर्मचारियों की कमी और फ़ाइनेंस और कॉरपोरेट बीट की मज़बूत रिपोर्टिंग के अभाव में हिन्दी में मूल बिजनेस पत्रकारिता ख़ामियों से भरी रही और आज तक पनप नहीं पाई।

हिन्दी मीडिया के प्रबन्धकों और विज्ञापन के लिए जगह बेचने वालों के सामाजिक दम्भ ने उनकी आँख पर ऐसी पट्टी बाँध रखी थी कि वो देख ही नहीं पाए कि बीसवीं सदी के आख़िरी दो दशकों में कानपुर, जालंधर, जयपुर, पुणे, नागपुर, रायपुर जैसे टियर 2 शहरों में हिन्दी मीडिया का व्यवसाय धीरे-धीरे कैसे गम्भीर अवसर में तब्दील हो रहा था।

स्थानीय स्तर पर बिजनेस संवाददाता नहीं होते हैं, और कॉरपोरेट और राजनीतिक विज्ञापन देने वाले प्रमुख लोगों को ख़ुश रखने के लिए सम्पादकों पर सीधे अथवा अप्रत्यक्ष रूप से दबाव बनाए जाने (कई बार प्रबन्धकों/मालिकों से ब्यूरो प्रतिनिधियों को सीधे आदेश भी दिये जाते हैं) के कारण अक्सर बिना किसी उचित स्रोत के एकतरफ़ा, आधी-अधूरी या झूठी रिपोर्टिंग को बढ़ावा मिलता है। आर्थिक उदारीकरण के बाद यह 1990 के दशक के मध्य का वो दौर था जब वाणिज्य और व्यापार बढ़ रहे थे, कम्पनियाँ शेयर बाज़ार में आईपीओ ला रही थीं और औसत मध्यवर्गीय हिन्दी पाठकों को सही और सटीक विश्लेषण के साथ बिजनेस ख़बरों की सख़्त ज़रूरत थी। लेकिन मेगा पब्लिशिंग हाउसों के अधिकांश सीईओ और विज्ञापन प्रबन्धक इस ओर ध्यान न देकर रणनीति बनाते रहे कि कैसे अपने अंग्रेज़ी दैनिक समाचार-पत्रों के लिए अधिक पाठकों को आकर्षित किया जाए और हिन्दी दैनिक समाचार-पत्रों की लागत में कटौती की जाए, जबकि वो स्पष्ट रूप से देख रहे थे कि छोटे शहरों का मध्यवर्ग और समृद्ध ग्रामीण रंगीन टीवी, शीतल पेय और सभी प्रकार के उपभोक्ता वस्तुओं के बड़े ख़रीदार बन रहे थे।

धीरे-धीरे, विज्ञापन के प्रति हिन्दी प्रिंट मीडिया की दुविधा (शुरुआत में गांधीवादी विश्वदृष्टि पर और बाद में वर्ग पूर्वग्रह पर आधारित) ख़त्म हुई। 1990 के दशक के मध्य में हिन्दी पत्र-पत्रिकाओं की बिक्री के बड़े आँकड़े इतने दृश्यमान होने लगे कि उन्हें नज़रअन्दाज़ नहीं किया जा सका। वास्तव में भारतीय पाठक सर्वेक्षण के वार्षिक

आँकड़े बता रहे थे कि भारत के प्रत्येक हिस्से में, स्थानीय प्रिंट मीडिया अंग्रेज़ी की तुलना में कहीं अधिक बिक रहा था। अन्ततः मालिकों और प्रबन्धकों की आम तौर पर शान्त रहने वाली दुनिया में हलचल शुरू हो गई। फिर 1998 तक हिन्दी के लिए पूँजीकृत बिलिंग में 30 प्रतिशत से अधिक की वृद्धि हुई (MRUC 2019b)।

दो साल बाद जैसे ही नई सहस्राब्दी आई, विज्ञापनदाताओं के विश्वदृष्टिकोण में पूरी तरह से बदलाव आया। 2001 में भारत की जनगणना ने देश में साक्षरता दर में नाटकीय वृद्धि को उजागर किया। हिन्दी पट्टी के सबसे पिछड़े 'बीमारू' (बिहार, मध्य प्रदेश, राजस्थान और उत्तर प्रदेश) राज्यों में से मध्य प्रदेश और छत्तीसगढ़ (इसके गठन के बाद इस समूह में शामिल) में निरक्षता दर में लगभग बीस फीसदी गिरावट दर्ज की गई, जबकि राजस्थान में साक्षरता दर में 22 प्रतिशत से अधिक की वृद्धि हुई, जबकि इसी अवधि के लिए साक्षरता में वृद्धि का राष्ट्रीय औसत 13 प्रतिशत से थोड़ा ऊपर था (आरजीसीसीआई 2001)।

टेलीविज़न को शुरू में तो प्रिंट मीडिया को ख़त्म कर देने वाले एक ख़तरनाक प्रतिद्वंद्वी के रूप में देखा गया लेकिन बाद में टीवी इसका एक अच्छा मित्र साबित हुआ क्योंकि इसने लोगों को ख़बरों को सत्यापित करने, विस्तार जानने और विश्लेषण समझने के लिए अख़बार पढ़ने को प्रेरित किया। वार्षिक राष्ट्रीय पाठक सर्वेक्षण के अनुसार, 1999 में हिन्दी प्रिंट के 131 मिलियन पाठक थे। 2002 तक उनकी संख्या 155 मिलियन हो गई और 2005 तक 200 मिलियन हो गई (निनान 2007 : 15)। यह इस बात का अकाट्य प्रमाण था कि नई सहस्राब्दी तक, जब पश्चिमी देश प्रिंट मीडिया में तेज़ी से हो रही गिरावट का सामना कर रहे थे, तब भारत, लगभग 6,700 प्रकाशनों और प्रतिदिन 260 मिलियन से अधिक प्रतियों के वितरण के साथ दुनिया में प्रिंट का सबसे बड़ा प्रकाशक होकर उभरा था।

सफलता की एक नई कहानी

अप्रैल 2019 के अन्तिम सप्ताह में जारी भारतीय पाठक सर्वेक्षण (आईआरएस) रिपोर्ट के अनुसार, 2019 की पहली तिमाही में 42 करोड़ 50 लाख से अधिक पाठकों ने अख़बार पढ़ा, ये संख्या 2017 की पहली तिमाही (एमआरयूसी 2019ए) में 40 करोड़ 70 लाख थी। 2016 के ऑडिट ब्यूरो ऑफ़ सर्कुलेशन (एबीसी) डेटा के मुताबिक 4.87 प्रतिशत की सालाना औसत वृद्धि के साथ भारत का मीडिया

उद्योग इक्कीसवीं सदी के शुरुआत की सबसे बड़ी विकास कहानियों में से एक है। दरअसल, भारत के स्थानीय मीडिया, विशेषकर हिन्दी मीडिया की सिंड्रेला कथा ने 2002 और 2005 के बीच आकार लेना शुरू किया। उस समय यूपी, बिहार और झारखंड में पाठकों की संख्या में 14 प्रतिशत की अभूतपूर्व वार्षिक वृद्धि देखी गई, जिनमें से दो-तिहाई से अधिक पाठक छोटे शहरों और ग्रामीण क्षेत्रों से थे (एबीसी 2016)। लगातार जारी राजनीतिक उथल-पुथल, ग़रीबी, अपराध में वृद्धि और क़ानून-व्यवस्था की चरमराती स्थिति के बावजूद या कहें इन्हीं परिस्थितियों के कारण बिहार और झारखंड की ग़रीब लेकिन, समाचार पिपासे पाठक एक पतले हिन्दी अख़बार के लिए प्रति कॉपी 5 रुपये ख़र्च करने को तैयार थे जबकि इससे कहीं ज़्यादा पन्नों वाले प्रमुख अंग्रेज़ी दैनिकों की क़ीमत तीन गुना कम थी।

आईआरएस 2009 के राउंड 1 के अनुसार, भारत के शीर्ष 10 दैनिक समाचार-पत्रों की सूची में केवल भारतीय भाषायी समाचार-पत्र शामिल थे, जिनमें से छह हिन्दी में थे। भारत का सबसे बड़ा अंग्रेज़ी दैनिक *टाइम्स ऑफ़ इंडिया*, 'बिग टेन' के बाहर 11वें नम्बर पर था। आईआरएस 2008 (राउंड 2) के अनुसार, इसकी कुल बिक्री (प्रतिदिन 13.34 मिलियन प्रतियाँ) शीर्ष चार हिन्दी दैनिक : *दैनिक जागरण* (55.74 मिलियन), *दैनिक भास्कर* (33.83 मिलियन), *अमर उजाला* (29.38 मिलियन) और *हिन्दुस्तान* (26.63 मिलियन) (पांडे 2009बी) की विशाल बिक्री संख्या का अंशमात्र थी।

हिन्दी सम्पादक का आहिस्ते राजनीति में प्रवेश

जब पाठकों की संख्या में भारी वृद्धि हुई और लोगों में अधिक से अधिक समाचार पाने की भूख बढ़ी तो अख़बारों को अपने स्टाफ़ बढ़ाने पड़े, नये ब्यूरो स्थापित हुए और सिटी डेस्क बनाया गया; ऐसे में हिन्दी में एक अनकही समस्या भी पैदा हो गई : ऐसे सम्पादक कैसे तैयार करें जो न केवल सम्पादन करें बल्कि सत्तारूढ़ दलों से तालमेल बढ़ाकर उन्हें प्रभावित करने में भी राजनीतिक रूप से माहिर हों।

शुरुआती दिनों में हिन्दी सम्पादकों और सम्पादकीय स्टाफ़ की नियुक्ति एक-दूसरे से मिले सुझावों और आपसी बातचीत के आधार पर की जाती थी। हिन्दी अख़बारों के मालिकों ने शायद ही कभी अपने हिन्दी प्रकाशनों को पढ़ा हो, वो तो हिन्दी बोलने वालों से भी कम ही सम्पर्क रखते थे। उदाहरण के लिए जब कालाकाँकर के राजा

रामपाल सिंह को अपने हिन्दी अख़बार के लिए एक सम्पादक की आवश्यकता थी, तो उन्होंने बनारस कॉलेज में लोगों से पूछा और उन्हें एक प्रतिभाशाली लेकिन ग़रीब छात्र मदन मोहन मालवीय का नाम सुझाया गया, जो उस समय क़ानून की पढ़ाई कर रहे थे। इसी तरह, जब राजा शिव प्रसाद 'सितारा-ए-हिन्द' को अपने वाराणसी स्थित अख़बार के लिए एक सम्पादक की आवश्यकता थी, तो उन्होंने मालवीय से परामर्श किया, जिन्होंने उन्हें हरिद्वार स्थित गुरुकुल काँगड़ी के परिसर से एक सम्पादक की भर्ती करने के लिए कहा जो हिन्दी पढ़ाने वाले कुछ कॉलेजों में से एक था और स्नातक स्तर पर विद्यालंकार की उपाधियाँ प्रदान करता था। इस प्रकार हिन्दी के कई आरम्भिक सम्पादक विद्यालंकार की उपाधि वाले थे, जिन्होंने अपने नाम में भी इसका इस्तेमाल किया (जिनमें *धर्मयुग* के पहले सम्पादक सत्यकाम विद्यालंकार और लाला लाजपत राय के *लोक सेवा मंडल* के सम्पादक भीमसेन विद्यालंकार शामिल हैं)। बेशक, कुछ अपवाद भी थे, जैसे कि कानपुर के तेज़तर्रार गणेश शंकर विद्यार्थी, जो 1947 के दंगों के दौरान मुसलमानों को मारे जाने से बचाने की कोशिश में ख़ुद ही मारे गए, या मराठी ब्राह्मण वाराणसी के बाबूराव विष्णु पराडकर। लेकिन वे अपवाद थे, नियम नहीं। औसत हिन्दी सम्पादक एक वेतनभोगी कर्मचारी बना रहा, जिसकी भर्ती उसकी जाति के आधार पर या किसी भरोसेमन्द दोस्त या राजनीतिक दिग्गज की सिफ़ारिश पर की जाती थी। ज़्यादातर अख़बार मालिक अपने अन्य व्यवसायों को विस्तार देने और राजनीतिक ताक़त हासिल करने के लिए एक हिन्दी दैनिक शुरू करना चाहते थे। 1990 के दशक तक हिन्दी दैनिक समाचार-पत्रों के सम्पादकों के चयन के लिए राजनीतिक समर्थन एक प्रमुख कारक के रूप में उभरने लगा। हिन्दी दैनिक समाचार-पत्रों के अधिकांश मालिक व्यापारी से पूँजीपति बन गए थे।

उनके व्यवसाय अधिकतर पारिवारिक स्वामित्व वाले और परिवार द्वारा संचालित थे। जब वरिष्ठ पीढ़ी सेवानिवृत्त हो जाती या उनका निधन हो जाता तो अगली पीढ़ी आनुवंशिक रूप से व्यवसाय के वित्तीय, क़ानूनी, तकनीकी और मानव संसाधन प्रभागों का नेतृत्व करने लगती। वे एक साथ रहे और अपने संस्थापक दादा-परदादा के बनाए पारम्परिक नियमों को ही आधार मानकर व्यवसाय को आगे बढ़ाते रहे।

अधिकांश घराने जो अंग्रेज़ी और हिन्दी दैनिक दोनों प्रकाशित करते थे, उनके अंग्रेज़ी और हिन्दी सम्पादकों के चयन के लिए अलग-अलग मानदंड थे। अंग्रेज़ी दैनिकों के सम्पादक ज़्यादातर उच्च-मध्यवर्गीय परिवारों से थे जिनकी नौकरशाहों

और राजनेताओं तक आसान पहुँच थी, जो केवल अंग्रेज़ी अख़बार ही पढ़ते थे जिन पर 'राष्ट्रीय' होने का सम्मानजनक तमगा जुड़ा था। यहाँ तक कि जब राजनीति में स्थानीय भाषा बोलने वाले ताक़तवर नेताओं जैसे—के. कामराज, जे. जयललिता, चन्द्रशेखर, अटल बिहारी वाजपेयी, लालू प्रसाद यादव, मुलायम सिंह यादव और मायावती, जनेश्वर मिश्र और नीतीश कुमार का प्रभाव बढ़ा तो भी इनके लिए प्रेस कॉन्फ्रेंस आयोजित करने और इन्हें सलाह देने वाली नौकरशाही ने अनजाने में ही सही लेकिन स्थानीय भाषा मीडिया के प्रति एक स्पष्ट पूर्वग्रह दिखाया।

स्थानीय भाषा बोलने वाले राजनीतिक नेता अपने पसन्दीदा अख़बारों के लिए सम्पादकों और अन्य स्टाफ़ के नामों की सिफ़ारिश करना पसन्द करते थे। कुछ 'चतुर' केन्द्रीय सूचना और प्रसारण मंत्रियों ने हिन्दी प्रकाशनों के डेस्क पर अपनी पार्टी के युवा समर्थकों की वरिष्ठ उप-सम्पादक या समाचार सम्पादक के रूप में नियुक्ति करवा दी जो बाद के वर्षों में पार्टी के लिए बड़े मददगार साबित हुए। हर हिन्दी सम्पादक को अपने कर्मचारियों की राजनीतिक प्राथमिकताओं के बारे में पता होता था लेकिन वे उन्हें निकाल नहीं सकते थे, उनका सिर्फ़ एक स्थान से दूसरे स्थान पर तबादला किया जा सकता था।

ऊपर वर्णित कुछ गम्भीर तथ्यों या कहें कि हिन्दी प्रिंट मीडिया के शुरुआती दोषपूर्ण मार्केटिंग की रणनीतियों के बारे में हमारे पत्रकारिता के छात्रों को बताने की कोशिश कभी नहीं की गई, न ही ये विषय उनकी पाठ्य-पुस्तकों का हिस्सा रहा। लेकिन, इन तथ्यों की उन राजनीतिक पक्षपातों को बढ़ाने में भूमिका रही जिसे प्रमुख हिन्दी दैनिक समाचार-पत्रों ने हमारे राष्ट्रीय इतिहास के महत्त्वपूर्ण क्षणों में प्रदर्शित किया है। पत्रकारिता और मार्केटिंग दोनों के पाठ्यक्रम आश्चर्यजनक रूप से अंग्रेज़ी-उन्मुख बने हुए हैं, जबकि बेहद प्रतिस्पर्धी बाज़ार में सफल हिन्दी प्रकाशनों के वरिष्ठ प्रबन्धकों की तेज़ अन्तर्दृष्टि पर ज़्यादातर ध्यान नहीं दिया गया है।

यह अफ़सोस की बात है, क्योंकि मल्टी-मीडिया वाले प्रकाशन समूहों में मीडिया प्रबन्धक और विपणन विभाग अपने सभी उत्पादों के लिए विज्ञापन बेचने और हिन्दी दैनिकों के मार्केटिंग के लिए एक ही जैसी रणनीति अपना सकते हैं। अब समय आ गया है कि पत्रकारिता के छात्र उन समूहों पर ग़ौर करें जिन्होंने एक ही हिन्दी प्रकाशन पर अपना ध्यान केन्द्रित किया और बाज़ार के अग्रणी बन गए हैं : *दैनिक जागरण, अमर उजाला, दैनिक भास्कर, प्रभात ख़बर, राजस्थान पत्रिका* और *पंजाब केसरी*। इन सभी के पास ऐसी सम्पादकीय टीम थी जिनकी सोच और

विचार ख़ुद के थे। उन्होंने औसत हिन्दी पाठक के दिमाग़ के काम करने के तरीक़े और छोटे शहरों के प्रिंट बाज़ार के व्यवहार के बारे में अद्‌भुत अन्तर्दृष्टि विकसित की थी। यह रॉबिन जेफ़री (2000 : 58) के बाद ही पता चला कि प्रमुख एजेंसियों द्वारा दिये गए सभी विज्ञापनों के संयुक्त मूल्य और उनके कमीशन शुल्क को मापने के आँकड़े कुछ हद तक 'फिसलन' भरे थे और जब कुछ अनकहे सच सामने आने लगे तो पता चला कि हिन्दी प्रिंट मीडिया के मामले में तो विज्ञापनों को बेहद कमतर आँका गया था।

साल 2000 तक प्रमुख विज्ञापन एजेंसियों के अलावा एक बिलकुल नया बड़े पैमाने पर असंगठित क्षेत्र उभरा जिसमें छोटे शहरों के विज्ञापनदाता शामिल थे। उन्होंने हिन्दी अख़बारों के उन संस्करणों में अपने विज्ञापन लगाने के लिए मार्केटिंग के लोगों से सीधे बातचीत की जो उनकी दिलचस्पी और हितों को साधने सम्बन्धित सामग्री परोस रहे थे। इसका कारण इस क्षेत्र में लगातार हो रही वृद्धि है जो केवल हिन्दी प्रिंट का पूरक है। इसी वजह से केवल हिन्दी दैनिकों का बहुसंस्करण (1995 के बाद) टीवी बूम की मार झेल सका। यह देखना दिलचस्प होगा कि अब जब बाज़ार प्रिंट, टीवी और डिजिटल तीन में विभाजित हो गया है तो ये विज्ञापन राजस्व के लिए कौन-सा फ़ॉर्मूला अपनाते हैं।

जानी-मानी पत्रकार सेवंती नैनन (2007 : 101) झारखंड के लोकप्रिय हिन्दी दैनिक *प्रभात ख़बर* के तत्कालीन सम्पादक हरिवंश नारायण सिंह को उद्धृत करती हैं, जो अब भारतीय संसद के ऊपरी सदन राज्यसभा के नामांकित (जनता दल [यूनाइटेड] द्वारा) सदस्य और इसके उपाध्यक्ष भी हैं। हरिवंश के अनुसार, जब *दैनिक जागरण* जैसे मेगा हिन्दी दैनिक झारखंड में लॉन्च हुआ तो उन्होंने स्थानीय पाठकों को लुभाने के लिए अपने दैनिक द्वारा विकसित विभिन्न तरीक़ों का कुशलतापूर्वक उपयोग किया। इनमें जोहार झारखंड के साथ पाठकों का स्वागत करना! ('जोहार' अभिवादन के लिए एक आदिवासी शब्द है), 'बौद्धिक वर्ग' को ध्यान में रखकर विशेष संस्करण लॉन्च करना और स्थानीय स्तर पर मिलने-जुलने और संवाद के कार्यक्रम शुरू करना प्रमुख रणनीतियाँ थीं। मध्य प्रदेश स्थित एक और बड़े समूह *दैनिक भास्कर* ने यह सब नवाचार किया। उदाहरण के लिए इसने घोषणा की कि अख़बारों में शोक सन्देश से आई राशि (लगभग 100,000 रुपये प्रति माह) का इस्तेमाल राज्य में श्मशान घाटों को बेहतर बनाने के लिए किया जाएगा। हर दैनिक ने अपनी कवर क़ीमतों को किफ़ायती रखने का ध्यान दिया और विज्ञापन राजस्व

से अपने ख़र्चों को पूरा किया जैसा कि अंग्रेज़ी के अख़बार पहले से ही करते आ रहे थे। इन उपायों ने बीसवीं सदी की शुरुआत के गांधीवादी मॉडल को धता बताया जिसके लिए आवश्यक था कि अख़बार को उसके वास्तविक लागत मूल्य पर ही बेचा जाए ताकि सरकारी या कॉरपोरेट विज्ञापनदाताओं के इशारे पर सम्पादकीय स्वतंत्रता से समझौता करने से बचा जा सके।

हिन्दी अख़बारों ने अंग्रेज़ी को भारत के छोटे शहरों में जाने का मौक़ा दिया

बीसवीं सदी के अन्त में तब एक विरोधाभास देखा गया जब केवल मेट्रो शहरों से प्रकाशित हो रहे अंग्रेज़ी दैनिक समाचार-पत्रों ने छोटे शहरों का रुख़ किया और वहाँ से पूरक क्षेत्रीय संस्करण निकाले। लेकिन, इन अंग्रेज़ी अख़बारों के क्षेत्रीय संस्करणों को पाठकों तक का सफ़र तय करने के लिए हिन्दी अख़बारों की पीठ पर सवारी करनी पड़ी। दरअसल, अंग्रेज़ी अख़बारों का उद्देश्य अपनी बिक्री के आँकड़ों को बढ़ाने के लिए पाठकों की संख्या को बढ़ाना था। हिन्दी अख़बार, जिनकी प्रिंट क्वालिटी और अख़बारी काग़ज़ औसत से भी नीचे दर्जे के थे, जिन्हें न अच्छी मशीनें दी जाती थीं और न ही उन्हें मालिकों, कॉरपोरेट्स और विपणन पुरोधाओं की कोई ख़ास मदद मिल रही थी, वे क्षेत्रीय बाज़ारों के पाठकों को लुभाने के लिए एक तरह से गुरिल्ला संघर्ष कर रहे थे। चूँकि हिन्दी अख़बार नये बाज़ारों में अपनी जगह बनाने के लिए संघर्षरत थे, इसलिए उन्हें ख़ुद को फिर से स्थापित करना पड़ा और अपने अस्तित्व के लिए विभिन्न नई रणनीतियों और तकनीकों का सहारा लेना पड़ा।

विज्ञापन और विपणन टीमें हिन्दी और अंग्रेज़ी दैनिक समाचार-पत्रों को एक साथ ('जोड़ी' ऑफ़र के तहत) आगे बढ़ाने, 'संयुक्त ब्रांडिंग' करने, ग्रामीण क्षेत्रों में मेलों को स्पांसर करने, यहाँ तक कि नकद पुरस्कारों की पेशकश करने में व्यस्त थीं। हिन्दी अख़बारों के लिए यह एक राहत की बात थी क्योंकि इससे उनके लिए तकनीक के बेहतर द्वार खुल गए, जिसका उपयोग पहले से ही नईदुनिया और राजस्थान पत्रिका जैसे छोटे शहरों से प्रकाशित होने वाले दैनिक समाचार-पत्र कर रहे थे। हिन्दी सम्पादकीय टीमों को ज्ञान दिया जा रहा था (जैसे कि उन्हें यह पता ही नहीं था) कि महत्त्वाकांक्षी, तेज़ी से आगे बढ़ रहे नये हिन्दी पाठक अब आधुनिक जीवन शैली, मशहूर हस्तियों के जीवन और खान-पान, रेस्त्राँ इत्यादि के

बारे में पढ़ना चाहते हैं, इसीलिए गुणवत्ता की ज़्यादा चिन्ता मत कीजिए और वही छापिए जो पाठक चाहता है। अख़बारों में काम कर रहे माहिर विपणन प्रबन्धकों ने इसे एक उत्पाद की तरह देखने की राय दी और कहा कि हिन्दी उत्पाद को अपने विशाल पाठक वर्ग के घरों में अंग्रेज़ी अख़बारों का भी प्रवेश सुनिश्चित करना चाहिए ताकि इसकी बिक्री बढ़े। इसके बाद 'जोड़ी' (टू-इन-वन) नामक एक शातिर मार्केटिंग वाली योजना शुरू की गई, जिसके तहत बेहद कम क़ीमत वाले अंग्रेज़ी अख़बारों को हिन्दी के साथ वितरित किया जाने लगा। प्रारम्भिक पेशकश ये की गई कि सदस्यता लेने वाले ग्राहकों को दोनों अख़बार बेहद कम क़ीमत पर दिये जाएँगे।

अंग्रेज़ी में निश्चित तौर पर एक दम्भपूर्ण आकर्षण रहा है और मध्यम हिन्दी भाषी परिवार भी अपने बच्चों को अंग्रेज़ी-माध्यम स्कूलों में भेजने के लिए बड़ी मात्रा में पैसा ख़र्च कर रहे थे; तो जोड़ी पेशकश के पीछे का आइडिया ये था कि एक बार साल भर के लिए इन घरों में अंग्रेज़ी अख़बार पहुँचा दिये जाएँगे तो बाद में वे सदस्यता जारी रखेंगे। इससे अंग्रेज़ी दैनिकों की घटती संख्या पर लगाम लगी और उनका सर्कुलेशन बढ़ा। साथ ही, अख़बारों का विज्ञापन राजस्व भी बढ़ने लगा, लेकिन, हिन्दी अख़बारों को अब भी औसत दर्जे के विज्ञापन (जैसे—चड्ढी-बनियान, साइकिल, हेयर ऑयल और सस्ते हवाई चप्पल) मिलने का सिलसिला जारी रहा।

नई सहस्राब्दी सूत्र

हममें से अधिकांश लोग 2000 के दशक के मीडिया के साथ जुड़ी हुई यादों को अनियंत्रित विकास के तौर पर देखते हैं, जब भारत के सबसे ज़्यादा पढ़े जाने वाले दैनिक समाचार-पत्रों और सबसे ज़्यादा देखे जाने वाले टीवी कार्यक्रमों की सूची में केवल स्थानीय भाषा उत्पाद ही शामिल थे; और जब संसद में भी सदस्य अपने मुद्दों के समर्थन में कार्रवाई की माँग करते हुए हिन्दी दैनिक समाचार-पत्रों की प्रतियाँ ही लहराने लगे। शक्तिशाली माइक्रोसॉफ़्ट ने भारत की स्थानीय भाषाओं के साथ अनुकूलता हासिल करने के लिए तेज़ी से काम किया और गूगल ने प्रमुख हिन्दी दैनिक समाचार-पत्रों से आग्रह किया कि वे उसे अपनी सामग्री ऑनलाइन डालने की अनुमति दें। यह सब भारतीय मीडिया में अधिक लोकतांत्रिक, अधिक पाठक-केन्द्रित युग की शुरुआत की ओर इशारा करता प्रतीत हुआ। लेकिन, लगभग दस वर्षों में आत्मज्ञान पाना कठिन है। अधिकांश प्रमुख हिन्दी दैनिक समाचार-

पत्र निर्विवाद रूप से पक्षपातपूर्ण रवैया अपनाते रहे, उन्होंने सरकारों और उनकी योजनाओं का पूरे दिल से समर्थन किया और सरकारी पक्ष को ही छापकर ख़ुश रहे। मगर, क्या हुआ? राजनीतिक और कॉरपोरेट भ्रष्टाचार के जिन पैटर्न को हमारे स्वतंत्र प्रेस ने आधी सदी से अधिक समय तक उजागर किया और उन पर हमला किया, वे अचानक हमारे भविष्य के साझेदार कैसे बन गए?

हिन्दी क्षेत्र में सभी विवादों, झगड़ों का मूल कारण ज़र, जोरू और ज़मीन (सोना, औरत और ज़मीन) को ही अकेले या संयुक्त रूप से मानते हैं। 2018 के अन्त में, कुल मीडिया राजस्व में प्रिंट की हिस्सेदारी 30 प्रतिशत से घटकर 18 प्रतिशत से अधिक हो गई। मीडिया स्तम्भकार वनिता कोहली-खांडेकर (2019ए) के अनुसार, इसका कारण यह रहा कि 2013 और 2017 के बीच मीडिया मालिक, बाज़ार से अधिकतम राजस्व प्राप्त करने के इच्छुक थे, वे अपने पाठकों की संख्या में हेराफेरी कर रहे थे, उसे बढ़ा-चढ़ाकर बता रहे थे। पाठक सर्वेक्षण सामने आने के बाद हर साल बड़े प्रकाशकों के बीच इस बात को लेकर गरमागरम बहस छिड़ जाती थी कि बाज़ार का असली लीडर कौन है। इस बीच, नोटबन्दी और हाल ही में लागू वस्तु एवं सेवा कर (जीएसटी) दोनों ने मीडिया उद्योग को बुरी तरह प्रभावित किया। उधर प्रकाशक आपस में झगड़ रहे थे और इधर रिलायंस ने मीडिया उपभोक्ताओं को अधिक विकल्प देते हुए बेहद सस्ता Jio पेश किया। ऑनलाइन समाचार की खपत 2016 में प्रति व्यक्ति प्रति माह 0.8 गीगाबाइट से बढ़कर 2018 में 8 गीगाबाइट हो गई। इससे ऑनलाइन मीडिया में भारी वृद्धि हुई; आईआरएस 2019 के आँकड़ों में बताया गया कि 27 करोड़ 90 लाख से अधिक लोगों ने ऑनलाइन समाचार पढ़ा। साल 2018 तक आईआरएस के वार्षिक आँकड़ों को लगभग सार्वभौमिक रूप से स्वीकार कर लिया गया था। मीडिया समूह और विज्ञापनदाता, पाठकों की संख्या का आकलन करने के लिए इन आँकड़ों को स्वर्ण मानक के रूप में स्वीकार कर रहे थे। जब प्रिंट और डिजिटल पाठक संख्या के आँकड़े जारी किये जाते हैं, तो यह प्रमुख मीडिया घरानों के अंग्रेज़ी और स्थानीय भाषा दोनों की आउटपुट की संख्या में तत्काल उछाल देता है। इससे विशेष रूप से भारत के शीर्ष 20 ऑनलाइन प्रकाशकों को मदद मिलती है जिनमें से *टाइम्स ग्रुप, एचटी मीडिया, इंडिया टुडे ग्रुप* और *एक्सप्रेस ग्रुप* डिजिटल मीडिया प्लेटफ़ॉर्म के साथ सबसे आगे हैं। भारत के आधे खुले बाज़ारों जो अपने आँकड़ों को तेज़ी से संशोधित करते हैं और साथ ही स्थानीय भाषाओं के पाठकों की बढ़ती संख्या को

देखते हुए हम अन्ततः उपभोक्ताओं और प्रणाली को ये बताएँगे कि वो इन फ़र्ज़ी संख्याओं और ग़ैर-पेशेवर विपणन प्रथाओं को मात दें, जिसने हिन्दी मीडिया को परेशान कर रखा है।

एबीसी रिपोर्ट (2017) के अनुसार वैश्विक स्तर पर प्रिंट मीडिया के पाठकों की गिरती संख्या को भारत ने कामयाबी से रोका है। भारत के लगभग 50 करोड़ स्मार्टफ़ोन उपयोगकर्ताओं में से अधिकांश अपने मोबाइल स्क्रीन पर इंटरनेट के माध्यम से समाचार देखने में अधिक समय बिता रहे हैं, इसके बावजूद डिजिटल समाचार प्लेटफ़ॉर्मों ने अख़बारों को विस्थापित नहीं किया है।

2019 के चुनावों के बाद जब पाठकों ने प्रिंट मीडिया के समाचारों की अधिक पेशेवर प्रसार की माँग की तो उन्हें सरकार द्वारा कैसे आहिस्ते से सहायता दी गई, यह देखकर हमें आश्चर्यचकित नहीं होना चाहिए। अपनी रेटिंग पर निर्भर 'ब्रेकिंग न्यूज़' वाली टीवी मीडिया की तुलना में प्रिंट मीडिया को सत्तासीन वर्ग के लिए बेहद कम ख़तरे के रूप में देखा जाता है। और चूँकि दुश्मन का दुश्मन आपका दोस्त होता है इसीलिए शासक वर्ग बाज़ार की ताक़तों को टीवी और वीडियो मीडिया की क़ीमत पर प्रिंट मीडिया को कभी मरने नहीं देगा। चूँकि डिजिटल मीडिया बहुत तेज़ गति से बढ़ रहा है, इसलिए प्रिंट मीडिया का अपने पहले वाला प्रभुत्व और विज्ञापन में हिस्सेदारी तेज़ी से कम हो रही है। प्रिंट मीडिया को आज सरकारी स्रोतों से विज्ञापन राजस्व की बहुत अधिक आवश्यकता है क्योंकि वो इस पर निर्भर है। यही कारण है कि मुख्यधारा वाली प्रिंट मीडिया आज स्वतंत्र डिजिटल समाचार पोर्टलों की तुलना में सरकारी नीतियों का अधिक समर्थक प्रतीत होती है। सरकार अपनी ओर से बेटी बचाओ, बेटी पढ़ाओ जैसी अपनी सामाजिक कल्याण योजनाओं को बढ़ावा देने के लिए प्रिंट मीडिया विज्ञापन पर बड़ी मात्रा में पैसा ख़र्च कर रही है। दिसम्बर 2021 में शीतकालीन सत्र के दौरान लोकसभा में पेश की गई महिला सशक्तीकरण पर संसदीय समिति की रिपोर्ट (2021 : 52) के अनुसार, 2016 से 2019 के दौरान जारी किये गए कुल धन का 78.91 प्रतिशत मीडिया प्रचार-प्रसार पर ख़र्च किया गया।

स्थानीय भाषाओं और अंग्रेज़ी के बीच नये बन्धन की शुरुआत

2010 की शुरुआत से जैसे-जैसे भारत के छोटे शहरों में लोगों की ख़र्च करने योग्य

आय बढ़ी है, अंग्रेज़ी और स्थानीय भाषाओं के प्रकाशनों के बीच की तनी दीवार भी ढहनी शुरू हो गई है। हिन्दी मीडिया के दिग्गज सम्पादकों की तर्ज पर जो अपने अख़बारों के मालिक भी थे, अब अंग्रेज़ी दैनिकों के लगभग सभी मालिक, सम्पादक की भी भूमिका में थे और उनमें से कई को एक क्षेत्रीय सुरक्षात्मक गिल्ड बनाने के फ़ायदे समझ में आने लगे थे। भाषायी भाईचारे के नये बन्धन बँधने शुरू हो गए थे, गाँठें खुलने लगी थीं और विपणन प्रबन्धक नई रणनीतियाँ तैयार करने में लगे थे, जिनमें 'नो पोचिंग' समझौता और सर्वोत्तम ग्राहकों तथा आक्रामक नीतियों (अक्सर ग़ैर-पेशेवर) से सम्बन्धित जानकारियाँ साझा की जाने लगी थीं। मीडिया दिग्गज अब अपने स्थानीय प्रकाशनों को ख़ारिज नहीं कर रहे हैं और हिन्दी के मालिक-सम्पादक भी अपनी छोटी, सरल और स्थिर दुनिया के दायरे से बाहर आ रहे हैं और अपने बेटों को जाने-माने बिजनेस स्कूलों में भेज रहे हैं, उन्हें व्यावहारिक प्रशिक्षण के लिए विदेशों में मीडिया पाठ्यक्रमों में डाल रहे हैं। स्थानीय भाषा के पाठक भले ही केवल भाषायी अख़बारों के सहारे बड़े हुए हों, लेकिन वे भी अब अपने बच्चों को अंग्रेज़ी माध्यम के स्कूलों में भेज रहे हैं। अंग्रेज़ी, हिन्दी के साथ भविष्य की द्विभाषीय जीवन शैली नया फ़ोकस क्षेत्र है जो भारत की स्थानीय भाषाओं के आसपास ही केन्द्रित है।

अब तक यह स्पष्ट है कि मीडिया और वह सामाजिक-आर्थिक परिवेश जिसमें यह संचालित होता है, दो अलग-अलग चीज़ें हैं। एक समय था जब मीडिया व्यवसायी मीडिया, राजनीतिक दलों और कॉरपोरेट्स के बीच का सम्बन्धों को बुनियादी तौर पर अविश्वास की प्रतिकूलता के पैमाने पर मापते थे, अपने स्टाफ़ स्रोतों के अलावा किसी भी दूसरे से मिली जानकारी सत्यापित की जाती थी; लेकिन, जैसे-जैसे मीडिया व्यवसाय बढ़ा है, इनकी आपसी शीत युद्ध ने अपनी तीव्रता खो दी है। यह कहना एक तरह से निर्णय पर पहुँचने के समान होगा कि हम भारतीय, प्रणालीगत भ्रष्टाचार शुरू करने के लिए तैयार किये गए हैं, लेकिन इसे साबित करने के लिए पर्याप्त ऐतिहासिक सबूत मौजूद हैं जब हमारे कई राजनेताओं और मीडिया मालिकों ने एक-दूसरे की मदद करने, एक-दूसरे को लाभ पहुँचाने और समय आने पर बचाने के लिए एक गुप्त आपसी सहमति और समझ विकसित की है।

सदियों पुरानी जातिगत, साम्प्रदायिक और हाल ही में पनपे लिंग-आधारित विभाजन का हिंसक पुनरुत्थान निश्चित रूप से एक कथित आधुनिक समाजवादी गणराज्य में विवर्तनिक उथल-पुथल वाला होगा। आज अधिकांश प्रमुख मीडिया

घराने ख़ुशी-ख़ुशी बाहरी पूँजी को आमंत्रित कर रहे हैं, मालिक सम्पादक बन गए हैं और कई सम्पादकों ने साझेदारी का विकल्प चुना है। इसके साथ ही मीडिया व्यवसायियों और उनके पूर्व विरोधियों के बीच सम्बन्धों में नूरा-कुश्ती का एक नया दौर शुरू हो चुका है जो मनोरंजक तो है लेकिन जीवन के लिए ख़तरा नहीं है। यहाँ तक कि रिपोर्टिंग की भाषा भी इसे प्रतिबिम्बित करती है : गठबन्धन की राजनीति पर सम्पादकीय गिरते डोमिनोज़ (एक खेल जिसमें पलास्टिक या लकड़ी के आयताकार ब्लॉक एक के बाद एक गिरते हैं) की बात करते हैं, सिद्धान्तवादी अक्सर पार्टी की राजनीति को टेस्ट क्रिकेट के मॉडल से तुलना करते हैं, जाति-आधारित गठबन्धन को समझाने के लिए पर्यवेक्षक अक्सर इसकी प्रशंसात्मक तुलना शतरंज के जटिल खेल से करते हैं जो राज्यों की राजधानियों में खेला जा रहा होता है। हालाँकि, इस सबमें यह धारणा निहित है कि खेल का मैदान हमेशा समतल रहेगा, और प्रेस और सत्तारूढ़ दलों के बीच आपसी सन्देह कितना भी गहरा क्यों न हो, कोई भी पक्ष शतरंज के मोहरों पर अपनी खीज ज़ाहिर करके इसे बाहर फेंकने के बारे में कभी नहीं सोचेगा और न ही फेंकेगा, न ही शतरंज के बोर्ड को उखाड़कर चलता बनेगा।

पेड न्यूज़ का विस्फोट

पेड न्यूज़ के भयानक विस्फोट ने भूकम्पीय झटकों का रूप ले लिया है और मीडिया जगत को यह एहसास दिलाया है कि हम अब अपनी समय-परीक्षित पत्रकारिता प्रणालियों की स्थिरता को हल्के में नहीं ले सकते। पेड न्यूज़ सिंड्रोम का एक लम्बा भूमिगत अतीत है। इसकी उत्पत्ति पुरानी और गहरी दोषी प्रथाओं के साथ हुई है जो आर्थिक वैश्वीकरण और राजनीतिक विखंडन की जुड़वाँ टेक्टोनिक प्लेटों के बीच हमारी सम्पूर्ण मीडिया प्रणाली के अन्तर्गत चलती हैं। दोनों के बीच के लगातार घर्षण से उत्पन्न दबाव दशकों से बना हुआ है जिसने मीडिया की हर शाखा को ख़तरे में डाल रखा है। उनमें से सबसे कम सुरक्षित होने के कारण, स्थानीय मीडिया का बुनियादी ढाँचा सबसे पहले दरकने वाला है।

भ्रष्टाचार रोकने के लिए भी उतनी ही क्षमता और संकल्प की ज़रूरत होती है जितनी कि इसे उजागर करने के लिए। संरक्षित मिश्रित अर्थव्यवस्था वाले एकदलीय शासन के दिनों में यह कठिन था। उदारीकरण के युग में तेज़ी से खुलते भारतीय बाज़ार में जहाँ बहुत सारे समूह प्रतिस्पर्धा कर रहे हैं वहीं क्षेत्रीय मीडिया घराने

जो अपने शेयरों को सार्वजनिक कर चुके हैं या करने वाले हैं, उन्हें बड़ी चुनौती का सामना करना पड़ेगा। क्या उन्हें छोटे बने रहना चाहिए और बहु-संस्करणीय डायनासोर (टी-रेक्स) द्वारा लीलकर हिन्दी पट्टी से बाहर किये जाने का जोखिम उठाना चाहिए? या उन्हें भी चाहिए कि वे ख़ुद को उत्परिवर्तित कर गुणक बनें और गिरोह में शामिल हो जाएँ। यदि वे क्षेत्रीय खिलाड़ियों के रूप में जीवित रहते हैं तो किसी दिन वे बड़े मीडिया घरानों द्वारा शुरू की गई पत्रकारिता की नैतिकता में गिरावट का मुक़ाबला करने की स्थिति में हो सकते हैं लेकिन, पुराने सोवियत संघ की तरह वे इसे केवल वहीं रहकर अपना अस्तित्व खोकर पूरा करेंगे, जो वे हैं।

1990 के दशक के अन्त तक यह बिलकुल स्पष्ट हो गया कि जैसे-जैसे हम नई सदी की ओर बढ़ रहे थे, हिन्दी मीडिया को अपनी प्राथमिकताओं में तत्काल सन्तुलन लाने की आवश्यकता थी।

इसके लिए आवश्यक शर्तों में ऐसी समग्र धारणा विकसित करना था जो मीडिया उद्योग की वास्तविक गतिशीलता को अनुभव कर इसमें काम कर रही कड़ियों के आवश्यक सम्बन्धों को अच्छी तरह से समझ सके : सम्बन्ध जैसे—सम्पादकीय और विपणन टीमों के बीच, सम्पादक और पेशेवराना सीईओ के बीच, ग्रामीण स्ट्रिंगर और मॉडेम ऑपरेटर के बीच सम्बन्ध, फ़ील्ड रिपोर्टर और डेस्क के बीच। सेंसरशिप और पत्रकारों के लिए आचार संहिता के बारे में विचार-विमर्श से पता चलता है कि मीडिया के प्रति राजनीतिक नज़रिया और व्यवहार बदल रहा है। डिजिटल मीडिया यह सुनिश्चित करता है कि थोपे गए नियमों से परे, मीडिया के लिए धीरे-धीरे स्वशासन का ही रास्ता बचेगा।

1990 के दशक के बाद किसी ने भी बेहतर विज्ञापन राजस्व की आवश्यकता से इनकार नहीं किया है। हालाँकि, यह भी स्वीकार किया जाना चाहिए कि समाचार-पत्रों के कृत्रिम रूप से कम किये गए कवर मूल्य और एजेंटों, विक्रेताओं और स्ट्रिंगरों को दिये जाने वाले भारी कमीशन की वजह से भी यह आवश्यकता काफ़ी हद तक बढ़ गई थी। ये वे लोग थे जो कई मामलों में बड़े प्रकाशकों से धन के मामले में कमतर नहीं थे जिन्होंने मीडिया को अपने पक्ष में करके छोटे स्थानीय खिलाड़ियों को बाहर रखने में कोई कोर-कसर नहीं छोड़ रखी थी। स्थानीय भाषा में दैनिक समाचार-पत्रों के उपभोक्ता अंग्रेज़ी भाषा के अख़बारों के पाठकों की तुलना में अधिक पैसा दे रहे थे जबकि उन्हें कम पृष्ठ मिलते थे। ऐसे में मीडिया प्रतिष्ठानों को एक विज्ञापन-सम्पादकीय अनुपात बनाना और लागू करना चाहिए

था जो आदर्श रूप से लगभग 70 प्रतिशत सम्पादकीय और 30 प्रतिशत विज्ञापन होता। प्रत्येक विज्ञापन, उपयोग किये गए फ़ॉन्ट और पृष्ठ के सामान्य लेआउट को सरकारी नियमों के दायरे में प्रस्तुत किया जाना अपेक्षित था ताकि पाठकों को पता चल सके कि यह अमुक आइटम एक प्रायोजित विज्ञापन है न कि अख़बार का सम्पादकीय तत्त्व, लेकिन, इसकी घनघोर अनदेखी जारी रही।

स्ट्रिंगर रिपोर्टरों की असूचित दुनिया

अखबारों के प्रकाशन की एक बेहद महत्त्वपूर्ण कड़ी स्ट्रिंगर हुआ करते थे। स्ट्रिंगर, मतलब वो रिपोर्टर जो ज़िला मुख्यालयों और ग्रामीण क्षेत्रों के निवासी थे और वहीं की स्थानीय ख़बरें अपने अख़बारों को भेजा करते थे, लेकिन, वो उस अख़बार के स्टाफ़ नहीं होते थे, उन्हें मासिक वेतन नहीं, प्रति न्यूज़ स्टोरी यानी प्रति रिपोर्ट की दर से भुगतान करने की व्यवस्था थी। दरअसल, अधिकांश हिन्दी दैनिक समाचार-पत्रों के स्थानीय संस्करण बजट की कमी से जूझते थे और अपने लिए नियमित स्टाफ़ नहीं रख पाते थे। इसी परिस्थिति की उपज थे स्ट्रिंगर्स, जो स्थानीय अख़बारों के लिए सम्पादकीय सामग्री (और साथ में बहुत कुछ) उपलब्ध कराने की रीढ़ बन गए। इनकी टीम बड़ी करने के लिए स्ट्रिंगरों के समूहों और सुपर-स्ट्रिंगर्स की आवश्यकता थी। अधिकांश स्ट्रिंगरों से शपथ-पत्र पर हस्ताक्षर करवा लिया जाता था कि वे मान्यता प्राप्त पत्रकार नहीं हैं और अपनी प्राथमिक आय अन्य स्रोतों से प्राप्त करते हैं। इनमें से अधिकांश को भत्ते के रूप में मामूली रकम या किसी विशेष दैनिक के प्रतिनिधि के रूप में उनकी प्रामाणिकता साबित करने वाला एक पहचान-पत्र (आई-कार्ड) मिलता था। इसके बावजूद स्ट्रिंगर के रूप में नियुक्त होने के लिए लोगों की क़तार लगी हुई रहती। इसका कारण क्षेत्रीय प्रबन्धकों की ओर से स्थानीय विज्ञापन लाने के एवज़ में स्ट्रिंगरों को दिया जाने वाला नियमित कमीशन था। सभी ताज़ातरीन स्थानीय समाचारों को शामिल करने के लालच में क्षेत्रीय पृष्ठों को बिलकुल अन्तिम समय में निकटतम प्रिंट स्थान पर ई-मेल से भेजा जाता था। प्रेस में भेजे जाने से कुछ ही समय पहले अख़बार के संस्करण सेंट्रल डेस्क पर पहुँचते थे। फिर डेस्क के पास हर ख़बर को जाँचने-परखने और उसे हटाकर दूसरी ख़बर लगाने का समय बिलकुल नहीं मिलता, इससे हिन्दी दैनिक समाचार-पत्रों में असत्यापित और सन्दिग्ध समाचारों की बाढ़ सी आ गई। चुनावों

के दौरान, चाहे वो देश के आम चुनाव हों या फिर स्थानीय चुनाव, अख़बारों के ज़िला पृष्ठों में विभिन्न पार्टियों के उम्मीदवारों के प्रोफ़ाइल और उनकी निश्चित जीत की भविष्यवाणी के अलावा कुछ भी नहीं होता था। अध्याय 4 में हम विस्तार से चर्चा करेंगे कि क्यों आज, पहले से कहीं अधिक, इन स्ट्रिंगरों की भूमिका और भर्ती पैटर्न सभी मीडिया घरानों के लिए कड़ी जाँच और स्पष्ट क़ानूनी दिशा-निर्देशों के योग्य हैं।

नई सहस्राब्दी में जैसे-जैसे नये मीडिया आउटलेट बढ़ रहे हैं, अपने लिए पाठक या ऑडिएंस बढ़ाने की होड़ मची हुई है, इससे भी अधिक महत्त्वपूर्ण रूप से विज्ञापन राजस्व के लिए प्रतिस्पर्धा बढ़ रही है। चूँकि क्रॉस-मीडिया स्वामित्व नियमों को धीरे-धीरे समाप्त कर दिया गया है, इसलिए व्यवसायीकृत और उपभोक्ता-वस्तु-परख पत्रकारिता मज़बूत होती जा रही है। सात करोड़ से अधिक पाठकों वाले सबसे बड़े हिन्दी अख़बार, *दैनिक जागरण* के सम्पादक, संजय गुप्ता (निनान 2007 : 106 में उद्धृत) क्षेत्रीय संस्करणों में स्थानीय पृष्ठों को जोड़ने को 'स्थानीयकरण का ग्राहकीकरण' बताते हैं। ऐसा करना निश्चित रूप से एक अच्छा आइडिया है। लेकिन, समय के साथ, जब वास्तव में हम डिजिटल युग के दौर में हैं जहाँ किसी भी अप्रत्याशित बदलावों की सम्भावना से इनकार नहीं किया जा सकता, तो ऐसे में इसने हिन्दी मीडिया के लिए मेट्रो शहरों से लेकर गाँवों तक समाचार संग्रहण में एक सड़ाँध पैदा कर दी है। उत्तर प्रदेश के एक छोटे, लेकिन घनी आबादी वाले शहर सुलतानपुर के एक रिपोर्टर (स्ट्रिंगर), के पास जागरण सहित चार प्रमुख हिन्दी अख़बारों का ठेका है; उन्होंने पत्रकार रक्षा कुमार (2019) के सामने क़बूल किया कि फ़ील्ड में निकलने पर उनका इरादा कोई समाचार वग़ैरह इकट्ठा करने का नहीं होता है, बल्कि, वे अपने सारे 'कौशल' का इस्तेमाल सुलतानपुर के बड़े विज्ञापनदाताओं से साड़ी, खिलौने की दुकानों, ऑटोमोबाइल डीलरों और सेलफ़ोन खुदरा विक्रेताओं के विज्ञापन जुटाने के लिए करते हैं, जिन्हें वे अपने हिन्दी अख़बारों को परोस सकें। हिन्दी के प्रमुख दैनिक समाचार-पत्रों ने प्रसार संख्या और राजस्व, दोनों ही पैमाने पर सराहनीय वृद्धि दर्ज की है, लेकिन, इसे हासिल करने के लिए जो व्यवस्था बनाई गई है, जो मानदंड स्थापित किये गए हैं, उसने क्षेत्रीय मीडिया की विश्वसनीयता को संकट के विशाल बादलों से ढककर अँधेरे में ढकेल दिया है, ख़ास तौर पर हिन्दी पट्टी की मीडिया, जहाँ से बड़ी संख्या में सांसद और प्रधानमंत्री देश को मिलते हैं।

निष्कर्ष

जैसे-जैसे बीसवीं सदी ख़त्म होती गई, हिन्दी प्रिंट ने भारतीय मीडिया पर अपनी संख्यात्मक श्रेष्ठता स्थापित कर ली। 2001 की दशकीय जनगणना (आरजीसीसीआई 2001) से पता चला कि हिन्दी राज्यों ने साक्षरता में भारी वृद्धि दर्ज की है, विशेष रूप से इसके सबसे पिछड़े राज्यों—बिहार, मध्य प्रदेश, उत्तर प्रदेश और राजस्थान के आँकड़े ध्यान देने योग्य हैं। दैनिक समाचार-पत्रों के नये ऊर्जावान मालिकों ने अब नये क्षेत्रों में विस्तार करना शुरू कर दिया। इसके बाद अपनी प्रसार संख्या बढ़ाने, अधिक विज्ञापन राजस्व जुटाने और प्रभावशाली क्षेत्रीय नेताओं से अपनी निकटता स्थापित करने के लिए उनमें खींचतान और धक्का-मुक्की हुई। शुरू में मेट्रो शहरों का अंग्रेज़ी-दां प्रबन्धकीय कैडर उन रणनीतियों को दरकिनार करता रहा जो स्थानीय प्रबन्धकों ने वर्षों के अपने व्यावहारिक अनुभवों से सीखे थे और पाठक-रुचि-आकर्षक आधारित विपणन तकनीकों का इस्तेमाल कर विशाल, सदैव जुड़ा रहने वाला पाठक वर्ग तैयार किया था। लेकिन, जैसे-जैसे बड़े नामों—*दैनिक जागरण, दैनिक भास्कर, हिन्दुस्तान, सहारा, प्रभात ख़बर*—के बीच नये क्षेत्र स्थापित कर नया पाठक वर्ग खड़ा करने के लिए प्रतिस्पर्धा बढ़ी तो उन्होंने भी स्थानीय नियमों के अनुसार खेल खेलना सीख लिया। जल्द ही *द टाइम्स ऑफ़ इंडिया* और *हिन्दुस्तान टाइम्स* जैसे समूहों ने भी अपने अंग्रेज़ी दैनिक समाचार-पत्र लॉन्च किये, जिन्हें जोड़ी ऑफ़र का बड़ा लाभ मिला। जोड़ी योजना के तहत हिन्दी अख़बारों के साथ बेहद कम क़ीमत पर अंग्रेज़ी के पत्र भी दिये जाने लगे। यह वह समय था जब पाठकों के लिए विशेष योजनाएँ, अनेक तरह के उपहार तथा अन्य आकर्षक पुरस्कार देने की बाढ़ सी आ गई। अख़बार का व्यवसाय बढ़ाने के लिए बड़े शहरों से वरिष्ठ प्रबन्धक हवाई जहाज़ से पहुँचते और पाँच या चार सितारा होटलों में स्थानीय प्रबन्धकों और कर्मियों के साथ मीडिया कॉन्फ्रेंस करते। ये बिजनेस बैठकें अख़बार समूह के विस्तार और विकास का विवरण देने वाली आकर्षक पावरपॉइंट प्रस्तुतियों से भरे होते थे। दैनिक समाचार-पत्रों के क्षेत्रीय संस्करणों पर इस फ़ोकस के परिणामस्वरूप प्रमुख मीडिया घरानों में हिन्दी और अंग्रेज़ी के बीच आपसी तालमेल बढ़ गया। इससे दोनों भाषाओं में एक साथ मुद्रण के लिए सर्वोत्तम उपलब्ध मशीनरी और कम्प्यूटरीकृत वर्कफ़्लो सिस्टम बनाए गए। लेकिन, नकारात्मक पक्ष यह रहा कि इसने क्षेत्रीय मीडिया के बनाए हुए सार्वजनिक प्रभाव-क्षेत्र को क्षत-विक्षत और

भ्रष्ट करना शुरू कर दिया। अधिकांश प्रकाशन गृहों ने लागत बचाने के लिए बड़ी संख्या में स्ट्रिंगरों को नियुक्त किया। इनसे अपेक्षा की गई थी कि वे एक निश्चित संख्या में ख़बरों की रिपोर्टिंग करेंगे, अधिक से अधिक स्थानीय विज्ञापन जुटाएँगे और स्थानीय अधिकारियों, नेताओं को 'ख़ुश' भी रखेंगे। इनका वेतन कम था, लेकिन, इन्हें दिया जा रहा बोनस इनकी नौकरी को सार्थक बना रहा था। इसके अलावा ये नौकरी स्ट्रिंगरों को स्थानीय अधिकारियों के साथ घुलने-मिलने का मौक़ा दे रही थी, जिनके साथ उन्होंने अक्सर 'तुम-मेरी-पीठ-खुजाओ-और-मैं-तुम्हारी' वाली मित्रता विकसित की।

हिन्दी मीडिया ने राजनीतिक प्रभुता को अधिक महत्त्व दिया और उससे नज़दीकियाँ बढ़ाईं ताकि इसका फ़ायदा अपने अन्य व्यवसायों का विस्तार और अधिक लाभ अर्जित करने के लिए लिया जा सके। ऐसे कई मौक़े भी देखने को मिले जब प्रकाशकों ने अपने राजनीतिक आकाओं के मार्गदर्शन में छद्म (पार्टी से जुड़े हुए) पत्रकारों का चयन किया और उन्हें पदोन्नति दी। यहाँ पर सम्पादकों की पिछली पीढ़ी कुछ हद तक निरर्थक हो गई क्योंकि उनका चयन मालिक इस आधार पर करते थे कि उनकी राजनीतिक दलों, मंत्रियों और नेताओं से कितनी अधिक निकटता है और वे मालिकों के लिए किस हद तक पैरवी कर सकते थे। कई मालिकों और कुछ सम्पादकों को राजनीतिक सुप्रीमो द्वारा संसद के उच्च सदन के लिए नामित किया गया तो कुछ को राजदूत अथवा सरकारी बैंकों या राजभाषा विभाग से जुड़े विभिन्न निकायों के बोर्ड में निदेशक के रूप में नामित किया गया था, जो सरकारी विभागों में हिन्दी की दशा और दिशा पर मार्गदर्शन करते थे। इस प्रकार हिन्दी मीडिया ने जब इक्कीसवीं सदी में क़दम रखा तो वो एक मीडिया-संचालित जन राजनीति का उथल-पुथल वाला युग था जहाँ लोकप्रिय राजनेता स्थानीय भाषा ही बोलते थे और भारत की दक्षिणपंथी पार्टियाँ हिन्दी को सार्वभौमिक भारतीय राष्ट्रवाद के प्रतीक के रूप में तेज़ी से आगे बढ़ा रही थीं। उसी समय हिन्दी और हिन्दू संस्कृति को एक में मिलाने के उनके सशक्त प्रयासों ने नैतिक पूर्वग्रह पैदा किये और साथ ही राष्ट्रीय विमर्श पर हिन्दी की पकड़ को गहरा कर दिया। हममें से कई लोगों को निराशा के साथ एहसास हुआ कि यह हिन्दी मीडिया ही था, जो उसी वर्ग की तरह बनने के ख़तरे से जूझ रहा था जिस वर्ग ने इसे बनाया और बढ़ावा दिया था—एक मध्यवर्गीय संस्कृति जिसमें राजनीतिक आत्मसन्तुष्टता और राष्ट्रवाद को लेकर ख़तरनाक अलगाववादी दृष्टिकोण कूट-कूट कर भरा था।

4

त्रुटियों से बाहर निकलना

इक्कीसवीं सदी के पहले दशक पर नज़र डालें तो ऐसा लगता है कि यह स्थानीय प्रिंट मीडिया, विशेषकर हिन्दी के लिए निर्बाध विकास का युग रहा है। भारत के शीर्ष 10 सबसे अधिक पढ़े जाने वाले दैनिक समाचार-पत्रों और अन्य पत्रिकाओं की सूची में हिन्दी प्रकाशनों का ही दबदबा रहा। टीवी की भी बात करें तो हिन्दी प्रोग्रामिंग (समाचार और मनोरंजन दोनों) की रेटिंग अंग्रेज़ी के समान कार्यक्रमों से कहीं ज़्यादा हो गई। संसद में बहस के दौरान भी कई सांसद लोकप्रिय हिन्दी दैनिक समाचार-पत्रों की प्रतियाँ लहराते और चर्चा में आए प्रश्नों अथवा रिपोर्ट किये गए घोटालों पर सफ़ाई माँगते। शक्तिशाली माइक्रोसॉफ़्ट को भारत की स्थानीय भाषाओं के महत्त्व का एहसास हुआ और उसने अपने हार्डवेयर को हिन्दी उपयोगकर्ताओं की आवश्यकताओं के अनुरूप बनाने के लिए गहन कार्य किया गया। गूगल ने तो प्रमुख हिन्दी दैनिक समाचार-पत्रों से भी सम्पर्क करना शुरू कर दिया और उन्हें अपनी सामग्री ऑनलाइन रखने के लिए स्थान देने की पेशकश की। इससे कई लोगों को यह विश्वास हो गया कि भारत एक नये युग की शुरुआत की ओर देख रहा है, जो पहले से कहीं अधिक लोकतांत्रिक और स्थानीय भाषा में पाठक-केन्द्रित होगा। दस साल बाद उस क्षणभंगुर दृष्टिकोण को प्रमाणित करना कठिन हो गया। आज, अधिकांश प्रमुख हिन्दी दैनिक समाचार-पत्र स्पष्ट रूप से पक्षपात करते हैं। वे किसी भी घटना के सन्दर्भ में सरकार के पक्ष को जस-का-तस रखने में कोई संकोच नहीं करते, बल्कि सरकारी योजनाओं को बढ़ा-चढ़ा कर तहे-दिल से समाचार की शक्ल में छापते भी हैं। सरकार को कवर करने वाले पत्रकारों को अब एहसास हो रहा था कि सरकार विनम्रतापूर्वक ही सही लेकिन दृढ़ता से उन्हें

कैबिनेट नोट्स तक पहुँच से वंचित कर रही थी और मंत्रियों के साथ बातचीत और सूचनाओं के आदान-प्रदान को सीमित कर रही थी।

फिर क्या हुआ?

जिस राजनीतिक और कॉरपोरेट अपारदर्शिता और सेंसरशिप के पैटर्न को हमारा स्वतंत्र प्रेस आधी सदी से भी अधिक समय से नियमित अन्तरालों पर अपने लेखन के माध्यम से उजागर और निंदा करने में कामयाब रहा वही अब अचानक मीडिया का भविष्य कैसे बन गया? पीछे देखने पर यह स्पष्ट होता है कि यह प्रवृत्ति बहुत पहले शुरू हो गई थी, जब मीडिया उद्योग के उदारीकरण, विनियमन और निजीकरण के कारण हिन्दी मीडिया और उसके राजस्व में अभूतपूर्व वृद्धि हुई थी। नई सहस्राब्दी में मीडिया संरचनाओं और डिजिटल प्लेटफ़ॉर्मों में अन्तर्राष्ट्रीय निवेश काफ़ी बढ़ा है। इससे डिजिटल डिलिवरी में तेज़ी आई और नई वितरण प्रणालियाँ व्यवहार में आईं। पारम्परिक अख़बारों के व्यवसाय में एक आदर्श बदलाव आया। अत्याधुनिक सॉफ़्टवेयर आ गए जो लाखों वेबसाइटों का पता लगा सकते हैं और पाठकों के लिए समाचारों को कुशलतापूर्वक, सटीक तरीक़े से सेकंडों में हाज़िर और टैग कर सकते हैं।

इन सबने हिन्दी प्रिंट मीडिया और इसके सभी डिजिटल संचार प्लेटफ़ॉर्म, दोनों के लिए नये मंच और बाज़ार खोले। इस बिन्दु पर कोई भी इन्तज़ार करने और इस बुनियादी तथ्य पर ध्यान देने को तैयार नहीं था कि अपने असाधारण विस्तार के बावजूद, डिजिटल और वैश्वीकृत हिन्दी मीडिया अल्प अधिकारों वाला ही बना हुआ है और उसने आवश्यकतानुसार अपनी नाजुक और अर्ध-कुशल सम्पादकीय संरचनाओं में प्रभावी ढंग से सुधार नहीं किया है।

साथ ही मीडिया का बुनियादी ढाँचा जिस सामाजिक-राजनीतिक रूप से अस्थिर क्षेत्र पर खड़ा था, उसके भीतर प्राचीन समय से चली आ रही जातिगत प्रणालियाँ, वर्ग और साम्प्रदायिक दोष-रेखाएँ छुपी थीं, जिन्हें राजनीतिक वर्ग वोट-बैंक बनाने के लिए इस्तेमाल कर सकता था। क्रॉस-मीडिया स्वामित्व पर प्रतिबन्धों की अनुपस्थिति ने लम्बवत (विभिन्न प्रकार के मीडिया में) और क्षैतिज रूप से (विभिन्न मीडिया उत्पादों के लिए क्षेत्रीय वितरण प्रणालियों पर नियंत्रण) एकाधिकार को मज़बूत किया। नई डिजिटल कनेक्टिविटी के विस्तार के कारण इक्कीसवीं सदी के पहले दो

दशकों में हिन्दी मीडिया के लिए इन्फोटेनमेंट-संचालित और सनसनीख़ेज़ सामग्री का प्रसार हुआ। पिछली शताब्दी में हिन्दी मीडिया द्वारा बनाया गया बहुमूल्य सार्वजनिक क्षेत्र जैसे ही बड़ी मीडिया कम्पनियों के बढ़ते एकीकरण के हाथों में चला गया, विनम्र पाठकों के बजाय शेयरधारकों की ज़रूरतों को प्राथमिकता दी जाने लगी। कॉरपोरेट और राजनीतिक आकाओं को लाभ पहुँचाने के लिए माहौल तैयार किया जाने लगा और ग्रामीण या शहरी ग़रीबी, पर्यावरणीय गिरावट और विकास से सम्बन्धित मुद्दों पर रिपोर्टिंग कम होने लगी।

2014 का चुनाव : एक गेम चेंजर

ऐसे परिदृश्य में चुनाव का मतलब, ग्रामीण और शहरी भारत के अलग-अलग आर्थिक हितों और सत्तारूढ़ राजनीतिक दल और उसके प्रतिद्वंद्वियों के बीच का टकराव हो जाता है। इसके परिणामस्वरूप, 2014 में अचानक आए राजनीतिक, सामाजिक भूचालों ने समाज में दबी तपिश, बेचैनी और टकराव रूपी ऊर्जा के ख़तरनाक स्तर जारी किये। वाणिज्यिक विज्ञापनदाता, जिनकी रेटिंग पर मीडिया की इमारत टिकी हुई है, और राजनीतिक दल, विशाल विज्ञापन राजस्व सृजन करने की अपनी क्षमता के साथ हरकत में आ गए। 2014 के बाद से पुराने मीडिया दिग्गजों ने अधिकांश मीडिया संगठनों में छद्म (एम्बेडेड) पत्रकारों की संख्या में निर्विवाद वृद्धि देखी है। विडम्बना यह है कि नई सरकार ने आक्रामक रूप से हिन्दी को भारत की एकमात्र सम्भावित राष्ट्रभाषा (राष्ट्रीय भाषा) के रूप में प्रचारित किया, लेकिन, इसकी पहले से ही दोषपूर्ण आन्तरिक संरचना, विनम्र सम्पादकीय और कमतर राजनीतिक सम्बन्धों की वजह से हिन्दी मीडिया अपनी बची-खुची सम्पादकीय स्वायत्तता का प्रयोग करने में और भी अधिक सावधान हो गया। हाल ही में, 2 करोड़ 60 लाख से अधिक की संयुक्त पाठक संख्या वाले तीन अंग्रेज़ी दैनिक समाचार-पत्रों के लिए प्रमुख सरकारी विज्ञापन बन्द किये जाने को (रॉयटर्स 2019 देखें) कथित तौर पर, सरकार के कई महत्त्वपूर्ण फ़ैसलों के प्रति उनके आलोचनात्मक रुख़ के रूप में देखा जा रहा है। इस घटना से घबराए, निराश हिन्दी मल्टी-मीडिया प्रकाशकों ने मान लिया कि सरकार का सभी मुद्दों पर समर्थन करना ही सबसे बेहतर विकल्प है, ताकि उनकी प्रसार संख्या और वार्षिक राजस्व में वृद्धि जारी रहे। अधिकांश प्रमुख हिन्दी दैनिक समाचार-पत्रों ने अन्य सभी दृष्टिकोणों को लगभग दरकिनार

करते हुए किसी भी विषय पर सिर्फ़ सरकारी वक्तव्य छापा जाना विनम्रतापूर्वक स्वीकार कर लिया।

यह अध्याय हिन्दी मीडिया के सार्वजनिक क्षेत्र के अन्दर छिपी कुछ सक्रिय दोष-रेखाओं का पता लगाने और यह समझने का एक प्रयास है कि कैसे प्रसार संख्या में वृद्धि के बावजूद कड़ी मेहनत से अर्जित इसकी स्वतंत्र आभा चोटिल हुई है?

हिन्दी मल्टी-मीडिया के मालिक-सम्पादक एवं प्रबन्धकीय वर्ग

भारत में मीडिया एकाधिकार और क्रॉस मीडिया स्वामित्व के मुद्दे पर लम्बे समय से बहस चल रही है। आज़ादी के बाद शुरुआती वर्षों के दौरान राजनीतिक नेताओं द्वारा अक्सर 'जूट प्रेस' की आलोचना की जाती थी। दरअसल, जूट-प्रेस का सन्दर्भ *हिन्दुस्तान टाइम्स ग्रुप* और *टाइम्स ग्रुप* जैसे बड़े मीडिया समूहों से था, जिनके मालिकान जूट के बड़े व्यवसायी थे। इसी तरह कुछ प्रभावशाली मीडिया दिग्गजों के इस्पात संयंत्र के मालिक होने के कारण कभी-कभी 'स्टील प्रेस' के प्रभुत्व का उपहासपूर्ण सन्दर्भ मिलता था। जल्द ही, मीडिया में बड़े एकाधिकार को रोकने के लिए क़ानून बनाने का दबाव बनने लगा।

22 मान्यता प्राप्त भारतीय भाषाओं के साथ प्रिंट, डिजिटल मीडिया, रेडियो और टेलीविज़न के बढ़ते क्षेत्र ने भारत के मीडियास्केप में एक जटिल परिदृश्य प्रस्तुत किया है। 1970 के दशक तक अधिकांश प्रमुख मीडिया इकाइयों का नियंत्रण या तो व्यक्तिगत हाथों में था या फिर उन पर ट्रस्ट, सोसाइटियों और कॉरपोरेट निकायों का स्वामित्व था। मीडिया ऑनरशिप मॉनिटर (एमओएम) रिपोर्ट के निष्कर्षों के अनुसार, हिन्दी के चार प्रमुख अख़बार—*दैनिक जागरण, दैनिक हिन्दुस्तान, अमर उजाला* और *दैनिक भास्कर*—आज राष्ट्रीय स्तर पर हिन्दी समाचार-पत्रों के कुल पाठकों का 76.45 प्रतिशत नियंत्रित करते हैं (रिपोर्टर्स विदाउट बॉर्डर्स और डेटालीड्स 2019a)। इन चारों का बड़ा हिस्सा मूल संस्थापकों के परिवारों के स्वामित्व में है। अब तक सभी ने डिजिटल दुनिया में कई अन्य मीडिया प्लेटफ़ॉर्मों के साथ प्रभावशाली उपस्थिति दर्ज कर ली है। इससे उन्हें अन्य स्थानीय भाषाओं की तुलना में स्पष्ट लाभ मिलता है; हिन्दी क्षेत्र के 11 राज्यों में बड़े राजनीतिक लाभों के साथ वे मीडिया जगत के भारी आर्थिक ताकत भी हैं। नई सहस्राब्दी के पहले दशक तक बड़े टीवी चैनलों और प्रसारण नेटवर्क ने क्षेत्रीय चैनलों का अधिग्रहण करना

शुरू कर दिया या फिर उनके साथ साझेदारी कर ली। तब यह एहसास हुआ कि आने वाले वर्षों में भारतीय भाषाओं, विशेषकर हिन्दी में मल्टी-मीडिया विस्तार की गुंजाइश कहीं अधिक बड़ी होने वाली है।

ट्राई और क्रॉस-मीडिया स्वामित्व के बारे में सवाल

मीडिया बाज़ार में स्वस्थ विविधता और निष्पक्ष प्रतिस्पर्धा के नुक़सान के डर से फरवरी 2009 में, भारतीय दूरसंचार नियामक प्राधिकरण (ट्राई) ने सरकार को प्रिंट, रेडियो और टेलीविज़न में बहुलता और विविधता सुनिश्चित करने के लिए आवश्यक सुरक्षा उपाय किये जाने की सलाह दी। इस सलाह पर प्रिंट प्रकाशनों और टीवी चैनलों के मालिकों ने मुखरता से सवाल उठाया। मीडिया मालिकों का कहना था कि अगर क्रॉस-मीडिया स्वामित्व पर प्रतिबन्ध लगाया गया तो मीडिया की बहुलता और विकास पर बुरा असर पड़ेगा। क्रॉस-मीडिया स्वामित्व समर्थक लॉबी ने यह भी कहा कि भारत का बाज़ार इतना विविध है कि यहाँ मीडिया एकाधिकार को पनपने दिया जा सकता है। कुछ समय बाद जुलाई 2009 में एडमिनिस्ट्रेटिव स्टाफ़ कॉलेज ऑफ़ इंडिया (एएससीआई) द्वारा सूचना और प्रसारण मंत्रालय को 200 पन्नों की एक और रिपोर्ट सौंपी गई। इस रिपोर्ट में क्रॉस-मीडिया स्वामित्व को रोकने वाले क़ानूनों के सख़्त कार्यान्वयन की सिफ़ारिश की गई है ताकि स्टील, विमानन, होटल, सीमेंट, शिक्षा, कपड़ा, क्रिकेट और ऑटोमोबाइल (गुहा ठाकुरता 2012 ए) जैसे क्षेत्रों में विविध हितों वाले कुछ कॉरपोरेट्स के बाज़ार प्रभुत्व को रोका जा सके।

इस रिपोर्ट की सिफ़ारिशों को लागू किये जाने का मीडिया के बड़े खिलाड़ियों ने तीव्र विरोध किया। उनके बोर्ड ने धीरे-धीरे पत्रकारों को पूरी तरह से ख़त्म कर दिया और निवेश बैंकरों, उद्यम पूँजीपतियों, चार्टर्ड अकाउंटेंट, कॉरपोरेट वकीलों, खुदरा विक्रेताओं और प्रमुख कम्पनियों के प्रतिनिधियों को लाया गया, जो बड़े विज्ञापनदाता भी थे। और फिर, जैसा कि ट्राई को डर था, इससे मीडिया की सभी शाखाओं में कई सन्दिग्ध सौदे और उनकी प्राथमिकताओं को लेकर भ्रम पैदा हो गया।

ऐसी अनुचित प्रथाओं पर वरिष्ठ पत्रकार परंजॉय गुहा ठाकुरता (2012बी) की एक व्यापक रिपोर्ट के अनुसार, क्रॉस-मीडिया स्वामित्व पर हमारे कमज़ोर से अस्तित्वहीन हो चले क़ानूनों ने एक ऐसे परिदृश्य को जन्म दिया है, जहाँ कुछ मेगा-कम्पनियाँ और निगम बाज़ार पर हावी हो गए हैं, और जैसा कि हम जानते थे,

मीडिया बहुलवाद तेज़ी से विलोपित होने लगा है। वैश्विक रुझानों की सहायता से विभिन्न क्षेत्रों और भाषाओं में प्रिंट, रेडियो, टीवी और वेबसाइटों के स्वामित्व ने भी इन कुलीन वर्गों को पोषण और बढ़ावा देना शुरू कर दिया था, जो एक-दूसरे का संरक्षण और समर्थन कर अपना नेटवर्क फैलाते थे, और साथ ही सबसे महत्त्वपूर्ण मीडिया निकायों का प्रतिनिधित्व भी करते थे।

ऐसे समय में पारदर्शिता लाने के लिए रिपोर्टर्स विदाउट बॉर्डर्स और डेटालीड्स ने मीडिया ऑनरशिप मॉनिटर लॉन्च किया—एक व्यापक, खुले तौर पर उपलब्ध डेटाबेस, जो भारत में मीडिया घरानों के स्वामित्व को ट्रैक करता है। उन्होंने समाचार-पत्रों के रजिस्ट्रार के 2018 के आँकड़ों के आधार पर बताया कि भारत दुनिया के सबसे बड़े मीडिया बाज़ारों में से एक है। 2018 में भारत में 118,239 पंजीकृत प्रकाशन थे (38,000 साप्ताहिक समाचार-पत्र, 36,564 मासिक पत्रिकाएँ और 17,160 दैनिक)। इसमें 880 सैटेलाइट चैनल, 550 *एफएम* और सामुदायिक रेडियो स्टेशन और 380 से अधिक समाचार चैनल भी थे। रेडियो समाचार प्रसारित करने का एकाधिकार सरकारी रेडियो स्टेशन, *ऑल इंडिया रेडियो* (आकाशवाणी) के पास था। मीडिया ऑनरशिप मॉनिटर ने जनवरी 2019 तक 58 मीडिया आउटलेट—25 प्रिंट, 23 टीवी स्टेशन, 9 वेबसाइट और एक रेडियो स्टेशन का मूल्यांकन किया था। इन सभी का स्वामित्व 39 कम्पनियों और 45 व्यक्तिगत मालिकों (रिपोर्टर्स विदाउट बॉर्डर्स और डेटालीड्स 2019सी) के पास था। रिपोर्ट के प्रमुख निष्कर्षों में से एक है :

> इस अध्ययन के नमूने में बताया गया कि लगभग दस मीडिया मालिकों का राजनीति से प्रत्यक्ष अथवा अप्रत्यक्ष सम्बन्ध है, जबकि उनमें से कुछ सीधे तौर पर राजनीतिक दलों से सम्बन्द्ध हैं। ऐसे अनगिनत अन्य मीडिया कम्पनियों के मालिक भी हैं, जिन्होंने अपनी राजनीतिक सम्बद्धता घोषित करने से इनकार कर दिया है। इन सबके बीच राजनीतिक सम्पर्क वाले मीडिया मालिक दर्शकों/पाठकों की एक बड़ी हिस्सेदारी को नियंत्रित करते हैं। (रिपोर्टर्स विदाउट बॉर्डर्स एंड डेटालीड्स 2019 सी)

प्रबन्धकीय टीमों के साथ बातचीत से पता चलता है कि प्रकाशन गृह अपने हिन्दी प्रकाशनों के स्थानीय प्रभारियों / प्रबन्धकों के माध्यम से छोटे शहरों के बाज़ारों के साथ मध्यस्थता करना पसन्द करते हैं। वे विदेशी रेटिंग एजेंसियों द्वारा

तैयार की गई रिपोर्टों का हवाला देते हैं, जिनके लिए हिन्दी बेल्ट देश का सबसे बड़ा समरूप बाज़ार है, लेकिन कई परिवर्तनशील तत्त्व (जैसे कि खींचतान और दबाव और इन 11 आबादी वाले राज्यों की सांस्कृतिक, भाषायी और जातीय विविधता, मध्य के राज्यों से लेकर हिमालयी राज्यों हिमाचल प्रदेश और उत्तराखंड तक और पूर्व में बिहार और झारखंड तक) इनकी मीडिया योजना से बड़े पैमाने पर गायब है।

भुगतान वाली प्रविष्टियाँ : समाचार जो अपना स्रोत नहीं बताते

मीडिया पर दबाव डालकर उसे विवश बनाने के लिए तत्कालीन सरकार को दोषी ठहराना मूर्खतापूर्ण होगा। दिवंगत पत्रकार प्रभाष जोशी ने पहली बार भुगतान लेकर छापी जाने वाली ख़बरों का मुद्दा उठाया था। उन्होंने पेड-न्यूज़ से प्राप्त होने वाले राजस्व पर भारतीय मीडिया की बढ़ती निर्भरता की सच्चाई जब से बताई है, तभी से इस मुद्दे पर बहस जारी है। उनके बाद गुहा ठाकुरता (2012बी) ने भी पेड-न्यूज़ के मुद्दे पर एक विस्फोटक रिपोर्ट जारी की। लेकिन, यह विषय आधे-अधूरे सच, कॉरपोरेट्स के खंडन और भ्रामक जानकारियों में डूबा रहा।

2013 में जब अन्ना आन्दोलन अपने चरम पर था तो भारत के सबसे बड़े बहु-संस्करण वाले एक हिन्दी दैनिक ने अपने सिटी सप्लीमेंट में वर्गीकृत विज्ञापन का एक पूरा पृष्ठ प्रकाशित किया, जिसमें अनशन पर बैठे अन्ना हजारे और उनके लोगों के लिए समर्थन बढ़ाया गया था। इस वर्गीकृत विज्ञापन में आकर्षक ढंग से मुस्कुराते हुए छोटे शहरों और ग्रामीण भारत के नेताओं को देखा जा सकता है, जो हजारे की उद्देश्य प्राप्ति के लिए अपना हार्दिक समर्थन दे रहे हैं, और उनके ठीक बग़ल में मोटापा कम करने, पुरुष शक्ति और लम्बाई बढ़ाने जैसे विज्ञापन भी लोगों का ध्यान खींच रहे हैं। लगभग सभी विज्ञापनों में उन लोगों के मगशॉट और फ़ोन नम्बर थे जिन्होंने इसके लिए भुगतान किया था (एक ने 'मैं अन्ना हूँ' लिखा टी-शर्ट भी पहनी हुई थी)। बारीकी से जाँच करने पर पता चला कि विज्ञापन देने वालों में ज़्यादातर, स्थानीय बिल्डर, धर्मार्थ संस्थाएँ, शैक्षिक निकायों, बिहार के प्रवासी श्रमिकों के क्षेत्रीय संगठन, भारत बचाव से सम्बन्धित संस्थाएँ, विभिन्न संघों (गिल्डों) और संगठनों का नेतृत्व करने वाले सामाजिक कार्यकर्ता और विभिन्न निवासी कल्याण संघ से जुड़े लोग शामिल थे। यह तो बस एक शुरुआत थी, हिन्दी मीडिया के पुनः सामन्तीकरण की।

पाठक डेटा का अन्धकारमय रहस्य

2019 में भारत लगभग 6,700 प्रकाशनों और प्रतिदिन 26 करोड़ से अधिक प्रतियों के वितरण के साथ दुनिया में सबसे बड़े प्रकाशक के रूप में उभरा। जनवरी से नवम्बर 2018 की अवधि के लिए एबीसी द्वारा जारी नवीनतम प्रमाणित भाषा-वार आँकड़ों के अनुसार हिन्दी, प्रकाशन चार्ट में शीर्ष पर बना हुआ है। शीर्ष तीन भारतीय दैनिक समाचार-पत्रों में से पहले दो हिन्दी में हैं : *दैनिक भास्कर* और *दैनिक जागरण*। दोनों ने 2017 के आँकड़ों से वृद्धि दिखाई है। अंग्रेज़ी दैनिक *द टाइम्स ऑफ़ इंडिया* (मुम्बई) तीसरे स्थान पर है।

बीसवीं सदी के अन्त तक पैसा, आम चुनाव और एकाधिकार हिन्दी मीडिया के लिए एक दिलचस्प संयोजन साबित हुआ है। लेकिन, विडम्बना यह है कि हिन्दी मीडिया की वृद्धि वैश्विक रुझानों से उलट है जिसे देखकर लगता है कि यह एक प्रकार से तीसरे चरण के हेबरमेशियन में प्रवेश कर गया है : यानी 'पुनः सामन्तीकरण'। हेबरमास ने भविष्यवाणी की थी कि इस चरण के दौरान आकर्षक मीडिया व्यवसायों पर सरकार और कॉरपोरेट्स का क़ब्ज़ा होगा और सार्वजनिक क्षेत्र का तब तक ह्रास होता रहेगा जब तक कि मीडिया एक बड़े पैमाने पर 'उत्पाद' नहीं बन जाता है और इसके पाठक एक नासमझ उपभोक्ता, जो विज्ञापनदाताओं की पसन्द से प्रेरित होंगे, न कि अपनी स्वयं की पसन्द से (देखें जेफ़री 2000 : 11-13)। हालाँकि, यह कोई बहुत सुखद विचार नहीं है, लेकिन सच्चाई यही है कि ये तेज़ी से हक़ीक़त बनता जा रहा है। कथित तौर पर मौजूदा भारतीय सरकार ने हिन्दी प्रिंट विज्ञापन पर लाखों ख़र्च किये और जनवरी 2019 में प्रतिष्ठित डीएवीपी विज्ञापनों की दरें 25 प्रतिशत तक बढ़ा दी गईं (झा और तिवारी 2019)। यह हिन्दी मीडिया दिग्गजों के लिए बेहद महत्त्वपूर्ण राजस्व है जो उन्हें अपने अख़बारों को असल उत्पादन लागत के लगभग छठे हिस्से में बेचने की अनुमति देता है। नकदी से भरपूर राजनीतिक दलों और उम्मीदवारों ने मित्रवत मीडिया मालिकों को कारखानों के लिए सस्ती ज़मीन का आवंटन करने से लेकर डीएवीपी विज्ञापन जारी करने जैसे लाभ देने में अपने प्रभुत्व का भरपूर इस्तेमाल किया है। राजनीतिक रूप से अस्थिर हिन्दी बेल्ट, जहाँ के कई शक्तिशाली मीडिया दिग्गज और सम्पादक सत्तारूढ़ दल के नामांकित व्यक्ति के रूप में राज्य सभा में बैठे हैं, उन्हें, इस तरह की उदारता से सबसे अधिक फ़ायदा हुआ है।

मूवर्स एंड शेकर्स अब अधिक आज्ञाकारी प्रिंट की तुलना में डिजिटल और विजुअल मीडिया में रिपोर्टिंग के प्रति अधिक संवेदनशील प्रतीत होते हैं। इसलिए, विज्ञापन के माध्यम से प्रिंट मीडिया को मज़बूत करने का एक सूक्ष्म प्रयास किया जा रहा है। इक्कीसवीं सदी के पहले दशक तक एक औसत हिन्दी पाठक के लिए समाचारों का स्रोत प्रिंट से डिजिटल की ओर स्थानान्तरित होने लगा। भारत में फ़ेसबुक के 60 करोड़ से अधिक और व्हाट्सएप (फ़ेसबुक के स्वामित्व वाले) के 40 करोड़ मासिक सक्रिय उपयोगकर्ताओं के साथ हिन्दी प्रकाशकों को यह एहसास हो रहा है कि प्रिंट डिजिटल क्षेत्र में अपनी बढ़त खोने वाला है (थुस्सु 2016: vii)। दूसरी समस्या यह है कि हिन्दी मीडिया की बढ़ती पहुँच के साथ-साथ अख़बारों और उनके पाठकों के बीच विश्वास की भारी कमी हो गई है, जो यह महसूस करते हैं कि सरकार और उसका नेतृत्व मुख्यधारा मीडिया की अवमानना करता है। जैसा कि सेवंती नैनन (2019) ने एक लेख में बताया है कि 2014 और 2019 के बीच मीडिया के ख़िलाफ़ अक्सर, सत्तारूढ़ दल के वरिष्ठ सदस्यों और उसके आधिकारिक प्रतिनिधियों द्वारा विभिन्न मीडिया प्लेटफ़ॉर्मों पर लगातार हमले किये गए हैं। सत्तारूढ़ दल ने मीडिया के साथ जुड़ाव के नियमों को ही बदल दिया है। मूवर्स एंड शेकर्स के साथ सीधे संवाद के अभाव में प्रमुख मीडिया घरानों ने कॉनक्लेव के रूप में वार्षिक कार्यक्रमों को प्रायोजित करना शुरू कर दिया और विशेष समाचार बनाने के लिए प्रधानमंत्री और प्रमुख मंत्रियों को आमंत्रित करना शुरू कर दिया। लेकिन, जनता के लिए एक निडर मीडिया और एक ऐसी सरकार की अवधारणा जो जनता से सीधे जुड़े, आज गहरे रूप से आहत है।

अधिकांश सम्पादकों और सेलिब्रिटी एंकरों को आज न तो ख़बरों की विश्वसनीयता के रखवालों के रूप में देखा जाता है और न ही अपने नज़रिये में लपेटकर बताई गई उनकी ख़बरों और टिप्पणियों को अन्तिम सच के तौर पर स्वीकार किया जाता है। नोटबन्दी से लेकर बालाकोट 'सर्जिकल स्ट्राइक' तक सभी विवादास्पद विषयों पर सरकारी मीडिया मौक़े का फ़ायदा उठाने में सक्षम रही है, क्योंकि आज यह सरकार ही है जो कथ्य को नियंत्रित कर रही है। ट्विटर और फ़ेसबुक जैसी सोशल मीडिया वेबसाइटें मीडिया के लोगों के सन्देशों से भरी हुई हैं, जिनमें कहा गया है कि चुनावों के दौरान और अनुच्छेद 370 के निरस्त होने के बाद की घटनाओं के दौरान, हिन्दी मीडिया बड़े पैमाने पर शब्दशः वही ख़बरें परोसती रही है जो उसे सरकार का मीडिया सेल उपलब्ध कराता है।

सेंसरशिप, स्व-सेंसरशिप और क्रमिक अवैधीकरण

2014 और 2019 के बीच जैसे-जैसे मीडिया में नये आयामों का विस्तार होता गया और लोगों के बीच इसका उपयोग विस्फोटक रूप से बढ़ा, सरकार और उसकी एजेंसियों ने भी इस बात की रणनीति बनानी शुरू कर दी कि भारत में लाखों लोगों के लिए उपलब्ध विभिन्न मीडिया प्लेटफ़ॉर्मों का उपयोग अपने हित में कैसे किया जाए? सस्ती इंटरनेट कनेक्टिविटी और 2016 और 2018 के बीच सोशल मीडिया के लगातार विस्तार से मीडिया में 65 प्रतिशत की वृद्धि हुई और इसके उपयोगकर्ताओं की संख्या 50 करोड़ तक (नारायणन और प्रधान 2016) पहुँच गई। फिर फ़ेसबुक (पहले से मौजूद 29 करोड़ 40 लाख उपयोगकर्ता) ने 2014 में लोकप्रिय मैसेजिंग सेवा व्हाट्सएप का अधिग्रहण किया जिससे उसके खाते में 20 करोड़ और उपयोगकर्ता जुड़ गए। जब रिलायंस ने अपनी 4-जी दूरसंचार सेवाएँ शुरू कीं तो मोबाइल सेवा प्रदाताओं के बीच ग्राहकों को लुभाने के लिए शुल्क में कमी करने की होड़-सी लग गई जिसके परिणामस्वरूप लोगों तक इंटरनेट की पहुँच और आसान और सस्ती हो गई।

2014 से 2019 के बीच भारतीय मीडिया को एक नये तरह के मीडिया प्रबन्धन अनुभव से गुज़रना पड़ा। 2014 में विश्व हिन्दी सम्मेलन का शुभारम्भ हिन्दी भाषी राज्य मध्य प्रदेश की राजधानी भोपाल में बड़े धूमधाम से हुआ। आयोजकों ने ख़ास तौर पर यह सुनिश्चित किया कि हिन्दी के जाने-माने, पुरस्कारों से नवाज़े जा चुके, प्रतिष्ठित बुद्धिजीवियों को आमंत्रित न किया जाए, केवल इस आधार पर कि वे पूर्व में आक्रामक विरोधी साबित हुए थे। सम्मेलन में हिन्दी मीडिया पर एक सत्र में स्थानीय पत्रकारिता कॉलेज के छात्रों को भी भाग लेने से रोक दिया गया था। इसका कारण बताया गया कि यह सत्र पार्टी कार्यकर्ताओं को यह बताने के लिए था कि हिन्दी मीडिया ज़मीनी स्तर पर कैसे काम करता है, तो इसमें छात्रों का क्या काम? हिन्दी पत्र सम्मेलन के मुख्य आयोजकों में से एक सेवानिवृत्त जनरल थे, जो उस समय केन्द्र में राज्य मंत्री थे। उन्हें आशंका थी कि पत्रकार और लेखक दुर्व्यवहार कर सकते हैं, यहाँ तक कि उन्होंने मीडिया के जुझारू प्रतिनिधियों के लिए अपमानजनक 'प्रेस्टीट्यूट' शब्द का इस्तेमाल किया। इसके बाद से प्रत्येक सूचना एवं प्रसारण मंत्री और स्वयं प्रधानमंत्री ने बार-बार आलोचनात्मक मीडिया की विश्वसनीयता पर सवाल उठाया है।

उस तरह के माहौल में मुख्यधारा मीडिया का धीमा लेकिन ख़तरनाक अवैधीकरण उभर रहा है। प्रधानमंत्री कार्यालय (पीएमओ) अब सामान्य प्रेस वार्ता नहीं आयोजित करता है, साथ ही प्रधानमंत्री की विदेश यात्राओं के दौरान अब पत्रकारों को साथ ले जाने की पुरानी परम्परा भी समाप्त कर दी गई है। पहले के प्रधानमंत्री जब विदेश जाते थे तो पत्रकारों का समूह भी उनके साथ जाता था और यात्रा के दौरान कई बार अनौपचारिक रूप से अथवा व्यक्तिगत तौर पर वे उनसे बातचीत कर लेते थे। मंत्रियों ने भी मुख्यधारा की मीडिया से एक सुरक्षित दूरी बना ली है। प्रधानमंत्री मीडिया को दरकिनार कर, पब्लिक रैलियों में या फिर आकाशवाणी पर प्रसारित मासिक कार्यक्रम मन की बात के माध्यम से जनता से सीधे संवाद करना पसन्द करते हैं।

साल 2014-2020 में ऐसे मीडियाकर्मियों, ख़ासकर महिलाओं की ट्रोलिंग में लगातार वृद्धि देखी गई है, जो अपना रुख़ थोड़ा आलोचनात्मक रखती हैं या फिर सरकारी नीतियों के बारे में असहज सवाल उठाती हैं। इस बीच शारीरिक हिंसा की वारदात भी बढ़ी हैं। गौरी लंकेश, जो अपने पिता द्वारा स्थापित कन्नड़ साप्ताहिक *लंकेश पत्रिके* सम्पादक थीं, उनकी 2017 में बेंगलुरु में गोली मारकर हत्या कर दी गई (गेटलमैन और कुमार 2017)। गौरी लंकेश राज्य में दक्षिणपंथियों की अपने विरोधियों के ख़िलाफ़ चलाए जा रहे हिंसा की मुखर आलोचक थीं। एक अन्य स्वतंत्र हिन्दी पत्रकार जो आदिवासियों के उत्पीड़न को लेकर छत्तीसगढ़ सरकार के आलोचक थे, को नक्सली समर्थक का टैग लगाकर पहले जेल में डाल दिया गया और फिर राज्य से बाहर निकाल दिया गया (स्क्रॉल.इन 2017)। पूर्वोत्तर के अख़बार की एक वरिष्ठ सम्पादक अपने कार्यालय पर फेंके गए पेट्रोल बम से मारे जाने से बाल-बाल बच गईं (सैकिया 2018)।

जबकि कुछ स्थानीय मीडिया ने अभिव्यक्ति की स्वतंत्रता के अपने अधिकार पर जोर दिया, कई मुख्यधारा के मीडिया आउटलेट्स ने सार्वजनिक रूप से स्व-सेंसरशिप की अवधारणा को उचित ठहराना शुरू कर दिया। कई हिन्दी दैनिक समाचार-पत्रों और चैनलों ने सरकार के प्रति शत्रुतापूर्ण या आलोचनात्मक समझी जाने वाली ख़बरें और आलेख हटा दिये। कॉरपोरेट भारत ने कॉरपोरेट अपराधों की रिपोर्टिंग में संयम बरतने के लिए मीडिया टीमों पर भी दबाव बनाया। जब एक शक्तिशाली मीडिया मालिक दम्पती अपने ही परिवार के एक सदस्य की हत्या के मामले में शामिल पाया गया तो मीडिया ने इस बात की सावधानी बरती कि उनके कई पूर्व कॉरपोरेट

सम्पर्कों में से किसी का भी नाम न लिया जाए। कई वरिष्ठ मीडियाकर्मियों और महिलाओं ने तो मीडिया के क्रूर व्यवहार के ख़िलाफ़ भी लिखा कि वो क्यों घिनौने तरीक़े से उनके पारिवारिक विवरण के साथ ये ख़बरें छाप रहा है? इसी तरह से कई बैंकों, बिजली और खनन कम्पनियों और रियल एस्टेट दिग्गजों से जुड़े कई बड़े घोटालों को मीडिया ने बेहद कम महत्त्व दिया।

आपराधिक न्याय प्रणाली और मीडिया

रिपोर्टर्स विदाउट बॉर्डर्स (2002, 2019) के अनुसार, प्रेस की आज़ादी के पैमाने पर भारत, जो 2002 में 139 देशों में से 80वें स्थान पर था, 2019 में 180 देशों में से 140वें स्थान पर गिर गया, जो हिंसा प्रवृत्त सूडान और अफ़ग़ानिस्तान जैसे देशों से भी नीचे है। 2020 में विश्व प्रेस स्वतंत्रता सूचकांक में यह रैंक और गिरकर 142 पर आ गया। 2022 में 180 देशों में से 150वें स्थान पर आकर भारत ने अपनी रैंकिंग में और भी भारी गिरावट दर्ज कर ली है (सम्पत 2022)। विशेष रूप से चिन्ता की बात यह है कि दलगत राजनीति से परे, स्वतंत्रता के बाद की सभी सरकारों ने राजद्रोह जैसे एक अत्यधिक सन्दिग्ध औपनिवेशिक युग के क़ानून का उपयोग कर स्वतंत्र मीडिया के ख़िलाफ़ निचली अदालतों में मामले डाले हैं, ताकि खोजी पत्रकारों को परेशान कर, उनमें एक डर पैदा कर, अभिव्यक्ति की स्वतंत्रता को दबाया जा सके। जैसा कि गांधी के जीवनी लेखक इतिहासकार रामचन्द्र गुहा हमें याद दिलाते हैं, जेल से रिहा होने के बाद, गांधी ने भारत के लोगों से उस क़ानून के ख़िलाफ़ आवाज बुलन्द करने का आह्वान किया था, जो उनके शब्दों में, 'नंगी तलवार द्वारा स्थापित किया गया था' और मनमाने शासक अपनी इच्छा से जब चाहें तब इसे हमारी गर्दन पर उतार सकते थे (गुहा 2019 में उद्धृत)।

भारतीय दंड संहिता की वही धारा, 124ए, जिसका इस्तेमाल अंग्रेज़ों ने 1922 में गांधी जी के ख़िलाफ़ किया था (अपने अख़बार, *यंग इंडिया* में औपनिवेशिक सरकार की आलोचना करने वाले लेखों के लिए) इसी धारा का इस्तेमाल लगभग एक सदी के बाद 2019 में बिहार में लगभग 50 विशेष सम्मानित कलाकारों और बुद्धिजीवियों के एक समूह के ख़िलाफ़ आपराधिक मामला दर्ज करने के लिए किया गया। आरोप यह है कि जुलाई 2019 में उनके द्वारा लिखा गया एक पत्र धारा 124ए (देशद्रोह), 153बी (राष्ट्रीय एकता के लिए हानिकारक दावा), 290 (सार्वजनिक

उपद्रव), 297 (धार्मिक भावनाओं को आहत करने के लिए अतिक्रमण), और 504 (जानबूझकर अपमान) (ibid.) का उल्लंघन था। मानहानि के मामले पहले दीवानी मामलों के रूप में दर्ज किये जाते थे, लेकिन अब इन्हें आपराधिक श्रेणी के तहत दर्ज करने का चलन हो गया है, जो अत्यन्त गम्भीर है और इसमें लम्बी और महँगी मुक़दमेबाज़ी चलती है।

हिन्दी मीडिया में जेंडर और महिलाएँ

वरिष्ठ पत्रकार सेवंती नैनन (2000 : ix) ने अम्मू जोसेफ की पुस्तक 'वीमेन इन जर्नलिज़्म : मेकिंग न्यूज़' की प्रस्तावना में लिखा है कि '20वीं सदी के अन्त में भारत की पत्रकारिता में महिलाएँ छोटे-छोटे क़दमों से आगे बढ़ रही हैं या छलाँग लगाकर आगे बढ़ रही हैं, यह इस पर निर्भर करता है कि वो कुछ थोड़ी सी महिलाओं का प्रतिनिधित्व कर रही हैं या एक बड़े समूह का। लेखिका अम्मू जोसेफ अपने समापन अध्याय में (2000 : 291, 302-03) इसे और दृढ़ता से आगे बढ़ाते हुए कहती हैं :

> पत्रकारिता में महिलाओं को एक ही रूढ़िवादी श्रेणी में नहीं रखा जा सकता है; प्रेस को स्त्रीत्वमय बनाने की इस प्रक्रिया में महिला पत्रकार बेहद महत्त्वपूर्ण कड़ी हैं, क्योंकि पुरुषों के वर्चस्व वाले मीडिया उत्पादों को किस साँचे में ढालना है, यह अक्सर वही तय कर देते हैं। उनका ज्ञान और विचार, उनके अवलोकन और विश्लेषण की शक्ति, उनकी मान्यताएँ और धारणाएँ, उनकी राय और पूर्वग्रह ग्रस्त मीडिया और उसके सन्देशों की प्रकृति और सामग्री को निर्धारित करती हैं।

छह अंग्रेज़ी और सात हिन्दी दैनिक समाचार-पत्रों के छह महीने (मार्च 2019 तक) के अध्ययन पर आधारित एक दिलचस्प रिपोर्ट, भारतीय मीडिया में लैंगिक असमानताएँ (संयुक्त राष्ट्र महिला और मीडिया रंबल की एक संयुक्त पहल) जुलाई 2019 में जारी की गई थी। गीतिका मंत्री (2019) द्वारा विस्तार से उद्धृत रिपोर्ट में कहा गया है कि मीडियाकर्मियों की संख्या और महिलाओं से सम्बन्धित समाचार कवरेज की मात्रा में एक स्पष्ट लिंग भेद दिखाई पड़ता है। पुरुषों की तुलना में बहुत कम ही महिलाओं को नेतृत्व प्रधान भूमिकाएँ (मुख्य सम्पादक, प्रबन्ध सम्पादक,

कार्यकारी सम्पादक, ब्यूरो प्रमुख, इनपुट/आउटपुट सम्पादक) सौंपी गईं। प्रिंट में इन पदों पर महिलाओं का प्रतिशत कुल जमा 13.6 था, जबकि टीवी समाचार चैनलों में यह थोड़ा ज़्यादा 20.9 प्रतिशत था। डिजिटल पोर्टलों में महिला नेतृत्व का प्रतिशत सबसे ज़्यादा 26.3 प्रतिशत था।

हिन्दी में सर्वेक्षण किये गए 6,806 लेखों में से केवल 11 प्रतिशत लेख महिलाओं ने लिखे थे। चार प्रमुख हिन्दी दैनिक समाचार-पत्रों में शीर्ष पर *अमर उजाला* (20 प्रतिशत) था; *हिन्दुस्तान* (7 प्रतिशत), और *राजस्थान पत्रिका* और *पंजाब केसरी* (5 प्रतिशत प्रत्येक)। रिपोर्ट में कहा गया है कि महिला पत्रकारों को ज़्यादातर संस्कृति और महिलाओं के मुद्दों जैसे 'सॉफ़्ट' विषयों पर लिखने का काम सौंपा गया था। महिला संवाददाता राजनीति, राष्ट्रीय सुरक्षा, रक्षा और खेल जैसी पारम्परिक 'कठिन' कवरेज से स्पष्ट रूप से अनुपस्थित थीं।

सभी दैनिक समाचार-पत्रों ने महिलाओं और लैंगिक मुद्दों से सम्बन्धित रिपोर्टों को अपने पहले पन्ने पर स्थान ज़रूर दिया लेकिन, इनमें से केवल 3 प्रतिशत मुख्य पृष्ठ समाचार महिलाओं के बारे में थे और उनमें से भी सिर्फ़ 50 प्रतिशत रिपोर्ट महिलाओं के द्वारा फ़ाइल किये गए थे। विडम्बना देखिए, लोकप्रिय हिन्दी पत्रिका *सरिता* (दिल्ली प्रेस ग्रुप द्वारा प्रकाशित) महिलाओं और महिला विचारों को बढ़ावा देने वाली पत्रिका होने का दावा तो करती है, लेकिन, इसमें भी प्रकाशित 84.7 प्रतिशत लेख पुरुषों द्वारा ही लिखे गए थे।

टीवी समाचारों ने महिलाओं को अधिक दृश्य सुलभ बनाया, क्योंकि ऐसा महसूस किया गया कि दर्शक युवा और सुन्दर चेहरों को एंकर के रूप में देखना पसन्द करते हैं। हालाँकि, जब पैनल चर्चाओं का विश्लेषण किया गया तो बलात्कार, महिला-किसानों और सीमान्त मज़दूरों से सम्बन्धित विषयों पर चर्चा करने वाले पैनलों में भी पुरुषों की ही प्रधानता दिखी। दो हिन्दी चैनलों, *एनडीटीवी इंडिया* और *इंडिया टीवी* पर किये गए सर्वेक्षण से पता चलता है कि इनके पैनल चर्चाओं में से 75 प्रतिशत पैनल में विभिन्न क्षेत्रों और पृष्ठभूमि के पुरुष शामिल थे, जबकि अपनी जेंडर का प्रतिनिधित्व करने वाली ज़्यादातर महिला पैनलिस्ट या तो वरिष्ठ नौकरशाह थीं, या फिर रक्षा और वित्तीय विशेषज्ञ या किसी प्रतिष्ठित थिंक टैंक से जुड़ी थीं।

डिजिटल समाचार मीडिया ने थोड़ा अधिक महिला-अनुकूल प्रोफ़ाइल प्रस्तुत किया। यहाँ अधिक महिलाओं ने 'हार्ड न्यूज़' कवर किया। उदाहरण के लिए

'द प्रिंट' में महिलाएँ कुल संख्या का 72.3 प्रतिशत थीं। कुछ अंग्रेज़ी भाषा की वेबसाइटों के न्यूज़ रूम में 50 प्रतिशत तक महिलाकर्मी थीं। लेकिन, हिन्दी के लोकप्रिय डिजिटल समाचार पोर्टलों में तस्वीर अलग दिखी। *न्यूज़लॉन्ड्री* (हिन्दी), *सुअन्या* और *सत्याग्रह* के न्यूज़ रूम में क्रमश: 88.6, 79.7 प्रतिशत और 78.1 प्रतिशत पुरुष थे। सर्वेक्षण किये गए 21,000 लेखों में से केवल 3.7 प्रतिशत सीधे तौर पर लैंगिक मुद्दों से सम्बन्धित थे।

दलित लेखक और हिन्दी मीडिया

महिला पत्रकारों के एक अनौपचारिक समूह, *नेटवर्क ऑफ़ वीमेन इन मीडिया, इंडिया* (एनडब्ल्यूएमआई) के 2016 के सम्मेलन में, दलित महिला पत्रकार, जया रानी (2016) ने एक तीखा सवाल उठाया। उन्होंने कहा कि मान लीजिए...हाँ, बस मान लीजिए कि कल एक ऐसा क़ानून बनाया जाता है जिसके तहत मीडिया के लिए हर दिन दलितों के ख़िलाफ़ हर अत्याचार की ख़बर को प्राथमिकता देना और प्रकाशित/प्रसारित करना अनिवार्य हो जाता है, और ऐसा न करने पर वे अपना लाइसेंस खो देंगे, तो क्या होगा? वे अति प्रसन्न हो जाएँगे, क्योंकि हर मिनट, कहीं न कहीं किसी दलित के साथ बलात्कार होता है, उसे प्रताड़ित किया जाता है या उसे दुर्व्यवहार का शिकार होना पड़ता है। उन्होंने कहा, "मुख्यधारा की मीडिया ग़रीबों के लिए नहीं है, उत्पीड़ितों के लिए नहीं है...और निश्चित रूप से दलितों के लिए तो है ही नहीं।" मेरे शब्द कठोर हैं, लेकिन तथ्य बताते हैं कि ये सत्य हैं।

ग़ैर-सरकारी संगठन (एनजीओ) *ऑक्सफैम इंडिया* और प्रमुख मीडिया—*वॉच वेबसाइट न्यूज़लॉन्ड्री* के एक अध्ययन का हवाला देते हुए, नित्या सुब्रमण्यम (2019) की रिपोर्ट है कि शीर्ष भारतीय प्रिंट मीडिया कम्पनियों में 121 प्रबन्धन पदों में से 106 पर उच्च जाति के लोग विराजमान हैं जबकि शेष 15 ऐसे पदों पर अन्य पिछड़ा वर्ग (ओबीसी) के लोग थे। वहाँ कोई दलित नहीं था। हिन्दी टीवी समाचार चैनलों के 40 एंकरों में से हर चार में से तीन ऊँची जाति के थे। प्राइम-टाइम चर्चाओं में भाग लेने वाले 70 प्रतिशत पैनलिस्ट भी ऊँची जातियों से थे।

मीडिया पर काम करने वाली एक वेबसाइट द हूट (एनजीओ, मीडिया फ़ाउंडेशन द्वारा शुरू की गई) ने मीडिया में दलित आवाज़ों पर 2013 में एक स्टडी करवाई।

इस अध्ययन पर अपनी रिपोर्ट में दिल्ली के वरिष्ठ पत्रकार अजाज अशरफ़ (2013) ने भारतीय मीडिया के न्यूज़ रूम में उच्च जातियों के प्रभुत्व की पुष्टि की। उन्होंने जिन 21 कामकाजी दलित पत्रकारों से सम्पर्क किया उनमें से 19 ने स्वीकार किया कि उन्हें जाति-आधारित अपमान या भेदभाव का सामना करना पड़ा है। हालाँकि, पिछले दो दशकों में मुख्यधारा की मीडिया में दलित पत्रकारों की संख्या बढ़ी है, लेकिन, ये संख्या भारत की कुल 15 प्रतिशत की दलित आबादी के अनुपात में कहीं नहीं ठहरती है।

एक और दिलचस्प तथ्य यह भी है कि हिन्दी पट्टी के दलित इस धारणा से सहमत नहीं हैं कि अगर उनके बच्चे हिन्दी-माध्यम के सरकारी स्कूलों में पढ़ें तो उनका जीवन आगे बढ़ सकता है। अपने लोकप्रिय हिन्दी ब्लॉग के शुरुआती दिनों में रवीश कुमार (पांडेय 2009 ए देखें) ने बताया कि दलित लेखक और विचारक, चन्द्रभान प्रसाद ने अंग्रेज़ी को भारत के दलितों के लिए ताले खोलने वाली बड़ी चाबी घोषित किया था। प्रसाद ने घोषणा की थी कि अब से इंग्लिश देवी का जन्मदिन लॉर्ड थॉमस मैकाले के जन्मदिन पर मनाया जाएगा। उन्होंने कहा था कि उस व्यक्ति की भूमिका और जिस वैश्विक भाषा, अंग्रेज़ी को उन्होंने पहली बार भारतीय स्कूल प्रणाली में पेश किया था, वो दोनों वंदनीय हैं।

विघटनकारी के रूप में शक्ति सम्पन्न तकनीक की नईदुनिया

2019 में चेन्नई स्थित एशियन कॉलेज ऑफ़ जर्नलिज़्म के वार्षिक दीक्षांत समारोह में ब्लूमबर्ग न्यूज़ के प्रधान सम्पादक, जॉन मिकलेथवेट (2019) ने प्रसाद के विश्वदृष्टिकोण का समर्थन किया था। उन्होंने बताया कि कैसे, गुटेनबर्ग के प्रेस से लेकर टिम बर्नर्स-ली के वर्ल्ड वाइड वेब तक, टेलीग्राम, रेडियो और टेलीविज़न जैसे नवाचारों के साथ, तकनीक ने धीरे-धीरे पत्रकारिता को नया आकार ही नहीं दिया बल्कि पूरी तरह से बदल दिया है, और ये बदलाव, बुरे के लिए नहीं है। कम्प्यूटर और इंटरनेट को चलाना सीख लेने के बाद, 2010 के दशक के अन्त में, हिन्दी पत्रकारिता एक बार फिर कृत्रिम बुद्धिमत्ता (एआई) और मशीन लर्निंग की दोहरी अवधारणाओं से जूझ रही है, जो उनके सिर पर मँडरा रही है।

अभी तक इनके बारे में जानकारी और प्रयुक्त होने वाली शब्दावली केवल अंग्रेज़ी में ही उपलब्ध है। लेकिन, यह स्पष्ट है कि आने वाले दशकों में मशीनें

आज के समाचार कक्षों और पारम्परिक कर्मचारी पदानुक्रमों की कार्यप्रणाली को कई मायनों में न सिर्फ़ गहराई से प्रभावित करेंगी बल्कि बदलकर रख देगी।

देखने वाली बात यह है कि पार्टनर प्लेटफ़ॉर्म जो ख़बरें हमें देते हैं, उसके लिए वे कितनी ज़िम्मेदारी लेते हैं। वे कितने पारदर्शी हैं? उनके एल्गोरिदम कैसे काम करते हैं? वे अपने प्लेटफ़ॉर्म पर जो अनुमति देते हैं उसका दुरुपयोग भी किया जा सकता है, जैसा कि 2019 के चुनावों (दासगुप्ता और गुहा ठाकुरता 2019; पीटीआई 2019ए) के दौरान हुआ था, तो इन्हें रोक सकने के लिए डिजिटल विज्ञापन पारिस्थितिकी में हमारे पास बेहद अल्प सुरक्षाएँ मौजूद हैं। यह विश्वास कि इंटरनेट स्वाभाविक रूप से अच्छा है, और यह कि विकल्प और सार्वभौमिक पहुँच हमेशा अच्छाई की ओर ले जाती है, ऐसे सिद्धान्त हैं जिनका हमारे लोकतंत्र में अभी तक पूरी तरह से परीक्षण नहीं किया गया है। कुछ समय के लिए हमें किसी प्रकार की विवर्तनिक सोच से बेहतर सेवा मिल सकती है। चूँकि लोकतंत्र और बड़े बाज़ार की हिस्सेदारी, दोनों को एक साथ तलाशने के परिणामस्वरूप एक दोष-रेखा फैल जाती है, इसीलिए हमारा ऐसा करने के साथ-साथ कई मोर्चों पर अलग-अलग तीव्रता के झटकों के लिए तैयार न रहना, मूर्खता होगी। इसके लिए हमें क़ानूनी व्यवस्था में वापस जाना होगा और प्रिंट लाइन में समाचारों के स्वामित्व की पुनर्परिभाषा की माँग करनी होगी। आज, सभी मीडिया संगठनों में, विज्ञापन दर के कार्ड बनाए जा रहे हैं, एजेंसियों से अनुरोध किया जा रहा है, और विभिन्न प्रकार के समूह-विज्ञापन पूरी तरह से उनके विपणन प्रबन्धकों द्वारा नियंत्रित किये जा रहे हैं। ऐसे में अख़बार में छपने वाले सन्दिग्ध विज्ञापनों के लिए अकेले सम्पादक को कैसे ज़िम्मेदार ठहराया जा सकता है!

जैसा कि हम सभी जानते हैं, अब विज्ञापन, सैप डमी (सिस्टम एप्लिकेशन, डेटा प्रोसेसिंग में उत्पाद; सैप डमी सामग्री का उपयोग सेवा के बिल के साथ बिक्री दस्तावेज़ आइटम बनाने के लिए किया जाता है) के माध्यम से प्रिंटिंग प्रेस में भेजा जाता है, और बिना बहुत कुछ किये, सम्पादकीय के लिए 'काम से छुट्टी का दिन'। किसी भी दिन के अख़बार को तैयार करते समय सभी सम्पादकीय सहयोगियों को पता होता है कि प्रत्येक पृष्ठ पर विज्ञापनों के लिए कितनी जगह चिह्नित की गई है। यह प्रक्रिया तब और भी जटिल बन जाती है जब बहु-संस्करणीय स्थानीय अख़बारों में, प्रत्येक ग्रामीण संस्करण के लिए अलग-अलग स्थानीय और राष्ट्रीय विज्ञापनों का अनुपात व्यवस्थित करने में इकाई प्रबन्धक साल भर व्यस्त

रहते हैं। उनकी पदोन्नति और वार्षिक बोनस उनके द्वारा जुटाए गए विज्ञापनों की मात्रा पर निर्भर करता है, और इससे कोई फ़र्क़ नहीं पड़ता कि वह स्ट्रिंगर्स और स्थानीय संवाददाताओं को अपने 'कनेक्शन' के माध्यम से विज्ञापन 'उगाहने' के लिए धमकाते हैं या अनुरोध करते हैं। इस स्थिति को देखते हुए, अब समय आ गया है कि मीडिया यह माँग करके ब्लीचर्स को मज़बूत करे कि विज्ञापन प्रबन्धक और क्षेत्रीय इकाई प्रबन्धक का नाम भी प्रत्येक क्षेत्रीय संस्करण के प्रिंट लाइन में स्थानीय सम्पादक और प्रकाशक के साथ शामिल किया जाए।

समाचार-पत्रों की कृत्रिम रूप से कम लागत और विक्रेताओं को दिये जाने वाले उच्च कमीशन के कारण विज्ञापन राजस्व की आवश्यकता बढ़ गई है। इस प्रकार बड़ी जेब वाले बड़े प्रकाशन गृहों को बाज़ार में लाभ होता है, और वे अक्सर हिन्दी पत्रों की क़ीमतें अपने अंग्रेज़ी अख़बारों की तुलना में अधिक रखते हैं। विज्ञापन-से-सम्पादन अनुपात और प्रायोजित आलेखों के छापे जाने को लेकर स्पष्ट दिशा-निर्देश इस असमानता को कम करने में मदद करेंगे।

नई सहस्राब्दी के अदृश्य स्ट्रिंगर

अधिकांश हिन्दी दैनिक समाचार-पत्रों के उपनगरीय संस्करण स्ट्रिंगरों और सुपर-स्ट्रिंगरों के समूह के भरोसे चलाए जाते हैं। ये लोग कोई मान्यता-प्राप्त पत्रकार नहीं होते और न ही इनमें से अधिकांश को कोई नियमित वेतन मिलता है, इन्हें भत्ते के रूप में मामूली रकम या किसी विशेष दैनिक के प्रतिनिधि के रूप में उनकी प्रामाणिकता साबित करने वाला एक पहचान-पत्र मिलता है। समाचार एकत्र करने वालों के रूप में उनका पारिश्रमिक अधिकतर हास्यास्पद है। कुछ सबसे बड़े हिन्दी समाचार-पत्र अपने आधुनिक केन्द्रों में काम करने वालों को महात्मा गांधी राष्ट्रीय ग्रामीण रोज़गार गारंटी अधिनियम (मनरेगा), 2005 के तहत मिलने वाली एक मज़दूर की दिहाड़ी से भी कम भुगतान करते हैं। लेकिन, विज्ञापन से मिलने वाले बोनस का प्रतिशत बेहद आकर्षक बना हुआ है, जो कई मामलों में सम्पादक के वेतन से भी अधिक हो जाता है। इस तरह के इनाम उपलब्ध होने के साथ-साथ भारत के छोटे शहरों में मीडिया आई-कार्ड के प्रभाव से मिलने वाले लाभ के कारण, कई युवा पुरुष और महिलाएँ ग़ैर-मान्यता-प्राप्त स्ट्रिंगर के रूप में भी काम करने को लालायित रहते हैं।

क्षेत्रीय समाचार रिपोर्टरों के लिए हिन्दी पट्टी में तेज़ी से समाचार एकत्र करना एक प्रमुख चिन्ता बन गई है। यह देखते हुए कि उनकी रिपोर्ट को मुख्य संस्करण में जोड़कर पेज तैयार करना होता है, अपनी रिपोर्ट को इलेक्ट्रॉनिक माध्यम से समय पर भेजना, ताकि इसे जाँचने के बाद समय पर प्रेस में भेजा जा सके, इसके लिए उन्हें कड़ी समय सीमा में काम करना होता है, ख़ासकर जब चुनाव चल रह हो या प्राकृतिक आपदाएँ, दुर्घटनाएँ घटित हुई हों। जहाँ तक काम के दौरान दुर्घटनाओं या किसी विवाद को लेकर व्यक्तिगत क़ानूनी या वित्तीय सुरक्षा की बात है, तो स्ट्रिंगरों के पास कोई सुरक्षा कवच नहीं है। अगस्त 2019 में देश के एक सबसे बड़े हिन्दी अख़बार के लिए काम करने वाले उत्तर प्रदेश के स्ट्रिंगर को दिनदहाड़े गोली मार दी गई (राय 2019)। यह समाचार अंग्रेज़ी और हिन्दी सहित अधिकांश दैनिक समाचार-पत्रों के पहले पन्ने की खबर बनी, लेकिन, विडम्बना देखिए, जिस अख़बार के लिए वो काम करता था, उस अख़बार ने पहले दिन इस सनसनीख़ेज़ हत्या की ख़बर नहीं छापी। इसलिए, स्ट्रिंगरों की भूमिका, भर्ती और रिटेनरशिप पैटर्न, सभी मीडिया घरानों के लिए कड़ी जाँच और स्पष्ट क़ानूनी दिशा-निर्देशों के योग्य हैं।

निष्कर्ष

हिन्दी मीडिया ने पुराने और नये मीडिया में उदारीकरण, अविनियमन, निजीकरण और अन्तरराष्ट्रीय निवेश की ताज़ा लहरों पर सवार होकर नई सदी में प्रवेश किया। इन कारकों की वजह से प्रमुख प्रकाशन गृहों के एकीकरण और विलय का दौर शुरू हुआ और वो जल्द ही मल्टी-मीडिया बन गए। हालाँकि, स्वामित्व पैटर्न अल्पाधिकारवादी बना रहा। अधिकांश प्रमुख प्रकाशकों ने अपनी सन्तानों को ही अपने व्यवसाय का उत्तराधिकारी बनाया, जिनमें से कई को अमेरिका के प्रतिष्ठित बिजनेस स्कूलों में भेजा गया था, और वे जब वहाँ से लौटे तो उन्होंने नये आइडिया के साथ बोर्डरूम को विस्तार और एक नया आकार दिया। पुरानी शैली के प्रबन्धकों ने बिजनेस स्कूल-प्रशिक्षित प्रबन्धकों के लिए रास्ता बनाया, जिनमें से अधिकांश के लिए हिन्दी एक उत्पाद से ज़्यादा मायने नहीं रखती थी, बल्कि हिन्दी ने जो बाज़ार खोले, वो उनके लिए अधिक महत्त्वपूर्ण था। उन्होंने हिन्दी सम्पादकीय को नई तकनीक से परिचित कराया और अपने सफल घरेलू प्रिंट दैनिक समाचार-पत्रों

के लिए ई-पेपर लॉन्च किये। सम्पादकों का अपना आभामंडल और अधिकार धीरे-धीरे खोने लगा। सम्पादक अब प्रबन्धकों को अधिक से अधिक रिपोर्ट करने लगे थे, जो स्वयं बोर्डरूम से अपने लिए आदेश लेते थे। बोर्डरूम में अब उद्यम पूँजीपति, तेल, सीमेंट या स्टील के दिग्गज, ऑटो निर्माता, कपड़ा दिग्गज और बैंकर शामिल थे। स्वामित्व पैटर्न के पुन: सामन्तीकरण के रथ पर सवार होकर नये कैडर प्रबन्धकों ने 'पेड न्यूज़' की परिपाटी शुरू की। प्रमुख समाचार-पत्रों ने विभिन्न कम्पनियों के साथ समझौते पर हस्ताक्षर किये, जिससे उन मुद्दों के लिए अधिक प्रमुखता सुनिश्चित हुई जिन्हें वे प्रदर्शित होते देखना चाहते थे। ये पूरे मीडिया जगत के सिस्टम का हिस्सा बनने की दिशा में पहला छोटा क़दम था। 60 करोड़ फ़ेसबुक उपयोगकर्ताओं और 40 करोड़ व्हाट्सएप के सक्रिय मासिक उपयोगकर्ताओं के साथ, भारत तेज़ी से वैश्विक मीडिया दिग्गजों के लिए नया गंतव्य बन चुका है। जैसे-जैसे मुख्यधारा का मीडिया अधिक से अधिक आज्ञाकारी होता गया, सम्पादकों को ज़्यादातर बिक्री प्रबन्धकों के रूप में देखा जाने लगा। मीडिया नकदी-समृद्ध तो हो गया, लेकिन, आलोचनात्मक मीडिया के ख़िलाफ़ केन्द्र में सत्तारूढ़ दल द्वारा प्रस्फुटित अपशब्दों की एक सतत धारा ने मीडिया की छवि को जनता की नज़र में आकर्षणविहीन और कमज़ोर कर दिया। सेंसरशिप और स्व-सेंसरशिप पहले से कहीं अधिक आम हो गई और कई खोजी पत्रकार जिन्होंने माफ़िया समूहों या भ्रष्ट पुलिसकर्मियों के ख़िलाफ़ खड़े होने का साहस किया, उन्हें 'मुठभेड़ों' में मार दिया गया या आपराधिक मानहानि के आरोपों के तहत घसीटा गया।

इस अवधि में महिला पत्रकारों की संख्या में वृद्धि देखी गई, लेकिन हिन्दी मीडिया अभी भी काफ़ी हद तक पुरुष प्रधान बना हुआ है। ग़रीबी, महिलाओं के ख़िलाफ़ बढ़ रहे अपराध और महिलाओं से सम्बन्धित दूसरे मुद्दों के गम्भीर विश्लेषण और कवरेज में थोड़ी वृद्धि ज़रूर हुई है लेकिन, महिला श्रमिकों के दृष्टिकोण से असंगठित क्षेत्र या खेती से सम्बन्धित बड़े मुद्दों का कवरेज बड़ा ही मायावी रहा है। दलितों के साथ भी लगभग यही व्यवहार सामने आया। हिन्दी मीडिया में उनकी भागीदारी महिलाओं से भी ज़्यादा ख़राब है। लेकिन, मीडिया में कई आक्रामक और मुखर कार्यकर्ता-लेखकों के उदय को देखते हुए, उनके जीवन और आजीविका से सम्बन्धित मुद्दों को अब अधिक सावधानी से लिखा जा रहा है।

हिन्दी मीडिया को अब अपनी सम्पादकीय प्राथमिकताओं में सन्तुलन की ज़रूरत है। इसे अधिक राहत और पेशेवर स्वतंत्रता प्रदान करने के लिए क़ानूनी सुधारों की आवश्यकता है, ख़ासकर फ़ील्ड पत्रकारों के लिए, जो नियमित रूप से जीवन के ख़तरों और हमलों का सामना करते हैं। इसके साथ ही प्रबन्धकीय जवाबदेही और क्रॉस-मीडिया स्वामित्व से सम्बन्धित क़ानूनों को सावधानीपूर्वक संशोधित करने और बलपूर्वक लागू करने की आवश्यकता है, ताकि बड़ी मछलियों को और बड़ा होने से रोका जा सके और मेगा दैनिक समाचार-पत्रों और उनके डिजिटल पोर्टलों के स्थानीय संस्करण, क्षेत्रीय मीडिया की आवाज़ को दबा नहीं सकें।

5

मेरे समाचार की दशा और दिशा किसने बदली? डिजिटल मीडिया और विस्तारवाद

साल 2014 और 2019 के बीच भारतीय मीडिया उद्योग का ज़बरदस्त तरीक़े से विस्तार हुआ। इस दौरान पंजीकृत समाचार-पत्रों की संख्या लगभग एक लाख थी। इसके अलावा लगभग 400 समाचार चैनल भी थे, जिनमें से 150 नये चैनल सरकारी मंजूरी का इन्तज़ार कर रहे थे। भारतीय पाठक सर्वेक्षण 2017 (320,000 के नमूना आकार के साथ) के अनुसार 2014 के बाद से हिन्दी प्रिंट में 45 प्रतिशत की वृद्धि दर्ज की गई है, जो लगभग 17 करोड़ 60 लाख पाठकों में तब्दील होती है। 2014 के सर्वेक्षण में पाठकों की संख्या 12 करोड़ 10 लाख (MRUC 2017) आँकी गई थी।

हिन्दी में भी इंटरनेट का उपयोग लगातार बढ़ रहा है। केपीएमजी और गूगल (2017) द्वारा संयुक्त रूप से किये गए एक अध्ययन में बताया गया है कि 2011 से 2016 के बीच हिन्दी में इंटरनेट इस्तेमाल करने वालों की संख्या में 41 प्रतिशत की वृद्धि हुई। अध्ययन में अनुमान लगाया गया है कि 2021 तक, भारत में, कुल इंटरनेट उपयोगकर्ताओं में से 75 प्रतिशत भागीदारी उन लोगों की होगी जो इंटरनेट-सक्षम उपकरणों और सेवाओं (स्मार्टफ़ोन, हाई-स्पीड इंटरनेट की उपलब्धता, डिजिटल समाचार और सोशल मीडिया प्लेटफ़ॉर्म) का इस्तेमाल स्थानीय भाषा में कर रहे होंगे। इनमें से हिन्दी भाषा के इंटरनेट उपयोगकर्ता, कुल उपयोगकर्ता आधार का 38 प्रतिशत होंगे। मीडिया रिसर्च यूज़र्स काउंसिल (एमआरयूसी) और नीलसन की अप्रैल 2019 की रिपोर्ट में हिन्दी प्रिंट मीडिया उपभोक्ताओं की संख्या 42 करोड़ 50 लाख बताई गई है, जो पहले 40 लाख

70 लाख थी। बिक्री में नम्बर-वन हिन्दी अख़बार *दैनिक जागरण* के सीईओ संजय गुप्ता के शब्दों में, इन आँकड़ों ने 'प्रिंट की शक्ति को एक बार फिर स्थापित किया है'। (अमीन 2018 में उद्धृत)।

बेहद सफल जागरण समूह के अलावा, बाक़ी हिन्दी मीडिया ने भी नियमित रूप से सौदे और विलय में हाथ आजमाइश किया, जिसके परिणामस्वरूप बहुस्तरीय जटिल वित्तीय समझौते और बिक्रियाँ हुईं। इन सबका हिन्दी मीडिया परिदृश्य पर गहरा प्रभाव पड़ा है, और इसमें काफ़ी बदलाव आया है। रिपोर्टर्स विदाउट बॉर्डर्स और डेटालीड्स (2019ए) द्वारा तैयार मीडिया ऑनरशिप मॉनिटर की मई 2019 की रिपोर्ट के अनुसार, क्रॉस-मीडिया स्वामित्व लगातार बढ़ा है। *टाइम्स ग्रुप* (अंग्रेज़ी में *टाइम्स ऑफ़ इंडिया* और हिन्दी में *नवभारत टाइम्स* का प्रकाशक) के पास 14 समाचार चैनल, एक संगीत चैनल और चार फिल्मों के चैनल हैं। इसके अलावा *टाइम्स ग्रुप* के पास 15 समाचार-पत्रों, एक ऑनलाइन छतरी (अम्ब्रेला) इकाई (*इंडिया टाइम्स*), एक एफएम रेडियो चैनल और पाँच इंटरनेट प्लेटफ़ॉर्म हैं।

टीवी टुडे समूह (जो अंग्रेज़ी और हिन्दी दोनों में सबसे ज़्यादा बिकने वाली समाचार साप्ताहिक *इंडिया टुडे* प्रकाशित करता है) के पास तीन मीडिया चैनल भी हैं, जिनमें से दो हिन्दी में हैं। हिन्दी टीवी समाचार परिदृश्य में सबसे शुरुआती आगंतुकों में से एक *ज़ी ग्रुप* के पास 14 समाचार चैनल, एक अंग्रेज़ी समाचार-पत्र, एक वेबसाइट और 15 डिजिटल प्लेटफ़ॉर्म्स हैं।

हिन्दी डिजिटलीकरण का संक्षिप्त इतिहास

1995 में विदेश संचार निगम लिमिटेड (वीएसएनएल) ने औपचारिक रूप से भारत में उपयोग के लिए इंटरनेट का उद्घाटन किया। अब भारत की जनता ने इंटरनेट सेवाओं के इस्तेमाल की एक-चौथाई सदी पूरी कर ली है। इंटरनेट की शुरुआत 1986 में शैक्षिक और अनुसन्धान उपयोग के लिए एक टूल के रूप में हुई थी। दो साल बाद राष्ट्रीय सूचना विज्ञान केन्द्र (एनआईसी) ने भारत सरकार में अन्तर-मंत्रालयी कामकाज में सुधार के लिए एनआईसीएनईटी (एनआईसी नेटवर्क) लॉन्च किया। संयुक्त राष्ट्र विकास कार्यक्रम (यूएनडीपी) और इलेक्ट्रॉनिक्स विभाग के बीच एक सहयोगी उद्यम, शिक्षा और अनुसन्धान नेटवर्क (ईआरनेट), लॉन्च किया

गया, जो यूएनडीपी द्वारा ही वित्त पोषित था। सरकार द्वारा ब्रॉडबैंड नीति पेश किये जाने के बाद चीज़ें तेज़ी से बदलीं और 3जी स्पेक्ट्रम की नीलामी के बाद कई प्रमुख खिलाड़ी बाज़ार में उतरे।

2014 के बाद से सरकार ने स्थानीय भाषाओं के अनुरूप डिजिटलीकरण के लिए एक बड़ा प्रयास करने का वादा किया है। लेकिन, स्थानीय भाषा में लोग डिजिटलीकरण का लाभ ले सकें, इसके लिए ज़रूरी है कि सरकार पहले दूसरी बुनियादी चीज़ों पर ध्यान दे, जैसे—मुफ़्त में वितरित किये जाने वाले सस्ते लैपटॉप और स्मार्टफ़ोन के लिए बेहतर और स्थानीय भाषा-अनुकूल की-बोर्ड तैयार किया जाना। उदाहरण के लिए भारतीय रेलवे की बेहद आधुनिक टिकटिंग प्रणाली, आईआरसीटीसी, दुनिया की सबसे बड़ी ई-कॉमर्स कम्पनियों में से एक है, लेकिन छोटे शहरों और ग्रामीण ग्राहकों के लिए, हिन्दी या दूसरी स्थानीय भाषाओं का उपयोग करके टिकट बुक करना बहुत मुश्किल है। ग्रामीण हिन्दी उपयोगकर्ताओं के लिए बैंकिंग सुविधाओं का लाभ लेना भी कठिन है।

वैश्विक प्रौद्योगिकी दिग्गजों द्वारा स्थानीय भाषानुकूल इंटरनेट नवाचार का नेतृत्व

यह वास्तव में विडम्बनापूर्ण है कि उन्नीसवीं सदी की शुरुआत में फ़ोर्ट विलियम कॉलेज के कर्मचारियों की तरह, यह भारतीय नहीं बल्कि विदेशी कम्पनियाँ थीं, जिन्होंने सबसे पहले सार्वजनिक क्षेत्र बनाने और सोशल मीडिया के माध्यम से बाज़ार में प्रवेश करने के लिए हिन्दी की विशाल अप्रयुक्त क्षमता को देखा और समझा था। वे अब डिजिटल हिन्दी के उपयोगकर्ताओं को आकर्षित करने के लिए इंटरनेट तकनीक और आवश्यक फ़ॉन्ट को औपचारिक बनाने में जुटे हैं। सरकार ने ई-कॉमर्स को बढ़ावा देने में उत्सुकता दिखाई है। लेकिन गूगल और फ़ेसबुक ने ही अब तक ज़मीनी स्तर पर बेहतर काम किया है। चूँकि अंग्रेज़ी भारत में इंटरनेट के कुल उपयोगकर्ताओं में से केवल 11 प्रतिशत को कवर करती है, इसलिए वे अपनी ऑडियो टाइपिंग सुविधाओं की खोज और सुधार करने में व्यस्त हैं। और यदि वे सफल होते हैं, तो यह हिन्दी समेत भारतीय भाषाओं के लिए अन्तिम मील की बाधा को पार कर जाएगा और उन्हें डिजिटल दुनिया में लाएगा।

विश्वबैंक ने नई सूचना प्रौद्योगिकी (आईटी) को तीन व्यापक शब्दों में परिभाषित किया है : हार्डवेयर, सॉफ़्टवेयर, नेटवर्क (पांडेय 2016 : 221 देखें)। हिन्दी मीडिया का काम, जितनी जल्दी हो सके, यह सीखना है कि उसके सामने आने वाली विभिन्न वस्तुओं, अनुप्रयोगों और सेवाओं को कैसे सँभालना है।

न्यू मीडिया के लिए फ़ॉन्ट निर्माण

अंग्रेज़ी और अन्य भारतीय भाषाओं के लिए फ़ॉन्ट के निर्माण में निरन्तर गहरी असमानता शुरुआती दिनों से ही यहाँ के प्रकाशन परिदृश्य की विशेषता रही है। 1834 में जब निर्णय सागर प्रेस ने पहली बार संस्कृत ग्रंथों को प्रकाशित करना शुरू किया, तो उन्हें अपनी स्वयं की फ़ाउंड्री स्थापित करनी पड़ी और अपने गुजराती और हिन्दी दोनों के अक्षरों के लिए हस्तलेखन का उपयोग करना पड़ा। ग्राफ़िक्स में स्क्रिप्ट का वास्तविक स्वदेशीकरण और डिज़ाइन उद्योग 150 साल बाद, इक्कीसवीं सदी में आया है। आईटी कम्पनियों ने सदी के पहले दो दशकों में ही स्थानीयकरण के महत्त्व को समझा और अपनी सारी ऊर्जा और ध्यान इसी पर केन्द्रित करना शुरू कर दिया था। शुरुआती सफलताएँ भारत में कुछ प्रतिष्ठित संस्थानों भारतीय प्रौद्योगिकी संस्थान (आईआईटी) को विशेष रूप से सौंपे गए कार्यों से मिलीं। प्रारम्भिक परिणामों के लिए प्राप्तकर्ता को ऐसे प्लेटफ़ॉर्म की आवश्यकता थी जिसके साथ डेटा या फ़ॉन्ट का तालमेल बैठ सके। उदाहरण के लिए 2001 में माइक्रोसॉफ़्ट विंडोज़ ने पहली बार नागरी लिपि के लिए अपनी बहुप्रयुक्त फ़ॉन्ट मंगल को पेश किया। आईआईटी बॉम्बे में सुलेख के प्रोफ़ेसर और डिज़ाइनर, आर. के. जोशी ने इसे विशेष रूप से शैक्षिक उद्देश्यों के लिए अपने स्वयं के सिस्टम के लिए डिज़ाइन किया था। ब्रिटेन के टिरो टाइपवर्क्स ने 2004 तक वोडाफ़ोन के लिए अनुकूलित हिन्दी फ़ॉन्ट विकसित कर लिये थे। एक और हिन्दी टाइपफेस, फेडरा , 2009 में लॉन्च किया गया था। भारतीय लिपियों के लिए पहला ओपन-सोर्स फ़ॉन्ट, मुक्ता, 2014 में विकसित किया गया। इसका हिन्दी (देवनागरी लिपि), गुजराती, गुरुमुखी, बंगला और तमिल लिपि से भी तालमेल था। अधिकांश फ़ॉन्ट डिज़ाइनर उन प्रमुख कम्पनियों के लिए काम करना पसन्द करते हैं जो उन्हें बड़ी कमीशन वाली परियोजनाओं के लिए अनुबन्धित करते हैं।

द होली ग्रेल : हिन्दी का यूनिकोड मानक

हिन्दी के मानकीकरण की आवश्यकता पड़ने के दो शताब्दियों के बाद फ़ोर्ट विलियम कॉलेज (1805 में) के भाखा मुंशियों के सामने जैसी अकल्पनीय चुनौतियाँ पैदा हुई थीं, कमोबेश, वैसी ही नई चुनौतियों से पश्चिम के तकनीकी दिग्गजों गूगल, फ़ेसबुक और एमेज़ॉन को सामना करना पड़ा, जो इक्कीसवीं सदी की वैश्विक अर्थव्यवस्था और इससे खुले विशाल हिन्दी बाज़ारों ने उत्पन्न की थीं। विशाल हिन्दी बाज़ार की अप्रयुक्त सामाजिक-आर्थिक और राजनीतिक क्षमता ने तत्काल उच्च गुणवत्ता, बहु-स्क्रिप्ट इंडिक फ़ॉन्ट के आविष्कार की आवश्यकता महसूस कराई।

अन्ततः यूनिकोड कंसोर्शियम, जिसका भारत भी एक सदस्य है, अब लोकप्रिय यूनिकोड मानक लेकर आया। यूनिकोड एक कॉपीराइट मानकीकरण है जिसके अनुसार यूनिकोड फ़ॉन्ट बनाए जाते हैं। यह देवनागरी लिपि के लिए तीन ब्लॉकों को परिभाषित करता है जिनका उपयोग हिन्दी, मराठी, नेपाली, सिंधी और संस्कृत के अलावा अन्य इंडिक लिपियों के लिए भी किया जा सकता है। ब्राह्मी लिपि के साथ इंडिक भाषाओं के लिए यूनिकोड मानक वर्ण-कोड को एक बहुभाषी एन्कोडिंग प्रणाली के रूप में डिज़ाइन किया गया है, जिसके लिए स्क्रिप्ट के बीच स्विचिंग की आवश्यकता नहीं होती है। आज, विभिन्न तकनीकी कम्पनियाँ अपने स्वयं के फ़ॉन्ट या माँग के अनुसार डिज़ाइन करने के लिए यूनिकोड ख़रीदती हैं। कई विक्रेता आज अपने उत्पाद मुफ़्त डाउनलोडिंग के लिए पेश करते हैं।

यूनिकोड के आने से पहले, ज़्यादातर हिन्दी टंकक और पत्रकार रेमिंगटन टाइपराइटर वाले पुराने की-बोर्ड का उपयोग करते थे, जिसका की-बोर्ड एक दृश्य क्रम का पालन करता था। उन्होंने कंप्यूटर की-बोर्ड पर नये ध्वन्यात्मक क्रम के उपयोग का विरोध किया। लेकिन, पत्रकारिता में आने वाले युवा लोगों ने जल्दी ही इस की-बोर्ड को सीख लिया और कुशलता से उनका उपयोग करने लगे। इंडिक लिपियों में सम्पादन और शब्द प्रसंस्करण, रोमन लिपि वाली भाषाओं की तुलना में अधिक जटिल है। हिन्दी के लिए एक श्रेष्ठ यूनिकोड फ़ॉन्ट विकसित करने के लिए अभी भी बहुत कुछ किया जाना बाकी है। स्मार्टफ़ोन की बात करें तो अभी भी एंड्रॉइड की तुलना में आईफ़ोन पर हिन्दी में टाइप करना आसान है। स्वचालित अनुवाद सुविधा बहुत ख़राब बनी हुई है। संयुक्ताक्षरों, मात्राओं और बिन्दु को हिन्दी में पुनः पेश करने की महत्त्वपूर्ण आवश्यकता है, और इसके लिए हिन्दी में उपलब्ध

ऑडियो सुविधायुक्त टाइपिंग अभी भी अपर्याप्त है। हिन्दी के लिए ऐपल की-बोर्ड निश्चित रूप से अधिक सुविधाजनक है, लेकिन अधिक महँगे होने की वजह से यह स्थानीय भाषाओं के उपयोगकर्ताओं से दूर बना हुआ है।

'यह हिन्दी का यूरेका काल है' : निधीश त्यागी से मिलें

डिजिटलीकृत हिन्दी के रूप में नये मीडिया के उत्तरोत्तर परिवर्तन और इसके क्रमिक विकास पर निधीश त्यागी के साथ बातचीत करना रोचक है। ब्रिटेन के मैनचेस्टर विश्वविद्यालय में शेवनिंग फ़ेलो के तौर पर पत्रकारिता का अध्ययन करने वाले त्यागी ने अपने तीन दशकों के शानदार करियर में बीबीसी वर्ल्ड के साथ उनकी हिन्दी सेवा के प्रमुख के रूप में काम किया। उससे पहले और बाद में उन्होंने दिल्ली, मुम्बई, पुणे, चंडीगढ़, अहमदाबाद, बड़ौदा, भोपाल, नागपुर और रायपुर में हिन्दी के डिजिटल, प्रिंट, टीवी और रेडियो स्टेशनों में प्रमुख भूमिका निभाई। वह वर्तमान में नेटवर्क 18 डिजिटल में भाषा अनुभाग के प्रमुख हैं और 11 भाषाओं में 250 डिजिटल पत्रकारों की विशाल टीम के साथ काम करते हैं। वह भारतीय विश्वविद्यालयों के लिए मीडिया पाठ्यक्रम डिज़ाइन करने वाले कई सलाहकार समूहों से भी जुड़े हुए हैं।

निधीश त्यागी (जुलाई 2019 में साक्षात्कार) के अनुसार, इंटरनेट की दुनिया में हिन्दी का प्रवेश हिन्दी मीडिया के उन पत्रकारों के लिए एक प्रकार का 'यूरेका-क्षण' था, जो पारम्परिक हिन्दी अख़बारों में ख़ुद को अनुपयोगी महसूस करते थे और किसी नये प्लेटफ़ॉर्म की तलाश में थे। लेकिन, मुख्यधारा के पत्रकारों ने आम तौर पर डिजिटल समाचारों के लिए उज्ज्वल भविष्य नहीं देखा। समाचार कक्षों पर उन्हीं लोगों का जलवा कायम होता जो लोग क्राइम बीट और राजनीति पर रिपोर्टिंग करते थे, या डेस्क पर समाचारों का प्रबन्धन करते और अगले दिन के अख़बार को अन्तिम रूप देने की ज़िम्मेदारी का निर्वहन करते। उनका मानना था कि ऑनलाइन मीडिया का काम उन्हें अपना जलवा प्रदर्शित करने और समाचार कक्षों में एक कृत्रिम माहौल बनाने की अनुमति नहीं देता। कई लोग जो परम्परागत मीडिया (प्रिंट और टीवी समाचार) से बाहर चले गए थे, वे जल्द ही निराश हो गए और उन्होंने वापस लौटने का फ़ैसला किया। वेब दुनिया (माइक्रोसॉफ़्ट जैसी मेगा कंपनियों के तकनीकी सहयोग के साथ) या *बीबीसी हिन्दी* ऑनलाइन जैसे कई उल्लेखनीय

शुरुआती प्रयोग बहुत धीरे-धीरे प्रगति कर रहे थे क्योंकि हिन्दी की-बोर्ड पर टाइप करना और फिर उसे पाठकों के लिए पठन योग्य बनाना मुश्किल काम बना रहा। तकनीकी लोगों का बर्चस्व बना रहा और इंटरनेट भी धीमा था। मामूली तकनीकी गड़बड़ी की वजह से भी वेबसाइटें क्रैश हो जाती थीं। इन सबके लिए असीम धैर्य और समय की आवश्यकता होती है, जिसकी समाचार कक्षों में हमेशा कमी रही है। निधीश त्यागी ने *दैनिक भास्कर समूह* (डीबी कॉर्प) के साथ अपनी डिजिटल पारी शुरू की, जहाँ, उनके प्रतिष्ठित *दैनिक भास्कर* के हिन्दी और गुजराती संस्करणों में कुछ समय तक काम करने के बाद वह समूह के पहले मल्टीमीडिया सम्पादक बन गए। उस समय डीबी कॉर्प ने एक डिजिटल कम्पनी ख़रीदी थी, और त्यागी, प्रिंट और डिजिटल अनुभागों के बीच एक सेतु बन गए।

उनका कहना है कि लगभग सात महीने वहाँ काम करने के बाद उन्हें असन्तोष महसूस होने लगा, क्योंकि नया काम उन्हें करियर के विकास में आगे बढ़ाता नहीं प्रतीत हो रहा था। फिर, त्यागी ने नौकरी छोड़ दी और एक अंग्रेज़ी दैनिक, *द मिरर* शुरू करने के लिए पुणे चले गए। वहाँ से वह चंडीगढ़ के *द ट्रिब्यून* में चले गए। अब तक, अधिकांश प्रमुख हिन्दी दैनिक जैसे *दैनिक जागरण, अमर उजाला* और *दैनिक भास्कर,* और *आज तक* (*इंडिया टुडे ग्रुप*) और *एनडीटीवी* (हिन्दी) जैसे प्रमुख टीवी समाचार चैनलों ने अपने डिजिटल संस्करण लॉन्च कर दिए थे। लेकिन, डिजिटल मीडिया सिस्टम के भीतर, प्रिंट की तरह गम्भीरता का अभाव था। इसका एक कारण यह था कि डिजिटल पेपर और प्लेटफ़ॉर्म मुश्किल से ही अपने नाम पर राजस्व जुटा पाते थे। दूसरा कारण यह था कि अधिकांश प्रधान सम्पादक परम्परागत प्रिंट मीडिया के साथ विकसित हुए थे और इसलिए उन्होंने अपना ध्यान अपने प्रिंट दैनिक समाचार-पत्रों पर केन्द्रित करना जारी रखा। उनमें से कई ने अवांछित स्टाफ़ सदस्यों को अपने डिजिटल संस्करणों और पोर्टलों में स्थानांतरित कर दिया, जहाँ वे ज़्यादातर कुली के रूप में काम करते थे : प्रिंट संस्करणों से समाचार ले जाना और इसे पोर्टल पर अपलोड करना। बजट छोटा था और डिजिटल सम्पादक चाहकर भी अपनी वेबसाइटों के लिए अलग तरह का नया लेखन नहीं करा सकते थे। वो जो अधिक से अधिक कर सकते थे, वह था अपनी साइट को आकर्षक स्वरूप देना और ट्रैफ़िक आकर्षित करने के लिए चलताऊ हेडलाइंस लगाना जैसे अख़बार बेचने के लिए हॉकर बाज़ार में आवाज़ लगाते हैं। जिस भाषा का प्रयोग किया गया वह अधिकतर अकल्पनीय थी और उसका उद्देश्य पाठकों को केवल

आक्रषित करना था, न कि दिमाग़ को सोचने और विमर्श के लिए उकसाना। हिन्दी की सांस्कृतिक समृद्धि इस डिजिटल दुनिया में तब तक अज्ञात रही, जब तक कि कुछ उत्कृष्ट ब्लॉग सामने नहीं आने लगे।

प्रारम्भ में, हिन्दी प्रिंट के केवल अति उत्साही जोखिम लेने वाले लोगों ने ही डिजिटल की ओर क़दम बढ़ाए, या फिर यहाँ ऐसे लोग भेजे गये जिन्हें सम्पादक मेनस्ट्रीम प्रिंट से हटाकर सज़ा देना चाहते थे। हालाँकि, जैसे-जैसे नव-साक्षरों का जुड़ाव वेबसाइटों पर बढ़ता गया, और हिन्दी सोशल मीडिया ने दोतरफ़ा संचार के लिए एक बड़ा नया सार्वजनिक क्षेत्र तैयार कर किया, अधिक पेशेवराना लोग हिन्दी में आए, और इसके साथ ही हिन्दी प्रिंट, इसके ई-पेपर और डिजिटल प्लेटफ़ॉर्म के बीच संवाद रूपी तालमेल शुरू हुआ और डिजिटल प्लेटफ़ॉर्म में आमूलचूल परिवर्तन आया। आज, बहुत बार, महत्त्वपूर्ण समाचार पहले ई-पेपर में आते हैं, जिन्हें 24/7 संशोधित किया जाता है, और बाद में प्रिंट में। इंटरनेट के साथ काम करने वाले लोग वैश्विक स्तर पर ख़ुद को अधिक सुरक्षित और जुड़ा हुआ महसूस करते हैं, और वे हैं भी। प्रिंट और टीवी समाचारों के विपरीत, जहाँ कर्मचारियों के लिए पिरामिडीय पदानुक्रम होता है, डिजिटल प्लेटफ़ॉर्म में, दिन का एजेंडा कुछ ऊपर के सम्पादकीय द्वारा तय नहीं किया जाता है, बल्कि, समाचार प्रवाह ख़ुद ही यह तय कर देते हैं कि किस ख़बर को कहाँ और कितना स्थान मिलना चाहिए? डिजिटल टीमों की संरचना लम्बवत नहीं बल्कि क्षैतिज है जहाँ हर पत्रकार समय, स्थान, सामग्री को देखते हुए समाचारों को तय करने के लिए अधिकार प्रदत्त है, क्योंकि उसके पास विभिन्न समाचार स्रोतों तक अधिक पहुँच है।

शुरुआत में हिन्दी डिजिटल मीडिया की ओर पाठकों का जो बड़ा ट्रैफ़िक आना शुरू हुआ, उनमें हिन्दी क्षेत्र के छोटे शहरों के लोग, या फिर मुम्बई, चेन्नई, हैदराबाद और बेंगलुरु में नये उभरे आईटी केन्द्रों में काम करने वाले हिन्दी भाषी प्रवासी शामिल थे। उनमें से अधिकांश निचले स्तर पर ऐसी जगह काम करते थे, जिन नौकरियों की कोई पहचान नहीं थी, और वो इतने ग़रीब थे कि उनके पास अपना लैपटॉप भी नहीं था। इस नई तरह की उत्साहवर्धक ख़बरों को पाने के लिए वे ज़्यादातर अपने कार्यालय के कंप्यूटरों का उपयोग करते थे। उन्हें वह मुफ़्त समाचार पसन्द था जो वे एक बटन दबाकर पढ़ सकते थे और भाषा की गुणवत्ता या समाचार और सूचना की सत्यता में उनकी विशेष रुचि नहीं थी। हालाँकि, प्रकाशन गृहों के भीतर आईटी विभाग डिजिटल पाठकों की अचानक हो रही वृद्धि

से अत्यधिक प्रसन्न था। जल्द ही, डिजिटल जगत में हिन्दी की सफलता इसके कॉन्टेंट की गुणवत्ता, उसे पेश करने के तरीक़े और स्ट्रीम करने की क्षमता या इसके नये, आकर्षक प्रारूप से नहीं, बल्कि इस बात से मापी जाने लगी कि किसी साइट पर कितने 'क्लिक्स' आते हैं। क्लिक्स की संख्या जितनी ज़्यादा होगी, प्लेटफ़ॉर्म को उतने ही ज़्यादा विज्ञापन मिलेंगे। विपणन प्रबन्धक जल्द ही सम्पादकीय कर्मचारियों को 'पाठक प्राप्ति लक्ष्य' देने लगे। उनकी क्षमताओं की व्याख्या अब एक्सेल शीट के आँकड़े कर रहे थे। उन्हें महीने के अन्त तक ट्रैफ़िक में बढ़ोतरी दिखानी ही थी, वरना छुट्टी!

हिन्दी मीडिया का संक्रामक मूर्खतापूर्ण पतन

डिजिटल प्लेटफ़ॉर्म का उपयोग करने वाले कुछ स्मार्ट युवाओं ने उच्च वृद्धि दर्ज करने के लिए कुछ शातिराना तरीक़े अपनाएँ और ये था अपने समाचारों का टेबलॉइडीकरण करना। यह एक मिला-जुला आशीर्वाद साबित हुआ। समाचारों के साथ-साथ काले जादू, अन्धविश्वास और सेक्स, बॉलीवुड घोटालों और भद्दे वीडियो पर चौंकाने वाली कहानियों ने पाठकों की संख्या बढ़ाकर शुरुआती सफलता तो दिलवा दी, लेकिन, कालान्तर में इसने समूचे हिन्दी मीडिया को बड़ा नुक़सान पहुँचाया, क्योंकि प्रिंट और टीवी समाचारों ने भी सफलता के इसी फ़ॉर्मूले को दोहराना शुरू कर दिया।

इस बिन्दु पर, प्रबन्धकों ने प्रिंट के ब्यूरो को एक ऐसे निरर्थक संसाधन के रूप में देखना शुरू किया जहाँ सिर्फ़ पैसे की बर्बादी हो रही थी। इसलिए सम्पादकीय टीमों को छोटा किया जाने लगा। प्रिंट के भीतर कटौती ने समग्र बजट को तो कम कर दिया, लेकिन साथ ही गम्भीर, अच्छी तरह से रिसर्च की हुई रिपोर्टिंग और सम्पादकीय विश्लेषण के लिए जगह भी कम हो गई। दिलचस्प बात यह है कि जब हेडलाइन और रिपोर्टिंग का लहजा सनसनीख़ेज़ हो गया, तब भी कई मुख्य सम्पादकों ने डिजिटल हिन्दी प्लेटफ़ॉर्म को सँभालने में न ही अपनी रूचि दिखाई और न ही नये मीडिया के हिसाब से अपने कौशल को उन्नत किया। वे अपने ई-संस्करणों को मुख्य अख़बार के डाउन मार्केट संस्करणों के रूप में मानते रहे, और उनकी न्यूज़ स्टोरी का, अगर कभी उपयोग किया भी तो, साप्ताहिक पुल-आउट के हिस्से के रूप में किया। हालाँकि, यह भी स्वीकार्य तथ्य है कि

सम्पादकों ने अख़बारों के समाचार कक्षों का उत्साह बढ़ाया, उसमें कई नये मूल्य जोड़े और शहरी संस्करणों के लिए अलग से कॉन्टेंट व्यवस्थित किया, लेकिन, इसका दूसरा पक्ष यह रहा कि अख़बारों की अपनी पहचान लम्बे समय तक उनके मुख्य सम्पादकों की पहचान के साथ मज़बूती से जुड़ी रही, जो काफ़ी हद तक नई तकनीक के विरोधी थे, और मालिकों को प्रमुख कॉरपोरेट्स और सत्तारूढ़ दलों से मिलवा कर अपना वर्चस्व बनाए रखते।

फिर, 2004-05 के आसपास, सस्ते स्मार्टफ़ोन आने लगे और जैसे ही मोबाइल स्क्रीन इंटरनेट से जुड़ा, कॉन्टेंट बदलने लगे। एक और बात यह है कि चूँकि महिलाओं और बच्चों की भी हिन्दी साइटों तक आसान पहुँच थी, इसलिए अश्लीलता काफ़ी हद तक कम हो गई थी, और विशिष्ट क्षेत्रों में रुचि रखने वाले युवा और मोबाइल उपयोगकर्ताओं के लिए विशेष समाचार परोसे जाने लगे थे। अब तक, हिन्दी पत्रों और उनके डिजिटल पोर्टलों का पाठक वर्ग इतना विशाल हो गया था कि सम्पादकीय और प्रबन्धन टीमें अब, पेज व्यूज़, यूनीक यूज़र और पोर्टल पर बार-बार वापस लौटने वाले पाठकों की संख्या और उनके प्रोफ़ाइल के बारे में ज्ञानपूर्ण बातें करना शुरू कर सकें।

हिन्दी न्यू मीडिया में आने वाले शुरुआती पत्रकारों से साक्षात्कार

प्रकाश हिन्दुस्तानी

हिन्दी के पहले वेब पोर्टल *वेबदुनिया* के संस्थापक-सम्पादक। हिन्दी इंटरनेट पत्रकारिता विषय में पहली पी-एच.डी.। *धर्मयुग, नवभारत टाइम्स, दैनिक भास्कर, नईदुनिया* और टीवी पत्रकारिता में 30 से अधिक वर्ष कार्य करने का अनुभव। *एबीपी न्यूज़* से श्रेष्ठ हिन्दी ब्लॉगर में सम्मानित। वेबसाइट www.prakashhindustani.com। दिसम्बर 2018 में किये गए साक्षात्कार के प्रमुख अंश :

इंटरनेट पर हिन्दी की शुरुआत के अनुभव
हिन्दी का अपना सर्च इंजन, ई-पत्र, लाइव चैट, ई-कॉमर्स की पहल

जब *वेबदुनिया* शुरू हुआ, तब गूगल की उम्र महज़ एक साल थी। गूगल प्लस,

फ़ेसबुक, ट्विटर, लिंक्डइन, रेडिट, इंस्टाग्राम, यूट्यूब, पिंटरेस्ट, टंबलर, फ्लिकर, लिंक्डइन, मीटअप, जैसे प्लेटफ़ॉर्म की कल्पना तक अधिकांश लोगों को नहीं थी। वह दौर *याहू.कॉम* का था और भारतीय इंटरनेट में रेडिफ़ कुलाँचें भर रहा था। इंटरनेट पर वेबसाइट क्या होती है और पोर्टल क्या, यह भी लोगों को पता नहीं था। *नईदुनिया, धर्मयुग, नवभारत टाइम्स, दैनिक भास्कर* आदि में विभिन्न पदों पर काम करने के बाद जब मैं *वेबदुनिया* से जुड़ा, तब मित्र कहते थे कि हमने सुना है तुम कम्प्यूटर ऑपरेटर बन गए हो। मित्रों को समझाना मुश्किल था कि हम भी पत्रकारिता ही कर रहे हैं, लेकिन वह पत्रकारिता इंटरनेट माध्यम से की जा रही है। भरोसा इसलिए था कि *वेबदुनिया, दैनिक नईदुनिया* अख़बार समूह से सम्बद्ध था। कभी-कभी हमारी स्टोरीज़ *नईदुनिया* में भी छप जाती थी। इससे लोगों को यह समझाने में मदद मिलती थी कि हम लोग भी पत्रकार ही हैं।

असल कहानी *वेबदुनिया* के शुरू होने के पहले से ही शुरू हो गई थी। विनय छजलानी की सुवि इन्फो हिन्दी में कोई पोर्टल शुरू करने की योजना बना रही थी। मैं उसका पहला पत्रकार और कर्मचारी था, जो पोर्टल के लिए नियुक्त किया गया था। पोर्टल के नाम को लेकर बड़ी जद्दोजहद हुई, जिसमें *हिन्दीदुनिया* नाम सामने आया। *हिन्दीदुनिया* नाम पर विचार चल ही रहा था कि कई लोगों ने इस पर आपत्ति की। *हिन्दीदुनिया* सरकारी नाम जैसा लगता था, कोई सरकारी योजना या सरकारी उपक्रम। इस नाम की सीमा भी थी कि यह समग्र भारतीय भाषाओं का पोर्टल शायद नहीं बन सकता था। इंटरनेट की लोकप्रियता बढ़ना शुरू हुई ही थी और वेब शब्द से लोग परिचित हो ही रहे थे। *याहू* और *गूगल* कैलिफोर्निया में थे और *वेबदुनिया* भारत के पिछड़े राज्यों में से एक मध्य प्रदेश के इन्दौर में।

मुझे याद है शुरुआत के वर्षों में नेट कनेक्टिविटी एक गम्भीर चुनौती थी। उसकी उपलब्धता और लागत ज़्यादा थी। ऊपर से बिजली की कमी भी। कभी नेट कनेक्टिविटी मिलती, तो बिजली ग़ायब! लैपटॉप उन दिनों में विलासिता मानी जाती थी और टैब्लेट तथा मोबाइल दूर की कौड़ी। एक मिनिट का कॉल करने या कॉल रिसीव करने के दाम मोबाइल पर 16 रुपये था। बेशक उस वक़्त तक पूरे देश में जगह-जगह एसटीडी-पीसीओ खुल चुके थे, लेकिन संचार के साधन उतने आसान नहीं थे। पेजर रखना भी एक तरह का स्टेटस सिम्बल था।

फोंट की समस्या

23 सितम्बर, 1999 को पूर्व प्रधानमंत्री इन्द्रकुमार गुजराल ने *वेबदुनिया* का औपचारिक शुभारम्भ किया था। मुझ जैसे पत्रकार को इस बात का भरोसा था कि हम कुछ नया और महत्त्वपूर्ण करने वाले हैं। कनेक्टिविटी और बिजली की समस्या को हम बड़ी समस्या मान रहे थे, लेकिन धीरे-धीरे हमें यह बात समझ में आई कि मुख्य समस्या कहीं इससे भी बड़ी है। हम *वेबदुनिया* में जो कुछ लिखते, अपलोड करते, वह लोगों तक पहुँच ही नहीं पा रहा था। ऐसा ही दूसरे छोर से भी होता था। लोग हमें जो कुछ लिखकर भेजते, वह हम समझ नहीं पाते। *वेबदुनिया* का फोंट डाउनलोड किए बिना *वेबदुनिया* पढ़ना मुश्किल था। फॉन्ट डाउनलोड करना भी बड़ा तकनीकी काम माना जाता था। हर आदमी उसे करने में सक्षम नहीं था। कई कम्प्यूटर ऐसे थे, जो *वेबदुनिया* का फोंट स्वीकार नहीं करते थे।

दुनिया की अनेक भाषाओं को यूनिकोड में लाए बिना कम्प्यूटर उद्योग का विकास सम्भव नहीं था। सिलिकॉन वैली में इस समस्या को पहले ही समझ लिया था। *वेबदुनिया* शुरू होने के आठ साल पहले 3 जनवरी, 1991 में यूनिकोड कंसोर्शियम की स्थापना कर दी थी, जिसमें दुनियाभर के कॉरपोरेट घराने, सरकारें, भाषायी संगठन, शोधकर्ता आदि जुटे हुए थे। *वेबदुनिया* शुरू होने तक हिन्दी के लिए कोई यूनिकोड तैयार नहीं था। आज तो दुनिया में यूनिकोड के तीन वर्जन यूटीएफ-8, यूटीएफ-16 और यूटीएफ-32 प्रचलन में है। यूनिकोड की गति को दर्शाने वाले ये यूनिकोड हिन्दी के अलावा अन्य भाषाओं के लिए भी प्रयुक्त होते हैं।

वेबदुनिया के पीछे सुवि इन्फोटेक की तकनीकी विशेषज्ञता थी। हिन्दी के यूनिकोड के लिए सुवि इन्फोटेक की टीम लगातार प्रयत्न करती रही। हिन्दी में यूनिकोड जैसे फॉन्ट के लिए अनेक लोग और संस्थाएँ अपने-अपने स्तर पर कार्य कर रहे थे। विंडोज 98 के ज़माने में हेमंत कुमार ने तख़्ती नाम का फोनेटिक यूनिकोड देवनागरी के लिए बनाया था। इसी तरह वासु श्रीनिवास ने 1998 में परह नामक सॉफ्टवेयर बनाया था, जिसकी मदद से हिन्दी और कई भारतीय भाषाओं में फोनेटिक विधि से टाइप किया जा सकता था। बालेंदु शर्मा 'दाधीच' ने 1999 में माध्यम नामक इनस्क्रिप्ट हिन्दी वर्ड प्रोसेसर का विकास कर लिया था और उन्होंने 2000 में उसके प्रयोग के लिए लोगों को प्रेरित करना शुरू कर दिया था। अभिषेक चौधरी और डॉ. श्वेता चौधरी ने हिन्दवी नामक एक सॉफ्टवेयर सिस्टम

बनाया था, जिसके प्रयोग से बेसिक, लोगो, सी, सी++ और डॉस जैसी प्रोग्रामिंग भाषा में प्रोग्रामिंग करना सम्भव हुआ। *वेबदुनिया* ने माइक्रोसॉफ़्ट के साथ मिलकर बेहद उल्लेखनीय कार्य किया और इंडिक आईएमई नामक भारतीय भाषा आईएमई बनाया। इसकी मदद से विभिन्न की-बोर्ड लेआउट में भारतीय भाषाओं को टाइप करना सम्भव था। रेमिंगटन ले-आउट पर आधारित यूनिकोड हिन्दी टाइपिंग का यह पहला सॉफ्टवेयर था। इस सॉफ्टवेयर के आने के बाद हिन्दी और अन्य भारतीय भाषाओं के उपयोग में मदद मिली। देवनागरी लिपि में लिखी जाने वाली भाषाओं को भी यूनिकोड से बल मिला। संस्कृत, मराठी, नेपाली, डोगरी, कोंकणी जैसी भाषाओं के साथ कई भारतीय बोलियों को भी लिखना आसान हो गया।

कंटेंट इज द किंग

वेबदुनिया के पास कंटेंट की कमी नहीं थी। *नईदुनिया* अख़बार की लाइब्रेरी पूरे देश में सम्पन्नतम लाइब्रेरी में से थी। *वेबदुनिया* के पास *नईदुनिया* के विशाल सन्दर्भ तक पहुँच थी और यही कारण रहा कि *वेबदुनिया* अपने कंटेंट को मज़बूत बनाता चला गया। भाषा को लेकर लोगों के मन में पूर्वाग्रह काफी था। मुझे याद है कि जब *नईदुनिया* के विभिन्न सेक्शन्स जिसे चैनल कहा जाता था, बनाए जा रहे थे। तब मैंने एक चैनल का नाम बिज़नेस रख दिया। इस पर सम्पादकीय में बड़ी बहस हुई। सहयोगियों ने कहा कि जब आप खेल, समाचार, साहित्य, धर्म, पर्यटन, राजनीति जैसे नाम रख सकते हैं, तो बिज़नेस की जगह कारोबार या व्यापार-व्यवसाय क्यों नहीं लिखते? अन्ततः बिज़नेस को बोलचाल का शब्द मानकर अपनाया गया।

वेबदुनिया ने शुरू से ही अपनी विषयवस्तु पर ज़ोर दिया। दुनिया के किसी भी क्षेत्र में कोई भी घटना हो रही हो, *वेबदुनिया* उसे कवर करने में आगे रहा। चाहे वह सात समन्दर पार हो रहा विश्व हिन्दी सम्मेलन हो या प्रयाग के तट पर हो रहा कुम्भ मेला।

वेबदुनिया में पूरे देश में समाचारों के लिए अपना ख़ुद का नेटवर्क खड़ा किया। देश के प्रमुख शहरों में अपने कार्यालय खोले। उस दौर में यह अपने आप में क्रान्तिकारी फ़ैसला था। *नईदुनिया* के संसाधन तो उपलब्ध थे ही, लाइव कवरेज और ऑनलाइन चैटिंग की जो व्यवस्था *वेबदुनिया* ने की, वह अपने आप में विशिष्ट इसलिए थी कि भारतीय भाषाओं में कोई भी यह कार्य नहीं कर रहा

था। अंग्रेज़ी में करने वाले भी गिने-चुने लोग ही थे, जिनके पीछे बहुत बड़ी पूँजी और संगठन थे।

हिन्दी का पहला सर्च इंजन 'वेबखोज'

वेबदुनिया के शुरू के दिनों में गूगल का बहुत महत्त्व नहीं था। याहू शीर्ष पर था और भारतीय पोर्टल्स में रेडिफ़ बड़ा नाम था। *टाइम्स ऑफ इंडिया* और *हिन्दुस्तान टाइम्स* जैसे अख़बार अपना इंटरनेट एडिशन ले आए थे, लेकिन ई-समाचार-पत्र जैसी कोई बात नहीं थी। सर्च करने में इन सबके सामने दिक़्क़त थी। याहू का सर्च इंजन रोबोट जनरेट था, जिसमें कोई भी शब्द खोजने की कोशिश करना काफ़ी समय साध्य कार्य था। अपने विषय की उपयोगी जानकारी खोज पाना, भूसे के ढेर में से सुई खोजने जैसा था। *वेबदुनिया* ने वेब खोज नामक सर्च इंजन बनाने की शुरुआत की, जिसमें विशेषज्ञों की एक पूरी टीम तैनात थी। अशोक चतुर्वेदी, डॉ. बबिता अग्रवाल, पूर्णेन्दु शुक्ल, भूपेश गुप्ता, राजन मिश्रा आदि अनेक विशेषज्ञ इस काम में रात-दिन बरसों खपते रहे। रोबोट जनरेट नहीं होने से *वेबदुनिया* के *वेबखोज* में जो नतीजे आते थे, वे ज़्यादा सटीक होते थे, क्योंकि सर्च ट्री, मेन्युअली बनाया गया था। *वेबदुनिया* ने *वेबखोज* सर्च इंजन का उद्‌घाटन मुम्बई के ताज होटल में किया था, जिसमें देश की अनेक सेलेब्रिटीज मौजूद थे। मैं उस प्रेस कॉन्फ्रेंस के लिए विशेष तौर पर इन्दौर से मुम्बई पहुँचा। सभी अख़बारों ने *वेबखोज* का समाचार प्रमुखता से प्रकाशित किया था।

वेबखोज की एक और ख़ूबी यह थी कि उसमें सभी विषयों वर्गीकरण भारतीय परिवेश और हिन्दी के संस्कार के साथ किया गया था। उन दिनों वाइस सर्च का चलन होने का सवाल ही नहीं उठता। यह व्यवस्था की गई थी कि वेबखोज में रोमन लिपि में टाइप करके भी जानकारी हासिल की जा सकती थी। उस दौर के तमाम मीडिया संस्थानों में *वेबखोज* का उपयोग सन्दर्भ के लिए करना शुरू कर दिया था।

ई-पत्र और लाइव चैट

वेबदुनिया की ख़ूबी यह थी कि उसमें ई-पत्र नामक अपनी स्वयं की ई-मेल सेवा तैयार और शुरू भी की। हिन्दी में मेल करना और पाना अपने आप में किसी चमत्कार

से कम नहीं था। यह पहली बार हुआ कि सामान्य लोगों ने ई-पत्र का उपयोग शुरू कर दिया। उस दौर में ई-मेल सेवाओं का उपयोग कम ही होता था। आमतौर पर केवल बड़े कॉरपोरेट घराने और एक्ज़ीक्यूटिव ही ई-मेल तक पहुँच रखते थे।

वेबदुनिया के सीईओ विनय छजलानी बातचीत में जब कभी कहते कि भारत में भी इंटरनेट जल्दी ही हमारे जीवन का अंग बन जाएगा और इससे हमें सूचनाओं को आसानी से पाने और समझने में मदद मिलेगी। वे यह भी कहते कि इंटरनेट हमारे जीवन को हर पल प्रभावित करेगा। बिना इंटरनेट के जीवन दुश्वार लगेगा। कई लोग उनकी बातों को हँसी में उड़ा देते थे, लेकिन उन्हें भविष्य की सम्भावनाओं की जानकारी थी। विनय छजलानी ने ही ई-मेल के कस्टमाइज प्रयोग वेबदुनिया में किए। इसके साथ ही एसएमएस की सुविधा को भी *वेबदुनिया* से जोड़ नये रूप में पेश किया।

वेबदुनिया ने सेलेब्रिटीज के साथ चैटिंग को भी अपना यूएसपी बनाया। खेल, फ़िल्म, धर्म, राजनीति, विज्ञान किसी भी क्षेत्र की सेलेब्रिटी हो, वह *वेबदुनिया* के लाइव चैट कार्यक्रम में अवश्य उपस्थित हुई। अनेक मंत्री और राजनेता *वेबदुनिया* की लाइव चैटिंग के लिए लालायित रहते। वेबदुनिया के चैट रूम में एक मॉडरेटर के साथ तकनीकी टीम उपलब्ध रहती। पूरी दुनिया से लोग सेलेब्रिटी से सवाल करते और सेलेब्रिटी उसका जवाब देती। इसमें कई ऐसा सवाल भी पूछे जाते, जो आमतौर पर नहीं पूछे जाते हैं। इस लाइव चैट में शामिल होने वाले सामान्य लोग होते थे, वे दुनिया के किसी कोने से सवाल कर सकते थे, उन्हें निर्भिक होकर सवाल पूछने से कोई भी नहीं रोक सकता था।

ई-कॉमर्स की शुरुआत

अमेजॉन की तरह *वेबदुनिया* ने भी ई-कॉमर्स की शुरुआत की थी। ई-कॉमर्स ही *वेबदुनिया* का एकमात्र कारोबार नहीं था, इसलिए उत्पादों की रेंज कम थी और वितरण व्यवस्था भी शायद उतनी अच्छी नहीं थी। *वेबदुनिया* ने सबसे पहले राखी के त्योहार पर अमेरिका में रहने वाले भाइयों के लिए बहनों की ओर से राखी और मिठाई ई-कॉमर्स से भेजने की शुरुआत की थी। *वेबदुनिया* पर ऑर्डर लिये जाते और इन्दौर की बनी मिठाई और राखी अमेरिका में रहने वाले भाइयों को डिलिवर की जाती थी। आज भारत में ई-कॉमर्स बहुत फल-फूल रहा है और *वेबदुनिया*

ने भी अपनी दिशाएँ थोड़ी बदल ली है और कुछ दिशाओं का असल सीमित कर दिया है, लेकिन ई-कॉमर्स की यह दिलचस्प शुरुआत क़रीब दो दशक पहले वेबदुनिया ने शुरू कर दी थी।

वेबदुनिया और *सुवि इन्फोटेक* ने अपने कारोबार को बढ़ाने के लिए नये-नये प्रयोग किए। तकनीकी क्षेत्र में *वेबदुनिया* ने अनेक ऐसे प्रोडक्ट डिलिवर किए है, जो आमतौर पर भारतीय कम्पनियाँ नहीं करती हैं। इसमें सॉफ़्टवेयर के अलावा विविध कारोबारी उत्पाद शामिल है। मोबाइल उद्योग के विस्तार के साथ ही मोबाइल में काम आने वाले अनेक ऐप, रिंगटोन, म्यूज़िक प्रोडक्ट आदि *वेबदुनिया* की देन है। गूगल और माइक्रोसॉफ्ट जैसी कम्पनियों सहित दुनिया की सभी प्रमुख सॉफ्टवेयर कम्पनियाँ *वेबदुनिया* का सहयोग ले रही हैं। टीवी और डिजिटल विज्ञापन के क्षेत्र में भी *वेबदुनिया* कार्य कर रही है और विज्ञापन जगत में भी इसके साथ ही भारतीय और यूरोपीय भाषाओं में अनुवाद की सेवा भी उपलब्ध करा रही है। 100 से अधिक भाषाओं के संस्थान *वेबदुनिया* की सेवाएँ ले रही है।

आज मुझे लगता है कि *वेबदुनिया* का नाम *वेबदुनिया* सही ही रखा गया है। क्योंकि यह *हिन्दीदुनिया* होता, तो हिन्दी के अलावा मराठी, गुजराती, बंगाली, उड़िया, तमिल, तेलुगु और अंग्रेज़ी में भी सेवाएँ नहीं दे रही होती। *वेबदुनिया* ने जो शुरुआत की, वह चुनौतीपूर्ण थी, जिसे स्वीकार कर आगे बढ़ा गया, लेकिन वैश्विक राजनीति और रणनीति, बाज़ार के आग्रह और प्राथमिकताएँ, भौतिक उपस्थिति और ऑनलाइन सक्रियता के अपने मायने हैं। *वेबदुनिया* ने जो किया वह कमाल तो है ही।

प्रमोद जोशी

वरिष्ठ पत्रकार, पूर्व स्थानीय सम्पादक, *हिन्दी दैनिक हिन्दुस्तान*। मार्च 2018 में किया गया साक्षात्कार।

हिन्दी को नेट पर ले जाने के नये दौर शुरुआती दिनों का अनुभव क्या और कब शुरू हुआ था?

इस सवाल का जवाब देने के पहले मैं पत्रकारिता और उसकी तकनीक के रिश्ते को लेकर व्यक्तिगत सन्दर्भों में कुछ कहना चाहूँगा। मेरा पत्रकारिता का जीवन सन्

1973 में शुरू हुआ, लखनऊ के अख़बार 'स्वतंत्र भारत' के साथ, जो *पायनियर* लिमिटेड का *हिन्दी दैनिक* अख़बार था। उस वक़्त तक भारत के सभी अख़बारों की कम्पोजिंग हॉटमेटल पर होती थी और ख़बरों के ट्रांसमिशन का काम टेलीप्रिंटर से होता था। हिन्दी का टेलीप्रिंटर भी होता था।

सन् 1973 में हमें ज्यादातर राष्ट्रीय-अन्तरराष्ट्रीय ख़बरें समाचार एजेंसियों से मिलती थीं। हिन्दी में *समाचार भारती* और *हिन्दुस्तान समाचार* दो एजेंसियाँ काम कर रही थीं। हमारे पास *हिन्दुस्तान* समाचार की टेलीप्रिंटर सेवा नहीं थी। उनके दफ़्तर से दिन में चार बार टाइप की हुई ज़िलों की ख़बरें आती थीं। *समाचार भारती* की टेलीप्रिंटर सेवा कुछ समय के लिए लगी, पर वह उपयोगी नहीं थी। राष्ट्रीय, अन्तरराष्ट्रीय, खेल और व्यापार की ख़बरों के लिए *यूएनआई* और *पीटीआई* की अंग्रेज़ी ख़बरों का सहारा था, जिनका हम लोग अनुवाद करते थे। इमरजेंसी के बाद चारों एजेंसियों का विलय करके *समाचार* नाम से शुरू की गई सेवा बेहतर थी। 1976 में कभी समाचार का हिन्दी हमारे दफ़्तर में लगा। शुरू में टेलीप्रिंटर सेवा भी ठीक थी।

हमारे पास एकतरफ़ा ख़बरें प्राप्त करने वाले टेलीप्रिंटर थे। ख़बरें भेजने और प्राप्त करने वाले टेलीप्रिंटर हमारे दफ़्तर में केवल अंग्रेज़ी में थे। हिन्दी की ख़बरें रोमन में लिखी जाती थीं। ज़िलों की ख़बरें डाक से आती थीं। बहुत ज़रूरी ख़बरें तार से आती थीं। हालाँकि तब तक पश्चिमी देशों में फ़ैक्स का इस्तेमाल होने लगा था, पर अपने दफ़्तरों में फैक्स मशीन मैंने 1994-95 के आसपास ही देखी।

आज के पत्रकार को जो तकनीक उपलब्ध है उसमें तमाम तकनीकें तीन दशक पहले उपलब्ध नहीं थीं। अस्सी के दशक के उत्तरार्द्ध में फ़ोटो टाइप सेटिंग शुरू हो गई थी, पर सम्पादकों ने पेज बनाने शुरू नहीं किए थे। कम-से-कम हमारे देश में नहीं बनते थे। 1985 में ऑल्डस कॉरपोरेशन ने जब अपने पेजमेकर का पहला वर्ज़न पेश किया तब इरादा किताबों के पेज तैयार करने का था। उन्हीं दिनों पहली एपल मैकिंटॉश मशीनें तैयार हो रही थीं। 1987 में माइक्रोसॉफ्ट की विंडोज़ 1.0 आ गई थी। 1987 में ही क्वार्क इनकॉरपोरेटेड ने क्वार्कएक्सप्रेस का मैक और विंडो संस्करण पेश कर दिया।

यह पेज बनाने का सॉफ्टवेयर था, पर सूचना और संचार की तकनीक का विस्तार उसके पहले से चल रहा था। टेलीप्रिंटर, लाइनो-मोनो टाइपसेटिंग, फैक्स और ज़ेरॉक्स जैसी तमाम तकनीकों का वैश्विक-संवाद में क्या स्थान है इसे समझने की कोशिश ज़रूर करनी चाहिए।

तीस साल पहले तक वेस्टइंडीज़ में हो रहे क्रिकेट मैच की ख़बर तीसरे रोज़ अख़बारों में पढ़ने को मिलती थी। वह इसलिए क्योंकि वहाँ के मैच भारतीय समय के अनुसार देर रात में होते थे। इंटरनेट था नहीं, सो ख़बर को अन्तरराष्ट्रीय टेलिग्राफ़िक प्रणाली के मार्फ़त भेजा जाता था। इस प्रणाली से जो तस्वीरें भेजी जाती थीं, उनकी गुणवत्ता बहुत अच्छी नहीं होती थी, फिर भी कुछ समर्थ अख़बार ब्लैक एंड ह्वाइट फ़ोटो भी छापते थे। तब तक अख़बारों की छपाई भी सामान्य रोटरी मशीनों पर होती थी।

सत्तर के उत्तरार्द्ध में हिन्दी में सम्भवतः इन्दौर का *नईदुनिया* ही ऑफ़सेट में छपता था। कोलकाता से सन् 1982 में निकला *टेलीग्राफ़* ऑफ़सेट में था। उसे लंदन के *संडे टाइम्स* के डिज़ाइन डायरेक्टर एडवन टेलर ने डिज़ाइन किया था। असली क्रान्ति इंटरनेट ने पैदा की। इंटरनेट का व्यावहारिक इस्तेमाल सन् 1995 में शुरू हुआ। सन् 1990 में दुनिया के पहले इंटरनेट प्रदाता ने काम शुरू किया, पर हमारे देश में इस क्रान्ति ने आते-आते पाँच साल लगाए।

समाचार संकलन में इंटरनेट का इस्तेमाल शुरू होते-होते एक दशक और लगा। इस बीच हिन्दी के तमाम अख़बारों की छपाई रंगीन होने लगी थी। ऐसे में 1996 के एटलांटा ओलिम्पिक के रंगीन टीवी प्रसारण से फ़ोटो ग्रैब करके जब राष्ट्रीय सहारा ने अगले ही रोज़ छापे तब लगा कि क्रान्ति तो हो गई। बहरहाल यह रोचक कहानी है, जिसमें पत्रकारिता के कई तरह के अन्तर्विरोध भी छिपे हैं।

इंटरनेट से मेरा सम्पर्क 1997-98 में हुआ। कम्प्यूटर के साथ भी वह शुरुआती सम्पर्क था। अलबत्ता सन् 1983 में जब मैं *नवभारत टाइम्स* के लखनऊ संस्करण के साथ जुड़ा, तब हमने फ़ोटोटाइप सेटिंग पर काम किया। फ़ोटोटाइप की वे मशीनें डेस्कटॉप नहीं थीं। अलबत्ता डेस्कटॉप क्रान्ति उसी दौर की देन है। व्यक्तिगत रूप से जब सन् 1998 में मैं सहारा टेलिविज़न चैनल में काम करने आया, तब मुझे अख़बार के दफ़्तर के मुक़ाबले कम्प्यूटरमुखी होने का ज़्यादा मौक़ा वहाँ मिला।

मेरी उम्र उस वक़्त 46-47 साल थी। नई तकनीक सीखने के लिहाज़ से वह उम्र ज़्यादा थी, पर न जाने क्यों मेरे मन में काफ़ी उत्साह था, जो मुझे कई कम-उम्र साथियों में देखने को नहीं मिल रहा था। बहरहाल तभी हमें पहली बार इंटरनेट से रूबरू होने का मौक़ा भी मिला। उस वक़्त भी यह तकनीक कम-से-कम मेरे लिए रहस्य के घेरे में थी।

उस समय किस तरह और किस प्रकाशन के लिए आपने ऑन लाइन संस्करण पर काम प्रारम्भ किया? हिन्दी में उस समय इस प्लेटफ़ॉर्म पर और कौन-कौन प्रकाशन समूह थे?

अगस्त 1999 के अन्तिम सप्ताह में मैं दिल्ली के *दैनिक हिन्दुस्तान* में 'नाइट एडिटर' के पद पर शामिल हुआ। वह समय *हिन्दुस्तान* अख़बार के लिए बड़ा चुनौती भरा था, क्योंकि प्रबन्धन ने तय किया था कि अख़बार को पूरी तरह कम्प्यूटर पर बनाया जाएगा। इस क़दम का वहाँ की ट्रेड यूनियन ने विरोध किया। कर्मचारियों से समझौते के बाद अख़बार निकालने का काम शुरू हुआ तो तकनीकी दिक़्क़तें आने लगीं, क्योंकि टीम के ज़्यादातर सदस्य उसके अभ्यस्त नहीं थे। तब तक *हिन्दुस्तान* के तीन संस्करण थे। दिल्ली के अलावा पटना और लखनऊ से अख़बार निकलता था।

उस समय तक *हिन्दुस्तान टाइम्स* का वेब पोर्टल शुरू हो चुका था, पर उसमें हिन्दी नहीं थी। अलबत्ता जुलाई 1999 में *वेबदुनिया* की शुरुआत हो गई थी, जिसे हिन्दी की वेब पत्रकारिता का पहला प्रयास कह सकते हैं। *हिन्दुस्तान* के नेट संस्करण के लिए हमें काफ़ी प्रयास करने पड़े और मुझे याद पड़ता है कि सन् 2004 या 2005 में हम नेट पर आ पाए। यों सन् 2005 तक देश के काफ़ी अख़बारों के वेब संस्करण शुरू हो चुके थे। *नवभारत टाइम्स, भास्कर, राजस्थान पत्रिका* और *जागरण* इनमें प्रमुख नाम हैं। पर ये स्वतंत्र वेबसाइट न होकर एक तरह से अख़बारों के वेब संस्करण ज़्यादा थे। भारत की वेब पत्रकारिता एक तरह से अख़बारों के वेब संस्करण के रूप में शुरू हुई, जो अब स्वतंत्र ऑनलाइन पत्रकारिता के रूप में नज़र आने लगी है।

छपे संस्करण से इस संस्करण का कितना, कैसा रिश्ता था? क्या अनुभवी और महत्त्वाकांक्षी लोग तब इस प्लेटफ़ॉर्म से जुड़ने को उत्सुक थे या मन मारकर करनेवाली दशा थी?

हिन्दुस्तान का नेट संस्करण शुरू करने के लिए अख़बार के सम्पादकीय विभाग को ही अतिरिक्त परिश्रम करना पड़ा था। रात में सम्पादकीय विभाग के सहयोगी अपने पेज की ख़बरें नेट पर अपलोड करते थे। केवल अख़बार की सामग्री ही उसमें थी। यानी कि दिन में पेज अपडेट नहीं हो रहे थे।

जहाँ तक सहयोगियों के उत्साह का सवाल है, इस काम को जानने और समझने की इच्छा काफ़ी लोगों के मन में थी, पर तकनीकी ज्ञान न हो पाने के कारण सभी

लोग जल्द आगे आ नहीं रहे थे। इसमें सबसे पहले नौजवानों को लगाया गया, जो सीखने को तैयार हों और ग़लती होने पर झुँझलाएँ नहीं।

नेट पर उपलब्ध सामग्री ने हार्ड तथा सॉफ़्ट दोनों सामग्रियों के बनाने में हिन्दी के प्रति कितनी सदयता, जागरूकता और रुचि दिखाई है? किस रूप में?

हिन्दी अख़बारों को नई तकनीक देर से मिली है। मैं जब सन् 1983 में लखनऊ के स्वतंत्र भारत को छोड़कर *नवभारत टाइम्स* में जा रहा था, तब *पायनियर लिमिटेड* ने अपने तकनीकी आधुनिकीकरण की तरफ़ ध्यान दिया। अमेरिका से एक ऑफ़सेट मशीन मँगाई गई, जो आकर लग गई पर चलाई नहीं जा सकी, क्योंकि भारत के एक मशीन निर्माता ने मुक़दमा कर दिया कि जब देश में मशीन बन रही है, तो विदेश से ऐसी मशीन क्यों मँगाई गई। कम्पनी को साबित करना पड़ा कि ऐसी मशीन नहीं बन रही।

यह आधुनिकीकरण अंग्रेज़ी अख़बार द *पायनियर* के लिए था, हिन्दी के स्वतंत्र भारत के लिए नहीं। ऑफ़सेट पर छपाई के लिए फ़ोटो टाइप सेटिंग मशीनें भी जर्मनी से मँगाई गईं। उन्हें लगाने के पहले ट्रेड यूनियन ने अड़ंगा लगा दिया। लाइनो मशीन ऑपरेटरों की नौकरी का क्या होगा वग़ैरह। अन्ततः हरेक कर्मचारी के वेतन में बढ़ोतरी के बाद समझौता हुआ।

मैं जब 1999 में *हिन्दुस्तान* में आया तो वहाँ भी जानकारी मिली कि मज़दूर संगठन ने कम्प्यूटर लगाने के पहले कई तरह की आपत्तियाँ जताई थीं। वहाँ भी एग्रीमेंट के बाद कम्प्यूटर लगे।

हिन्दी को यूनिकोड फॉन्ट कब तक किस माध्यम से मिलेगा? की बोर्ड तथा सर्च इंजन के क्षेत्र में क्या-क्या व्यावहारिक कमियाँ हैं?

हिन्दी में ऑनलाइन पत्रकारिता तो यूनिकोड फॉन्ट के सहारे ही हो रही है। शुरू में हमने जब *हिन्दुस्तान* का वेब संस्करण शुरू किया तो उसे पढ़ा नहीं जा सकता था। साथ में फॉन्ट भी दिया जाता था। पाठक को पढ़ने के पहले वह फॉन्ट डाउनलोड करना होता था। अख़बारों की अपनी दिक़्क़तें थीं। हमारे पास जो चाणक्य फॉन्ट था उसे गुड़गाँव की एक कम्पनी समिट से ख़रीदा गया था।

हिन्दी में टाइप करने के लिए हरेक कम्प्यूटर में एक डॉन्गल लगाना पड़ता था, तभी उसमें हिन्दी में टाइप किया जा सकता था। हरेक डॉन्गल की क़ीमत

क़रीब तीन हज़ार रुपये थी। हमारे दिल्ली दफ़्तर में ही तक़रीबन 100 कम्प्यूटर थे, जिनमें हिन्दी के डॉन्गल लगे थे। दिल्ली के बाहर की दिक़्क़तें अलग थीं। हिन्दी में ख़बरों की सॉफ़्ट कॉपी बहुत कम थीं। आमतौर पर डाक से या फैक्स से ख़बरें आती थीं, जिन्हें पीटीएस (फ़ोटो टाइप सेटिंग) विभाग से कम्पोज कराया जाता था।

उन्हीं दिनों न्यूज़ एजेंसी की ख़बरों का ट्रांसमिशन टेलीप्रिंटर की जगह कम्प्यूटर के मार्फ़त करने की शुरुआत हो रही थी। इसके लिए तकनीकी इंटरफेस तैयार हो गए थे। हमारे फॉन्ट के साथ उसका मिलान करने की चुनौती थी। सारा काम इतना सरल नहीं था। अख़बार भी समय से निकालना होता था। इस लिहाज़ से शुरुआती दिन काफ़ी कष्टसाध्य थे। उन दिनों हम ATEX पर काम करते थे, जो अख़बारों के लिए विकसित कम्प्यूटर मैनेजमेंट सिस्टम था। यह विदेशी सॉफ़्टवेयर था, जिसमें हिन्दी के लिए व्यवस्था विकसित की गई थी। अक्सर वह सिस्टम हैंग हो जाता था।

हिन्दी हार्ड और सॉफ़्टवेयर के बाज़ार की दशा-दिशा बाबत जो भी ताज़ा जानकारी आपके पास है वह दें।

हिन्दी मीडिया में काम करने के लिए टाइप करने के अलावा फ़ोटो के सम्पादन और पेज बनाने और पेज के ट्रांसमिशन और को-ऑर्डिनेशन के लिए नई तकनीक की ज़रूरत थी। चाहे नेट पर काम करें या अख़बार में बुनियादी काम के लिए जिन सॉफ़्टवेयरों की ज़रूरत है उनमें सबसे महत्त्वपूर्ण है कम्प्यूटर मैनेजमेंट सिस्टम। हिन्दी में शुरुआती काम समिट ने किया था। बाद में 4cplus नाम से एक और कम्पनी सामने आई, जिसके प्रवर्तक संजय गुप्ता हैं। *हिन्दुस्तान* में हमने इनकी मदद से हिन्दी फॉन्ट विकसित किया और डॉन्गल युग से मुक्ति दिलाई। यह संस्था इस वक़्त भारत के अलावा दक्षिण-पूर्व एशिया और अफ्रीका के कई देशों के मीडिया हाउसों के लिए काम कर रही है। इनसे नई तकनीकी की काफ़ी जानकारी प्राप्त की जा सकती है।

सरकार हिन्दी को इतना बढ़ावा दे रही है, सस्ते लैपटॉप और स्मार्ट फ़ोन वितरित हो रहे हैं, पर ख़ुद सरकारी संस्थान इस माध्यम को औसत हिन्दी पाठक के लिए यूज़र फ्रेंडली बनाने की बाबत कितना काम कर रहे हैं?

सरकारी संस्थाओं में सी-डैक का नाम सामने आता है। इस संस्था ने भारतीय भाषाओं के लिए काफ़ी काम किया है। अलबत्ता गूगल ट्रांसलिटरेशन की वजह

से काफ़ी लोगों ने रोमन के माध्यम से हिन्दी में लिखना शुरू कर दिया है। इसमें स्मार्ट फ़ोन से काफ़ी मदद मिली है।

तीन साल पहले मैंने हिन्दी के कुछ उन सिपाहियों के बारे में लिखा था, जिन्होंने तकनीक के बाबत काफ़ी काम किया। मेरा सुझाव है कि उस लेख को भी पढ़ें जो यहाँ मिलेगा : http://pramathesh.blogspot.in/2014/09/blog-post_90.html

सोशल मीडिया का उदय और हिन्दी के लिए उसमें बनती सम्भावनाएँ तथा निहित ख़तरे?

सोशल मीडिया ने हिन्दी के महत्त्व को रेखांकित किया है। यह बात अच्छी तरह स्थापित हो चुकी है कि जब तक लोगों के साथ उनकी भाषा में संवाद नहीं होगा, उनकी भागीदारी सुनिश्चित नहीं होगी। केवल अंग्रेज़ी को ज्ञान-विज्ञान की भाषा मान लेने से देश के काफ़ी बड़े तबक़े से देश के प्रभु-वर्ग ने ख़ुद को काट लिया है।

जहाँ तक ख़तरों का सवाल है, हरेक नये प्रयास के साथ ख़तरे भी जुड़े मिलेंगे। हमें उनसे बचने के बारे में भी सोचना चाहिए।

युवा पीढ़ी नेट और डिजिटल मीडिया का किस तरह किस फ़ॉर्म में इस्तेमाल कर रही है? ख़ुद हिन्दी पत्रकार इस माध्यम का कितना फ़ायदा उठा पाते हैं?

ये बातें काफ़ी विस्तार में जाने को उकसाती हैं। इन बातों के जवाब मैं अगली डाक से भेजूँगा—

1. बड़े हिन्दी अख़बारों और ख़बरिया चैनलों के पोर्टलों की लोकप्रियता कितनी किस आयु-वर्ग के बीच है? मुख्य सम्पादकीय टोली से ऑन लाइन संस्करण के कर्मियों का किस तरह का रिश्ता है, काम की व्यावहारिक साझेदारी और सम्पादकीय टोली के अनुशासन तंत्र की तहत?
2. अगर आपने या किसी अन्य ने इस पर कुछ लिखा हो उसका लिंक या स्कैन प्रति भी भेज सकें तो बहुत अच्छा हो।
3. आज कई अंग्रेज़ी ख़बर पोर्टलों, ई-पत्रिकाओं तथा चैनलों ने अपने जो हिन्दी संस्करण बाज़ार में उतारे हैं, उनकी गुणवत्ता पर आपकी राय?
4. सम्भावनाएँ जो अब तक टोही नहीं जा सकीं।
5. इस नये माध्यम का रेवेन्यू मॉडल कैसा हो?

हरजिंदर सिंह

वरिष्ठ पत्रकार, *हिन्दुस्तान दैनिक* समाचार-पत्र के पूर्व प्रमुख। अप्रैल, 2018 में साक्षात्कार हुआ।

हिन्दी को नेट पर ले जाने के नये दौर शुरुआती दिनों का अनुभव क्या और कब शुरू हुआ था?

नेट पर हिन्दी की दुनिया आज जहाँ पहुँच गई है उसकी शुरुआती दौर में हमने कल्पना नहीं की थी। इसलिए कि शुरुआती दौर में हिन्दी इस माध्यम में काफ़ी पीछे थी, तकनीकी बाधाएँ बहुत ज़्यादा थीं। हम सब यह मान रहे थे कि यह भविष्य का माध्यम है, लेकिन वर्तमान तब अच्छा नहीं दिख रहा था।

उस समय किस तरह और किस प्रकाशन के लिए आपने ऑन लाइन संस्करण पर काम प्रारम्भ किया? हिन्दी में उस समय इस प्लेटफ़ॉर्म पर और कौन-कौन प्रकाशन समूह थे?

शुरुआत www.amarujala.com से की। उस समय तक वेब पर हिन्दी के दो ही बड़े प्लेटफ़ॉर्म थे। *दैनिक जागरण* और *वेब दुनिया। हिन्दुस्तान* और *नवभारत टाइम्स* जैसे अख़बार अभी सक्रिय नहीं हुए थे। *दैनिक भास्कर* भी नाम के लिए ही था, तब तक उसने नेट पर ज़्यादा ध्यान नहीं दिया था।

छपे संस्करण से इस संस्करण का कितना, कैसा रिश्ता था? क्या अनुभवी और महत्त्वाकांक्षी लोग तब इस प्लेटफ़ॉर्म से जुड़ने को उत्सुक थे या मन मारकर करनेवाली दशा थी?

अख़बार से पोर्टल का रिश्ता कई तरह से जटिल-सा था। हमारी टीम बहुत छोटी थी, यह तय था कि सारी सामग्री सिर्फ़ अख़बार से ही आउटसोर्स होगी। सामग्री इतनी ज़्यादा थी कि इसे ऑनलाइन करना हमारी टीम के बस का नहीं था। एक ही तरीक़ा था कि कोई तकनीकी समाधान निकाला जाए। तरीक़ा यह था कि अगर एक निश्चित फ़ॉर्मेट में ख़बरें हम तक पहुँचे तो प्रोग्राम के ज़रिये सारी सामग्री दो-तीन घंटे में ऑनलाइन कर दी जाएगी। सारी सामग्री का अर्थ था रोज़ाना क़रीब तीन से चार हज़ार ख़बरें। लोग सामग्री एक निश्चित फ़ॉर्मेट में भेजें, इसके लिए लोगों को

तैयार करने में काफ़ी वक़्त लगा। तमाम सेंटर्स पर जाकर लोगों को ट्रेनिंग देनी पड़ी उसके बावजूद साल-दो-साल तक समस्या बनी रही।

अनुभवी और महत्त्वाकांक्षी लोग नेट संस्करण से सहज ही जुड़ने को तैयार नहीं थे। कुछ लोगों को जब वेब संस्करण में भेजा गया तो उनके बारे में धारणा बनी कि उन्हें दरकिनार करने के लिए ऐसा किया गया है। जब मुझे वेब संस्करण का इंचार्ज बनाया गया तो सम्पादकीय और प्रबन्धन के बहुत से लोग यही मानते थे कि मैं सम्पादकीय कर्मी नहीं बल्कि तकनीकी कर्मी हूँ। एक प्रबन्धक ने तो इसके साथ ही मार्केटिंग का काम देखने का आदेश भी जारी कर दिया था।

नेट पर उपलब्ध सामग्री ने हार्ड तथा सॉफ़्ट दोनों सामग्रियों के बनाने में हिन्दी के प्रति कितनी सदयता, जागरूकता और रुचि दिखाई है? किस रूप में?

एक दूसरी समस्या एटीट्यूड की थी। सेंटर्स हमें रूटीन ख़बरें ही देते थे, एक्सक्लूसिव रोक लेते थे, उनका तर्क था कि एक्सक्लूसिव अगर ऑनलाइन हो गया तो राइवल को पहले ही पता पड़ जाएगा। यह सोच भी थी कि मूल काम तो अख़बार के लिए ही है, बाक़ी तो अतिरिक्त काम है, सो अक्सर यह निपटाने के अन्दाज़ में ही होता था।

हिन्दी को यूनिकोड फॉन्ट कब तक किस माध्यम से मिलेगा? की बोर्ड तथा सर्च इंजन के क्षेत्र में क्या-क्या व्यावहारिक कमियाँ हैं?

जब हमने काम शुरू किया तो उस समय तक यूनिकोड प्रचलित नहीं हुआ था। तब तक साइट के साथ एक टेंपरेरी फॉन्ट चलता था जिसे ईओटी कहते थे। पहले ईओटी डाउनलोड होता था फिर पेज की सामग्री। इससे काफ़ी देर लगती थी। देर न लगे इसके लिए लोगों से आग्रह किया जाता था कि वे हमारा फॉन्ट डाउनलोड करके अपने कम्प्यूटर में इंस्टाल करें, बहुत से लोग ऐसा करते भी थे, लेकिन यह एक समस्या तो थी ही। यूनिकोड विंडोज 98 के बाद ही ज़्यादा चला। उसके पहले तक इसकी स्थिति अच्छी नहीं थी और हिन्दी क्षेत्र ही नहीं अख़बारों तक ने विंडोज 98 को अपनाने में काफ़ी वक़्त लगाया। यह ज़रूर है कि इसके आने के बाद चीज़ें काफ़ी आसान हो गईं।

हिन्दी हार्ड और सॉफ़्टवेयर के बाज़ार की दशा-दिशा बाबत जो भी ताज़ा जानकारी आपके पास है वह दें।

अभी हिन्दी की सबसे बड़ी तकनीकी दिक़्क़त यह है कि इसमें प्रिंट और वेब का फॉन्ट पूरी तरह अलग हो गया है, जबकि अंग्रेज़ी में ऐसा नहीं है। जिसके कारण हिन्दी में कन्वर्जन करना पड़ता है जिससे अधिक समय तो लगता ही है, ग़लतियाँ भी काफ़ी होती हैं।

सरकार हिन्दी को इतना बढ़ावा दे रही है, सस्ते लैपटॉप और स्मार्ट फ़ोन वितरित हो रहे हैं, पर ख़ुद सरकारी संस्थान इस माध्यम को औसत हिन्दी पाठक के लिए यूज़र फ्रेंडली बनाने की बाबत कितना काम कर रहे हैं?

सरकारी संस्थान किस तरह का काम कर रहे हैं इसके लिए ख़ुद उनके अपने वेबसाइट देखे जा सकते हैं, न तो उनकी भाषा यूजर्स फ्रेंडली है और न ही उनके कलेवर। वे खानापूर्ति ज़्यादा दिखाई देते हैं।

सोशल मीडिया का उदय और हिन्दी के लिए उसमें बनती सम्भावनाएँ तथा निहित ख़तरे?

सोशल मीडिया ने हिन्दी को इतना बड़ा आधार दे दिया है कि कुछ समय बाद हो सकता है कि अंग्रेज़ी और दूसरी भाषाएँ उससे ईर्ष्या करें। बेशक ख़तरे भी बढ़े हैं लेकिन ये ख़तरे हिन्दी के लिए ही नहीं सबके लिए हैं।

युवा पीढ़ी नेट और डिजिटल मीडिया का किस तरह किस फ़ॉर्म में इस्तेमाल कर रही है? ख़ुद हिन्दी पत्रकार इस माध्यम का कितना फ़ायदा उठा पाते हैं?

युवा पीढ़ी के लिए तो खाना-पीना ओढ़ना सब वेब ही है। वेब जैसे-जैसे महानगरों से आगे निकलकर क़स्बों और गाँवों की तरफ़ बढ़ रहा है हिन्दी का इस्तेमाल करने वाली युवा पीढ़ी इससे ज़्यादा से ज़्यादा जुड़ रही है। पत्रकार नेट का इस्तेमाल अब बड़े पैमाने पर करने लगे हैं, ख़ासतौर पर वे इसका इस्तेमाल शोध और बैकग्राउंडर के लिए करते हैं। हालाँकि इसमें ख़तरे बहुत हैं।

बड़े हिन्दी अख़बारों और ख़बरिया चैनलों के पोर्टलों की लोकप्रियता कितनी किस आयु वर्ग के बीच है? मुख्य सम्पादकीय टोली से ऑन लाइन संस्करण के कर्मियों का किस तरह का रिश्ता है, काम की व्यावहारिक साझेदारी और सम्पादकीय टोली के अनुशासन तंत्र की तहत?

अभी अख़बारों और ख़बरिया चैलनों के वेबसाइट काफ़ी अच्छी स्थिति में हैं। ये ऐसे माध्यम हैं जिनके पास तैयार कंटेंट बहुत ज़्यादा है, बस उसे ऑनलाइन भर करना होता है। स्वतंत्र वेबसाइट फ़िलहाल उनसे होड़ की स्थिति में नहीं हैं क्योंकि कंटेंट जेनरेशन काफ़ी महँगा काम है। यह सबको समझ में आ गया है कि नेट भविष्य का माध्यम है इसलिए सभी कम्पनियाँ इसमें काफ़ी निवेश कर रही हैं। अच्छी बात यह है कि वेब के लिए काम करने वाले अब बाक़ी सम्पादकीय कर्मियों की तरह ही देखे जाते हैं, दोनों जगह आवागमन भी शुरू हो गया है।

नचिकेता देसाई

वरिष्ठ पत्रकार, पूर्व सम्पादक, *वेब दुनिया* और बहु-भारतीय भाषा पोर्टल *इन्फो डॉट कॉम*। जून 2019 में साक्षात्कार हुआ।

हिन्दी को नेट पर ले जाने के नये दौर शुरुआती दिनों का अनुभव क्या और कब शुरू हुआ था?

विश्व का सबसे पहला हिन्दी इंटरनेट पोर्टल *www.webdunia.com* इन्दौर से 1999 में शुरू हुआ। उस समय हिन्दी अख़बार भी इंटरनेट पर उपलब्ध नहीं थे। इसकी मुख्य वजह थी हिन्दी तथा दूसरी भारतीय भाषाओं के फॉन्ट्स वेब के लिए विकसित नहीं होना। इस समस्या का हल इन्दौर की सॉफ़्टवेयर कम्पनी *सुवी इन्फोटेक* ने निकाला पोर्टेबल फॉन्ट्स का विकास करके। पोर्टेबल फॉन्ट्स को उपयोगकर्ता के कम्प्यूटर में न डालकर इंटरनेट पर रखा गया जो वेबसाइट पर जाने के बाद बिना डाउनलोड किए पढ़े जा सकते थे। पोर्टेबल फॉन्ट्स के आविष्कार के बाद सभी हिन्दी अख़बारों ने इस तकनीक का उपयोग करना शुरू कर दिया। *वेबदुनिया* ने इसी समय हिन्दी समेत भारत की अन्य कई भाषाओं में ई-मेल कर पाने की सुविधा विकसित की। बाद में *सुवी इन्फोटेक* ने इस तकनीक को माइक्रोसॉफ़्ट को बेच दी।

उस समय किस तरह और किस प्रकाशन के लिए आपने ऑन लाइन संस्करण पर काम प्रारम्भ किया? हिन्दी में उस समय इस प्लेटफ़ॉर्म पर और कौन-कौन प्रकाशन समूह थे?

वेबदुनिया के तुरन्त बाद मैं www.indiainfo.com के हिन्दी, गुजराती, तमिल,

तेलुगु, कन्नड़ और मलयालम भाषा के पोर्टल के सम्पादक के तौर पर जुड़ गया। इन्हें शुरू करने में सिर्फ़ एक महीना लगा। इसे Best multi-lingual portal award से Chip magazine ने नवाजा।

छपे संस्करण से इस संस्करण का कितना, कैसा रिश्ता था? क्या अनुभवी और महत्त्वाकांक्षी लोग तब इस प्लेटफ़ॉर्म से जुड़ने को उत्सुक थे या मन मारकर करनेवाली दशा थी?

वेबदुनिया चूँकि *नईदुनिया* अख़बार समूह का हिस्सा थी, इसलिए उसे बिना शुल्क लेख और समाचार मिल जाया करते थे। *पीटीआई* तथा *इंडो एशियन न्यूज़ सर्विस* भी समाचार और फ़ीचर के मुख्य आधार थे। *www.indiainfo.com* के लिए अलग-अलग भाषाओं के लिए पूर्णकालीन पत्रकार नियुक्त किए गए थे। इन सभी पत्रकारों को प्रवर्तमान वेतन से काफ़ी अधिक वेतन पर रखा गया था। इसलिए सभी उत्साह और लगन से काम करते थे।

नेट पर उपलब्ध सामग्री ने हार्ड तथा सॉफ़्ट दोनों सामग्रियों के बनाने में हिन्दी के प्रति कितनी सदयता, जागरूकता और रुचि दिखाई है? किस रूप में?

टेक्नोलॉजी की सहज उपलब्धता के बाद से उपयोगकर्ता हार्ड के बदले सॉफ़्ट कॉपी पढ़ना ज़्यादा पसन्द करने लगे हैं, विशेषकर युवा जो स्मार्ट फ़ोन इस्तेमाल करते हैं।

हिन्दी को यूनिकोड फॉन्ट कब तक किस माध्यम से मिलेगा? की बोर्ड तथा सर्च इंजन के क्षेत्र में क्या-क्या व्यावहारिक कमियाँ हैं?

Google बाबा ने दोनों ही क्षेत्र में सराहनीय योगदान दिया है।

सोशल मीडिया का उदय और हिन्दी के लिए उसमें बनती सम्भावनाओं तथा निहित ख़तरे पर आपकी क्या टिप्पणी है?

वे सभी सम्भावनाएँ और ख़तरे किसी भी भाषा के लिए समान हैं।

युवा पीढ़ी नेट और डिजिटल मीडिया का किस तरह किस फ़ॉर्म में इस्तेमाल कर रही है? ख़ुद हिन्दी पत्रकार इस माध्यम का कितना फ़ायदा उठा पाते हैं?

ज़्यादातर युवा पढ़ते कम देखते-सुनते ज्यादा हैं। इंटरनेट पर अंग्रेज़ी की तुलना में

हिन्दी सामग्री कम है। पत्रकार इंटरनेट का उपयोग उसी तरह करते हैं जिस तरह पुस्तकालयों का किया जाता था।

बड़े हिन्दी अख़बारों और ख़बरिया चैनलों के पोर्टलों की लोकप्रियता कितनी किस आयु वर्ग के बीच है? मुख्य सम्पादकीय टोली से ऑन लाइन संस्करण के कर्मियों का किस तरह का रिश्ता है, काम की व्यावहारिक साझेदारी और सम्पादकीय टोली के अनुशासन तंत्र की तहत?

मुझे प्रिंट और ऑनलाइन संस्करण में एक साथ काम करने का कोई अनुभव नहीं है। वैसे चीज़ें तेज़ी से बदल रही हैं।

अगर आपने या किसी अन्य ने इस पर कुछ लिखा हो उसका लिंक या स्कैन प्रति भी भेज सकें तो बहुत अच्छा हो।

जी, नहीं लिखा।

आज कई अंग्रेज़ी ख़बर पोर्टलों, ई-पत्रिकाओं तथा चैनलों ने अपने जो हिन्दी संस्करण बाज़ार में उतारे हैं, उनकी गुणवत्ता पर आपकी राय?

इनकी गुणवत्ता अच्छी है। दिन में कई बार इन्हें ताज़ा ख़बरों से रोचक बनाया जाता है।

सम्भावनाएँ जो अब तक टोही नहीं जा सकीं।

पाठकों से सीधा संवाद बनाया जाए—ऑनलाइन चैट फ़ीचर जोड़कर। नागरिक पत्रकार की साझेदारी हो। नागरिक द्वारा भेजे रुचिकर वीडियो शामिल किए जाएँ।

इस नये माध्यम का रेवेन्यू मॉडल कैसा हो?

विज्ञापनों से। कई स्वतंत्र youtuber अच्छा अर्जन कर रहे हैं।

निष्कर्ष

आईआरएस (2019बी) और एबीसी रिपोर्ट हिन्दी प्रिंट और डिजिटल मीडिया दोनों की लगातार हो रही वृद्धि की पुष्टि करती हैं। प्रारम्भ में, हिन्दी समाचार-पत्रों ने इंटरनेट की दुनिया में प्रवेश करने का साहसिक क़दम उठाया। शुरुआती प्रवेशकों

के साक्षात्कार से पता चलता है कि सबसे पहले डिजिटल हिन्दी भाषा में प्रवेश करने वाली मेट्रो-आधारित, बहुभाषी मीडिया कम्पनियाँ नहीं थीं, बल्कि इन्दौर के *नईदुनिया* जैसे दैनिक समाचार-पत्र थे, जिसका *वेब-दुनिया* नाम का पोर्टल, माइक्रोसॉफ़्ट की मदद से लॉन्च किया गया पहला हिन्दी पोर्टल था। नई सहस्राब्दी के पहले दशक में अधिकांश मुख्य सम्पादकों ने अपने ई-पेपर और डिजिटल पोर्टल को मुख्य प्रिंट उत्पाद के सह-उत्पाद के रूप में माना। डिजिटल अनुभागों के साथ काम करने वाले युवा पुरुष (कोई महिला नहीं) या तो नई चुनौतियों के स्वीकार वाले लोग थे या फिर वो लोग जिन्हें सम्पादकीय नेतृत्व अवांछित मानता था। ई-पेपर निकालने वालों ने अपने पोर्टल पर कमोबेश प्रिंट संस्करण जस का तस अपलोड किया।

पोर्टल अच्छी तरह से डिज़ाइन नहीं किये गए थे और रोमन अक्षरों और की-बोर्ड से सामंजस्य बैठाने के लिए बनाए गए हार्डवेयर, हिन्दी या अन्य भारतीय भाषाओं में काम करने वालों के लिए सुविधाजनक नहीं थे। भारतीय बाज़ारों में प्रवेश करने की इच्छुक, कुछ प्रमुख वैश्विक कम्पनियों ने जब हार्डवेयर में कुछ सुधार किया तो चीज़ें थोड़ी आसान हुईं। यूनिकोड-ब्रांडेड सॉफ़्टवेयर हिन्दी में उपलब्ध होने के बाद आपसी संवाद और सम्पादकीय कार्य प्रवाह आसान हो गया। जैसे-जैसे हिन्दी में ब्लॉग का प्रचलन बढ़ा, लेखकों की एक युवा पीढ़ी आई, जिन्होंने नये माध्यम को समझा और उसके अनुरूप अपनी हिन्दी तैयार की। एक दशक के भीतर, जैसे-जैसे सोशल मीडिया का विकास हुआ और स्मार्टफ़ोन ने छोटे शहरों और ग्रामीण इलाक़ों में लोगों, विशेषकर महिलाओं को इंटरनेट से जोड़ा, एक नया मीडिया उद्योग विकसित हुआ। इस बीच, समाचारों का सबसे नियमित आपूर्तिकर्ता प्रिंट ही बना रहा, विशेषकर स्थानीय समाचारों का, लेकिन डिजिटल विभागों का महत्त्व बढ़ गया। साल 2014 तक, समाचार सबसे पहले इंटरनेट से जुड़े मीडिया में आ रहे थे। प्रिंट भी अब अपने समाचारों का चयन करने और ताज़ा समाचार जानने के लिए इंटरनेट मीडिया पर ही निर्भर हो चुका था।

अब, दो समस्याएँ उत्पन्न हुईं। एक तो प्रिंट ने अपने समाचार ब्यूरो और डेस्क स्टाफ़ की छँटनी शुरू कर दी। इसने संस्थागत स्मृति को कमज़ोर कर दिया और सम्पादकीय क्रॉस-चेक और सत्यापन के समय-परीक्षित तरीक़ों को भी कमज़ोर कर दिया। और दूसरा, 2014 के आम चुनावों के दौरान, सभी प्रमुख राजनीतिक दलों ने पारम्परिक प्रिंट और सोशल मीडिया दोनों का उपयोग किया, और पाया

कि दर्शकों तक पहुँचना और उन तक सभी प्रकार के नैरेटिव पहुँचाना, सोशल मीडिया पर कहीं अधिक प्रभावी था।

नये पाठक युवा थे और वो चाहते थे कि उन्हें मिलने वाला समाचार रोचक और रोमांचक हो और चौबीसों घंटे, कहीं भी, कभी भी मिलता रहे। नये पाठकों की चाहत को पूरा करने के लिए, इंटरनेट पर हिन्दी इंटरनेट मीडिया ने दिन भर सनसनीख़ेज़ सुर्ख़ियों के साथ समाचार ब्रेक करना शुरू कर दिया। इसके साथ ही मीडिया में बड़े पैमाने पर फ़र्ज़ी ख़बरें और मॉर्फ्ड वीडियो भी सामने आए। प्रिंट चाहता था कि अधिक से अधिक पाठक और विज्ञापनदाता उससे जुड़ें और इसके लिए उसने हर हथकंडे को अपनाया और जब 2019 की शुरुआत में आम चुनावों की घोषणा हुई, तब तक हिन्दी समाचार के पाठक सनसनीख़ेज़ ख़बरों और तेज़ राजनीतिक प्रचार से मिलने वाले रोमांच के आगोश में समा चुके थे। इसने राजनीतिक विज्ञापन के रूप में मीडिया को भरपूर लाभ पहुँचाया, लेकिन मीडिया की अपनी छवि को गहरा धक्का लगा। जब मीडिया ने राजनीतिक दलों के भड़काऊ भाषणों और बहुसंख्यकवाद की आलोचना की, तो इन राजनीतिक दलों ने पलटवार किया और मीडिया पर अपने प्रतिद्वंद्वियों के हाथों पैसे लेकर बिकने का आरोप लगाया। यहाँ तक कि वरिष्ठ राजनीतिक नेताओं ने भी उन उदारवादी बुद्धिजीवियों के लिए असाधारण रूप से असभ्य शब्दों का इस्तेमाल किया, जिन्हें मीडिया समर्थन कर रहा था।

मीडिया का टैबलाइडीकरण जारी है, लेकिन इसके तेज़ी से विस्तार और हाल ही में वैश्विक मीडिया दिग्गजों द्वारा असंयमित भाषा, फ़र्ज़ी ख़बरों और शातिर साम्प्रदायिक प्रचार के प्रति दिखाई गई चिंता से यह उम्मीद बँधती है कि मीडिया अपनी छवि बचाने के लिए माध्यम में ज़रूरी बदलाव करेगा। हिन्दी में मल्टी-मीडिया परिदृश्य के बारे में सकारात्मक महसूस करने का दूसरा कारण युवा, कुशल और निपुण मीडियाकर्मियों के एक पूरे समूह का उदय है, जो मल्टीटास्किंग और समाचार के स्रोतों के साथ सकारात्मक और ऊर्जा भरी बातचीत में माहिर हैं। समाचार कक्षों के भीतर सत्ता की पुरानी पिरामिडनुमा संरचनाएँ धीरे-धीरे अधिक क्षैतिज होती जा रही हैं, जहाँ समाचार प्रवाह को सँभालने वाला कोई भी व्यक्ति सम्पादकीय निर्णय लेने और ग़लतियों को सुधारने के लिए स्वतंत्र है। अब हम, एक पूरी तरह से अलग मीडिया परिदृश्य में जी रहे हैं, ये वे मीडिया हैं जिसमें लोग समाचारों के निष्क्रिय पाठक ही नहीं हैं, बल्कि वो लगातार अपने समाचार

प्रदाताओं के साथ जुड़े हुए हैं, उनकी दी गई ख़बरों पर टिप्पणी कर रहे हैं, जवाब पा रहे हैं और जानकारी साझा कर रहे हैं। यह लगातार बदलती हुई दुनिया है, जहाँ पाठकों को पाने के साथ-साथ विज्ञापन राजस्व पाने के लिए प्रतिस्पर्धा बढ़ रही है। इस बिन्दु पर हिन्दी मीडिया के अगले दौर की स्पष्ट भविष्यवाणी करना कठिन है, लेकिन उम्मीद है कि बीसवीं सदी के शुरुआती दशकों की तरह, बड़ी संख्या में हिन्दी-भाषी क्षेत्र और उसका पाठक वर्ग, जो चुनावी लोकतंत्र में एक बड़ी आवाज़ है, एक बार फिर एक मज़बूत, व्यापक लोकतांत्रिक परम्परा बनाए रखने के लिए दबाव डालेंगे।

6

हिन्दी समाचार-पत्र

विश्लेषक और डिजिटल मीडिया विशेषज्ञ आम तौर पर हिन्दी प्रिंट मीडिया में तेज़ी से हुए बदलाव, ख़ासकर इसके नकारात्मक पहलुओं को डिजिटल मीडिया के उदय के लिए ज़िम्मेदार ठहराते हैं, जो तेज़ी से प्रिंट की जड़ों से दूर अपनी अलग राह बना रहा है। भारत ज़रूर दुनिया के सबसे तेज़ी से बढ़ते बाज़ारों में से एक है, लेकिन हालिया आँकड़ों से पता चलता है कि सभी मीडिया एक साथ बढ़ रहे हैं, कुछ दूसरों की तुलना में अधिक, लेकिन बढ़ सभी रहे हैं। हिन्दी समाचार-पत्र अभी भी भारत के मीडिया परिदृश्य में सबसे अधिक मुनाफ़े वाले क्षेत्रों में से एक हैं।

मुम्बई स्थित ग़ैर-लाभकारी संगठन ऑडिट ब्यूरो ऑफ़ सर्कुलेशन 1948 से भारत के अधिकांश बड़े प्रकाशन गृहों के लिए प्रसार आँकड़ों को प्रमाणीकृत करता रहा है। इसकी मई 2017 की रिपोर्ट (एबीसी 2017) के अनुसार 2006 से 2016 के बीच प्रिंट मीडिया ने सर्कुलेशन में 2 करोड़ 37 लाख की वृद्धि (4.87 प्रतिशत की चक्रवृद्धि वार्षिक वृद्धि दर) दर्ज की और यह टेलीविज़न, रेडियो और तेज़ी से बढ़ते डिजिटल मीडिया उद्योग से प्रिंट को मिल रही कड़ी प्रतिस्पर्धा के बावजूद हुआ।

केपीएमजी और गूगल (2017) के एक अध्ययन से पुष्टि होती है कि भारतीय भाषाओं के इंटरनेट उपभोक्ताओं की संख्या 2011 से 2016 के बीच 41 प्रतिशत की बढ़ोतरी के साथ 23 करोड़ 40 लाख तक पहुँच गई और इसमें 18 प्रतिशत की दर से वृद्धि अनुमानित है। इसलिए, स्थानीय भाषा डिजिटल मीडिया के उपभोक्ताओं की संख्या 2021 तक 53 करोड़ 60 लाख तक पहुँच सकती है। जैसा कि अध्ययन

में अनुमान जताया गया है, यदि ऐसा होता है तो 2021 तक इंटरनेट के भारतीय भाषा उपयोगकर्ता, भारत के कुल इंटरनेट उपयोगकर्ता-आधार का 75 प्रतिशत होंगे। विश्लेषक इस वृद्धि को 'स्वीकार्य मध्यम स्तर' का आँक रहे हैं।

जैसा कि स्तम्भकार वनिता कोहली-खांडेकर (2019बी) सुझाव देती हैं, भारत में अब तक मीडिया की वृद्धि, 'पूरक बनी हुई है, न कि' विरासत और नया डिजिटल मीडिया मिलकर एक विविध गुलदस्ता तैयार कर रहे हैं। जैसा कि अपरिहार्य है, सभी दूसरे सेगमेंट भी डार्विनियन संघर्ष का सामना कर रहे हैं, जहाँ अन्त में, चाहे बात किसी भी शैली की हो, बचेगा वही, जो सबसे योग्य और वक़्त के हिसाब से फिट हो।

तालिका 6.1

(भारत में प्रिंट आउटलेट की संख्या, 2018)

पंजीकृत प्रकाशन पत्रिकाएँ	118,239
पत्रिकाएँ	21,187
मसिक	6,138
साप्ताहिक	10,834
दैनिक	8,930

स्रोत : भारत के समाचार-पत्रों के रजिस्ट्रार (2019 : 15)

दैनिक जागरण : डिजिटल मीडिया के साथ कैसे जुड़ा एक मज़बूत हिन्दी प्रिंट उत्पाद

2010 के दशक में जैसे ही बड़ी जनसंख्या वाले हिन्दी क्षेत्र की आय और साक्षरता दर में वृद्धि हुई, इसके उपभोक्ताओं को सूचना के महत्त्व का एहसास भी होने लगा और वे अंग्रेज़ी अख़बारों की तुलना में अधिक क़ीमत होने के बावजूद, हिन्दी दैनिक समाचार-पत्रों को ख़रीदने के लिए तैयार थे।

हिन्दी क्षेत्र में एक सम्पूर्ण अख़बार का मतलब है जो स्थानीय, राष्ट्रीय और अन्तरराष्ट्रीय समाचारों के साथ-साथ महिलाओं और बच्चों सहित पूरे परिवार की ज़रूरतों से जुड़े विषयों को कवर करता हो। उन्हें सन्तुष्ट करने के लिए सभी प्रमुख हिन्दी दैनिक, जो पहले 'हल्के-फुल्के' विषयों पर सप्ताह में एक दिन साप्ताहिक

पृष्ठ निकालते थे, वे अब सप्ताह के हर दिन किसी न किसी विषय पर विभिन्न परिशिष्ट निकालते हैं। इनमें युवाओं के लिए विभिन्न करियर और नवीनतम गैजेट्स, बच्चों के लिए कहानियाँ, खेल और पहेलियाँ, युवा महिलाओं के लिए फ़ैशन और जीवनशैली से जुड़ी सामग्री और बुज़ुर्गों के लिए धर्म और ज्योतिष आधारित लेखों पर परिशिष्ट शामिल हैं।

छोटे शहरों के हिन्दी पाठक महत्त्वाकांक्षी हैं और आगे बढ़ रहे हैं। उन्हें इस बात का भी एहसास है कि उच्च वेतन वाली नौकरियाँ पाने के लिए अंग्रेज़ी बेहद महत्त्वपूर्ण है, लेकिन, कॉलेज और दूसरी जगहों पर अंग्रेज़ी भाषा सीखते समय भी हिन्दी अख़बार ही उनका मित्र, दार्शनिक और मार्गदर्शक बना रहता है। हिन्दी की-बोर्ड सुविधा से लैस उसके स्मार्टफ़ोन पर उपलब्ध ऐप्स उसे वर्ल्ड वाइड वेब से जोड़ते हैं और इसके माध्यम से पाठक विभिन्न प्रकार की डिजिटल जानकारी तक पहुँच जाता है। पिछले दो दशकों में सप्लीमेंट्स ने पाठकों के इसी युवा, आकांक्षी समूह पर ध्यान केन्द्रित किया है जो फर्राटेदार अंग्रेज़ी बोलकर आगे बढ़ने वाले अपने सहकर्मी समूहों का हिस्सा बनने के लिए तत्पर है। इसलिए पूरक परिशिष्ट जब पाक कला, घरेलू सजावट, मेकअप और फ़ैशन में नये रुझानों की बात करते हैं तो उसके शीर्षक में अंग्रेज़ी शब्दों का प्रचुर मात्रा में उपयोग होता है।

हिन्दी अख़बारों का बाज़ार अग्रणी, जागरण प्रकाशन समूह इसका प्रमाण है। इसका प्रमुख प्रकाशन *दैनिक जागरण* जिसका मुख्यालय कानपुर में है, 13 स्थानों से प्रकाशित होता है और इसके पाठकों की संख्या 7 करोड़ है। इसके 400 से अधिक संस्करण और उप-संस्करण हैं। साल 2018 की वार्षिक रिपोर्ट (जागरण प्रकाशन 2018) में, जागरण समूह ने अपने 10 प्रिंट प्रकाशनों के लिए 8 करोड़ 40 लाख से अधिक के पाठक आधार का दावा किया है।

प्रिंट के अलावा जागरण समूह के पास 12 राज्यों में 39 रेडियो स्टेशन भी हैं। इसके 11 डिजिटल मीडिया पोर्टल भी हैं, जिनमें से हिन्दी समाचार, सूचना और शिक्षा से सम्बन्धित एक पोर्टल अपनी श्रेणी में नम्बर एक हिन्दी वेबसाइट है। 2017-18 में जागरण ग्रुप ने विज्ञापन राजस्व के रूप में 1,697 करोड़ रुपये कमाए। इनमें से 433 करोड़ रुपये बिक्री से प्राप्त हुए। राजस्व आँकड़ों का विवरण इस प्रकार है : दैनिक जागरण, 65 प्रतिशत; अन्य प्रिंट प्रकाशन, 15 प्रतिशत; रेडियो, 13 प्रतिशत; इवेंट और आउटडोर विज्ञापन, 6 प्रतिशत; और डिजिटल, 1 प्रतिशत (ibid. : 6-7)।

दैनिक भास्कर : एक और प्रमुख हिन्दी दैनिक जिसने हिन्दी पट्टी में प्रिंट की पारम्परिक विश्वसनीयता का प्रदर्शन किया

एक दूसरा सबसे लोकप्रिय दैनिक (जो अक्सर नम्बर वन होने का दावा पेश करता है) *दैनिक भास्कर*, डीबी कॉर्प समूह का अख़बार है। इस समूह ने 1958 में भोपाल से अपना हिन्दी अख़बार शुरू किया और फिर राजस्थान में एक संस्करण लॉन्च करने के बाद 1996 के आसपास बढ़ना शुरू किया। साल 2019 तक *दैनिक भास्कर* मुख्य रूप से हिन्दी, गुजराती, मराठी और अंग्रेज़ी में भी 14 राज्यों से कुल 63 संस्करण प्रकाशित कर रहा था। जून 2017 में *दैनिक भास्कर* ने अपने ई-पेपर की सफलता से उत्साहित होकर तीन अलग-अलग प्लेटफ़ॉर्मों—एंड्रॉइड, आईफ़ोन और विंडोज पर अपना स्वयं का समाचार ऐप लॉन्च किया।

दैनिक भास्कर डिजिटल टीम के प्रमुख, नवनीत गुर्जर (अगस्त 2019 में साक्षात्कार) हिन्दी में डिजिटल समाचार के भविष्य को लेकर आशावादी हैं। उनका मानना है कि हिन्दी दैनिकों के अधिकांश डिजिटल प्लेटफ़ॉर्म अभी भी 30 साल से कम उम्र के पाठकों को लुभाने की कोशिश कर रहे हैं। इसके परिणामस्वरूप समाचारों को अनावश्यक रूप से कम महत्त्व दिया जा रहा है, साथ ही भाषा का भी ह्रास हुआ है जिससे अन्ततः समाचारों की विश्वसनीयता प्रभावित हो रही है। उनका कहना है कि यह पाठक वर्ग जल्द ही परिपक्व हो जाएगा और अधिक गम्भीर समाचार खोजने लगेगा। दैनिक भास्कर में वे जहाँ तक सम्भव हो अपनी ख़बरों का सावधानीपूर्वक चयन करते हैं, सूचना की सत्यता को प्रिंट वाले समय-परीक्षित पैमानों पर परखते हैं और फिर उसे उचित तरीक़े से पेश करते हैं। गुर्जर कहते हैं कि युवा पाठकों का पीछा करने की जल्दबाज़ी में डिजिटलीकृत हिन्दी प्लेटफ़ॉर्म भूल जाते हैं कि आख़िरकार यह पाठक और उत्पाद के बीच का आपसी विश्वास है जो भाषा और सामग्री की रेस से अधिक मायने रखता है।

गुर्जर यह भी मानते हैं कि राजस्व संग्रहण के मामले में डिजिटल मीडिया की तुलना में प्रिंट हमेशा अधिक आकर्षित करेगा। इसलिए हिन्दी में डिजिटल मीडिया के लिए सबसे अच्छा राजस्व मॉडल सदस्यता आधारित होना चाहिए। एक तरफ़ समाचार ऐप के एग्रीगेटरों और इंटरनेट का लगातार हो रहा विस्तार और साथ में 2019 में अख़बारी काग़ज़ के आयात के लिए 10 प्रतिशत बढ़ोतरी की घोषणा के बाद *दैनिक भास्कर* के प्रिंट डिविजन को एहसास हुआ कि अख़बार में बढ़त तो

दर्ज हो रही है, लेकिन इसे ऑनलाइन मीडिया से कड़ी प्रतिस्पर्धा का सामना करना पड़ रहा है, जो कॉलेज जाने वाले युवाओं की पहली पसन्द बनकर और उन्हें प्रिंट से दूर कर रहा है। इसीलिए *भास्कर समूह* बॉलीवुड अभिनेता सलमान ख़ान के साथ एक विज्ञापन अभियान लेकर आया, जिसमें हिन्दी पाठकों से पूछा गया, कि कैसा रहेगा अगर आपकी सुबह की चाय सोने के कप में आए तो? ज़िन्दगी बदल जाएगी, बॉस!"

दैनिक भास्कर ने 2018-19 में अपने राजस्व में 6.2 प्रतिशत की वृद्धि दर्ज की जिसमें विज्ञापन राजस्व की वृद्धि का प्रतिशत 7.4 प्रतिशत था (डीबी कॉर्प 2019 : 10)। 2019 के चुनावों से पहले के महीनों में *भास्कर* ने सक्रिय रुख अपनाते हुए तीन अन्य प्रमुख समाचार-पत्र समूहों, *द टाइम्स ऑफ इंडिया* (हिन्दी दैनिक *नवभारत टाइम्स* का प्रकाशक), *हिन्दुस्तान टाइम्स* (दैनिक *हिन्दुस्तान* का प्रकाशक) और द हिन्दू को प्रिंट के समर्थन में संयुक्त विज्ञापन देने के लिए एक मंच पर लाने में सफलता प्राप्त की। विज्ञापन एजेंसी फ़ेमस इनोवेशन ने एक पूर्ण-पृष्ठ का संयुक्त विज्ञापन (नि:शुल्क होने का दावा करते हुए) बनाया, जो सभी चार समूहों द्वारा प्रकाशित अख़बारों में छपा। विज्ञापन में प्रिंट समाचारों की तुलनात्मक श्रेष्ठता पर प्रकाश डाला गया था, साथ ही ये दावा भी किया गया कि इन समाचार-पत्रों की सभी ख़बरें अनुशासित तथ्य-जाँच से गुज़रती हैं, जबकि इसके विपरीत ऑनलाइन प्रदाता जब चाहे तब अपनी ख़बरों को हटाते और सम्पादित करते रहते थे। *दैनिक भास्कर* ने इस संयुक्त विज्ञापन को अपने 12 प्रकाशनों में ख़ूब छापा।

2014 से 2018 : इंटरनेट विस्फोट पर एक नज़र

2014 से 2018 के बीच हिन्दी में इंटरनेट के इस्तेमाल में 65 प्रतिशत का उछाल कैसे आया? इसकी एक बड़ी वजह तो सस्ते लैपटॉप की आसान उपलब्धता रही (चुनावों से पहले अक्सर सरकारों ने कॉलेज जाने वाले छात्र मतदाताओं को मुफ़्त में बाँटा)। इसके बाद सस्ते स्मार्टफ़ोन मिलने शुरू हुए जिसकी भारतीय बाज़ारों में बाढ़ सी आ गई। इस बेहद प्रतिस्पर्धी बाज़ार में दूरसंचार ऑपरेटरों ने स्मार्टफ़ोन उपयोगकर्ताओं के लिए टैरिफ़ में तेज़ी से कमी करना शुरू कर दिया। मुकेश अंबानी के स्वामित्व वाले रिलायंस समूह के सेवा-प्रदाता जियो ने अपनी शुरुआत मुफ़्त कनेक्टिविटी की आश्चर्यजनक पेशकश के साथ की और इसे नई ऊँचाइयों पर

पहुँचा दिया। इससे मात्र 170 दिनों में जियो के 10 करोड़ ग्राहक हो गए। रिलायंस ने स्मार्टफ़ोन ऐप उपयोगकर्ताओं की वृद्धि को आगे बढ़ाते हुए 4जी कनेक्टिविटी भी पेश की। यह ट्विटर और फ़ेसबुक जैसे ऐप्स के लिए एक वरदान था, जिसने बाद में व्हाट्सएप (फरवरी 2014 में) जैसे अन्य लोकप्रिय मैसेजिंग ऐप का अधिग्रहण कर लिया। हिन्दी के लिए आज ट्विटर, फ़ेसबुक और इंस्टाग्राम सबसे पसन्दीदा और माँग वाले सोशल मीडिया प्लेटफ़ॉर्म बनकर उभरे हैं। सबने मिलकर एक बिलकुल नये तरह का हिन्दी समाचार उपभोक्ता वर्ग तैयार किया है, और ये सबसे छोटे शहरों और ग्रामीण क्षेत्रों में सभी भारतीय भाषाओं में न्यूज़ फीड के माध्यम से अधिकांश लोगों के सूचना की भूख नियमित रूप से शान्त करते हैं।

भारतीय पाठक सर्वेक्षण (MRUC 2019a), दुनिया का सबसे बड़ा मल्टी-मीडिया और उपभोग अध्ययन, 2019 की पहली तिमाही के लिए भारत के इंटरनेट उपयोगकर्ताओं के बारे में तीन महत्त्वपूर्ण बिन्दु बताता है :

1. भारत में सक्रिय इंटरनेट उपयोगकर्ताओं में उल्लेखनीय वृद्धि हुई है : जो इंटरनेट की वैश्विक दुनिया का 24 प्रतिशत है।
2. ग्रामीण भारत में अब 50 प्रतिशत सक्रिय इंटरनेट उपयोगकर्ता हैं।
3. आज शहरी भारत में हर दूसरा व्यक्ति इंटरनेट उपयोग करता है।

तेज़ी से हुए डिजिटलीकरण और इंटरनेट के बढ़ते दायरे का हिन्दी प्रिंट पर क्या प्रभाव है?

परम्परागत मीडिया को डिजिटलीकरण से इस मायने में बड़ा लाभ पहुँचा है कि अब उसे सोशल मीडिया और अन्य स्रोतों से बड़ी संख्या में आने वाले समाचारों को खँगालने में मदद मिलती है। डिजिटलीकरण से जानकारियों और घटनाओं का तुरन्त पता चल जाता है, फिर उस पर रिपोर्टिंग टीम को लगाना या उस घटना पर विभिन्न माध्यमों के हिसाब से वैयक्तिककृत और स्थानीयकृत ख़बरें लिखना और साथ ही फिर से घटित हो सकने वाली घटनाओं (चुनाव, प्राकृतिक आपदाओं, दुर्घटनाओं या राजनीतिक भाषणों) के सन्दर्भ में सटीक बैकराउंडर तैयार करना आसान हो गया है। लेकिन, इस 'आसानी' ने पेशेवर पत्रकारों पर दीर्घकालिक गम्भीर प्रभाव डाला है :

1. यह तेज़ी से समाचार एकत्र करने, छाँटने, व्यवस्थित करने और प्रसारित करने के काम को लगभग पूरी तरह से यांत्रिक बना रहा है, जिससे कर्मचारियों की संख्या कम हो रही है।
2. जैसे-जैसे हिन्दी मीडिया ग्रामीण इलाक़ों तक पहुँच रहा है, स्थानीय स्तर पर रिपोर्टिंग की आवश्यकता भी अधिक बढ़ गई है। नतीजा, ये कि अक्सर अप्रशिक्षित फ्रीलांसरों पर निर्भर रहना पड़ता है, जो आसानी से उपलब्ध भी हैं और सस्ते भी।
3. इसने हिन्दी मीडिया की रेडी-टू-यूज़ फ़ीड पर निर्भरता और नवीनतम समाचारों के साथ सबसे पहले ख़बर देने की तीव्र प्रतिस्पर्धा को बल दिया है, लेकिन इससे महत्त्वपूर्ण क्रॉस-चेकिंग और ख़बरों के सत्यापन पर नियंत्रण कमज़ोर हो गया है। इसके परिणामस्वरूप अक्सर फ़र्ज़ी और मनगढ़ंत ख़बरें मीडिया में आ जाती हैं, और इससे पहले कि उन्हें मूल प्रदाता हटाए, वो वायरल हो जाती हैं।
4. आज हिन्दी में फ़ील्ड रिपोर्टिंग उच्च मेगा पिक्सल वाले कैमरे से लैस स्मार्टफ़ोन वाले युवा फ्रीलांसर कर रहे हैं। वे अपनी रिपोर्ट सीधे सभी प्रमुख हिन्दी समाचार-पत्रों से जुड़े 24/7 डिजिटल प्लेटफ़ॉर्म पर भेजते हैं, जहाँ उन्हें डिजिटल कर्मचारियों द्वारा छाँटा और प्राथमिकता दी जाती है।

इन सभी कारणों से दिन भर में उपलब्ध कराए जाने वाले समाचार आइटम और वीडियो फ़ीड की संख्या में वृद्धि होती है, लेकिन समाचार प्रवाह अक्सर इतना तेज़ होता है कि महत्त्वपूर्ण जाँच और सम्पादन उस स्तर का नहीं किया जा रहा, जैसा कि किया जाना चाहिए।

हिन्दी अख़बारों की विकसित होती संरचना और पत्रकारों के लिए आजीविका रणनीतियाँ

मीडिया की जिन उभरती परिस्थितियों का ज़िक्र हमने किया, ऐसे माहौल में पत्रकारों के अस्तित्व की रक्षा केवल तभी हो सकती है जब वो निरन्तर अपने कौशल को बढ़ाता रहे और नित नये नवाचार पर काम करे। एक औसत पाठक के साथ-साथ आज के युवा उपभोक्ताओं की संख्या बढ़ती जा रही है और वे अधिक माँग कर रहे हैं। ऐसे में, सामग्री और डिज़ाइन को तैयार करने में नवाचार, और उचित कार्य

प्रवाह प्रणाली तैयार करना आवश्यक है। लोकप्रिय छोटे स्थानीय दैनिक समाचार-पत्रों का युग लगभग ख़त्म हो चुका है। *नईदुनिया* (अब जागरण समूह का हिस्सा) जैसे अख़बार अक्सर मेगा दैनिक समाचार-पत्रों द्वारा ख़रीदकर अपने क्षेत्रीय संस्करणों के साथ विलय कर दिये जा रहे हैं।

कुछ चीज़ें अब तक अपरिवर्तित हैं। अख़बारी काग़ज़ की लागत में वृद्धि के बावजूद अख़बार 16 से 20 पन्नों के साथ अख़बार ब्रॉडशीट के रूप में ही निकाले जा रहे हैं और इसकी प्रति कॉपी क़ीमत इसमें आने वाली लागत का मात्र छठा हिस्सा बनी हुई है। आप मान सकते हैं कि जो अख़बार आपको 4 रुपये में मिल रहा है, उसकी वास्तविक लागत 24 रुपये होगी। इसका मतलब है कि अख़बारों को विज्ञापन राजस्व से भारी क्रॉस-सब्सिडी दी जा रही है और 'क्रिएटिव' (ज़्यादातर कल्पनाशील रूप से बनाए गए दृश्य जो पाठक को आकर्षित करते हैं) को अधिक से अधिक स्थान दिया जा रहा है, जहाँ सम्पादकीय लेआउट का जामा पहनाकर विज्ञापन परोसा जा रहा है। सम्पादकीय सामग्री और विज्ञापन के बीच का अनुपात 60:40 के आसपास होने की उम्मीद थी, ताकि पाठकों को कॉलम ग्रिड पेपर में हर दिन लगभग 90 कॉलम समाचार दिया जा सके, लेकिन, त्योहारों के मौसम या चुनावों के दौरान हिन्दी अख़बारों का पहला पूरा पन्ना (और अक्सर पिछला पेज भी) विज्ञापनों के लिए समर्पित कर देना अब आम बात हो गई है। आम दिनों में सम्पादकीय तत्त्वों का विभाजन आम तौर पर स्थानीय समाचारों के लिए 30 प्रतिशत, राष्ट्रीय और अन्तरराष्ट्रीय समाचारों के लिए 30 प्रतिशत, खेल, व्यवसाय और प्रौद्योगिकी के लिए 30 प्रतिशत और ऑडिटोरियल पेज के लिए 10 प्रतिशत होता है।

अख़बारों के परिशिष्ट पेज पर तो व्यापार और सामग्री के मुद्दे अलग-अलग बाज़ारों के लिए भिन्न हो सकते हैं। इन्फोटेनमेंट, बॉलीवुड, जीवनशैली, घर, शिक्षा और करियर सामान्य रूप से कवर किये जाने वाले क्षेत्र हैं; रिसर्च और डिजिटल 'लाइक्स' ने स्वास्थ्य देखभाल/कल्याण, कम्प्यूटर और यात्रा जैसे नये क्षेत्रों का खुलासा किया है। हाल के दिनों में सोशल मीडिया और हिन्दू धर्म को लेकर पैदा की जा रही सामग्री प्रिंट में अधिक से अधिक स्थान घेर रही है। हिन्दी अख़बारों के पन्नों की संख्या और उनमें संरचनात्मक बदलाव के लिए अभी भी अंग्रेज़ी सहयोगी दैनिकों की तुलना में विज्ञापन और वितरण टीमों से कहीं अधिक बार सहमति और सुझावों की आवश्यकता पड़ती है, जबकि इनके अधिकांश सम्पादकीय सदस्य वे हैं जो सीधे मालिक-सम्पादकों को रिपोर्ट करते हैं।

पाठक अनुसन्धान

एबीसी या आईआरएस को छोड़कर हिन्दी सम्पादकीय के लिए विश्वसनीय क्षेत्रवार डेटा बहुत कम ही उपलब्ध हैं, जो हिन्दी पाठकों की प्राथमिकताओं को व्यवस्थित रूप से बता सकें। जब तक वैश्विक मीडिया दिग्गजों ने हिन्दी पाठकों पर सावधानीपूर्वक शोध करना शुरू नहीं किया, तब तक हिन्दी पत्र-पत्रिकाओं के पैटर्न, कि नये पाठक क्या चाहते हैं, ज़्यादातर पुराने प्रबन्धकों और डीलरों के ज्ञान, आपसी बातचीत और उनकी धारणाओं पर निर्भर थे, जो अक्सर इंटरनेट से प्राप्त जानकारी पर आधारित होता है। नये स्वामित्व पैटर्न के साथ हिन्दी समाचार कक्षों में सूचना, विशेष रूप से राजनीतिक समाचारों की प्राथमिकताएँ तय करने के बारे में फ़ैसले वहाँ से जुड़े होते हैं जिन्हें समाचार कक्ष 'ऊपर से आदेश' के रूप में सन्दर्भित करते हैं। इसका मतलब सीईओ द्वारा दिया गया आदेश या फिर मालिकों की इच्छा के चोले में छिपे आदेश हो सकते हैं, जो दरअसल, उन्हें किसी मंत्रालय या किसी शक्तिशाली राजनीतिक दल के मीडिया सेल द्वारा बताया गया हो, जो हिन्दी मीडिया पर बारीक़ी से नज़र रखता है।

हिन्दी समाचार-पत्र परम्परागत रूप से अपने पृष्ठ प्रकाशन केन्द्रों पर ही या उसके निकट बनाते रहे हैं। लेकिन, तकनीक ने धीरे-धीरे केन्द्रीकृत पेज-निर्माण की सुविधा प्रदान की। इससे मानव संसाधन लागत और एक ही काम को दो बार करने से बचत हुई। राष्ट्रीय समाचार पृष्ठ अब अधिकतर एक केन्द्रीकृत स्थान पर बनाए जाते हैं और सभी स्थानों पर प्रसारित किये जाते हैं। स्थानीय टीमें अधिकतर एल (लोकल) पेज तैयार करती हैं और बाक़ी पन्नों को कस्टमाइज़ करती हैं। बिजनेस और फ़ाइनेंस पत्रकारों की निरन्तर कमी की वजह से बिजनेस और खेल पृष्ठों को शायद ही कभी स्थानीय डेस्क हाथ लगाते हैं। विदेशी संवाददाताओं की कमी भी इसी तरह हिन्दी अख़बारों को वैश्विक घटनाओं की रिपोर्टिंग और विश्लेषण पर अपना दृष्टिकोण विकसित करने से रोकती है (जब तक कि उनके किसी पसन्दीदा पत्रकार को किसी महत्त्वपूर्ण मंत्री या प्रधानमंत्री के साथ यात्रा करने के लिए नहीं चुना जाता है)। संवाददाताओं की छपी पिछली रिपोर्टों से पता चलता है कि ऐसे मामलों में हिन्दी संवाददाता सरकार के मीडिया संचालकों द्वारा उन्हें प्रदान की गई सामग्री को अपने स्पष्ट झुकाव के साथ बिना दिमाग़ लगाए छाप देते हैं।

सम्पादकीय और ओपिनियन पृष्ठ आम तौर पर केन्द्रीय समाचार कक्षों में

ही तैयार किये जाते हैं। सम्पादक के नाम पत्र और खुले सम्पादकीय आलेखों के अंशों को आवश्यकता के अनुसार स्थानीय स्तर पर बदल दिया जाता है। वर्तमान में सरकार के मंत्रियों द्वारा प्रमुख हिन्दी दैनिक समाचार-पत्रों के लिए अपने विचार या अपने मंत्रालय से जुड़े मामलों पर सम्पादकीय लेखन में उल्लेखनीय वृद्धि हुई है। इसे बदलाव के तौर पर देखा जा सकता है, लेकिन, कमोबेश ये बदलाव कॉस्मेटिक ही हैं। पिछली सरकारों में शायद ही मंत्री स्तर के शीर्ष नीति-निर्माताओं ने अपने लेखन से हिन्दी अख़बारों का सम्मान बढ़ाया हो। हालाँकि, ये भी सच है कि ऐसे अधिकांश आलेखों में सरकार और विशेष रूप से प्रधानमंत्री की उपलब्धियों को प्रचारित किया जाता है। अपने नेता के जन्मदिन पर प्रमुख कैबिनेट मंत्रियों द्वारा हस्ताक्षरित सम्पादकीय विभिन्न हिन्दी दैनिक समाचार-पत्रों में प्रमुखता से श्रद्धापूर्वक छापे जाते हैं। यह देखते हुए कि हिन्दी पट्टी वाले राज्यों की ग़रीब जनता किस हद तक सरकारी योजनाओं और सरकार की उदार नीतियों पर निर्भर है, हिन्दी अख़बार सीधे केन्द्र की सफल योजनाओं के बारे में गरीबों के इर्द-गिर्द बुनी गई थीम वाली घोषणाएँ छापते हैं जो उनकी बिक्री को बढ़ाने वाला 'अनूठा विक्रय बिन्दु' भी बन जाती है।

फ़ीचर टीमें एक ही जगह केन्द्रीय रूप से काम करती हैं। प्रकाशन के स्थानीय केन्द्रों पर कुछ चुनिंदा स्टाफ़ होते हैं जो फ़ीचर आइटम को स्थानीय ज़रूरतों के हिसाब से पृष्ठों पर एडजस्ट करते हैं। अच्छे पुल-आउट पेज के लिए अच्छे डिज़ाइनरों, इन्फोग्राफ़िक कलाकारों और चित्रकारों के साथ एक अच्छे केन्द्रीय डिज़ाइन विभाग की आवश्यकता होती है, जो अभी भी हिन्दी सम्पादकीय व्यवस्था में ग़ायब है। इनके नहीं होने की वजह से अख़बार के 'लुक एंड फील' पर प्रतिकूल प्रभाव पड़ता है। हिन्दी में समाचार कक्षों में महिलाएँ कम ही नज़र आती हैं, जो हैं भी उन्हें अक्सर फ़ीचर अनुभागों में भेज दिया जाता है। उनके अधिकांश आलेख घरेलू मुद्दों के इर्द-गिर्द ही केन्द्रित रहते हैं, जैसे—भोजन, बच्चों और बुजुर्गों की देखभाल, जीवन-शैली, सौन्दर्य प्रसाधन इत्यादि।

समाचार संग्रहण और दैनिक समाचार-पत्रों और उनके मल्टी-मीडिया प्लेटफ़ॉर्मों के बीच इंटरफ़ेस

समाचार एकत्र (न्यूज़ गैदरिंग) करना किसी भी मीडिया समूह का सबसे महँगा

काम है; 2010 के दशक में इसमें काफ़ी कटौती की गई। *पीटीआई* (अंग्रेज़ी और हिन्दी) और *एशियन न्यूज़ इंटरनेशनल* (एएनआई) ऐसी एजेंसियाँ हैं जिनकी सेवाएँ अधिकांश हिन्दी अख़बार लेते हैं। कई समूह अपने हिन्दी अख़बारों को अंग्रेज़ी एजेंसी की कॉपी ही इस्तेमाल करने के लिए प्रोत्साहित करते हैं। फ़ोटो के लिए अख़बार अपने स्वयं के फ़ोटोग्राफ़रों के अलावा *एजेंसी फ्रांस प्रेस* (एएफपी), *एसोसिएटेड प्रेस* (एपी), *रॉयटर्स, पीटीआई* और *यूनाइटेड न्यूज़ ऑफ़ इंडिया* (यूएनआई) की फ़ोटो सेवाओं का उपयोग करते हैं। ग्राफ़िक समाचार, कॉमिक्स, पहेलियाँ, ज्योतिषीय पूर्वानुमान और मौसम ग्राफ़िक्स से सम्बन्धित सामग्रियों की ज़िम्मेदारी ज़्यादातर नये युवा हाथों में सौंप दिये गए हैं।

अध्याय 5 में डिजिटल मीडिया प्रमुखों के साक्षात्कार से यह स्पष्ट होता है कि हिन्दी मल्टी-मीडिया समूहों में पहले का निर्भरता-मॉडल कैसे बदल रहा है। आज, ज़्यादातर डिजिटल मीडिया की टीम ही मुख्य रूप से समाचारों पर नज़र रखती है, उन्हें एकत्रित करती है, उनकी प्राथमिकताएँ तय करती है और उसे प्रिंट टीम को वितरित करती है। प्रिंट टीमों के काम करने के ढाँचे के विपरीत डिजिटल मीडिया पिरामिडीय पदानुक्रम में कम और क्षैतिज रूप से अधिक काम करती है, यानी जो काम अब तक सिर्फ़ वरिष्ठों के लिए ही समझा जाता था, उसे अब जूनियर कर्मचारियों की टीम भी करती है। प्रिंट को शाम तक जब अन्य राज्यों, जिलों, उपमंडल मुख्यालयों और ग्रामीण क्षेत्रों से अपने फ़ील्ड संवाददाताओं और स्ट्रिंगरों से समाचार रिपोर्टें मिलनी शुरू हो जाती हैं, तब वे हरकत में आते हैं और इन्हें मल्टी-मीडिया टीमों के साथ साझा करते हैं। फिर डिजिटल टीमें अपने पिछले आइटम को अपडेट करती हैं अथवा उन्हें हटाकर नई संशोधित स्टोरी अपलोड करती हैं। कोई ब्रेकिंग न्यूज़ छूट न पाए, इसके लिए विभिन्न ब्लॉगों, फ़ेसबुक और ट्विटर पर लगातार नज़र रखी जाती है। समाचार प्रवाह के आधार पर वेबसाइटें दिन-भर में कई बड़े अपडेट से गुज़रती हैं, लेकिन, प्रिंट के लिए ख़बरों को चुने जाने की आख़िरी बड़ी कवायद आम तौर पर उस समय होता है जब प्रिंट संस्करण प्रेस में भेजा जाता है।

अधिकांश हिन्दी दैनिकों ने अब तक अपने फ़ील्ड पत्रकारों और स्ट्रिंगरों को हैंडहेल्ड मोबाइल उपकरणों के माध्यम से वीडियोग्राफ़ी में प्रशिक्षित किया है। उनके भेजे गए वीडियो नियमित रूप से स्ट्रीम किये जाते हैं। हालाँकि, उनमें से कई इस्तेमाल नहीं हो पाते क्योंकि डिजिटल दर्शकों के बीच एक्शन वीडियो, जैसे,

प्राकृतिक आपदा और दुर्घटनाएँ ज़्यादा लोकप्रिय हैं, और ऐसे ही वीडियो को प्राथमिकता भी दी जाती है।

हिन्दी दैनिक समाचार-पत्रों के डिजिटल संस्करण भी नियमित रूप से फ़ेसबुक और ट्विटर पर अपने विशेष आलेख, रिपोर्ताज और ब्रेकिंग न्यूज़ के लिंक अपलोड करने लगे हैं। यह इन लोकप्रिय सोशल मीडिया वेबसाइटों से ई-पेपर की ओर महत्त्वपूर्ण ट्रैफ़िक आकर्षित करता है। कुछ हिन्दी दैनिक समाचार-पत्रों ने शुरू में सोशल मीडिया दर्शकों का ध्यान अपनी साइटों की ओर आकर्षित करने के उद्देश्य से विशेष व्हाट्सएप ग्रुप बनाने का प्रयोग किया था, लेकिन अब इसे काफ़ी हद तक बन्द कर दिया गया है।

प्रशिक्षण

एक उत्कृष्ट उत्पाद बनाने के लिए सभी प्रक्रियाओं को सुव्यवस्थित करने की आवश्यकता होती है। डिजिटल मीडिया के लिए लेखन, सम्पादन और डिज़ाइन के पहले की जीवंत कला को धीरे-धीरे डिजिटल रूप से संचालित क्रॉलिंग, इंडेक्सिंग और पुनर्प्राप्ति (रिट्रीवल) के नये टूल्स द्वारा प्रतिस्थापित किया जा रहा है। हालाँकि, इसके लिए उचित अभिविन्यास और प्रशिक्षण की आवश्यकता होती है। टीम के वरिष्ठ सदस्यों को अपने-अपने दृष्टिकोण में एकरूपता लाने की आवश्यकता होती है ताकि यह उनके नीचे काम करने वाली टीम के हर सदस्य तक उसी रूप में पहुँच सके। लेकिन जैसा कि अध्याय 5 में डिजिटल टीमों के साथ साक्षात्कार से पता चला है, अधिकांश अनुभवी लोगों को एक दशक पहले बेबी पेंगुइन की तरह नये माध्यम में धकेल दिया गया था, और उनसे तैरने की उम्मीद की गई थी।

हिन्दी मीडिया में एक औसत कर्मचारी की सामाजिक-आर्थिक और शैक्षिक पृष्ठभूमि को देखते हुए, केवल तकनीक और कॉन्टेंट के क्षेत्र में नये-नये प्रयोग करने वाली विभिन्न एजेंसियों के साथ निरन्तर प्रशिक्षण और सम्पर्क से ही आवश्यक कार्य प्रक्रिया संस्कृति लाई जा सकती है। इन क्षेत्रों में सबसे अच्छे प्रोफ़ेशनल वही लोग हैं जो छात्रवृत्ति पाकर अच्छे विदेशी मीडिया स्कूलों में जाने, अच्छी डिग्री प्राप्त करने या छोटी अवधि की ही सही लेकिन बेहतरीन प्रशिक्षण पाठ्यक्रमों में भाग लेने में कामयाब रहे।

आज, हिन्दी के अधिकांश वरिष्ठ पत्रकार उच्च रैंकिंग वाले पत्रकारिता स्कूलों के छात्र नहीं रहे हैं। हिन्दी पत्रकारिता के स्कूलों ने अभी तक प्रशिक्षण के लिए आवश्यक उचित संकाय और बुनियादी ढाँचा भी तैयार नहीं किया है जहाँ छात्रों को पुरानी और नई पत्रकारिता दोनों के एकीकृत उपयोग के लिए प्रशिक्षित किया जा सके। हिन्दी मीडिया के लिए उपलब्ध पत्रकारिता एवं जनसंचार प्रशिक्षण में आज के दौर से तालमेल बैठाने के लिए सुधारात्मक प्रयासों की आवश्यकता है। जैसा कि साक्षात्कारों से हमें पता चला, नये पेशेवरों और पुराने वरिष्ठ सदस्यों के बीच हितों का कोई टकराव नहीं है, लेकिन तकनीक के स्तर पर हर दिन कुछ नया उभरता है और नये मीडिया प्लेटफ़ॉर्मों का जन्म होता है, तो हमें अप्रत्याशित तरीक़े से सफलता मिल सकती है। साल 2016 से ही गूगल ने डेटालीड्स और इंटरन्यूज़ के साथ साझेदारी में भारत के 30 शहरों में लोगों को ऑनलाइन सत्यापन और तथ्यात्मक-जाँच तकनीकों में प्रशिक्षण देने का काम शुरू किया है। 2019 तक 13,000 पुरुषों और महिलाओं को प्रशिक्षित किया जा चुका था। सोशल मीडिया के तीनों प्रमुख खिलाड़ियों—फ़ेसबुक, गूगल और ट्विटर ने भी अपने प्लेटफ़ॉर्मों पर राजनीतिक विज्ञापनों की जाँच तेज़ करने का वादा किया है।

नीतियों के प्रचार-प्रसार के लिए हिन्दी

अपने प्रतिद्वंद्वियों के विपरीत राष्ट्रीय जनतांत्रिक गठबन्धन (एनडीए) की सरकार ने इक्कीसवीं सदी के भारत में आबादी समृद्ध हिन्दी पट्टी के लोगों को लुभाने, मित्र बनाने और प्रभावित करने के लिए हिन्दी मीडिया के महत्त्व को बेहतर तरीक़े से समझा है। पहले 2014 में और फिर 2019 में प्रधानमंत्री पद के लिए नरेंद्र मोदी का समर्थन करने के लिए सरकार के समर्थकों ने हिन्दी मीडिया के माध्यम से हिन्दी पट्टी के लोगों को धीरे-धीरे आकर्षित किया या कहें कि मजबूर किया। हालाँकि, 2014 में नई सरकार ने मीडिया और प्रधानमंत्री कार्यालय के बीच बातचीत के लिए धीरे-धीरे एक नया टेम्पलेट तैयार किया। इसने किसी भी प्रकार की सौहार्दपूर्ण और अन्तरंग बातचीत को त्याग दिया, जिस तरह से पहले विशेष साक्षात्कार और समाचार रिपोर्ट तैयार किये जाते थे। कैबिनेट के वरिष्ठ सदस्यों और नौकरशाहों को स्पष्ट रूप से मीडिया के साथ सीधा सम्पर्क बनाए रखने से परहेज करने का निर्देश दिया गया था। सरकारी नोट्स और एजेंडा पेपर, जो पहले अधिक सम्पर्क

वाले अंग्रेज़ी मीडिया के पत्रकारों के लिए आसानी से उपलब्ध थे, अब मिलने बन्द हो गए। प्रधानमंत्री द्वारा महत्त्वपूर्ण मसलों पर नियमित मीडिया ब्रीफ़िंग तब से दुर्लभ ही हो गया है। 2014 के बाद से मीडिया के साथ प्रधानमंत्री का संवाद कमोबेश एकतरफ़ा रहा है। उनका पसन्दीदा संवाद माध्यम ट्विटर जैसी लोकप्रिय सोशल मीडिया ही बन चुका है। अगस्त 2019 में पीएमओ की वेबसाइट पर उपलब्ध जानकारी के मुताबिक मोदी के लगभग 5 करोड़ फ़ॉलोअर्स हैं, उनके व्यक्तिगत अकाउंट पर तो 10 करोड़ फ़ॉलोअर्स दिखाई दे रहे हैं। प्रधानमंत्री द्वारा नियमित आधार पर उपयोग किया जाने वाला अन्य संवाद माध्यम सार्वजनिक सेवा प्रसारक आकाशवाणी है, जहाँ से अपने मासिक कार्यक्रम मन की बात में नरेन्द्र मोदी शौचालय निर्माण से लेकर बेटियों को स्कूल भेजना और घरेलू कामों में महिलाओं की मदद करने सहित अन्य विषयों पर जनता से हिन्दी में सीधे बात करते हैं। उन्होंने पर्यावरणीय मामलों और वन्यजीवों और ग्रह के संरक्षण की आवश्यकता पर भी ज़ोरदार ढंग से बोलना शुरू कर दिया है। साल 2019 में स्वतंत्रता दिवस के मौक़े पर अन्तरराष्ट्रीय डिस्कवरी चैनल ने प्रसिद्ध साहसी बेयर ग्रिल्स (मैन एस वाइल्ड 2019) के साथ जिम कॉर्बेट नेशनल पार्क में प्रधानमंत्री की सैर का एक वृत्तचित्र प्रसारित किया। इस प्रोग्राम को हिन्दी मीडिया में व्यापक कवरेज मिला क्योंकि शो में मोदी ने केवल हिन्दी में बात की थी जबकि होस्ट ग्रिल्स केवल अंग्रेज़ी बोल रहे थे। प्रधानमंत्री ने बाद में अपने एक भाषण में दर्शकों को समझाया कि कैसे यात्रा के दौरान वास्तविक समय में हिन्दी से अंग्रेज़ी अनुवाद के लिए एक नये उपकरण का उपयोग करके समझ को सुविधाजनक बनाया गया।

2019 का चुनावी अभियान

2014 का चुनाव मीडिया छात्रों के लिए एक दिलचस्प केस स्टडी है। चुनावी रैलियों में सावधानीपूर्वक भाजपा नेता की छवि को विनम्र मूल के व्यक्ति, भ्रष्टाचार के ख़िलाफ़ एक अथक योद्धा और हिन्दू पुरुषत्व के प्रतीक के रूप में गढ़ा गया। इसके अलावा भारत के दूर-दराज़ के इलाक़ों में रैलियों को सम्बोधित करने के दौरान नेता के 3-डी फ़ोटो का उपयोग किया गया जबकि डिजिटल मैसेजिंग सेवाओं ने पार्टी और उनके सन्देश को उन सभी लोगों तक पहुँचाया जिन तक इंटरनेट के माध्यम से पहुँचा जा सकता था (*बीबीसी न्यूज़* 2014)। इससे, कुछ

समय पहले ही लॉन्च किये गए स्मार्टफ़ोन के माध्यम से ग्रामीण जनता तक पहुँच बनाने में काफ़ी मदद मिली, जो 2009 के चुनावों में अकल्पनीय थी। ऐसा लगता है कि यह सब मीडिया उपभोक्ताओं, ख़ासकर हिन्दी पट्टी के पिछड़े और ग़रीब राज्यों के लोगों को बहुत पसन्द आ रहा है। हिन्दी पट्टी के सर्वेक्षण परिणामों से पता चला कि बड़े पैमाने पर लोग मोदी को एक स्वच्छ और सकारात्मक रोल मॉडल और अपनी मातृभाषा हिन्दी के एक महान प्रवर्तक के रूप में देखते हैं। 2014 के चुनावों में इस्तेमाल की गई प्रथाओं को 2019 के चुनावों में भाजपा द्वारा और अधिक परिष्कृत और परिपूर्ण किया गया। समसामयिक मुद्दों पर आधारित पत्रिका *द इंडिया फ़ोरम* में प्रकाशित एक पेपर में वरिष्ठ पत्रकार सेवंती निनान (2019) ने भाजपा मीडिया सेल के प्रमुख अमित मालवीय को उद्धृत करते हुए लिखा है कि—बीजेपी की मीडिया सेल ने *इकोनॉमिक टाइम्स* को बताया था कि 2019 का चुनाव मोबाइल फ़ोन पर लड़ा जाएगा और इसे भारत का 'व्हाट्सएप चुनाव' करार दिया जा सकता है। 2019 की शुरुआत में हिन्दी समाचार चैनल *नमो टीवी* को *यू-ट्यूब* पर लॉन्च किया गया था। इसने मोदी के भाषणों और चुनावी रैलियों का लगातार प्रसारण किया। कुछ समय बाद इसे डायरेक्ट-टू-होम प्लेटफ़ॉर्म टाटा स्काई पर प्रसारित किया गया। टाटा स्काई ने इसे केवल एक निःशुल्क विशेष सेवा चैनल के रूप में वर्णित किया था (द *वायर* 2019)। चुनावी प्रक्रिया समाप्त होने पर यह चैनल गायब हो गया और तब से देखा नहीं गया। इसी तरह का एक चैनल तिरंगा टीवी भी लगभग उसी समय अस्तित्व में आया। इसने कांग्रेस पार्टी और उसके नेतृत्व को बढ़ावा दिया। इस चैनल को लॉन्च करने वाले लोगों में से एक कांग्रेस के सदस्य थे। इसे भी कमोबेश बन्द ही कर दिया गया है, कभी-कभी इसके पुराने कार्यक्रमों को डिजिटल प्रारूप में चलाते देखा जाता है।

2019 चुनावों के बाद सभी मीडिया की पहली तिमाही का विज्ञापन राजस्व

बिजनेस अख़बार *बिजनेस स्टैंडर्ड* (कोहली-खांडेकर 2019बी) में 21 अगस्त, 2019 की एक रिपोर्ट से पता चला है कि 2019 के चुनावों के बाद की पहली तिमाही में उन सभी मीडिया फ़र्मों के विज्ञापन राजस्व में गिरावट देखी गई जो सबसे ज़्यादा बिकने वाले हिन्दी दैनिक समाचार-पत्र प्रकाशित करते हैं। 2019 में, हिन्दी दैनिक

हिन्दुस्तान प्रकाशित करने वाली कम्पनी *एचटी मीडिया* के राजस्व में कुल 9 प्रतिशत की कमी दर्ज की गई जबकि देश के सबसे बड़े स्थानीय भाषा मीडिया समूहों में से एक *डीबी कॉर्प* (*दैनिक भास्कर* के प्रकाशक और मालिक, कई डिजिटल ब्रांड और 30 रेडियो स्टेशन) ने राजस्व में 2.8 प्रतिशत की कमी की सूचना दी। यहाँ तक कि हिन्दी में *मार्केट लीडर, दैनिक जागरण* (जिसकी कम्पनी जागरण प्रकाशन प्रिंट, डिजिटल और रेडियो में कई ब्रांडों का मालिक है) ने अपने कुल विज्ञापन राजस्व में 3.2 प्रतिशत का नुक़सान दिखाया।

यह सच है कि पिछले चार दशकों में भारत के छोटे शहरों में ख़र्च करने योग्य आय में वृद्धि हुई है और अंग्रेज़ी और स्थानीय प्रकाशनों के बीच तनी हुई मज़बूत दीवार ढहनी शुरू हो गई है। हिन्दी मीडिया प्रकाशनों के लगभग सभी मुख्य सम्पादक पिछले सम्पादकों के बेटे हैं, लेकिन वे कहीं अधिक स्मार्ट और बाज़ार के बेहतर जानकार हैं। नये मीडिया दिग्गजों की तरह स्थानीय भाषा के पाठक, जो ख़ुद भाषायी अख़बारों के बीच पले-बढ़े हैं, लेकिन, उनके बच्चे अंग्रेज़ी माध्यम के स्कूलों में पढ़ते हैं। भविष्य की ये नई सशक्त द्विभाषीय आबादी नया फ़ोकस क्षेत्र हो सकती है क्योंकि हलचल यहीं हो रही है, लेकिन इसके बावजूद हिन्दी पट्टी के लिए विकास की परिधि सरकारी हिन्दी स्कूलों में पढ़े पहली पीढ़ी के लोगों तक ही सीमित है। उनमें से अधिकांश ने इस बार दक्षिणपंथी बहुसंख्यक पार्टियों को वोट दिया (देखें निनान 2019)।

कोई भी राजनीतिक दल हो या पार्टियों का गठबन्धन, सत्ता में आने के बाद सरकार और कॉरपोरेट के लिए मीडिया को नियंत्रित करने का एकमात्र हथियार विज्ञापन है। हिन्दी की महान प्रवर्तक भारत सरकार ने कथित तौर पर हिन्दी के लिए 2.13 करोड़ रुपये और अंग्रेज़ी मीडिया पर 1.41 करोड़ रुपये ख़र्च करने की योजना बनाई है। इसने अपनी नीतियों का समर्थन करने वाले प्रिंट और निजी समाचार चैनलों के लिए विज्ञापन दरों में भी 11 प्रतिशत की उल्लेखनीय वृद्धि की है। ऐसे में किसी विवादास्पद मुद्दे पर स्वतंत्र और पारदर्शी कवरेज करने में काफ़ी हद तक समझौता करना पड़ता है, क्योंकि, मीडिया पर सरकार के दृष्टिकोण को स्पष्ट करने के लिए 'नरम दबाव...' पड़ता है (रिपोर्टर्स विदाउट बॉर्डर्स और डेटालीड्स 2019बी)।

वरिष्ठ पत्रकार रक्षा कुमार ने अगस्त 2019 में प्रकाशित एक रिपोर्ट में बताया है कि छोटे शहरों और ग्रामीण भारत की ज़रूरतों को पूरा करने वाला हिन्दी मीडिया

भी अपने भीतर एक गहरी सड़ाँध से जूझ रहा है, जो इन क्षेत्रों से विज्ञापन राजस्व के प्रति प्रिंट के बढ़ते जुनून से उत्पन्न होता है, क्योंकि शहरों से मिलने वाले विज्ञापन धीरे-धीरे कम होने लगे हैं। वह हिन्दी के चार प्रमुख अख़बारों के लिए एक साथ काम करने वाले उत्तर प्रदेश के एक 38 वर्षीय स्ट्रिंगर को उद्धृत करती हैं, जिसे अधिक से अधिक समय विज्ञापन उगाहने और समाचार एकत्र करने में कम से कम समय देने के लिए मजबूर किया जाता है। वह लिखती हैं—'इससे पता चलता है कि जहाँ लोगों के समाचार के स्रोत प्रिंट से मोबाइल फ़ोन में बदल रहे हैं, वहीं अगर भारतीय प्रिंट मीडिया को समाचार के पेशेवर स्रोत के रूप में गरिमा के साथ जीवित रहना है, तो उसे तत्काल अपने खस्ताहाल नट और बोल्ट को बदलना होगा।' समस्या काफ़ी हद तक प्रणालीगत है, जो बाहरी सामाजिक-राजनीतिक कारकों के कारण बदतर होती जा रही है। समय की माँग है कि हिन्दी क्षेत्र की निम्न मीडिया साक्षरता में सुधार हो और कर्मचारियों के लिए उचित तकनीकी प्रशिक्षण की व्यवस्था की जाए। अंग्रेज़ी मीडिया दिल्ली और दूसरे महानगरों में मूवर्स एंड शेकर्स की आवाज़ बनी रह सकती है, लेकिन ज़रूरत है कि असली भारत, जो लोकतंत्र के लिए वोट करता है और जो आज कमज़ोर विपक्षी दलों की मौजूदगी, कमजोर होते रुपये और सत्ता के बढ़ते केन्द्रीकरण के बीच है, वहाँ की मीडिया की ज़रूरतों को तत्काल पूरा किया जाए।

एक राज्य सरकार द्वारा पेड न्यूज़ को आमंत्रित करने का अजीब मामला

साल 2019 में झारखंड में होने वाले विधानसभा चुनावों से पहले राज्य सरकार ने अपने सूचना और जनसम्पर्क विभाग के माध्यम से अख़बारों में एक विज्ञापन डलवाया जिसमें राज्य के सभी पत्रकारों से सरकार के बारे में सकारात्मक रिपोर्ट के लिए प्रस्ताव देने को कहा गया था (किसलय 2019)। एक विशेष रूप से बनाई गई समिति ने 30 सर्वश्रेष्ठ पत्रकारों का चयन किया जिन्हें एक महीने में सकारात्मक समाचार रिपोर्ट बनाकर सक्षम सरकारी अधिकारी को सौंपना था। फिर रिपोर्टों की जाँच के बाद इसे प्रकाशित, प्रसारित या डिजिटल प्लेटफ़ॉर्म पर अपलोड करना होता था। इसके एवज़ में प्रत्येक पत्रकार को विभाग से प्रति रिपोर्ट 15,000 रुपये दिये जाने थे। इसी प्रकार सरकार द्वारा प्रकाशित की जाने वाली प्रचार पुस्तिका में शामिल करने के लिए भी 25 आलेखों का चयन किया जाना था, जिसके लिए

प्रत्येक लेखक को प्रति 5,000 रुपये की 'सम्मान राशि' (मान धन) दी जानी थी। हालाँकि, पत्रकार अपनी रिपोर्ट प्रकाशित करने के लिए स्वयं ज़िम्मेदार थे, लेकिन, सभी वीडियो और प्रिंट रिपोर्टों की सरकार द्वारा जाँच आवश्यक थी।

फ़ेक न्यूज़ के कारण सम्पादकीय आभामंडल की सीमाओं का ह्रास और फायरवॉल ग़ायब

1985 में प्रिंसटन के प्रोफ़ेसर हैरी जी. फ्रैंकफ़र्ट का फ़र्ज़ी ख़बरों की घटनाओं पर एक लघु निबन्ध प्रकाशित हुआ था। उन्होंने इसे बस एक 'बकवास' कहा। उनका सिद्धान्त था कि जब एक ईमानदार आदमी बोलता है तो वही बोलता है जिसे वह सच मानता है; जबकि झूठे व्यक्ति के लिए झूठ भी अपरिहार्य है। वह जानता है कि उसका कथन असत्य है, बकवास है, लेकिन वो और आगे बढ़ता है। उसके लिए आपके सभी दाँव बेकार हैं। एक बहुभाषी, बहुसांस्कृतिक समाज में, डिजिटल सामग्री प्रदाताओं पर अत्यधिक निर्भरता चिन्ता का कारण है क्योंकि, जैसे-जैसे सम्पादकीय आभामंडल के आसपास के फ़ायरवॉल ग़ायब होते रहते हैं, बकवास करने वालों के लिए क्षेत्र और भी साफ़ हो जाता है (कोम्बेस 2017 में उद्धृत)।

2004 के आम चुनावों के समय कई हिन्दी दैनिक समाचार-पत्रों में फ़र्ज़ी या 'प्लांट' की गई ख़बरें दिखाई देने लगी थीं। बाद के वर्षों में एक अंग्रेज़ी दैनिक से जुड़े कुछ मार्केटिंग के लोगों द्वारा एक शातिर और चालबाज़ीपूर्ण योजना शुरू की गई। उनका मानना था कि विभिन्न इच्छुक पार्टियाँ अख़बारों में अपने बारे में अनुकूल उल्लेख के साथ जगह पाने के लिए रिपोर्टरों को भुगतान करती हैं, इसीलिए क्यों न इस प्रक्रिया को औपचारिक बना दिया जाए और अख़बार सीधे एक निश्चित शुल्क लेकर ख़बर छपवाने की इच्छुक पार्टियों, व्यक्तियों या कम्पनियों से समझौता कर ले और इस समझौते के तहत अतिरिक्त फ़ायदे के रूप में भुगतानकर्ता की ब्रांडिंग की जाएगी, साथ ही उनके विरोधियों को उस दिन अख़बार में जगह नहीं दी जाएगी। अन्य लोगों ने भी जल्द ही इस फ़ार्मूले का अनुसरण किया और नई सहस्राब्दी के पहले दशक के अन्त तक पेड न्यूज़ की वृद्धि से चिन्तित होकर साल 2010 में सम्मानित *प्रेस काउंसिल ऑफ़ इंडिया* (पीसीआई) ने इस समस्या को देखने के लिए दो सदस्यीय समिति का गठन किया।

पेड न्यूज़ पर प्रेस काउंसिल की रिपोर्ट

प्रेस काउंसिल समिति ने अत्यन्त सावधानीपूर्वक जाँच और शोध के बाद अपनी रिपोर्ट पेश की (पीसीआई 2011)। इस रिपोर्ट में निष्कर्ष निकाला गया कि पेड न्यूज़ भारत के कॉरपोरेटीकृत हो चुकी मीडिया की विकृत प्राथमिकताओं को प्रतिबिम्बित करता है और मीडिया का एक बड़ा वर्ग स्वतंत्र और वस्तुनिष्ठ समाचार की आड़ में नियमित रूप से भुगतान प्राप्त कर ख़बरें छापता है। पेड न्यूज़ की प्रक्रिया इतने संगठित तरीक़े से हो रही है कि ये अब कई क़ानूनी परतों के नीचे शरण ले चुकी है। इस प्रक्रिया के निर्माण में कई वकील और क़ानून निर्माताओं का भी योगदान रहा है।

ये रिपोर्ट उसी वर्ष जुलाई के मध्य तक जारी होने वाली थी, लेकिन, प्रेस काउंसिल के कई सदस्य स्वयं प्रमुख प्रकाशक थे, जिनके कड़े विरोध के कारण इसका सार्वजनिक रूप से जारी किया जाना टाल दिया गया। उन्हें लगा कि जैसी स्थिति है, अगर इसमें रिपोर्ट आ जाती है तो बाज़ार में प्रकाशकों की विश्वसनीयता नष्ट हो सकती है। वर्ष के अन्त में रिपोर्ट का एक छोटा हिस्सा उन सबसे बड़े कथित अपराधियों के नाम के साथ प्रकाशित किया गया था, जिनमें से कई प्रमुख मीडिया घरानों के मालिक थे। बाद में एक लोकप्रिय साप्ताहिक ने सूचना का अधिकार (आरटीआई) अनुरोध दायर करके रिपोर्ट प्राप्त की और इसे सम्पूर्ण रूप से प्रकाशित किया।

ग़ौरतलब है कि 3 मई, 2013 को भारत के चुनाव आयोग (ईसीआई) की सलाह पर सुप्रीम कोर्ट ने फ़ैसला सुनाया कि यदि कोई उम्मीदवार प्रचार के दौरान विज्ञापन पर अपने ख़र्च को छुपाता है और अपनी ओर से पेड न्यूज़ डालने का दोषी पाया जाता है तो उसे लोक प्रतिनिधित्व अधिनियम, 1951 (आनन्द 2014) की धारा 10ए के तहत अयोग्य ठहराया जाएगा। साल 2011 में उत्तर प्रदेश के बिसौली से निर्वाचित विधायक उमलेश यादव के मामले में प्रेस काउंसिल ने चुनाव आयोग से कहा कि उत्तर प्रदेश के कम से कम दो प्रमुख हिन्दी अख़बारों में इस उम्मीदवार के लिए विज्ञापन प्रकाशित किये गए थे, जिनका उल्लेख चुनाव ख़र्चों की सूची में नहीं था, तो चुनाव आयोग ने जाँच के बाद उन्हें तीन साल के लिए कोई भी चुनाव लड़ने से अयोग्य घोषित कर दिया (बालाजी 2011)। लगभग एक दशक बाद भी स्वामित्व और ज़िम्मेदारी से सम्बन्धित मीडिया क़ानून खंडित और

असंगत बने हुए हैं। और, अपराधियों के ख़िलाफ़ मुकदमा चलाना एक लम्बी, समय लेने वाली और ख़र्चीली प्रक्रिया है।

स्वतंत्र समूह कोबरापोस्ट द्वारा 2018 में एक स्टिंग ऑपरेशन किया गया था, जिसमें उसके एक अंडरकवर रिपोर्टर ने ख़ुद को आचार्य अटल बताया था। दावा किया गया कि ऑपरेशन 136 नामक स्टिंग ऑपरेशन में 17 प्रमुख मीडिया घरानों के कर्मचारियों को गुप्त रूप से 6 करोड़ रुपये से 50 करोड़ रुपये तक के भुगतान पर वैसी रिपोर्ट छापने के लिए सहमत होते हुए रिकॉर्ड किया गया था, जिसमें कुछ निश्चित समूहों के ध्रुवीकरण और कुछ राजनेताओं को बदनाम करने की बात थी (बनर्जी 2018)। केवल दो अंग्रेज़ी दैनिकों ने यह रिपोर्ट प्रकाशित की। एक प्रमुख हिन्दी दैनिक के संवाददाता का नाम स्टिंग ऑपरेशन में था, जिसने तुरन्त अदालत का दरवाज़ा खटखटाया और इस खुलासे को रोक लगवा दी। नई सहस्राब्दी में फ्रैंकफ़र्ट के बकवासी (कूम्बेस 2017 देखें) ने भारतीय जनता के लिए फ़र्ज़ी समाचारों का निरन्तर और निर्दयी प्रवाह शुरू कर अपना काम पूरा कर लिया है।

निष्कर्ष

वैश्विक मीडिया ने गुटेनबर्ग से जुकरबर्ग तक एक लम्बा सफ़र तय किया है। नई तकनीक ने चौबीसों घंटे, सातों दिन समाचारों के वैश्विक प्रवाह को सुविधाजनक बनाया है और भारत भी इसका अपवाद नहीं है। हमारी मोबाइल क्रान्ति असल में 2014 के आसपास शुरू हुई जब विभिन्न सरकारी फ़ैसलों और सेवा प्रदाताओं के बीच बाज़ार में कड़ी प्रतिस्पर्धा के कारण सस्ते स्मार्टफ़ोन और बहुत कम क़ीमत पर डेटा की सुगम उपलब्धता से बिक्री में उछाल आया। जैसे-जैसे भारत के ग्रामीण और शहरी दोनों क्षेत्रों में युवाओं ने स्थानीय भाषा में डिजिटलीकृत मीडिया को अपनाया, हिन्दी मीडिया के परिदृश्य में तेज़ी से बदलाव आया। मीडिया बाज़ार के जिन अग्रणियों ने पहले ही ई-पेपर लॉन्च कर दिये थे, उन्होंने वेब पोर्टल भी शुरू किये और अपनी डिजिटल टीमों को उससे जोड़कर आगे बढ़ाया। और उनकी मदद से अपने पाठकों को विभिन्न ऐप और वेबसाइटों, जैसे, *फ़ेसबुक, यूट्यूब* और चीनी वीडियो पोर्टल *टिक टॉक* के माध्यम से समाचार के विभिन्न स्रोतों से जोड़ा।

आज ये प्रमुख वैश्विक एग्रीगेटर हिन्दी पाठकों के लिए महत्त्वपूर्ण समाचार स्रोत बने हुए हैं। मीडिया घराने, जिन्हें अब सत्ताधारी राजनीतिक दल और मंत्रिस्तरीय प्रेस

कॉन्फ्रेंस से दूर कर दिया गया है, अब नये-नये तरीक़ों, जैसे, वार्षिक कॉनक्लेव, सेमिनार, साहित्यिक गोष्ठियों और मेलों के माध्यम से सरकार और बौद्धिक वर्गों के साथ विशेष बातचीत के अवसर पैदा करने और नज़दीकियाँ बढ़ाने में व्यस्त हैं। इससे पुरानी शैली की न्यूज़ रूम व्यवस्था में बदलाव आया है और सत्ता तेज़ी से प्रिंट से मल्टी-मीडिया की ओर स्थानान्तरित हो रही है। अख़बारों में प्राथमिकताओं की संरचनाएँ अब पिरामिडनुमा नहीं बल्कि क्षैतिज हैं। समाचार ब्रेक अब सबसे पहले डिजिटल प्लेटफ़ॉर्म पर किये जाते हैं और प्रिंट की बारी दिन ढलने पर आती है। लागत में कमी लाने के लिए भारत में अख़बार भी अपने स्टाफ़ की कटौती कर रहे हैं। वैसे तो, अनावश्यक कर्मचारियों को हटाना अच्छा है, लेकिन इससे संस्थागत स्मृति और अनुभव के स्तर पर उस व्यावहारिक पहलू का भी बड़ा नुक़सान हो रहा है जो वर्षों से अख़बारों को सँभालती रही है। 24/7 वाले समाचारों के तेज़ प्रवाह के दौर में पर्याप्त रूप से तथ्य-जाँच नहीं की जा रही है। मालिक-सम्पादकों के अमौखिक आदेश पर पत्रकार सरकार की राय को प्रमुखता देने और असुविधाजनक तथ्यों को दरकिनार करने के लिए बाध्य हैं। इस तनाव ने वरिष्ठ सम्पादकीय सदस्यों से लेकर गाँव के स्ट्रिंगरों तक, अधिकांश पत्रकारों को सेवा क्षेत्र के प्रबन्धकों में तब्दील कर दिया है, जिनका प्राथमिक काम समाचार एकत्र करना नहीं बल्कि विज्ञापन करना है।

सरकार अपनी ओर से हर अन्तिम गाँव तक अपना सन्देश पहुँचाने के लिए हिन्दी के महत्त्व से पूरी तरह परिचित है। इसने बहुत ही चतुराई से मीडिया नीतियाँ विकसित की हैं, जिससे सरकार-नियंत्रित ऑडियो-विज़ुअल मीडिया के साथ ही निजी स्वामित्व वाले टीवी समाचार और प्रिंट भी सरकार के प्रवक्ता बन गए हैं। इस रणनीति ने सरकार और मीडिया घरानों दोनों को भरपूर लाभ पहुँचाया है, ख़ासकर उन्हें, जिन्होंने 2019 के चुनावों में इसके राजनीतिक अभियान का समर्थन किया था। सरकार अब सावधानीपूर्वक तय करती है कि वह मीडिया को कब और कैसे सम्बोधित करेगी, और यह भी कि किन समाचार-पत्रों और चैनलों को उनकी नीतियों की अत्यधिक आलोचना करने के कारण प्रतिष्ठित सरकारी विज्ञापन प्राप्त करने से रोका जाएगा।

इसका हिन्दी मीडिया पर दो प्रमुख प्रभाव पड़ा है। एक, सम्पादकीय कौशल कमज़ोर हो गया है और बोर्डरूम के लिए राजस्व वृद्धि अधिक महत्त्वपूर्ण हो गई है। इसने सम्पादकीय टीमों और बाज़ारों के बीच की सीमाओं को और भी कम

कर दिया है और सभी बहुस्तरीय चुनावों में सामान्य रूप से होने वाले निडर, स्पष्ट और पारदर्शी कवरेज को रोक दिया है। दूसरा, पेड न्यूज़ ने एक बड़े दानव के रूप में वापसी की है : यानी फ़र्ज़ी ख़बरें। फ़र्ज़ी ख़बरें इसलिए फैल रही हैं क्योंकि पहले की जाँच और सन्तुलन कमज़ोर हो गए हैं और डिजिटल समाचार और वीडियो की निगरानी और क्रॉस-चेकिंग के लिए नये नियंत्रण अभी तक तैयार नहीं किये जा सके हैं।

मल्टी-मीडिया को सँभालने के लिए कर्मचारियों को प्रशिक्षित किया जाना इस समय बहुत महत्त्वपूर्ण है। लेकिन जहाँ *गूगल, फ़ेसबुक* और *ट्विटर* जैसी दिग्गज कम्पनियाँ तथ्य-जाँच करने वाली वेबसाइटों को बढ़ावा देने और असली ख़बरों को फ़र्ज़ी से अलग करने के लिए टूल बनाने की कोशिश कर रही हैं, वहीं हिन्दी मीडिया के मालिक अपने कर्मचारियों को कभी-कभार डिजिटल मीडिया और इसके नये टूल्स पर कार्यशालाओं में भाग लेने की अनुमति देने के अलावा और कुछ नहीं कर रहे हैं।

नियमित कौशल विकास और प्रेरणा से भरी कुशल सम्पादकीय टीमों के पुनर्निर्माण के प्रति यह उदासीनता राजस्व पर असर डालने लगी है—2019 की पहली और दूसरी तिमाही में हिन्दी मीडिया दिग्गजों ने राजस्व में छोटी ही सही, लेकिन, चिन्ताजनक गिरावट दर्ज की है। यदि प्रिंट को नई चुनौतियों का सामना करना है और अपने डिजिटल विभाग को मज़बूत करना है तो उसे अपने जंग लगे नट-बोल्ट को बदलने पर ध्यान देना होगा, अपने मल्टी-मीडिया सम्पादकीय में उल्लंघनों को दूर करना होगा और सिस्टम में पेशेवराना तरीक़ों को तरज़ीह देनी होगी।

7

न्यू मीडिया और पारिस्थितिकी

आज, इस बात का एहसास बहुत धीमी गति से हो रहा है कि दुनिया-भर में तकनीक और प्रौद्योगिकी का एक समान हो रहा विकास अपने आप यह सुनिश्चित नहीं कर सकता कि वैश्विक मीडिया का विकास भी एक समान हो; न ही, यह ऐसा जनमानस तैयार करेगा जो समान रूप से अच्छी तरह सूचित हो। इसका मतलब यह नहीं है कि वैश्वीकरण ने मानवता की मदद नहीं की है। लेकिन तकनीकी उपकरणों के बढ़ते उपयोग और नित नये लॉन्च होते प्लेटफ़ॉर्मों की वजह से, हाल के समय में एक समाज के भीतर और विभिन्न समाजों के बीच आपस में बढ़ रही असमानताओं के स्पष्ट संकेत मिले हैं। पिरामिड का शीर्ष लगभग पूरी तरह से विकसित देशों का है जिन्होंने नये मीडिया दिग्गजों को स्थापित किया है, और तकनीकी क्रान्ति के सबसे बड़े लाभार्थी यही देश हैं। और इस प्रक्रिया में, उन्होंने अनजाने में दूसरे कम विकसित देशों और समाजों की आर्थिक शक्तियों और राजनीतिक मूल्यों को समाप्त कर दिया है।

भारत जैसे विकासशील देशों के बढ़ने में, दूरसंचार और विकास के बीच तालमेल महत्त्वपूर्ण रहा है। लेकिन अंग्रेज़ी और स्थानीय भाषा के इस्तेमाल करने वालों के बीच एक स्पष्ट विभाजन बना हुआ है। हमारी मुद्रा रुपये पर भले ही 16 भारतीय भाषाएँ दर्ज हों, लेकिन राज्य और समाज दोनों, जो मीडिया निकायों और निजी स्वामित्व वाली मीडिया कम्पनियों (प्रयुक्त उपकरणों, संचार गतिविधियों और प्रथाओं) के लिए क़ानून बनाते हैं, वे भी जाति, लिंग, भाषायी और साम्प्रदायिकता के चोले से ख़ुद को अलग नहीं कर पाते।

यह जटिल प्रणाली कई वर्गों और समूहों तक मीडिया की एक समान पहुँच

में बाधा डालती है, जो एक प्रकार से उस संविधान की अवहेलना है, जो सभी के लिए समानता का वादा करता है। इस तरह की काफ़ी हद तक अनदेखी की गई सामाजिक-राजनीतिक व्यवस्था और संगठनात्मक ढाँचे से हाशिये पर खड़े लोगों की आवाज़ दबती है, साथ ही महिलाओं, अल्पसंख्यकों, दलितों और आदिवासियों की मीडिया तक पहुँच और उनसे बातचीत में बाधा भी पड़ती है जो केवल स्थानीय भाषाओं का ही प्रयोग करते हैं। यह तथ्य विशेष रूप से रेखांकित करने योग्य है क्योंकि साल 2014 के बाद इंटरनेट सेवाओं और मोबाइल फ़ोन के व्यापक विस्तार से भारत में राजनीतिक शक्तियों के समीकरण और सन्तुलन में भारी बदलाव आया है।

सूचना का गहरा और तेज़ प्रसार मीडिया परिदृश्य में स्थानीय भाषाओं की ओर ट्रैफ़िक को बढ़ाता है, लेकिन अधिकांश नये उपयोगकर्ता सोशल मीडिया की इस क्षमता से अनभिज्ञ हैं कि वो कैसे लोगों को उनकी रुचि के मुद्दों से जोड़ सकती है, जो विशेष रूप से समाज के कमज़ोर समूहों के लिए अपना हितैषी खोजने और राजनीतिक प्रक्रियाओं का हिस्सा बन परिणाम तक पहुँचने देने में उपयोगी है। साथ ही वे निजता क़ानूनों के महत्त्व के बारे में भी नहीं जानते हैं, और न ही यह जानते हैं कि कैसे कुछ चुनिंदा लोग इसी बुनियादी ढाँचे के भीतर काम कर उनकी ज़रूरतों और मन-मस्तिष्क का इस्तेमाल राजनीतिक पार्टियों और बाज़ारों के लिए कर रहे हैं। को लाभ पहुँचाने के लिए उनके दिमाग़ और ज़रूरतों को चला रहे हैं। इसलिए हिन्दी में उपलब्ध होने वाली सामग्री को बिना अति उत्साह के अत्यधिक सावधानी के साथ स्वीकार करने की ज़रूरत है।

> विभिन्न क्षेत्रीय भाषाओं में सामग्रियों का तेज़ी से विकास हो रहा है। ऑनलाइन प्लेटफ़ॉर्मों पर स्थानीय सामग्रियों का उपयोग 2013 के 45 प्रतिशत से बढ़कर 2018 में 60 प्रतिशत और वर्तमान में लगभग शत-प्रतिशत है।
>
> मीडिया की पुरानी धारणाओं को नये मीडिया से भारी चुनौती मिल रही है। अब की मीडिया में सूचनाओं और जानकारियों का प्रवाह क्षैतिज और लम्बवत् दोनों तरह से हो रहा है। नये मीडिया की विशेषताओं में से कुछ हैं परस्पर संवादात्मकता, त्वरित गति, सिमुलेशन, कनेक्टिविटी, कन्वर्जेंस और गतिशीलता और एक नया शब्द 'तात्कालिकता' जिसका आजकल ख़ूब उपयोग हो रहा है। (सेन नारायण और नारायणन 2016 : 9-10)।

यह अध्याय नये रुझानों को संक्षेप में प्रस्तुत करने और मीडिया प्रणालियों द्वारा इन चुनौतियों से निपटने के तरीक़ों की जाँच करने का एक प्रयास है।

क्या स्मार्टफ़ोन यथास्थिति को बाधित करता है?

साल 2013 में भारत में मोबाइल फ़ोन के विकास से उत्साहित होकर, रॉबिन जेफ़री और असा डोरोन (2013 : 13-14) ने कहा कि "भारत में बढ़ते विचारों और अर्थशास्त्र ने दबाव का एक नया क्षेत्र पैदा किया है, और यहीं पर मोबाइल फ़ोन अपनी विघटनकारी क्षमताओं के कारण महत्त्वपूर्ण बन जाता है : यह नया उपकरण मौजूदा संरचना और ढाँचा को बदल देने की सम्भावना प्रदान करता है।"

लेकिन, यह लिखे जाने के वर्षों बाद भी डिजिटल दुनिया एक ऐसा क्षेत्र बनी हुई है जहाँ जाति, लिंग और धर्म के सम्बन्ध में कई पुरानी असमानताएँ और पूर्वग्रह काफ़ी हद तक बरकरार हैं।

वर्ल्ड वाइड वेब (www) के आविष्कारक का दृष्टिकोण, 'एक खुला मंच, जो किसी को भी जानकारी साझा करने, अवसरों तक पहुँचने और भौगोलिक सीमाओं के पार सहयोग करने की अनुमति देता है' (टिम बर्नर्स-ली, सोलोन 2017 से उद्धृत)। डिजिटल दुनिया के इस मूल दृष्टिकोण को शीर्ष कॉरपोरेट और राजनीतिक दलों सहित प्रभावशाली डिजिटल प्रदाता और मास्टर मैनिपुलेटर्स नियमित रूप से उजागर करते रहे हैं। ग्राहक से सम्बन्धित डेटा आज अमीर और शक्तिशाली लोगों के लिए एक महत्त्वपूर्ण फ़ोकस क्षेत्र है; और ऐसे डिजिटल ऑपरेटर मौजूद हैं जो एक शुल्क के बदले वांछनीय ग्राहक डेटा लोगों को उपलब्ध करा सकते हैं, जिसमें ग्राहकों के व्यवहार, उनकी रचनात्मकता के स्तर, सौन्दर्य की उनकी अवधारणाएँ और विभिन्न स्वास्थ्य-सम्बन्धी मुद्दों की समझ के बारे में महत्त्वपूर्ण जानकारी और विश्लेषण भी होगा। ये कम्पनियाँ मीडिया उपयोगकर्ताओं का डेटा प्राप्त करने के लिए विभिन्न प्रत्यक्ष (ग्राहकों से सीधे पूछकर)और अप्रत्यक्ष (उन्हें ट्रैक करके) तरीक़ों का इस्तेमाल करती हैं। ऐसे उदाहरण भी मौजूद हैं जहाँ राजनीतिक दलों और वैश्विक कॉरपोरेट्स ने गुप्त रूप से डेटा दलालों से डेटा की ख़रीदारी की है। *ओमिड्यार नेटवर्क इंडिया* की रूपा कुडवा और माधव टंडन (2019) ने अपने आलेख, 'एन ई-कॉमर्स ब्लू प्रिंट फ़ॉर इंडियाज़ नेक्स्ट हाफ़ बिलियन' में

खुलासा किया है कि व्यावसायिक दुनिया स्थानीय मीडिया से उपलब्ध डेटा को कैसे देखती होगी :

> 2022 तक आधे अरब भारतीय अपने मोबाइल फ़ोन के माध्यम से ऑनलाइन रहेंगे...उनकी ऑनलाइन यात्रा इंटरनेट तक पहुँच हासिल करने के साथ शुरू होती है, फिर धीरे-धीरे आगे बढ़ते हुए वे अन्ततः वाणिज्यिक लेन-देन ऑनलाइन करते हैं...ये लोग विभिन्न आयवर्ग के होते हैं...इनकी प्रोफ़ाइल, शिक्षा का स्तर, भाषा कौशल और सामाजिक-सांस्कृतिक परिवेश अलग-अलग है। इन लोगों के लिए ई-कॉमर्स यानी ऑनलाइन ख़रीदारी इरादे और 'आवेग से प्रेरित' होगी...ऑनलाइन प्लेटफ़ॉर्म उत्पादों को श्रेणीबद्ध तरीक़े से सजाकर इसकी खोज ग्राहकों के लिए आसान बना देंगे...वे सोशल मीडिया और प्रभावशाली व्यक्तित्वों का अपने पक्ष में इस्तेमाल करेंगे...अंग्रेज़ी मिश्रित हिन्दी और दूसरी भारतीय भाषाओं का उपयोग करेंगे...साथ ही सोशल मीडिया प्लेटफ़ॉर्म पर वाइरल हो रही सामग्रियों का उपयोग ग्राहकों की संख्या बढ़ाने के लिए करेंगे।

और हम यहाँ पहुँच ही गए! इक्कीसवीं सदी की हिन्दी डिजिटल पत्रकारिता ने भले ही एक स्वतंत्र स्वरूप हासिल करना शुरू कर दिया है, लेकिन प्रिंट और टीवी मीडिया के लिए इसके वास्तविक पैमाने और दीर्घकालिक निहितार्थ को अभी तक समझा जाना और इसका विश्लेषण कर औपचारिक रूप से दर्ज किया जाना बाक़ी है। लेकिन, इतना तय है कि हिन्दी पट्टी में विज्ञापनदाताओं और कॉरपोरेट्स इस बात की दौड़ में लग गए हैं कि उनके द्वारा डिजिटल प्लेटफ़ॉर्म पर परोसी गई सामग्री कैसे ज़्यादा से ज़्यादा लोगों को आकर्षित करे ताकि लोग इसे देखें। यह विडम्बनापूर्ण ही है कि जहाँ छोटे शहरों और गाँवों में हिन्दी मीडिया में दिलचस्पी रखने वाला आज का आम युवा अपने माता-पिता के विपरीत स्वयं पर फ़िज़ूलख़र्ची करने में कोई संकोच नहीं करता, वहीं मीडिया, विशेषकर डिजिटल हिन्दी मीडिया का अधिक उपयोग करने के बावजूद समाचारों के लिए कोई भुगतान नहीं करना चाहता।

एक बड़े ग्राहक आधार को बनाए रखने के लिए आवश्यक है कि विज्ञापनों की संख्या बढ़ती रहे। विज्ञापनों का उपयोग क्रॉस-सब्सिडी के तौर पर प्रिंट की कवर क़ीमतों को कम रखने और मुफ़्त डिजिटल पोर्टल लॉन्च करने के लिए भी किया जाता है। इससे हिन्दी प्रिंट का टैब्लॉयडीकरण हो गया है, जो अधिक शहरी-केन्द्रित,

सनसनीख़ेज़, जाति, संस्कृति और सामाजिक सम्पर्क के तरीक़ों पर बहुसंख्यकवादी विचारों को बढ़ावा दे रहा है। दरअसल, वास्तविक मुद्दे जिसका सामना हमारा लोकतंत्र करता है और जो आम नागरिकों के जीवन को प्रभावित करते हैं—जैसे, नौकरियाँ, भूमि और खनन अधिकार, कृषि मूल्य निर्धारण, किसानों द्वारा की जा रही आत्महत्याएँ, ख़राब नागरिक बुनियादी ढाँचे, पर्यावरण प्रदूषण और ख़ासकर महिलाओं और बच्चों के ख़िलाफ़ अपराध में वृद्धि—इसका उल्लेख केवल तभी किया जाता है जब या तो ये सनसनीख़ेज़ होते हैं या फिर इन्हें प्रमुख चुनावों से पहले किसी विशेष झुकाव वाली राजनीतिक पार्टियाँ अपने फ़ायदे के लिए राजनीतिक और आर्थिक लाभ देने का वादा कर प्रचारित करवाती हैं।

इस बीच, ऑनलाइन समाचार की खपत 2016 में प्रति व्यक्ति प्रति माह 0.8 गीगाबाइट से बढ़कर 2018 तक 8 गीगाबाइट हो गई, और कुल मीडिया राजस्व में प्रिंट की हिस्सेदारी घटनी शुरू हो गई है (30 प्रतिशत से सिर्फ़ 18 प्रतिशत)। ऑनलाइन मीडिया में तेज़ गति से विकास हो रहा है (आईआरएस 2019 के आँकड़े के अनुसार 279 मिलियन से अधिक लोगों ने ऑनलाइन समाचार पढ़ा) (कोहली-खांडेकर 2019ए)। 2019 तक आईआरएस को सार्वभौमिक रूप से अपनाए जाने के साथ ही ऑनलाइन और ऑफ़लाइन समाचारों की बढ़ती पाठकों की संख्या विज्ञापन राजस्व को बढ़ाएगी। ख़ास तौर पर इससे भारत के शीर्ष 20 ऑनलाइन प्रकाशकों को बढ़ते विज्ञापनों का लाभ मिलेगा। क्या यह स्थिति उस पुरानी कहावत को सही साबित करेगी, कि बुरा पैसा अच्छे पैसे को बाहर निकाल देता है?

हिन्दी में मल्टीमीडिया उद्योग की मुख्य दक्षताएँ

समाचार अभी भी बड़े पैमाने पर मुख्यधारा के प्रिंट मीडिया संगठनों के भीतर ही केन्द्रित होकर उनसे जुड़े हुए हैं, लेकिन, हिन्दी सोशल मीडिया पोर्टलों और ई-पेपरों के माध्यम से समाचार स्ट्रीमिंग ने 'राष्ट्रीय संवाद' को प्रिंट से कहीं अधिक प्रभावित करना शुरू कर दिया है। जैसे ही यह सच्चाई सामने आई, प्रिंट ने अपने प्रतिद्वंद्वी सोशल मीडिया की नकल करना शुरू कर दिया। इसका मतलब है कि सोशल मीडिया में ग़ायब महत्त्वपूर्ण मुद्दों, जैसे—नस्ल, प्रवासन, भोजन, पानी, बिजली वितरण और प्रजनन अधिकारों पर नीतियों से सम्बन्धित रिपोर्टिंग के लिए प्रिंट में भी जगह कम कर दी गई। 'पुनर्निर्मित' प्रिंट न केवल हिन्दी पाठकों के लिंग, जाति,

वर्ग और पारिवारिक पूर्वग्रहों को आसानी से बिना चुनौती के जाने दे रहा है, बल्कि, अपने राजनीतिक आकाओं के दबाव में उन्हें मज़बूत भी कर रहा है।

जो लोग बिना कोई शुल्क चुकाए मुफ़्त में हिन्दी समाचारों की खोज में रहते हैं, उन्हें शायद ये पता नहीं कि मुफ़्त में जानकारियाँ और ख़बरें लेने और इन पर होने वाले संवाद की एक क़ीमत चुकानी पड़ती है। दरअसल, उन्हें पता नहीं कि ऐसे पाठकों का महत्त्वपूर्ण उपभोक्ता डेटा कहीं न कहीं क्लाउड में डेटा बेस बनता है; उनके प्रत्येक क्लिक पर एक एल्गोरिथम पैटर्न बनता है और फिर हर पाठक को उसकी ही रुचि और चाहत के हिसाब से जानकारियाँ साझा होने लगती हैं, जो बेहद ख़तरनाक है, क्योंकि बहुत सारी ऐसी जानकारियाँ इन पाठकों तक पहुँचती ही नहीं जो उन्हें अधिक लोकतांत्रिक रूप से जागरूक नागरिक बनने में मदद कर सकती हैं।

न्यू मीडिया की नैतिकता

डायरेक्ट-टू-होम (डीटीएच) ऑपरेटरों पर (अग्रवाल 2019) साल 2019 की एक रिपोर्ट में कहा गया है कि ट्राई द्वारा अप्रैल 2019 में नये बढ़े हुए शुल्क लागू करने के बाद, डीटीएच सेवा ऑपरेटरों को अपने 1 करोड़ 80 लाख ग्राहक खोने पड़े, जो जून 2019 के अन्त में 5 करोड़ 50 लाख रह गए जबकि कुल दर्शक वर्ग 83 करोड़ 60 लाख है। उसके बाद मीडिया में आए बड़े पैमाने पर वास्तविक विश्लेषण से पता चला कि यह एक अपरिहार्य घटना थी, जो प्रिंट के लिए राजस्व की मृत्यु की शुरुआत थी। ऐसे परिदृश्य में जहाँ दुनिया के डिजिटल राजस्व का तीन-चौथाई हिस्सा 'बिग टू', *फ़ेसबुक* और *ट्विटर* (आर्यन 2021) द्वारा नियंत्रित किया जाता है; जो काफ़ी हद तक अप्रकाशित रहा वह तथ्य यह था कि ट्राई ने डीटीएच नम्बरों को मापने के लिए इस्तेमाल किये जाने वाले पैमाने को ही बदल दिया था, जबकि अन्य आँकड़ों के अनुसार, 2019 के पहले तीन महीनों के लिए दर्शकों की संख्या पिछले वर्ष की तुलना में काफ़ी अधिक थी। नैतिक दुविधाओं और मिनटों में वायरल हो जाने वाली सूचना और दुष्प्रचार के बीच परस्पर सम्बन्ध ने वर्ल्ड वाइड वेब के आविष्कारक टिम बर्नर्स-ली को भी चिन्तित कर दिया है। उन्होंने हाल ही में विचार व्यक्त किया कि अब उन्हें ऐसा महसूस होता है कि वो एक आशावादी व्यक्ति की तरह पहाड़ी की चोटी पर खड़े हैं और एक भयानक तूफ़ान चल रहा है, जो उन्हें झाड़ियों में लटका गया (सोलोन 2017 में उद्धृत)।

बर्नर्स-ली जैसे दुनिया के सभी महान आविष्कारक और नेता एक ही सपने के साथ निकले थे। गांधी के मामले में, यह स्वराज था। स्टीव जॉब्स के मामले में, यह एकदम सही डिज़ाइन था, और ज़ुकरबर्ग के लिए, यह एकदम सही कनेक्टिविटी थी। भारत की वर्तमान प्रमुख राजनीतिक पार्टी, भाजपा के मामले में, यह अखंड हिन्दू राष्ट्र (संयुक्त हिन्दू राष्ट्र) है। और एक सवाल जो ये सभी शुरू में पूछते हैं वह यह है : मैं इसे कैसे हासिल करूँ! बर्नर्स-ली यहाँ एक आविष्कार का उपयोग करने की नैतिकता और साधनों के बारे में अन्य, समान रूप से महत्त्वपूर्ण प्रश्नों की ओर इशारा करते हैं, जिसे भारत में एक सदी पहले गांधी द्वारा व्यक्त किया गया था : क्या केवल इसलिए स्वराज चाहना नैतिक रूप से सही है क्योंकि मैं इसे चाहता हूँ? मैं यह कैसे सुनिश्चित कर सकता हूँ कि इस लक्ष्य को प्राप्त करने की रणनीति सत्य (सत्य) और अहिंसा (अहिंसा) के कालातीत मानकों के विरुद्ध नैतिक रूप से उचित बनी रहे?

न्यू मीडिया के कई मास्टर प्रोग्रामर और इसके वाणिज्यिक और राजनीतिक उपभोक्ता एक संन्यासी के चोले में ढले हुए प्रतीत होते हैं। लेकिन, इनमें से अधिकांश को अभी भी गांधीवादी अनुवर्ती का वो सवाल उठाना बाक़ी है : आख़िर क्यों? यही प्रारूप क्यों? भारत जैसे बहुसांस्कृतिक, बहुभाषी राष्ट्र के लिए भाषा, मीडिया और राष्ट्रवाद के न्यूनीकरणवादी संस्करण को क्यों आगे बढ़ाया जाए?

हिन्दी भाषी हिन्दू राष्ट्र के विचार को 1940 के दशक में भारत के दक्षिणपंथियों ने जो आकार दिया और भाजपा के नेतृत्व वाले सत्तारूढ़ गठबन्धन ने जैसे इसे प्रोत्साहित किया, आज, हिन्दी मीडिया का एक बड़ा हिस्सा भारत की दृष्टि और देशभक्ति के केन्द्र के रूप में भारत माता को दर्शाता और प्रचारित करता है जो सिर पर मुकुट सजाये, लाल और सुनहरे कपड़े पहने अविभाजित भारत के मानचित्र के सामने भगवा झंडा थामे एक हिन्दू माँ की छवि है। सम्पादकीय और आलेखों में यह भविष्यवाणी भी की जाती रही है कि जल्द ही वो दिन आएगा जब हिन्दी भारत की राष्ट्रभाषा होगी।

इस तरह के ज़बरदस्त प्रचार से ग़ैर-हिन्दी राज्यों की आशंकाएँ और चिन्ताएँ तब और बढ़ गईं, जब हिन्दी मीडिया के भीतर से ही कुछ प्रभावशाली और वरिष्ठ मालिकों और सम्पादकों को सरकार ने राज्य सभा के लिए सांसद बना दिया। उनमें से एक को डिप्टी स्पीकर भी चुना गया। उनकी उपस्थिति और हिन्दी अख़बारों में सरकारी विज्ञापनों की प्रचुरता ने दैनिक समाचार-पत्रों और उनके मालिकों की सोच

और दृष्टि को काफ़ी प्रभावित किया है। साथ ही इसने हिन्दी पट्टी के मतदाताओं को भी बार-बार आश्वस्त किया है कि हिन्दी मीडिया भारत का प्रामाणिक मुखपत्र है और हिन्दुओं की मूल राजनीतिक और सांस्कृतिक मान्यताओं के लिए एक उपयुक्त माध्यम है।

पिछली शताब्दी के मीडिया के विचारों की विरासत जो धर्मनिरपेक्षता और बहुसंख्यक के रूप में लोगों की पहचान करती है, भारत के आज के मीडिया परिदृश्य में कई लोगों के लिए मात्र एक याद शेष है जो उदासीन, तर्कहीन और ग़लत प्रतीत होती है। आज जब हमारे लोकतंत्र और पुरानी शैली की मीडिया के नीचे की ज़मीन खिसकने लगी है, क्या हिन्दी मीडिया को व्यापक नैतिक सवालों को दूसरों के लिए छोड़ देना चाहिए, क्योंकि वे ख़ुद सिर्फ़ पैसे कमाने और दर्शक-पाठक वर्ग बढ़ाने में व्यस्त हैं?

मल्टी-मीडिया और हमारे अस्पष्ट नियामक क़ानून

भारतीय मीडिया भले ही मीडिया नैतिकता के सवालों से दूरी बनाए हुए हो, लेकिन इससे अन्य गम्भीर सवाल दूर नहीं होंगे। मीडिया उपभोक्ताओं के व्यक्तिगत अधिकारों के बारे में क्या? संविधान से मिली अभिव्यक्ति की स्वतंत्रता की गारंटी के बारे में क्या? निजी डेटा के वाणिज्यिक और राजनीतिक दुरुपयोग के ख़िलाफ़ क्या गारंटी है, जिसे नागरिकों को उन लॉबी को सौंपने के लिए बाध्य किया जा रहा है जिन्हें वे जानते तक नहीं, जो ग़लत हाथों में पड़े तो फ़र्ज़ी समाचार और भ्रमित करने वाली सूचनाओं के साथ उनके दिमाग़ को प्रदूषित कर सकती हैं?

क्या सूचना के सबसे सटीक और दुरुस्त रास्तों को भी नागरिकों को झुंड में हाँकने और उनकी अनुमति के बिना उनके व्यक्तिगत डेटा का व्यावसायिक उपयोग करने से रोका जा सकता है? शक्तिशाली भारत का सपना कितना भी भव्य क्यों न हो, एक राष्ट्र और उसके लोगों को एक प्रारूप, एक डेटाबेस में सीमित कर देना, राष्ट्र को सुरक्षित करने के नाम पर उनसे उनकी मूल मानवता और लोकतांत्रिक अधिकारों को छीन लेना कहीं से भी उचित नहीं है।

भारत में न्यू मीडिया के नियमन से सम्बन्धित क़ानून व्यावहारिकता और ज़मीनी स्तर पर कमज़ोर हैं। भारतीय टेलीग्राफ़ अधिनियम, 1885 (1961 और 2004 में संशोधित), अभी भी भारत में मोबाइल टेलीफ़ोनी के क्षेत्र को नियंत्रित करता है।

संविधान का अनुच्छेद 19(1XA) प्रिंट मीडिया को नागरिकों के समान बोलने और अभिव्यक्ति की स्वतंत्रता का समान अधिकार देता है। भारत में यह अमेरिका की तरह मीडिया का मौलिक अधिकार नहीं है। साथ ही यहाँ अनुच्छेद 19(2) का भी प्रावधान किया गया है, जिसके तहत भारत की 'सम्प्रभुता और अखंडता' के हित में, इन स्वतंत्रताओं पर उचित प्रतिबन्ध लगाने के लिए क़ानून बनाया जा सकता है।

भारत के लोकतंत्र में यहाँ के स्वतंत्र प्रेस की महत्त्वपूर्ण भूमिका रही है जो प्रेस परिषद अधिनियम, 1978 के वैधानिक समर्थन के साथ भारतीय प्रेस परिषद द्वारा विनियमित किया जाता है। प्रिंट मीडिया के जानने के अधिकार को कई बार अदालतों ने अपने फ़ैसलों में बरकरार रखा है। दिल्ली उच्च न्यायालय ने मार्च 2015 में (प्रिया पिल्लई यूनियन ऑफ़ इंडिया और अन्य) दिये गए एक फ़ैसले में कहा कि नई सूचना प्रौद्योगिकी ने एक वैश्विक गाँव बनाया है : इस प्रकार एक ग्रीनपीस कार्यकर्ता को विदेश यात्रा करने और अपने विचार ब्रिटिश सांसदों के साथ साझा करने से रोकने की सरकार की कार्रवाई, कार्यकर्ता की बोलने और उनकी अभिव्यक्ति की स्वतंत्रता के मौलिक अधिकारों का उल्लंघन थी।

क्या मीडिया को संघर्ष क्षेत्रों से प्रतिबन्धित किया जाना चाहिए?

5 अगस्त, 2019 को भारत सरकार ने संविधान के अनुच्छेद 370 को निरस्त करने का फ़ैसला किया और पूर्ववर्ती राज्य जम्मू और कश्मीर को विभाजित कर दिया। इसके फ़ैसले के तुरन्त बाद इस क्षेत्र में मीडिया और इंटरनेट पर पूर्ण प्रतिबन्ध लगा दिया गया (*बीबीसी न्यूज़* 2019)। इस प्रतिबन्ध के विरोध में *कश्मीर टाइम्स* के सम्पादक ने शीर्ष अदालत में याचिका दायर की। हैरानी की बात यह है कि कई हिन्दी अख़बारों और टीवी समाचार चैनलों ने राष्ट्रीय सुरक्षा के नाम पर राज्य में मीडिया पर सरकार के पूर्ण प्रतिबन्ध का समर्थन किया। 1990 के दशक में जब पंजाब में आतंकवाद चरम पर था तब प्रेस काउंसिल ने मीडिया की स्वतंत्रता का दृढ़ता से बचाव किया था। लेकिन, अगस्त 2019 में प्रेस काउंसिल के अध्यक्ष, न्यायमूर्ति चन्द्रमौलि प्रसाद (सेवानिवृत्त) ने कुछ प्रकार की खबरों और सूचनाओं को प्रतिबन्धित करने के गृह मंत्रालय के फ़ैसले का समर्थन करते हुए कहा, 'चाहे कोई कितना भी उदार क्यों न हो...तथ्य यह है कि कुछ समाचारों की रिपोर्टिंग न करना ही सर्वोत्तम है' (देशमाने 2019 में उद्धृत)। तब से इस सवाल पर लम्बे समय

तक गरमागरम बहस चली, लेकिन, प्रतिबन्ध भी लागू रहा जिसे बाद के डेढ़-दो वर्षों में चरणबद्ध तरीक़े से हटाया गया।

मानहानि पर हमारे क़ानून

सितम्बर 2019 में उत्तर प्रदेश के एक युवा हिन्दी पत्रकार ने ऑनलाइन एक वीडियो पोस्ट किया जिसमें दिखाया गया कि कैसे मिर्ज़ापुर के एक सरकारी स्कूल में पहले से ही कुपोषित बच्चों को मिड-डे मील भोजन के रूप में सिर्फ़ नमक और रोटियाँ ही परोसी जा रही थीं, जबकि उन्हें सन्तुलित आहार मिलना चाहिए था। भोजन में चावल या रोटी के साथ दाल और सब्ज़ियाँ शामिल होती हैं। ज़ाहिर है यह संसाधनों की हेराफेरी और गबन का मामला था। जब वीडियो वायरल हो गया तो ज़िला मजिस्ट्रेट ने कहा कि प्रिंट मीडिया के पत्रकार को वीडियो लेने और उन्हें ऑनलाइन पोस्ट करने का अधिकार नहीं है। उनके इस 'तर्क' के बाद ज़िला पुलिस ने जानबूझकर राज्य सरकार को बदनाम करने के आरोप में पत्रकार के ख़िलाफ़ प्राथमिकी दर्ज की (दुआ 2019)। इसके बाद मीडिया में हंगामा मच गया और दिसम्बर 2019 में यूपी पुलिस ने पत्रकार को सभी आरोपों से मुक्त कर दिया (पीटीआई 2019)।

यह और ऐसी कई घटनाएँ जाहिर करती हैं कि मानहानि की परिभाषा राजनीतिक/नौकरशाही की कुर्सी पर बैठे लोग अपनी नज़रों से ही देखना और गढ़ना पसन्द करते हैं। मानहानि के विरुद्ध क़ानून की बात अनुच्छेद 19(2) में कही गई है। भारत में नागरिक मानहानि का वैधानिक प्रावधान नहीं है और इसे अपकृत्य क़ानून (लॉ ऑफ़ टार्ट्स) के तहत निबटाया जाता है। लेकिन, हाल के दिनों में मीडिया पर आपराधिक मानहानि के आरोप लगाए जाने की घटनाएँ बढ़ी हैं। ऐसे युग में जहाँ डिजिटल दुनिया के भीतर जानकारी सेकंडों में वायरल हो जाती है, मानहानि एक मुश्किल मुद्दा बनी हुई है, ख़ासकर उन स्थानीय पत्रकारों के लिए जिनके पास मुक़दमा लड़ने के लिए धन और क़ानून तक आसान पहुँच नहीं है। डिजिटल पोर्टलों के लिए आपत्तिजनक ख़बरों को किसी भी क्षण हटा लेना आसान है, लेकिन प्रिंट ऐसा नहीं कर सकता। डिजिटल मीडिया के लिए दुष्प्रचार के ख़िलाफ़ क़ानूनों में स्पष्टता नहीं है। लेकिन, प्रिंट के ख़िलाफ़ आपराधिक मानहानि क़ानूनों का लगातार उपयोग और कड़ी सज़ा और लम्बे समय तक मुक़दमेबाज़ी की धमकियों

के परिणामस्वरूप, कभी-कभी असन्तुष्ट आवाज़ें दब जाती हैं और अलोकतांत्रिक सेंसरशिप हावी हो जाता है। मिर्ज़ापुर के मामले में ये साफ़ दिखाता है।

कनवर्जेंस के बाद क़ानूनों में बदलाव की आवश्यकता

दूरसंचार और मीडिया का बढ़ता कनवर्जेंस एक ऐसी प्रक्रिया है जिसने कई पुराने क़ानूनों को निरर्थक बना दिया है। 2013 में सूचना प्रौद्योगिकी पर संसदीय स्थायी समिति ने सिफ़ारिश की थी कि प्रिंट और इलेक्ट्रॉनिक मीडिया, दोनों के लिए या तो एक ही नियामक निकाय बनाया जाए या फिर इलेक्ट्रॉनिक मीडिया की निगरानी के लिए प्रेस काउंसिल ऑफ़ इंडिया जैसी ही कोई संस्था हो (पीसीआई 2012; पीटीआई 2015 देखें)।

न्यू मीडिया की दुनिया अब मध्यस्थों से घिरी हुई है : ऐसी कम्पनियाँ जो डिजिटल डेटा और सूचना का उपयोग कर मल्टी-मीडिया और सम्बन्धित मीडिया सेवाएँ प्रदान करती हैं। कई प्रमुख मध्यस्थ कम्पनियाँ भारत के बाहर स्थित हैं और हमारे साइबर क़ानूनों का अनुपालन तो दूर उनका उल्लंघन करती हैं। सूचना प्रौद्योगिकी अधिनियम, 2000 की धारा 2(1)(डब्ल्यू) एक 'मध्यस्थ' को बड़े ही व्यापक शब्दों में परिभाषित करती है—ऐसे व्यक्ति या व्यक्तियों के रूप में जो किसी अन्य पक्ष की ओर से आवश्यकतानुसार रिकॉर्ड प्राप्त करते हैं, संगृहीत करते हैं और प्रसारित करते हैं। इस सूची में अन्य लोगों के अलावा, दूरसंचार और नेटवर्क सेवा प्रदाता, सर्च इंजन और वेब होस्टिंग सेवाएँ शामिल हैं। प्रिंट और डिजिटल मीडिया द्वारा इनका बड़े पैमाने पर उपयोग किया जाता है। ऐसे मध्यस्थ, आज बड़ी संख्या में मज़बूत मीडिया कम्पनियों के रूप में उभरे हैं, इसीलिए उनकी गतिविधियों पर निगरानी रखने और उनके द्वारा मीडिया को प्रदान की जाने वाली जानकारी और डेटा के लिए उनके दायित्व की सीमा को परिभाषित किया जाना आवश्यक है।

चुनाव आयोग, मीडिया और मध्यस्थों की स्थिति

2019 के चुनावों से पता चला कि आज के मीडिया को विनियमित (रेगुलेट) करने वाले क़ानूनी ढाँचे में सुधार की तत्काल आवश्यकता है। दिलचस्प बात यह है कि

2019 के चुनावों के मौक़े पर मीडिया नियामक क़ानूनों में सुधार के लिए राजनीतिक दलों ने चार विषयों का ज़िक्र किया था :

1. पेड न्यूज़ की घटना
2. फ़र्ज़ी ख़बरों से उत्पन्न ख़तरे
3. सोशल मीडिया के माध्यम से व्यापक प्रचार
4. अनिवार्य 'मौन अवधि' के दौरान राजनीतिक नेताओं के साक्षात्कारों का निरन्तर टीवी प्रसारण।

आम चुनावों से एक साल पहले 2018 में चुनाव आयोग ने आरपीए (जन प्रतिनिधित्व अधिनियम), 1951, की मौजूदा धारा और इसके कार्यान्वयन में आ रही चुनौतियों की जाँच करने, सभी हितधारकों से बात करने और उपयुक्त उपाय सुझाने (ईसीआई 2019 : 7) के लिए एक विशेष समिति का गठन किया।

समिति को आरपीए की महत्त्वपूर्ण धारा 126 का भी सावधानीपूर्वक मूल्यांकन करना था, जिसके तहत, मतदान से ठीक पहले के 48 घंटों में सभी प्रचार बन्द होकर 'मौन अवधि' लागू हो जाती है।

समिति ने कहा कि आरपीए में संशोधन के बाद के दो दशकों में तकनीक के तेज़ी से हुए विकास की सीढ़ियाँ चढ़कर समाचार और सूचना के भंडारण और प्रसार में प्रमुख भूमिका निभाने वाली मीडिया कम्पनियाँ और मध्यस्थ एजेंसियाँ विनियमन के लिए उपलब्ध क़ानूनी प्रावधानों के दायरे से काफ़ी आगे बढ़ गए हैं। नई तकनीकों ने केबल और डिश के माध्यम से देश भर में प्रसारित होने वाले प्राइवेट चौबीस घंटे के समाचार चैनलों के रूप में नई चुनौतियाँ पेश की हैं। समिति ने निम्नलिखित ऐसे तीन प्रमुख क्षेत्रों (उक्त : 15-16) की पहचान की जहाँ आरपीए की धारा 126 का उल्लंघन सम्भव था और इसे तेज़ी से दुरुस्त किये जाने की आवश्यकता थी :

1. अनिवार्य मौन अवधि के दौरान राजनीतिक रैलियों और भाषणों का लाइव टीवी कवरेज।
2. 'छेड़छाड़ करने और धोखा देने और चुनावी फ़ैसलों को कमज़ोर करने के लिए सोशल मीडिया प्लेटफ़ॉर्मों का व्यवस्थित और संगठित' उपयोग।
3. यह भी तथ्य कि 1996 के संशोधन केवल इलेक्ट्रॉनिक मीडिया (टेलीविज़न, सिनेमैटोग्राफ़ या इसी तरह के उपकरण) पर लागू होते हैं—प्रिंट, इंटरनेट मीडिया और इसके मध्यस्थों पर नहीं।

समिति ने परामर्श की प्रक्रिया के दौरान सभी राजनीतिक दलों के साथ-साथ इंटरनेट और मोबाइल एसोसिएशन ऑफ़ इंडिया (आईएएमएआई) और *फ़ेसबुक, व्हाट्सएप, ट्विटर* और *गूगल* जैसे सोशल मीडिया प्लेटफ़ॉर्मों के मध्यस्थों से विचार आमंत्रित किये। सभी हितधारक चुनाव आयोग से सहमत थे कि प्रिंट और डिजिटल मीडिया को धारा 126 के तहत कवर करने की आवश्यकता है, लेकिन, न्यूज़ ब्रॉडकास्टर्स एसोसिएशन के एक प्रतिनिधि ने सुझाव दिया कि 'इलेक्ट्रॉनिक और डिजिटल मीडिया' को सभी वेबसाइटों, वेब चैनलों, ब्लॉग और वीलॉग के अधिकारों, कर्तव्यों और ज़िम्मेदारियों को शामिल करने के लिए स्पष्ट रूप से फिर से परिभाषित किया जाना चाहिए ताकि धारा 126 के प्रावधान को भारतीय मीडिया के सभी वर्गों और मध्यस्थों पर समान रूप से लागू किये जा सकें (उक्त : 18)।

इलेक्ट्रॉनिक्स और सूचना प्रौद्योगिकी मंत्रालय के प्रतिनिधि ने प्रस्तुत किया कि मध्यस्थ केवल प्रिंट या इलेक्ट्रॉनिक मीडिया द्वारा अपलोड की जाने वाली सामग्री के प्रदाता थे। वे धारा 126 के तहत नहीं, बल्कि, आईटी अधिनियम में आते हैं। आईटी अधिनियम ने उन्हें इस शर्त पर प्रतिरक्षा प्रदान की कि वे उपयोगकर्ताओं के लिए नियम और विनियम जारी करते हैं और क़ानूनों का उल्लंघन करने वाली सामग्री को हटा देते हैं। इसे देखते हुए, उन्होंने चुनाव आयोग को राजनीतिक दलों और उम्मीदवारों को सलाह जारी करने का सुझाव दिया (उक्त : 18-19)। समय की कमी के कारण अन्ततः ईसीआई समिति की रिपोर्ट ने इंटरनेट और मोबाइल एसोसिएशन ऑफ़ इंडिया की स्वैच्छिक आचार संहिता को स्वीकार कर लिया है। धारा 126 के निषेध के अन्तर्गत प्रिंट मीडिया को शामिल करने के सम्बन्ध में भाजपा को छोड़कर, सभी राजनीतिक दल इस बात पर सहमत थे कि ऐसा किया जाना चाहिए। इसके बाद इस सुझाव को समिति की अन्तिम सिफ़ारिशों में विधिवत शामिल किया गया। इन सिफ़ारिशों को क्रियान्वित करने के लिए आरपीए में संशोधन की आवश्यकता है, लेकिन अभी भी संसदीय मंजूरी का इन्तज़ार है।

समिति की रिपोर्ट जनवरी 2019 में ईसीआई को सौंपी गई थी। लेकिन पेड न्यूज़ को लेकर प्रेस काउंसिल ऑफ़ इंडिया की 2010 की रिपोर्ट की तरह इसे भी जुलाई 2019 में ही सार्वजनिक डोमेन में लाया जा सका, वो भी तब, जब हैदराबाद के एक स्वतंत्र शोधकर्ता और विश्लेषक श्रीनिवास कोडाली ने आरटीआई दायर कर इसे सरकार के अभिलेखागार से प्राप्त करने में कामयाबी पाई। तब तक चुनाव हो चुके थे, नतीजे घोषित हो चुके थे और नई सरकार कार्यभार सँभाल चुकी थी। जब

तक चुनाव के दौरान पारम्परिक और नये मीडिया के दुरुपयोग को रोकने के लिए नये उपायों को सूचीबद्ध करने वाली सिफ़ारिशों के साथ रिपोर्ट सौंपी गई, तब तक ईसीआई के पास इसे लागू करने के लिए बहुत कम समय बचा था। फिर भी यह रिपोर्ट उन लोगों के लिए पढ़ना आवश्यक है जो यह समझना चाहते हैं कि आने वाले वर्षों में मीडिया और हमारे लोकतंत्र का पारस्परिक निर्भर भविष्य कैसा होगा?

अप्रैल 2019 में, मतदान शुरू होने से एक महीने पहले भारत के दो पूर्व मुख्य चुनाव आयुक्तों सहित कई नागरिक सामाजिक संगठनों ने बयान जारी कर सोशल मीडिया के माध्यम से फैलाए जा रहे बेहिसाब बड़े पैमाने पर प्रचार और ग़लत सूचनाओं से निपटने और समिति के सुझावों को सँभालने में पारदर्शिता (दासगुप्ता और गुहा ठाकुरता 2019) लाने के चुनाव आयोग के तौर-तरीक़े पर सवाल उठाए थे। इस बयान में सभी राजनीतिक दलों से चुनावों में धन की शक्ति के उपयोग के ख़िलाफ़ बोलने और सभी पार्टियों और नेताओं द्वारा मीडिया पर किये जा रहे ख़र्च को सीमित करने के लिए एक क़ानून बनाने की अपील की गई थी। लेकिन, ऑनलाइन कॉन्टेंट का बहुप्रतीक्षित विनियमन और मध्यस्थ एजेंसियों के नियंत्रण के लिए एक सामंजस्यपूर्ण और समन्वित ढाँचा बनाया जाना अभी तक बाक़ी है।

समाचारों को साफ़-सुथरा बनाने की कोशिश कर रही मीडिया कम्पनियों पर बड़े नैतिक सवाल

साल 2014 के बाद से हिन्दी समाचार-पत्रों ने ख़र्चों में कटौती करने के लिए अपने कर्मचारियों की तेज़ी से छँटनी की है और समाचार संग्रहण और रिपोर्टिंग के लिए डिजिटल एजेंसियों के विभिन्न प्लेटफ़ॉर्मों पर निर्भरता बढ़ा दी है। लेकिन, हिन्दी की अधिकांश सम्पादकीय टीमें अभी भी इस बात से अनभिज्ञ हैं कि ये डिजिटल प्लेटफ़ॉर्म वास्तव में कैसे संचालित होते हैं, और यहाँ से जो रिपोर्ताज वो उठा रहे हैं, उन्हें क्यों और कैसे बनाया और अपलोड किया जा रहा है? ये मध्यस्थ प्लेटफ़ॉर्म (एग्रीगेटर) हिन्दी समाचारों के सशक्त स्रोत बन रहे हैं। समाचार एग्रीगेटर हज़ारों सूचनाओं, समाचार सामग्रियों (आलेखों, वीडियो और फ़ोटो) को विभिन्न माध्यमों से छानकर एकत्रित करते हैं और उन्हें एक ही फ़ीड में डालकर उसका लिंक उपयोगकर्ताओं को भेजते हैं, फिर अंग्रेज़ी, हिन्दी और दूसरी क्षेत्रीय भाषाओं के लिए ज़रूरत के हिसाब से आलेखों को प्रचारित करते हैं। *रॉयटर्स इंस्टीट्यूट फ़ॉर*

द स्टडी ऑफ़ जर्नलिज़्म (अनीज़ एट अल. 2019) के एक अध्ययन में भारत में अधिकांश इंटरनेट उपयोगकर्ताओं ने सर्च इंजन को ऑनलाइन समाचार प्राप्त करने का मुख्य स्रोत बताया। इनमें से 45 प्रतिशत ने कहा कि उन्हें जो समाचार फ़ीड के ज़रिये मिलता है वो उसी पर भरोसा करते हैं, जबकि केवल 36 प्रतिशत लोगों ने समाचारों की समग्रता पर भरोसा किया।

आज यह बड़ा सवाल है कि हिन्दी समाचार में कोई कैसे समझे कि क्या असली है और क्या नकली? समाचारों का प्रवाह दिन-भर जारी रहता है और हर घंटे ताज़ा समाचार सामने आते हैं। मीडिया को त्वरित और सम्पूर्ण समाचार सत्यापन, फ़र्ज़ी समाचारों का पता लगाने, उन्हें ख़ारिज करने और सन्दिग्ध स्रोतों को रोकने के लिए मज़बूत संरचनाओं की आवश्यकता है। लेकिन, अधिकांश हिन्दी समाचारों में संरचनाएँ अभी भी कुछ हद तक अस्थिर हैं और पेरेंट कम्पनियों के बोर्ड अक्सर उद्यम-पूँजीपतियों, बैंकरों और विज्ञापन अधिकारियों से भरे होते हैं, जिनमें से कई के पास अपने स्वयं के एजेंडे हो सकते हैं और सम्पादकीय नियंत्रण के अलावा उनकी सम्पादकीय संरचनाओं में बहुत रुचि नहीं हो सकती है। यदि सम्पादकों का अधिकार वाकई बहुत कम कर दिया गया है तो अख़बार, उनके ई-पेपर और वेबसाइट अपनी सामग्रियाँ कैसे ढूँढ़ लेते हैं? जैसा कि *न्यूयॉर्क टाइम्स* की शानदार प्रिंट लाइन कहती है—वे सभी समाचार जो छापने लायक हैं।

फ़र्ज़ी ख़बरों के कुछ चौंकाने वाले उदाहरण

फ़ेसबुक इंडिया के नये साझेदारी प्रमुख, मनीष खंडूरी ने फरवरी 2019 में दिये गए एक बयान (भारतीय तथ्य-जाँच साइट ऑल्ट न्यूज़ द्वारा उद्धृत) में कहा कि 'हम फ़ेसबुक पर फ़र्ज़ी ख़बरों के प्रसार को रोकने के लिए प्रतिबद्ध हैं, ख़ासकर 2019 के आम चुनाव से पहले के प्रचार अभियान के दौरान' (चौधरी और झा 2019)। ऑल्ट न्यूज़ ने बताया कि फ़ेसबुक ने भारत में अपने तथ्य-जाँचकर्ताओं के नेटवर्क में पाँच भारतीय साझेदारों को भी जोड़ा जिससे उनकी कुल संख्या सात हो गई। इसका उद्देश्य स्वस्थ था : तीसरे पक्ष के भागीदारों के माध्यम से इसमें दी जा रही जानकारी की प्रामाणिकता को सत्यापित करना ताकि स्रोत पर नकली और भ्रामक समाचारों के सम्मिलन और प्रसार की जाँच की जा सके। ऑल्ट न्यूज़ ने पाया कि इनमें से तीन फ़ैक्ट चेकर्स स्वयं ग़लती के कठघरे में खड़े थे, जिनमें एक

भारत का सबसे लोकप्रिय हिन्दी दैनिक था। उनके टीवी चैनलों और प्रिंट संस्करणों ने पुलवामा में केन्द्रीय रिजर्व पुलिस बल की टुकड़ी पर हुए हमले और भारतीय वायु सेना द्वारा पाकिस्तान के बालाकोट पर कथित जवाबी हमले के बारे में झूठी या भ्रामक ख़बरें, या छेड़छाड़ की गई तस्वीरें डाली थी और पुराने वीडियो चलाए थे। उन्हें बताए जाने के बाद भी अधिकांश ने भ्रामक जानकारी को हटाने या कोई स्पष्टीकरण जारी करने की ज़रूरत नहीं समझी। ऐसे कई रूपान्तरित वीडियो भी थे जो इस्लामिक राष्ट्रों के बारे में फ़र्ज़ी ख़बरें फैलाते थे।

2014 के आम चुनावों से ठीक पहले एक मनमौजी फ्रांसीसी पत्रकार की एक रिपोर्ट व्यापक रूप से प्रसारित की गई थी (देखें, सिन्हा 2017)। इसमें कहा गया था कि लेखक को प्रसिद्ध ज्योतिषी नास्त्रेदमस की भविष्यवाणियों से भरा एक टिन का ट्रंक मिला था। इनमें से एक ने कथित तौर पर एक स्टार राजनेता, नरेंडस के उदय की भविष्यवाणी की थी। यह कहानी जब भारत के सबसे अधिक बिकने वाले अंग्रेज़ी दैनिकों में से एक में छपी तो फिर हिन्दी दैनिकों ने भी इसे ख़ूब छापा, लेकिन, कभी भी इसका खंडन नहीं किया गया, न ही इस पर मनोरंजन किया गया। हर साल टॉप 10 सबसे अधिक प्रसारित फ़र्ज़ी समाचारों में से ज्यादातर या तो बड़े पैमाने पर अल्पसंख्यकों को निशाने पर रखते हैं या फिर विरोधी पक्ष पर लक्ष्य साधते हैं (उदाहरण के लिए, जावेद 2018 देखें)।

उपभोक्ता प्रतिरोध यहाँ उपयोगी हो सकता है, लेकिन, भारत में समाचारों के उपभोक्ता ज़्यादातर (हमारी आबादी का लगभग 80 प्रतिशत) 40 वर्ष से कम उम्र के हैं। इनमें से अधिकांश लोग, ऑनलाइन इंटरैक्टिव सत्रों के निचले औसत की भाषा और संचार कौशल प्रदर्शित करते हैं, लेकिन, वे फ़ोटो अपलोड कर 'लाइक्स' बटोरने और किसी प्रकार 'सेलिब्रिटी' बनने की ताक में लोकप्रिय सोशल मीडिया साइटों पर जाना पसन्द करते हैं। वे अख़बार या दूसरी प्रिंट सामग्री भी तभी पढ़ते हैं जब उन्हें नौकरी से सम्बन्धित कोई विशिष्ट जानकारी लेनी होती है या फिर कोई प्रवेश परीक्षा या सिविल सेवा परीक्षाओं की तैयारी करनी हो। हिन्दी में मल्टी-मीडिया उद्योग की मुख्य दक्षताएँ अभी भी काफ़ी हद तक स्वयं में ही समाहित हैं और मुख्यधारा की प्रिंट मीडिया से जुड़ी हुई हैं। लेकिन, एक बात निश्चित है कि भारत के सुदूर गाँवों से लेकर इसके आधुनिक शहरों तक, नये सूचना प्लेटफ़ॉर्मों ने सामाजिक सम्पर्क के अर्थ और सामाजिक-राजनीतिक संवादों और संरचनाओं के बारे में सदियों पुरानी धारणाओं को पूरी तरह से बदल दिया है।

15-20 साल पहले इन ऑडिएंस के आने के बाद से स्मार्टफ़ोन और सस्ते सेवा प्रदाताओं का विस्तारित नेटवर्क हिन्दी ई-पेपर और समाचार पोर्टलों को आगे बढ़ा रहा है, जिनके पास ज़मीनी स्तर से ख़बरें जुटाने, उनकी असली सच्चाई जानने और आँकड़ों को खँगालने और शोधित करने का न ही साधन है और न ही नीयत। न्यूज़ रूम में इस्तेमाल हो रही तकनीक और यहाँ लगी मशीनें काम को आसान बनाती हैं, लेकिन, सम्पादकीय स्तर पर अभी भी बहुत कुछ किया जाना बाक़ी है।

हिन्दी मीडिया को अब यह स्वीकार करने की आवश्यकता है कि वेब की दुनिया, रास्तों और पाइपों की वो शृंखला है जिस पर सेकंडरी स्रोतों के (कई मामलों में असत्यापित) प्राथमिक डेटा मिलते हैं। ऐसा हो सकता है कि शुरुआत में इसे वस्तुनिष्ठ बनाने और पाठकों को फ़र्ज़ी कहानियों के बजाय सत्यापित और सच्ची कहानियों की ओर ले जाने के लिए डिज़ाइन किया गया हो, लेकिन इसका व्यावसायिक मॉडल काफ़ी हद तक विज्ञापन राजस्व से चलता है—और विज्ञापन इस आधार पर मिलता है कि किस प्लेटफ़ॉर्म पर कितना ट्रैफ़िक है। यह देखते हुए कि उत्तेजक भावनाएँ और यहाँ तक कि पूर्वग्रहों की पुष्टि करना ट्रैफ़िक खींचने का मुख्य टूल बन चुका है, जिन रास्तों और पाइपों के माध्यम से वेब सामग्री भेजी जाती है, उन्हें एग्रीगेटर्स और एल्गोरिदम द्वारा समाचारों का भड़काऊ लेप लगाकर पहले प्रदूषित और फिर प्रचारित किया जा रहा है।

विदेशी मध्यस्थ एजेंसियों के लिए एफडीआई की सीमा

हमारे डिजिटल मीडिया एसोसिएशनों ने सरकार की 2019 की प्रत्यक्ष विदेशी निवेश (एफडीआई) नीति का स्वागत किया है, जिसका उद्देश्य भारतीय समाचार प्रकाशकों और एग्रीगेटर्स के लिए समान अवसर प्रदान करना है। भारत में कई समाचार एग्रीगेटर्स ने समाचार-पत्र-पत्रिका प्रकाशकों की तुलना में बड़ी पहुँच हासिल कर ली है, क्योंकि उन्हें विदेशी निवेशक, ख़ासकर चीनी निवेशकों से बड़ा निवेश प्राप्त हुआ है।

चूँकि उनकी स्थानीय एग्रीगेटर्स और राष्ट्रीय प्रकाशकों के साथ सीधी प्रतिस्पर्धा है, इसलिए सरकार ने एफडीआई को 26 प्रतिशत तक सीमित करने का निर्णय लिया है। हिन्दी मीडिया समूह जागरण के डिजिटल विंग के सीईओ भरत गुप्ता ने इस क़दम का स्वागत करते हुए कहा कि इससे भारतीय एग्रीगेटर्स को तथ्यात्मक,

विश्वसनीय और मूल सामग्री तैयार करने में मदद मिलेगी और टियर 2 और टियर 3 कम्पनियों के मल्टी-मीडिया उपयोगकर्ताओं के बीच विश्वसनीयता बढ़ेगी, जिस पर ग़ैर-भारतीय एग्रीगेटर्स की नज़र है (जागरण इंग्लिश 2019)।

फ़र्ज़ी सूचनाओं और गढ़ी हुई ख़बरों की बाढ़ को रोकने के लिए फ़ेसबुक ने इंटरनेट पर सन्दिग्ध ख़बरों और हानियों के प्रति उपयोगकर्ताओं को सचेत करने के लिए एल्गोरिदम और यूज़र फ़्लैग का उपयोग करना शुरू किया है। साथ ही यह उपयोगकर्ताओं के लिए लिंक भी पोस्ट कर रहा है जो जानकारी को सही कर सकता है। कभी-कभी यह उपयोगकर्ताओं को पॉप-अप भेजकर आइटम को ब्लॉक भी कर देता है। गूगल का भी कहना है कि वह फ़र्ज़ी ख़बरों को साफ़ करने के लिए काम कर रहा है। इसने अपनी सूचनाओं और ख़बरों को अधिक सत्य-अनुकूल बनाने के लिए उपाय शुरू किये हैं और सक्रिय रूप से तथ्य-जाँच साइटों को बढ़ावा देता है ताकि उपभोक्ताओं की नज़र उन पर पड़े और समाचार ट्रैफ़िक को ऐसी साइटों पर मोड़ दिया जाए। गूगल पत्रकारों को फ़र्ज़ी ख़बरों के विभिन्न आयामों और तथ्य-जाँच साइटों तक पहुँचने के तरीक़े से अवगत कराने के लिए कार्यशालाएँ भी आयोजित कर रहा है। इसी तरह *यूट्यूब* को भी दुष्प्रचार को जड़ से उखाड़ने की ज़रूरत महसूस हो रही है। इसके प्रवक्ता ने ऑन रिकॉर्ड कहा है कि स्वास्थ्य और ग्लोबल वार्मिंग जैसे महत्त्वपूर्ण मामलों पर फ़र्ज़ी वीडियो के बारे में कई प्रतिकूल रिपोर्ट मिलने के बाद, उन्होंने यह सुनिश्चित करने के लिए अपने प्लेटफ़ॉर्म में कई बदलाव किये हैं कि ऐसे वीडियो रिपोर्ट होते ही हटा दिये जाएँ (पीटीआई 20196)

जब माइक्रोसॉफ़्ट दुनिया की सबसे मूल्यवान सूचीबद्ध कम्पनी (2018 तक) बनी तो उसने स्पष्ट रूप से बताया कि यह सफलता इस एहसास के साथ हासिल किया गया है कि लम्बे समय में लालच और लोलुपता से कोई फ़ायदा नहीं होता है। इससे हमारी प्राथमिकताओं में बदलाव आया है। अब उद्देश्य विंडोज़ के सुनहरे हंस के पीछे लगे रहना नहीं है, बल्कि, सामाजिक नेटवर्क और स्मार्टफ़ोन पर ध्यान केन्द्रित करना है। नियामकों को मात देने या उन पर हावी होने की कोशिश करने के बजाय उनके साथ काम करना बेहतर है।

ग़लत सूचना या फ़र्ज़ी समाचार और सही सूचनाओं के बीच 'चूहा दौड़' जारी है, और ग़लत सूचनओं के नये-नये पैटर्न सामने आ रहे हैं। लेकिन, मीडिया क्षेत्र के दिग्गजों ने कम से कम अपने कृत्य को साफ़ करने की कोशिश शुरू कर दी

है। क्या हम अपने जीवनकाल में विश्व मीडिया के लिए डिजिटल जिनेवा कन्वेंशन देखेंगे? उत्तर अस्पष्ट है, लेकिन जो स्पष्ट है वह यह है कि दुनिया दुष्प्रचार और फ़र्ज़ी ख़बरों के ख़तरे के प्रति सजग हो गई है और फ़र्ज़ी ख़बरें आने वाले समय में कभी भी मीडिया पर हावी नहीं होंगी।

मीडिया नियामक निकायों की भूमिका

मीडिया क्षेत्र की एक और कमज़ोर कड़ी वर्तमान मीडिया नियम, सरकार और विभिन्न नियामक निकायों द्वारा अपनाई जाने वाली परिचालन प्रक्रियाओं की है। यदि मीडिया वास्तव में स्वतंत्र है, तो कई मौक़ों पर क्या सरकारों को यह तय करना चाहिए कि उन्हें कॉन्टेंट तक कैसे पहुँच बनानी चाहिए, कैसे उन्हें क्यूरेट करना चाहिए और फिर कैसे अपलोड करना चाहिए? एक और दुविधा हिन्दी मीडिया और उसके युवा उपभोक्ताओं पर फ़ेसबुक और ट्विटर के अत्यधिक प्रभाव से उत्पन्न हुई है। यह देखना दिलचस्प है कि स्थानीय मीडिया इन विभिन्न चुनौतियों का सामना कैसे कर रहा है? भारत में शुरू से ही अंग्रेज़ी बोलने वाले उपभोक्ताओं की संख्या कम रही है। लेकिन, बात जब समाचारों की हो, नौकरियों के विज्ञापन की हो या फिर क्लासीफ़ाइड, ई-कॉमर्स, शिक्षा और वित्त की हो, हर चीज़ के लिए अंग्रेज़ी उपभोक्ताओं के पास हमेशा बेहतर इंटरनेट उत्पाद रहे हैं। 2018 में आईआईटी के दो युवा पूर्व छात्रों ने कथित तौर पर एक उद्यम-पूँजी फ़र्म से एक अनिर्दिष्ट राशि जुटाई और 'लोकल' नाम से एक ऐप लॉन्च किया। ये ऐप तेलुगु में स्थानीय समाचार, वर्गीकृत और अन्य जानकारी देता है। इसके दस लाख से अधिक सक्रिय उपयोगकर्ता हैं।

मीडिया, विशेष रूप से हिन्दी मीडिया की उन नैतिक प्रश्नों से निपटने की क्या योजना है, जब उन्हें सरकार के मार्गदर्शन में काम करना पड़ता है और साथ ही उनके छद्म पत्रकार अपने राजनीतिक आकाओं से आदेश लेकर ख़बरों के लेप में एजेंडा चलाते हैं? जैसे-जैसे अर्थव्यवस्था मन्दी के दौर से गुजर रही है और राजस्व घटने लगा है, क्या ख़राब पैसा आख़िरकार अच्छे पैसे को बाहर कर देगा? मीडिया सत्ता परोसे या सत्य? एक चीज़ जो भारत और हिन्दी मीडिया दोनों को मदद कर सकती है, वह है आतंकवाद और अवैध प्रवासियों के सम्बन्ध में अलगाववादी उन्माद को कम करना। यह कुछ मुट्ठी-भर धर्मनिष्ठ कट्टरपंथियों

को हमारा भविष्य तय करने वाला बना सकता है। सत्य और सत्ता अधिक समय तक एक दूसरे का साथ नहीं निभा सकते। यदि मीडिया सत्य का अनुसरण करना चाहता है तो उसे समावेशिता और मितव्ययिता का एक अलग रास्ता अपनाना होगा, जैसा कि गांधी जी ने किया था।

निष्कर्ष

जैसा कि हमने अब तक महसूस किया है, सिर्फ़ एक समान तकनीकों तक पहुँच से पूरे दुनिया की मीडिया एक समान हो जाएगी, ऐसा बिलकुल नहीं है। मीडिया जिस समाज, देश, परिवेश में संचालित हो रहा है उसका बड़ा असर पड़ता है और वही उसे निर्णायक रूप से आकार देता है। 2005 के आसपास यह उम्मीद जताई जा रही थी कि मोबाइल फ़ोन जब इंटरनेट से जुड़ जाएगा तो संस्कृति और राजनीति के हो रहे ह्रास और अलोकतांत्रिक प्रथाओं पर लगाम लगाने का काम करेगा। ऐसा बिलकुल नहीं हुआ है। यह विभिन्न क्षेत्रीय भाषाओं पर सवार होकर भारत के ग्रामीण इलाक़ों में सीधे प्रवेश तो कर चुका है, लेकिन समाचार और सूचना के सार्वजनिक क्षेत्रों के विस्तार के साथ दुनिया के प्रमुख मीडिया दिग्गज भी मध्यस्थों के रूप में इस परिदृश्य में अवतरित हो चुके हैं। एल्गोरिदम द्वारा संचालित डेटा उपभोक्ता व्यवहारे के बारे में महत्त्वपूर्ण अन्तर्दृष्टि प्रदान कर रहा है। लेकिन, साथ ही निर्णय लेने की अधिकांश सम्पादकीय शक्ति और प्रतिभा अब मानव-मस्तिष्क से एल्गोरिदम में स्थानान्तरित हो रही है।

इस प्रकार आज हिन्दी मीडिया में बदलाव आया और सदी के अन्त में यह अकल्पनीय तरीक़े से आगे बढ़ा। लेकिन, कोई भी मीडिया की किसी भी शाखा के साथ काम कर रहा हो, अन्ततः हम सभी मीडिया परिदृश्य के साथ तालमेल बनाए रखना चाहते हैं और जो अज्ञात है, जिसे हम नहीं समझते, उससे डरना नहीं चाहते। मास्टर प्रोग्रामर और आभासी वास्तविकता (वर्चुअल रिएलिटी) के जाने-माने अग्रणी, जेरोन लानियर (2010) उन पहले लोगों में से एक थे, जिन्होंने नई तकनीक से सूचना प्रणालियों में होने वाले बदलावों, ख़ासकर वैश्विक वाणिज्य और संस्कृति में क्रान्ति की भविष्यवाणी की थी। लेकिन, उन्होंने यह भी रेखांकित किया कि सूचना प्रणालियों को चलाने के लिए सूचनाओं की आवश्यकता होती है और चूँकि कोई भी जानकारी पूरी तरह से वास्तविकता का प्रतिनिधित्व नहीं कर

सकती है इसीलिए, जिसे हम इनसान कहते हैं, कम्प्यूटर एनालॉग उसका सटीक विकल्प नहीं हो सकता।

किसी भी भाषा में सभी मीडिया नियोजन के केन्द्र में यह विचार हमेशा रखना चाहिए कि मानव अपने उपलब्ध सभी डेटाबेस के जोड़ से कहीं अधिक सम्पन्न है। लेकिन 2019 में संख्यात्मक रूप से बढ़ती हिन्दी मीडिया और इसके अधिकांश नये उपभोक्ता अभी भी मल्टी-मीडिया की दुनिया को लेकर भ्रमित हैं। बेशक, उन्हें एहसास होता है कि जब विज्ञापन जारी किये जा रहे होते हैं तो ट्विटर या फ़ेसबुक पर दस लाख फ़ॉलोअर्स होना किसी अख़बार के लिए ऑडिट ब्यूरो ऑफ़ सर्कुलेशन द्वारा प्रमाणित दस लाख पाठकों के समान नहीं होता है। लेकिन वे अक्सर इस तथ्य के प्रति सचेत नहीं होते हैं कि एल्गोरिदम, जो डिजिटल समाचारों तक इतनी आसानी से (अक्सर मुफ़्त में) पहुँच कराते हैं, वे उनके व्यक्तिगत जीवन को उनकी इच्छा से अधिक बारीकी से ट्रैक कर सकते हैं और उनकी सहमति के बिना उन्हीं के बारे में हासिल जानकारी को व्यावसायिक रूप से बेच सकते हैं। आज कोई भी सॉफ़्टवेयर तटस्थ नहीं है। हिन्दी की डिजिटलीकृत ख़बरें राजनीतिक विचारधाराओं को समाहित कर सकती हैं, और करती भी हैं। ऐसी कुछ ख़बरें तो उपभोक्तावादी पैटर्न को बढ़ावा देती हैं। ये वैचारिक और व्यावसायिक पूर्वग्रह सर्वव्यापी होने के बावजूद अदृश्य रहते हैं। इसलिए, हिन्दी मीडिया पेशेवरों को उस समाचार सामग्री के प्रति सचेत रहना होगा जिसके शिकंजे में वो तेज़ी से फँसते जा रहे हैं।

8

पोस्टस्क्रिप्ट पोस्ट-कोविड मीडिया

कोविड-19 महामारी से लड़ने और बचाव के लिए मार्च 2020 में भारत सरकार के अचानक घर पर रहने के निर्देश के कारण दो महीने का राष्ट्रव्यापी लॉकडाउन शुरू हो गया (जेंटलमैन और शुल्त्स 2020; हेब्बर 2020)। मीडिया और ख़बरों से जुड़े रहने वाले लोगों को इस बात से परेशानी हुई कि उनका पसन्दीदा अख़बार उनके दरवाज़े पर आना बन्द हो गया, और फिर एक आश्चर्यजनक उलटफेर सामने आया। एक महीने के भीतर, इंटरनेट का इस्तेमाल अचानक बढ़ गया। अब समाचार देने और पढ़े जाने का मुख्य माध्यम इंटरनेट बन चुका था, जबकि प्रिंट में कमी आ रही थी। धीरे-धीरे, लोगों को पता चला कि वे अपने घरों में रहकर भी इंटरनेट के माध्यम से सभी भारतीय भाषाओं में डिजिटल रूप से समाचार प्राप्त कर सकते हैं, और यह लगभग मुफ़्त था। डिजिटल माध्यम ने न सिर्फ़ स्कूली बच्चों को घर में रहकर ही पढ़ने की सुविधा दी, बल्कि अपने प्रचार के लिए लालायित राजनेताओं को भी कई ऐप्स के ज़रिये जनता से जुड़ने का अवसर दिया, जो महँगी रैलियों और परिसर आधारित शिक्षण और कोचिंग कक्षाओं के मुक़ाबले ज़्यादा आसान, व्यावहारिक और बहु-भाषीय था।

भारत में स्थानीय भाषाओं के पाठक बड़े पैमाने पर मुफ़्त में ही समाचार प्राप्त करना चाहते हैं। उनके लिए ब्रांड या अपने पाठकों के प्रति मीडिया के नैतिक दायित्व बहुत कम मायने रखते हैं। अप्रैल 2020 में नील्सन और ब्रॉडकास्ट ऑडियंस रिसर्च काउंसिल द्वारा 12 साल से ऊपर के पुरुषों और महिलाओं के इंटरनेट का उपयोग करने के अनुपात पर जारी आँकड़ों से पता चलता है कि हर दूसरा शहरी अब इंटरनेट का उपयोग कर रहा है, जबकि देश के हर शहर को

मिलाकर देखा जाए तो ये आँकड़ा 54 प्रतिशत है। ग्रामीण क्षेत्रों में, मुख्य रूप से स्मार्टफ़ोन की बदौलत, इंटरनेट की पहुँच 32 प्रतिशत पाई गई। इस प्रकार राष्ट्रीय औसत 40 प्रतिशत है, और इंटरनेट देखने का औसत समय प्रतिदिन कम से कम चार घंटे है। और स्पष्ट रूप से, इंटरनेट तक पहुँचने वाली महिलाओं की संख्या 35 प्रतिशत और पुरुषों की संख्या 65 प्रतिशत है। इनमें से 18 प्रतिशत लोग इंटरनेट का उपयोग चैटिंग के लिए करते हैं, जबकि 15 प्रतिशत लोग सोशल नेटवर्किंग और 15 प्रतिशत ही वीडियो स्ट्रीमिंग करते हैं, और 11 प्रतिशत लोग गेम खेलते हैं।

राजनेताओं और उनके मीडिया सेल ने इंटरनेट के महत्त्व को देखा और इसकी शक्ति पहचानी। घरों के भीतर बैठी जनता को अपने जुमले पहुँचाकर, वायु सेना के विमानों के साफ़ नीले आसमान से लाखों गुलाब की पंखुड़ियाँ बिखेरते हुए 'कोविड योद्धाओं' (पीटीआई 2020) और लोकप्रिय फ़िल्म सितारों और क्रिकेटरों के लाइवस्ट्रीम दृश्यों के साथ हमारे राष्ट्रीय संकल्प की पुष्टि करते हुए आकर्षित किया गया और उन्हें एक गौरवान्वित भारतीय के रूप में वायरस से लड़ने के लिए (2020 में स्क्रॉल भी देखें) उत्साहित किया गया। जीवन अधिक मायने रखता है, और इसलिए यदि ज़रूरत पड़ी तो जीवन बचाने के लिए नागरिक स्वतंत्रता और श्रम क़ानूनों का बलिदान दिया जाना चाहिए : जान है तो जहान है! और फिर आयातकों ने हमारा सामान ख़रीदने के लिए शुल्क बढ़ा दिये, और, जैसा कि अपेक्षित था, विदेशी निवेश कम हो गया और आत्मनिर्भरता को एक बड़े, महत्त्वाकांक्षी लक्ष्य के रूप में पेश किया गया।

जैसे-जैसे दुनिया महामारी से जूझ रही है, हमारे मीडिया प्रारूप और ग़रीबों के लिए पहुँच सुनिश्चित करने से सम्बन्धित नैतिक प्रश्न, कहीं खो से गए हैं। इसलिए, वर्ष 2020 शुरू होते ही मीडिया पर्यवेक्षकों ने जो सवाल उठाए, वे थे : हम ग्रामीण और छोटे शहरों के इंटरनेट समाचार उपभोक्ताओं और ज़्यादातर शहरी भारतीयों के बीच बढ़ते डिजिटल अन्तर को कैसे पाटें जो इंटरनेट से जुड़ने के लिए 3जी या 4जी मोबाइल का उपयोग करते हैं? सभी के लिए अनिवार्य आरोग्य सेतु ऐप लॉन्च करने के लिए गोपनीयता से जुड़े मसलों को भी बेहद लापरवाही से नज़रअन्दाज़ कर दिया गया।

पोस्ट-कोविड युग में राजस्व मॉडल

लॉकडाउन के बाद भी इंटरनेट तक जनता की पहुँच निश्चित रूप से दो कारणों से बढ़ी होगी। एक, क्योंकि अधिक लोग फ्री-टू-एक्सेस वेबसाइटों और सस्ते ऐप्स के माध्यम से समाचारों को डिजिटल रूप से ग्राह्य करने और साझा करने में माहिर हो गए होंगे, और दो, क्योंकि डिजिटल मीडिया ने छात्रों के लिए दूरस्थ शिक्षा के जो नये रास्ते पेश किये हैं, वे आशाओं से भरे हैं। एक तीसरा कारण भी है : नई अर्थव्यवस्था अपने स्वभाव से यह माँग करेगी कि हर जगह मीडियाकर्मी नई तकनीकी चुनौतियों से निपटने के लिए आजीवन सीखने के पथ पर चलें। डिजिटल से विमुख होने का अर्थ है 24/7 समाचारों से दूर हो जाना। अब, डिजिटल न्यूज़रूम को समाचार एकत्र करने के लिए बड़ी धनराशि की आवश्यकता होती है, साथ ही अपने प्रतिस्पर्धियों की तुलना में आधुनिक बने रहने के लिए तकनीक को निरन्तर अपग्रेड करते रहने की आवश्यकता पहले से कहीं अधिक बढ़ गई है, जो काफ़ी ख़र्चीला है।

प्रश्न उठता है कि आवश्यक राजस्व जुटाने के लिए डिजिटल समाचार जगत के लिए आदर्श मॉडल क्या है! पश्चिम में, *न्यूयॉर्क टाइम्स* और *वॉल स्ट्रीट जरनल* ने अपने लिए शानदार मॉडल बनाए हैं, जिनमें सदस्यता-आधारित राजस्व और विज्ञापन का एक स्वस्थ मिश्रण शामिल है। इसमें सीधी बिक्री, विज्ञापनदाताओं की माँग के अनुसार तैयार किया गया ब्रांडेड कॉन्टेंट और प्रोग्रामेटिक विज्ञापन शामिल हैं।

लेकिन, इस मॉडल को भारत में लागू नहीं किया जा सकता। पहले वाला मॉडल, जहाँ बिना भुगतान के, बिलकुल मुफ़्त में कॉन्टेंट देकर पाठकों के ट्रैफ़िक को आकर्षित किया जाता था, वहाँ बड़ी संख्या में क्लिक्स तो मिल जाते हैं, लेकिन पैसा नहीं मिलता। फिर, दो वैश्विक दिग्गज, फ़ेसबुक और (फ़ेसबुक के स्वामित्व वाले) व्हाट्सएप को भारत में 70-80 प्रतिशत डिजिटल विज्ञापन मिलते हैं। यहाँ तक कि टिकटॉक जैसे बहु-भाषी ऐप, जो कि इस मैदान के नये खिलाड़ी हैं, वे भी समाचार वाले ऐप्स की तुलना में अधिक राजस्व अर्जित कर रहे हैं। एलेक्सा रैंकिंग के अनुसार, अधिकांश भारतीय दर्शक स्थापित समाचार नेटवर्क पर जाना पसन्द करते हैं। इससे *स्क्रॉल.इन* और द *वायर* जैसे उत्साही स्वतंत्र समाचार मीडिया समूहों के लिए बाज़ार में बहुत कम जगह बची है। उनके सब्सक्रिप्शन-आधारित मॉडलों के लॉन्च में बहुत कम प्रगति देखी गई, और अब यह और भी कम हो सकती

है, क्योंकि कोविड के बाद की अर्थव्यवस्था ने बाज़ारों को कमज़ोर कर दिया है।

एक और चिन्ताजनक विशेषता सामने आई है : नकली विज्ञापन। गूगल, फ़ेसबुक और ट्विटर सभी इस समस्या का सामना कर रहे हैं, जिसमें अवसरवादी ऑपरेटर महामारी से उत्पन्न भय और घबराहट का फ़ायदा उठा रहे हैं, और झूठे, गुप्त और भ्रामक विज्ञापन जारी करने के लिए कम्पनी की नीतियों का उल्लंघन कर रहे हैं। अकेले 2019 में, गूगल ने कई मिलियन सन्दिग्ध विज्ञापनों को ब्लॉक किया और हटा दिया। मई के पहले सप्ताह में जारी आँकड़ों से पता चलता है कि उन्होंने कम्पनी की नीतियों का उल्लंघन करने के लिए दस लाख अकाउंट को भी निलम्बित कर दिया है। सभी मीडिया दिग्गजों द्वारा किये गए शोध से संकेत मिलता है कि जैसे-जैसे महामारी फैलती जाएगी, यह समस्या तब तक बढ़ेगी जब तक इसे सख़्ती से फ़िल्टर नहीं किया जाता (साल्वे 2020)। इसलिए उन्होंने दोषी पक्षों पर सख़्ती बरतनी शुरू कर दी है। फ़ेसबुक और इंस्टाग्राम ने क़ीमतों में बढ़ोतरी और हिंसक व्यापार प्रथाओं को रोकने के लिए फ़ेस मास्क, हैंड सैनिटाइजर, कीटाणुनाशक वाइप्स और कोविड परीक्षण किट बेचने वाले विज्ञापनों के लिए अपने फिल्टर को अपग्रेड किया है।

सरकार की नई विज्ञापन नीति : मीडिया को मदद या मीडिया पर नियंत्रण?

भारत सरकार के सूचना एवं प्रसारण मंत्रालय का ब्यूरो ऑफ़ आउटरीच एंड कम्युनिकेशन (बीओसी) आज तेज़ी से, मीडिया के लिए एक बेहद अहम नोडल निकाय बन रहा है। बीओसी, सभी मंत्रालयों की ओर से उनके आउटरीच अभियानों को प्रिंट, इलेक्ट्रॉनिक, आउटडोर और सोशल मीडिया और वेबसाइटों के माध्यम से कवर करने वाले एकमात्र चैनल के रूप में कार्य करता है।

नई प्रिंट मीडिया विज्ञापन नीति 1 अगस्त, 2020 (*द टाइम्स ऑफ़ इंडिया* 2020) से प्रभावी हो जाएगी। नीति के तहत, वित्तीय वर्ष की पहली तिमाही में, सभी मंत्रालय विभिन्न कार्यक्रमों और नीतियों के विज्ञापन के लिए निर्धारित धनराशि का 80 प्रतिशत बीओसी को सौंप देंगे। इसमें मंत्रालय से जुड़े सभी विभाग और संगठन भी शामिल होंगे। इसलिए, बीओसी अब मीडिया संगठनों के साथ विज्ञापन के लिए सभी भुगतानों का तीन-चौथाई हिस्सा सँभालेगी। इस नीति का हिन्दी सहित देशी मीडिया पर महत्त्वपूर्ण प्रभाव पड़ेगा। इससे यह सुनिश्चित होगा कि मंत्रालय

प्रिंट मीडिया में जो विज्ञापन स्थान ख़रीदते हैं, उसका 80 प्रतिशत स्थानीय दैनिक समाचार-पत्रों का हो। नई नीति के दिशा-निर्देशों के अनुसार कुछ आदिवासी और कम प्रतिनिधित्व वाली भाषाएँ, जैसे—बोडो, डोगरी, गढ़वाली, मैथिली, कोंकणी इत्यादि, नये पैनल मानदंडों के माध्यम से उचित ध्यान दिये जाने का दावा करने में सक्षम होंगी। आज के विज्ञापनमय पारिस्थितिकी तंत्र में प्रिंट मीडिया को इसका भरपूर लाभ न मिले, ऐसा असम्भव है। फिर, यह उम्मीद की जाएगी कि मीडिया संगठन 'सरकारी हलक़ों से आए किसी भी अनुरोधनुमा आदेश के प्रति अनुकूल व्यवहार करेंगे।'

ठीक इसके बाद, अयोध्या ज़िला प्रशासन ने मीडिया, विशेष रूप से टीवी समाचार चैनलों (सेठ 2020) के लिए 'क्या करें और क्या न करें' की एक सूची जारी की है। इस सूची के अनुसार, कार्यक्रम को लाइव शूट करने की अनुमति देने से पहले, प्रत्येक चैनल को 5 अगस्त, 2020 को होने वाले अयोध्या में भूमि पूजन के कवरेज के लिए एक सख़्त प्रारूप में रहने का वादा करना होगा। इस मौक़े पर प्रधानमंत्री राम मन्दिर निर्माण का औपचारिक उद्घाटन करेंगे। लम्बी और कड़वी मुक़दमेबाज़ी के बाद, अन्ततः सुप्रीम कोर्ट ने मन्दिर बनाने के लिए सरकार द्वारा गठित एक ट्रस्ट को भूखंड सौंप दिया (एम. सिद्दीकी, महंत सुरेश दास और अन्य 2019)।

ज़िला प्रशासक का आदेश उस पूरे सप्ताह के कार्यक्रम के सम्बन्ध में किसी भी उत्तेजक लेखन या चर्चा पर रोक लगाता है। इसमें यह भी कहा गया है कि मीडिया निकायों के मालिकों को उस महत्त्वपूर्ण अवधि के दौरान क़ानून और व्यवस्था बनाए रखने के लिए व्यक्तिगत रूप से ज़िम्मेदार ठहराया जाएगा। आदेश में चैनलों को यह भी बताया गया है कि इसके बाद होने वाली चर्चाओं के आयोजन में, मन्दिर के विरोधी लोगों (पकलाकर) के किसी भी विवादित विचार के प्रसारण की अनुमति नहीं दी जाएगी। सूचना उपनिदेशक ने *द इंडियन एक्सप्रेस* को बताया, कि मीडिया को यह कार्यक्रम कवर करने में कोई समस्या नहीं होगी। क़ानून और व्यवस्था बनाए रखने और कोविड को देखते हुए, समाचार चैनलों को पूर्व अनुमति लेनी होगी और यह सुनिश्चित करना होगा कि कोई विवादास्पद बयान प्रसारित न हो और उचित प्रोटोकॉल बनाए रखा जाए। (सेठ 2020) इस प्रकार मीडिया को गाजर तो थमा दिया गया मगर छड़ी में बाँधकर ताकि गाजर दिखे तो ज़रूर लेकिन उसका स्वाद कोई चख नहीं पाए।

जियो और भारत में एक नये डिजिटल मेगा कम्पनी की शुरुआत

इस समय, भारतीय बाज़ार में अन्य दिलचस्प चीज़ें भी घटित होनी शुरू हो गई हैं। कोविड-19 से भारतीय व्यवसायों के प्रभावित होने से थोड़ा पहले, रिलायंस इंडस्ट्रीज ने जियो मार्टट का प्रारम्भिक संस्करण (दिसम्बर 2019 में) लॉन्च किया था। आधिकारिक तौर पर अंबानी के स्वामित्व वाले रिलायंस इंडिया समूह की सहायक कम्पनी, जियो के प्लेटफ़ॉर्म ने तब से चुपचाप रिलायंस शब्द छोड़ दिया है, लेकिन सभी प्रकार के व्यवसायों के लिए एक विशाल अखिल भारतीय तकनीकी मंच के रूप में लगातार बढ़ रहा है। इसका घोषित दृष्टिकोण 130 करोड़ भारतीयों के लिए एक डिजिटल हब बनाना है, जिसे सभी प्रकार के व्यवसाय, नया मीडिया और किसान अपनी पहुँच बना सकें और संचालित भी कर सकें।

भारत के विशाल बाज़ारों और उपभोक्ताओं की विशाल संख्या (जियो अपने 38 करोड़ 70 लाख कनेक्शन वाल नेटवर्क) को देखते हुए, जियो को प्रमुख तकनीकी निवेशक एक विश्व स्तरीय डिजिटल प्लेटफ़ॉर्म के रूप में देखते हैं। यह अग्रणी तकनीक, ब्रॉडबैंड कनेक्टिविटी, स्मार्ट डिवाइस, क्लाउड और एज कम्प्यूटिंग, बिग डेटा एनालिटिक्स, कृत्रिम बुद्धिमत्ता, संवर्धित और मिश्रित वास्तविकता और ब्लॉकचेन द्वारा संचालित है। नई साझेदारियों का विस्तार हुआ है और अप्रैल 2020 में, जियो ने अल्पमत (9.99 प्रतिशत) हिस्सेदारी के बदले फ़ेसबुक के साथ 5 अरब 70 करोड़ डॉलर का सौदा किया (दास गुप्ता, एट अल 2020)। इसने प्लेटफ़ॉर्म के रनवे को लम्बा कर दिया है, और यह सुनिश्चित किया है कि फ़ेसबुक और उसके छोटे भाई व्हाट्सएप के बीच तालमेल न केवल डिजिटल मीडिया उपयोगकर्ताओं की दुनिया में क्रान्ति लाएगा, बल्कि लाखों छोटी खुदरा दुकानों के लिए टर्बोचार्ज व्यवसाय भी होगा, जो इसी प्लेटफ़ॉर्म के भरोसे हैं।

मई 2020 में, स्काइप, ट्विटर, डेल और एयरबीएनबी जैसी तकनीकी कम्पनियों का समर्थन करने वाली निजी इक्विटी फ़र्म सिल्वर लेक ने घोषणा की कि वह 5,655 करोड़ रुपये में जियो में 1.15 प्रतिशत हिस्सेदारी ख़रीदेगी (मनीकंट्रोल 2020)। अमेरिकी निवेश फ़र्म विस्टा ने भी 2.32 फीसदी हिस्सेदारी बढ़ाई और रिलायंस के जियो प्लेटफ़ॉर्म (जकारिया 2020) में 11,367 करोड़ रुपये का निवेश किया। विस्टा दुनिया का सबसे बड़ा विशेष रूप से तकनीक-केन्द्रित फ़ंड है जो टेक और सॉफ़्टवेयर दोनों कम्पनियों में निवेश करता है।

कोविड के बाद, जियो ईकोसिस्टम न केवल नये मीडिया के लिए भारत का सबसे बड़ा वर्चुअल प्लेटफ़ॉर्म होगा, बल्कि उनके लिए भुगतान, सामग्री, वितरण, मुद्रा और निश्चित रूप से वाणिज्य को भी सँभालेगा। जियो के साथ गठबन्धन करके, फ़ेसबुक (जिसे चीन ने त्याग दिया था) ने एक शक्तिशाली स्थानीय सहयोगी और पैसा कमाने का विकल्प हासिल कर लिया है, जो उसके मध्यावधि भविष्य के लिए बेहतर भी है। फ़ेसबुक-जियो गठजोड़ के बाद आने वाले पैसे के साथ, जियो जल्द ही एक घरेलू डिजिटल दिग्गज के रूप में उभर सकता है, जिसके पास भारत में नेटवर्क, डिवाइस और सामग्री का महत्त्वपूर्ण डिजिटल त्रय है।

इस प्रकार, आज मीडिया की दुनिया में चीज़ें अविश्वसनीय रूप से तेज़ी से बदल रही हैं। यहाँ तक कि लेखक जब इस अध्याय को समाप्त कर रही हैं, यह काफ़ी सम्भव है कि प्रमुख तकनीकी परिवर्तन, विलय और नवाचार सामने आ रहे होंगे। इसलिए किसी को भी इस बारे में भविष्यवाणी करने के प्रलोभन से बचना चाहिए कि क्या होगा जब 'इंटरनेट का वाइल्ड वेस्ट' (जैसा कि जैडी स्मिथ ने कहा है [2018: 62]) हमारे अत्यन्त अस्थिर लोकतंत्र के सुदूर स्थानीय क्षेत्रों से मिलेगा? जब तक यह पुस्तक बाज़ार में आएगी, तब तक बताए गए सबसे बेहतरीन अनुमानों में भी आकस्मिक, बेतरतीब गुणवत्ता परिवर्तन हो सकता है। इसलिए किसी को भी लापरवाही से बढ़ रहे आसान तरीक़ों और प्रणालियों का विरोध करना चाहिए और पाठकों से पूर्ण जानकार बने रहने का आग्रह करना चाहिए।

सन्दर्भ ग्रंथ

'A Virtual Narendra Modi'. 2014. BBC News, 7 August. Available at https:// www. bbc.com/news/av/business-27939865 (accessed 3 March 2022).

ABC (Audit Bureau of Circulations). 2017. 'Print Media is Growing: 2.37 Crore Copies Added in the Last 10 Years'. Available at http://www. auditbureau. org/news/view/53 (accessed 5 May 2022).

Agarwal, Varun. 2019. 'Nearly 20 Million Viewers Opt Out ofDTH Services as Bills Start to Pinch'. *The Hindu Business Line*, 1 October.

Allahabadi, Akbar. 2009. *Intikhab-e-kalam: Akbar A!lahabadi*, comp. Rauf Parekh. Karachi: Oxford University Press.

Amin, Ruhail. 2018. 'Story in Numbers'. *BW Businessworld*, 5 March.

Amman, Mir. 1804. *Bagh o bahar*. Calcutta.

Anand, Utkarsh. 2014. 'Setback for Ashok Chavan, SC Says EC Can Disqualify Candidate for Paid News'. *The Indian Express*, 5 May.

Aneez, Zeenab, Taberez Ahmed Neyazi, Antonis Kalogeropoulos, and Rasmus Kleis Nielsen. 2019. *India Digital News Report*. Oxford: Reuters Institute for the Study of Journalism.

Arendt, H. 1954. 'Truth and Politics'. *In Between Past and Future: Eight Exercises in Political Thought*, 227-64. London: Penguin Books.

'Article 370: What Happened with Kashmir and Why it Matters'. 2019. BBC News, 6 August. Available at https://www.bbc.com/news/world asia-india-49234708 (accessed 28 March 2022).

Aryan, Aashish. 2021. 'Ad Revenue: Facebook and Google Make More than Top 10 Media Firms Put Together'. *The Indian Express*, 4 December.

Ashraf, Ajaz. 2013. 'The Untold Story of Dalit Journalists'. *The Hoot*, 12 August. Available at http://asu.thehoot.org/media-watch/ media-practice/the-untold-story-of-dalit-jou rnalists-6956 (accessed 31 December 2021).

Balaji, J. 2011. 'Paid News' Claims First Political Scalp as EC Disqualifies MLA'. *The Hindu*, 21 October.

Banerji, Ranjona. 2018. 'Cobrapost Expose Shows Indian Media is Sinking. Now

We Can Fight Back or be Drowned for Good'. *Scroll.in*, 27 May. Available at https://scroll.in/ article/880384/ cobrapost-expose-shows indian-media-is-sinking-now-we-can-fight-back-or-be-drowned-for-good (accessed 3 March 2022).

Chaudhuri, Pooja, and Priyanka Jha. 2019. '3 Out of Facebook's 7 Fact Checking Partners Have Shared Misinformation Post-Pulwama'. *Alt News*, 18 March. Available at https://www.altnews.in/3-out-of facebooks-7-fact-checking-partners-have-shared-misinformation-post pulwama/ (accessed 28 March 2022).

Committee on Empowerment of Women. 2021. *Fifth Report: Empowerment of Women through Education with Special Reference to* 'Beti Bachao-Beti Padhao' Scheme. New Delhi: Lok Sabha Secretariat.

Committee on the Status of Women in India. 1974. *Towards Equality: Report of the Committee on the Status of Women in India.* New Delhi: Ministry of Education and Social Welfare.

Coombes, Thomas. 2017. 'On Bullshit: The Essay That Explains the Era of Fake News'. *Medium*, 3 March. Available at https://medium.com/@ the_hope_guy/ on-bullshit-the-essay-that-explains-the-era-of-fake-news a0d9a35ad5ec (accessed 3 March 2022).

Das Gupta, Surajeet, Neha Alawadhi, and Dev Chatterjee. 2020. 'Reliance Jio Connects with Facebook for $5.7-Billion Equity Deal'. *Business Standard,* 23 April.

Dasgupta, Abir, and Paranjoy Guha Thakurta. 2019. 'Election Commission Failed to Curb Fake News Online before 2019 Lok Sabha Polls'. *NewsCtick*, 30 July. Available at https://www.newsclick.in/Election Commission-lndia-Failed-Curb-Fake-News-Lok-Sabha-2019 (accessed 31 December 2021).

DB Corp. 2019. *Annual Report*, 2018-19. Bhopal: DB Corp.

Deshmane, Akshay. 2019. '"Some News is Best Not Reported": Press Council Chairman Defends Position on Kashmir Communication Blackout'. *HuffPost*, 27 August. Available at https://www.huffpost.com/ archive/ in/ entry/kashmir-article-370-press-freedom_in_5d652716e4b008blfd 2140a5 (accessed 28 March 2022).

Dua, Rohan. 2019. 'UP: Journalist Booked for Recording Video of Schoolchildren Being Served Salt and Roti in Midday Meal'. *The Times of India*, 2 September.

ECI (Election Commission oflndia). 2019. *Report of the Committee to Examine Section 126 of the Representation of the People Act, 1951 and Other Related Provisions*. New Delhi: ECI.

Gandhi, M. K. 1968 [1928]. *Satyagraha in South Afric*a, tr. Valji Govindji Desai. Ahmedabad: Navajivan Publishing House.

—. 1977 [1927]. *An Autobiography or The Story of My Experiments with Truth,* tr. Mahadev Desai. Ahmedabad: Navajivan Publishing House.

—. 2014 (1929]. *Anasakti Yog.* New Delhi: Sasta Sahitya Manda!.

Gandhi, Rajmohan. 2006. *Mohandas: A True Story of a Man, His People, and an Empire.* New Delhi: Penguin Books.

Gettleman, Jeffrey, and Hari Kumar. 2017. 'In India, Another Government Critic is Silenced by Bullets'. *The New York Times*, 6 September.

Gettleman, Jeffrey, and Kai Schultz. 2020. 'Modi Orders 3-Week Total Lockdown for All 1.3 Billion Indians'. *The New York Times*, 24 March.

'Government's New Ad Policy to Help Print Media'. 2020. *The Times of India*, 29 July.

Guha Thakurta, Paranjoy. 2012a. 'India Needs Cross-Media Restrictions'. *The Hoot*, 10 June. Available at http://asu.thehoot.org/media-watch/ media-business/india-needs-cross-media-restrictions-6005 (accessed 5 May 2022).

—. 2012b. 'Media Ownership in India: An Overview'. *The Hoot*, 30 June. Available at http://asu.thehoot.org/resources/media-ownership/ media-ownership-in-india-an-overview-6048 (accessed 3 March 2022).

Guha, Ramachandra. 2019. 'Ram Guha: How a Colonial-Era Law Used against Gandhi is Now Being Deployed against the BJP's Critics'. *Scroll.in*, 4 August. Available at https://scroll.in/article/932704/ram guha-how-a-colonial-era-law-used-against-gandhi-is-now-being-deployed against-the-bjps-critics (accessed 5 May 2022).

Habermas, Jurgen. 1989. *The Structural Transformation of the Public Sphere: An Inquiry into a Category of Bourgeois Society,* trans. Thomas Burger and Fredrick Lawrence. Cambridge, Mass.: Harvard University Press.

Havel, Vaclav. 1990. 'New Year's Address to the Nation'. Speech. Prague, 1 January. Available at http://old.hrad.cz/president/Havel/ speeches/1990/01O1_uk.html (accessed 5 May 2022).

Hebbar, Nistula. 2020. 'PM Modi Announces 21-Day Lockdown as COVID-19 Toll Touches 12'. *The Hindu,* 25 March.

IMRB (Indian Market Research Bureau) and ORO (Operations Research Group). 1978. *National Readership Survey*.

Jagran Prakashan. 2018. *Annual Report*, 2017-18.

Jawed, Sam. 2018. '2017's Top Fake News Stories Circulated by the Indian Media'. The Wire, 3 January. Available at https://thewire. in/ media/2017s-top-fake-news-stories-circulated-by-the-indian-med ia (accessed 17 May 2022).

Jeffrey, Robin, and Assa Doran. 2013. Cell Phone Nation: *How Mobile Phones Have Revolutionised Business, Politics and Ordinary Life in India*. New Delhi: Hachette.

Jeffrey, Robin. 2000. *India's Newspaper Revolution: Capitalism, Politics and the Indian-Language Press, 1977-1999.* New Delhi: Oxford University Press.

Jha, Lata, and Saumya Tewari. 2019. 'I&B Announces 25% Hike in Print Media Advertisements'. Mint, 8 January.

Joseph, Ammu. 2000. *Women in Journalism: Making News.* New Delhi: Konark Publishers.

Kapuscinski, Ryszard. 1985. 'Revolution 1: Shah of Shahs', trans. William R. Brand and Katarzyna Mroczkowksa-Brand. *The New Yorker,* 4 March.

Khusro, Amir. 1320. *Khalik bari*.

Kislaya. 2019. 'Jharkhand's BJP Government Promotes "Paid News", Offers

Rs 15000 per Report besides Pension to Journalists'. *National Herald,* 19 September.

Kohli-Khandekar, Vanita. 2019a. 'The Good "News" in Newspapers'. *Business Standard,* 8 May.

—. 2019b. 'Media & Entertainment Firms Take a Hit amid Slowing Advertising Spend'. *Business Standard,* 21 August.

KPMG and FICCI (Federation of Indian Chambers of Commerce & Industry). 2017. *Media for the Masses: The Promise Unfolds.* Available at https:/ / assets.kpmg/ content/ dam/kpmg/in/pdf/2017/04/FICCI Frames-2017.pdf (accessed 5 May 2022).

KPMG and Google. 2017. *Indian Languages: Defining India's Internet.* Available at https:/ / assets.kpmg/ content/ dam/kpmg/in/pdf/2017/04/Indian languages-Defining-Indias-Internet.pdf (accessed 5 May 2022).

Kudva, Roopa, and MadhavTandon. 2019. 'An E-commerce Blueprint for India's "Next Half Billion"'. Mint, 29 August.

Kumar, Raksha. 2019. 'India's Media Can't Speak Truth to Power'. *Foreign Policy,* 2 August. Available at http://www.pulitzercenter.org/ newsmatch2018.

Lallulal. 1810. *Premsagar.* Calcutta: Sanskrit Press.

Lanier, Jaron. 2010. *You are Not a Gadget: A Manifesto.* New York: Penguin Books.

M. Siddiq v. Mahant Suresh Das & Ors, CA Nos 10866-10867 of 2010, decided on 9 November 2019 (SC).

Mantri, Geetika. 2019. 'Less Women in Indian Newsrooms, Men Get To Do More "Serious" News: Study Finds'. The News Minute, 2 August. Available at https://www.thenewsminute.com/article/less-women-indian-newsrooms-men-get-do-more-serious-news-study-finds-106584 (accessed 31 December 2021).

Mathur, Rajendra. 1992 [1971]. 'Aur ab mehnge akhbaron ka yug'. In *Rajendra Mathur Sanchayan,* Vol. 2, ed. Mohini Mathur, Vishnu Khare and Suryakant Bali, 383-87. Delhi: Vani Prakashan.

—. 1992 [1978]. 'Lilliput desh ke chhote-chhote akhbaar'. In *Rajendra Mathur Sanchayan,* Vol. 2, ed. Mohini Mathur, Vishnu Khare and Suryakant Bali, 388-89. Delhi: Vani Prakashan.

'Media Association DNPA Welcomes 26 Per Cent FDI in Digital News Sector'. 2019. *Jagran English,* 5 September. Available at https:// english.jagran.com/ business/welcome-step-says-jagran-new-media-ceo as-digital-media-bodies-hail-26-fdi-cap-10004123 (accessed 28 March 2022).

Micklethwait, John. 2019. 'The Future of News'. Lawrence Dana Pinkham Memorial Lecture. Chennai, 3 May. Available at https://www. asianmedia. org/acj/lawrence-dana-pinkham-memorial-lecture-2019- the-future-of-news-john-micklethwait-editor-in-chief-bloomberg-news/ (accessed 31 December 2021).

Misra, Udit. 2019. 'Explained: 70 Years Ago, Here's How the Constituent Assembly Debated Status of Hindi'. *The Indian Express*, 24 September.

Mitra, Chandan. 2006. 'Economics and Politics of News: Editor's and Owner's

Dilemma'. In Making News: A Handbook of the Media in Contemporary India, ed. Uday Sahay, 47-53. New Delhi: Oxford University Press.

'Modi Praises India's Discipline during Lockdown, Asks People to Light Lamps on Sunday at 9 p.m.'. 2020. Scroll.in, 3 April. Available at https:/ / scroll.in/latest/958076/ modi-praises-coun trys-discipl ine d u r ing-lockdown-asks-peo ple-to-light-lam ps-on-sund ay-a t-9-p m (accessed 28 March 2022).

MRUC (Media Research Users Council). 2017. Indian Readership Survey 2017: *Key Trends*.

—. 2019a. *Indian Readership Survey Ql 2019: Topline Findings.*

—. 2019b. *Indian Readership Survey Q2 2019: Topline Findings.*

'NaMo TV: It Came, We Saw, It Conquered (the EC). And Now it's Gone'. *The Wire*, 20 May. Available at https://thewire.in/media/as-polls-draw to-a-close-namo-tv-slips-off-air (accessed 3 March 2022).

Narayanan, Shalini, and Anand Pradhan. 2016. 'New Media and Social Political Movements'. In *India Connected: Mapping the Impact of New Media,* eds. Sunetra Sen Narayan and Shalini Narayanan, 106-121. New Delhi: Sage Publications.

Nehru, Jawaharlal. 1936. *An Autobiography.* London: The Bodley Head.

Ninan, Sevanti. 2000. Foreword to *Women in Journalism: Making News,* by Ammu Joseph, ix-xii. New Delhi: Konark Publishers.

—. 2007. *Headlines from the Heartland: Reinventing the Hindi Public Sphere*. New Delhi: Sage Publications.

—. 2019. 'How India's Media Landscape Changed Over Five Years'. *The India Forum,* 7 June. Available at https://www.theindiaforum.in/ article/how-indias-media-landsca pe-changed-over-five-years (accessed 31 December 2021).

Orsini, Francesca. 2002. The Hindi Public Sphere, 1920-1940: *Language and Literature in the Age of Nationalism.* New Delhi: Oxford University Press.

—, ed. 2010. *Before the Divide: Hindi and Urdu Literary Culture*. New Delhi: Orient BlackSwan.

Pande, Manisha. 2014. 'Where Are the Women?'. Newslaundry, 5 December. Available at https://www.newslaundry.com/2014/12/05/where-are the-women (accessed 31 December 2021).

Pande, Mrinal. 2009a. 'Blogspotting in Hindi'. Mint, 5 November.

—. 2009b. 'Hindi Media and an Unreal Discourse'. *The Hindu*, 18 November.

Pandey, Uma Shankar. 2016. 'The Internet in India: Crystallizing the Historical Inequalities'. In *India Connected: Mapping the Impact of New Media,* eds. Sunetra Sen Narayan and Shalini Narayanan, 221-36. New Delhi: Sage Publications.

Paradkar, Baburao Vishnu. 1920. Editorial. *Aaj*, 5 September.

PCI (Press Council of India). 2011. "Paid News": *How Corruption in the Indian Media Undermines Democracy*.

—. 2012. 'PCI Resolves for More Powers and Conversion to Media Council of India'. No. PR/2/2012-2013-PCI.

Priya Parameswaran Pillai v. Union of India & Ors, WP (C) No. 774 of 2015, decided on 12 March 2015 (Del. HC).

Press Commission. 1954. *Report of the Press Commisszion: Part I.* Delhi: Manager of Publications.

PTI. 2015. 'Electronic Media May Soon Come under Press Council Act'. *The Indian Express*, 13 March.

—. 2019a. 'Political Parties are Misusing WhatsApp Ahead of 2019 Elections: Top Executive'. The Wire, 7 February. Available at https:/ / thewire.in/tech/ whatsapp-misuse-2019-election (accessed 5 May 2022).

—. 2019b. 'Fighting Fake News: YouTube to Show "Information Panels" on News-Related Videos'. *The Economic Times,* 7 March.

—. 2019c. 'UP journalist Pawan Jaiswal gets clean chit in "salt-roti" midday meal video case'. The Print, 19 December. Available at https://theprint. in/india/ up-journalist-pawan-jaiswal-gets-clean-chit-in-salt-roti-midday meal-video-case/337877/ (accessed July 2022).

—. 2020. 'IAF, Navy Helicopters Shower Flower Petals to Honour COVID-19 Warriors in Kerala'. *The Economic Times,* 3 May.

Rai, Piyush. 2019. 'Scribe, Brother Shot Dead in UP's Saharanpur'. *The Times of India,* 18 August.

Ramanujan, A. K. 1993. *Folktales from India: A Selection of Oral Tales from Twenty-Two Languages*. New Delhi: Penguin Books.

Rani, Jeya. 2016. 'The Dalit Voice is Simply Not Heard in the Mainstream Indian Media', trans. Kavitha Muralidharan. The Wire, 15 November. Available at https://thewire.in/media/caste-bias-mainstream-media (accessed 31 December 2021).

Registrar of Newspapers for India. 2019. *Press in India, 2017-2018.* New Delhi: Ministry of Information and Broadcasting.

'Reliance Jio-Silver Lake Deal: Key Things You Need to Know About Silver Lake'. 2020. *Moneycontrol,* 5 June. Available at https://www. moneycontrol.com/ news/business/reliance-j io-silver-lake-deal-key things-you-need-to-know-about-silvedake-5367371.h tml (accessed 28 March 2022).

Reporters without Borders. 2002. *World Press Freedom Index,* 2002. Available at https://rsf.org/en/index?year=2002 (accessed 31 December 2021).

—. 2018. 'Worldwide Round-up of Journalists Killed, Detained, Held Hostage, or Missing in.2018'. Available at https://rsf.org/sites/default/ files/worldwilde_ round-up.pdf (accessed 31 December 2021).

—. 2019. *World Press Freedom Index,* 2019. Available at https://rsf.org/en/ index?year=2019 (accessed 31 December 2021).

Reporters without Borders, and DataLEADS. 2019a. 'Indicators of Risks to Media Pluralism'. *Media Ownership Monitor India,* 27 May. Available at https:// india.mom-rsf.org/en/findings/indicators/ (accessed 31 December 2021).

—. 2019b. 'A Delicate Handshake'. *Media Ownership Monitor India,* 29 May. Available at https://india.mom-rsf.org/en/findings/ politicalaffiliations/ (accessed 31 December 2021).

—. 2019c. 'Media'. *Media Ownership Monitor India,* 29 May. Available at

https://india.mom-rsf.org/en/ media/ (accessed 31 December 2021).
Reuters. 2019. 'Modi Govt Freezes Ads in 3 Indian Newspaper Groups'. *Deccan Herald*, 30 June.
RGCCI (Registrar General and Census Commissioner of India). 1961. *Census of India 1961*.
RGCCI (Registrar General and Census Commissioner of India). 2001. *Census of India 2001*.
—. 2016. *Census of India 2011*.
Sahay, Uday, ed. 2006. Making News: *A Handbook of the Media in Contemporary India*. New Delhi: Oxford University Press.
Saikia, Arunabh. 2018. 'Attack on the Home of "Shillong Times" Editor Patricia Mukhim Revives Debate about Media Freedom'. Scroll.in, 18 April. Available at https://*scroll.in*/article/876139/attack-on-the house-of-shillong-times-editor-patricia-mukhim-revives-debate-about media-freedom (accessed 31 December 2021).
Salve, Prachi. 2020. 'Manipulative Fake News on the Rise in India under Lockdown: Study'. *India Spend*, 3 May. Available at https://www. indiaspend. com/manipulative-fake-news-on-the-rise-in-india-under lockdown-study/ (accessed 28 March 2022).
Sampath, G. 2022. 'India's position on the World Press Freedom Index'. *The Hindu*, 5 May. Available at https://www.thehindu.com/ news/national/ indias-position-on-the-world-press-freedom-index/ article65382354.ece (accessed July 2022).
Sen Narayan, Sunetra, and Shalini Narayanan. 2016. *India Connected: Mapping the Impact of New Media*. New Delhi: Sage Publications.
Seth, Maulshree. 2020. 'Ayodhya Event: Do's and Don'ts for TV Include No "Controversial" Parties'. *The Indian Express*, 29 July.
Shramshakti: Report of the National Commission on Self Employed Women and Women in the Informal Sector. 1988. New Delhi.
Shridhar, Vijaydutt. 2008. *Bhartiya Patrakarita Kosh*, 2 vols. New Delhi: Vani Prakashan.
—. 2019. 'Patrkar Gandhi aur unki patrakarita'. *Navjivan*, October.
Shukla, Ramchandra. 1972. *Hindi Saahitya ka ltihas*, Vol. 11. Reprint, Varanasi: Nagari Pracharini Sabha.
Singh, Vijay. 2018. *Hawker se Haakim*. New Delhi: Gyan Ganga.
Sinha, Pratik. 2017. 'Fake Nostradamus Passages Invented by Francois Gautier and Published in TOI, Zee News for Modi Publicity'. *Alt News*, 29 March. Available at https://www.altnews.in/fake-nostradamus passages-inven ted-fra nco is-gautier-published-to i-zee-news-mod i publicity/ (accessed 28 March 2022).
Smith, Zadie. 2018. Feel Free. London: Hamish Hamilton.
Solon, Olivia. 2017. 'Tim Berners-Lee on the Future of the Web: "The System is Failing"'. *The Guardian*, 15 November.
Stark, Ulrike. 2008. *An Empire of Books: The Naval Kishore Press and the*

Diffusion of the Printed Word in Colonial India. New Delhi: Permanent Black.

Subramanian, Nithya. 2019. 'In Charts: India's Newsrooms are Dominated by the Upper Castes-And That Reflects What Media Covers'. Scroll. in, 3 August. Available at https://scroll.in/article/932660/in-charts indias-newsrooms-are-dominated-by-the-upper-castes-and-that-reflects what-media-covers (accessed 31 December 2021).

'Supreme Court Grants Chhattisgarh Journalist Santosh Yadav Bail after over a Year in Jail'. 2017. *Scroll.in,* 27 February. Available at https:// scroII.in/ latest/830403/supreme-co urt-grants-chhattisga rh-jou rnalist santosh-yadav-bail-after-over-a-yea r-in-jail (accessed 31 December 2021).

Thussu, Daya Kishan. 2016. Introduction to *India Connected: Mapping the Impact of New Media,* eds. Sumetra Sen Narayan and Shalini Narayanan, vii-ix. New Delhi: Sage Publications.

UNESCO (United Nations Educational, Scientific and Cultural Organisation). 2020. *Director-General's Report on the Safety of Journalists and the Danger of Impunity.* CI-20/COUNCIL.32/4, 27 October.

Verma, Mukut Bihari. 1977. In *Lokraj Varshiki.*

Zachariah, Reeba. 2020. 'US Firm Vista Equity Buys 2.3% Stake in Reliance Jio for $1.5 Billion'. *The Times of India,* 9 May.

अनुक्रमणिका